I0761362

LA GUARDIANA DE LIBROS

MADELINE MARTIN

# LA GUARDIANA DE LIBROS

Planeta

Título original: *The Keeper of Hidden Books*



Traducido por: Mariana Hernández Cruz
Diseño de portada: Planeta Arte & Diseño / Raymundo Ríos Vázquez


Bajo el sello editorial PLANETA M.R.
Avenida Presidente Masarik núm. 111,
Piso 2, Polanco V Sección, Miguel Hidalgo
C.P. 11560, Ciudad de México
www.planetadelibros.com.mx

Primera edición impresa en México: julio de 2025
ISBN: 978-607-39-3188-5



Impreso en los talleres de Impregráfica Digital, S.A. de C.V.
Av. Coyoacán 100-D, Valle Norte, Benito Juárez
Ciudad De Mexico, C.P. 03103
Impreso en México - *Printed in Mexico*

Para mi mamá.

Cada escena de *La guardiana de libros* me hace recordar algo que aprendí en Polonia a tu lado y eso ha hecho que este libro sea más especial para mí. Gracias por esos maravillosos recuerdos juntas y por tu amor y apoyo infinitos. Soy muy afortunada de tenerte.

# PRIMERA PARTE

# Capítulo 1

*Varsovia, Polonia*
*Agosto de 1939*

Zofia Nowak permanecía arrodillada, con su peso sobre las pantorrillas en la cálida hierba de verano, mientras su amiga Janina le envolvía torpemente la cabeza con una venda. Las otras parejas de Guías Scouts, como ellas, estaban sentadas en semicírculo bajo los robles del Parque Łazienki, practicando sus habilidades de primeros auxilios. No creían que la inminente guerra contra Polonia fuera a llegar a Varsovia.

De cualquier modo, era prudente estar preparados; en la ciudad, todos se alistaban a su manera. En el caso del papá de Zofia, había abastecido el hospital de suministros médicos, mientras que su madre había hecho colas interminables para asegurarse de que sus despensas rebosaran de comida enlatada. Había carteles pegados por todas partes pidiendo a los hombres que se presentaran a enlistarse en las escuelas primarias, y las emisoras de radio llenaban el aire de melodías patrióticas.

Por eso Zofia llevaba en su mochila *La historia de mi vida*, de Helen Keller, otra lectura inspirada por la lista de libros que Hitler había prohibido en Alemania.

Zofia se quitó la venda de la cabeza y reutilizó el lino para entablillar la pierna de Janina.

—¿Qué te parece?

—Se siente bien. —Janina movió la pierna—. Una buena opción para el próximo año podría ser que estudies medicina como tu papá.

En lugar de responder, Zofia contempló su obra.

—¿Ya decidiste qué vas a hacer después de los exámenes finales? —A pesar de que Janina habló con suavidad, no aligeraba el peso de la decisión que Zofia sentía sobre los hombros.

Era su último año de preparatoria, les faltaba un examen final para graduarse. Entonces tendrían dieciocho años y serían adultas. El mundo entero se extendía ante ellas como una pista de despegue para que pudieran volar hacia su futuro.

Todos lo sentían así, menos ella.

—Suenas como mi *matka* —dijo Zofia de mal humor.

Aunque en realidad no era cierto. El tono brusco de la madre de Zofia no tenía nada que ver con la delicadeza característica de Janina. La madre de Zofia siempre usaba un tono exigente para insistir en que se vistiera mejor, o que fuera más extrovertida o más decidida a la hora de elegir una carrera, algo lucrativo, como medicina. Precisamente por eso, Zofia se refería a ella como *matka*, en lugar de mamá.

La madre de Janina sí era una mamá, de las que sonríen y preguntan cómo te fue después de un examen, de las que en un mal día ofrecen abrazos en lugar de críticas.

Quizá por eso Janina siempre era tan amable y considerada. Fue esa simpatía la que inició su amistad muchos años atrás, cuando eran niñas. Zofia nunca había sido sociable, era del tipo de niñas que se ensimisman y se meten en los libros más que de las que entablan conversación con alguien que no conocen. Ser la más alta del salón tampoco le hacía ningún favor, pues se sentía como un patito feo entre polluelos de cisne. El primer día de clases, sin embargo, Janina se había acercado a Zofia con una confianza envidiable y había compartido con ella unas galletas de mantequilla con forma de flor que su mamá había horneado, llenando los silencios que se producían entre ellas con una conversación animada que a Zofia le agradó al instante.

Janina movió la pierna para poner a prueba el vendaje de Zofia.

—Olvida mi sugerencia, no quiero sonar como tu *matka*. —La venda floja cedió y el nudo se soltó, desenvolviendo la pierna de Janina. Una de las tablillas se deslizó al pasto.

—Evidentemente, la medicina no es mi camino. —Zofia recogió la tablilla con una sonrisa que deseaba casual—. Creo que mi papá lo entiende.

Su padre era un médico de renombre en Varsovia, especializado en cirugía. Era imposible hacer honor a su apellido, en especial para una hija que no podía comprometerse con ningún tipo de futuro.

—Te encanta leer. —Janina se apartó un mechón de pelo oscuro de los ojos cafés—. Quizá podrías estudiar literatura. —Jadeó de emoción y se enderezó—. Quizá podrías convertirte en escritora, como Marta Krakowska.

Sonaba ridículo a pesar de la sinceridad con que Janina lo decía. Zofia no tenía idea de qué quería hacer, pero sabía que no era Marta Krakowska, quien había escrito historias épicas de romance protagonizadas por amantes que se conocían en medio de conflictos bélicos. Cada historia era mejor que la anterior y todas terminaban con la pareja feliz y un pequeño gato moteado.

Sin embargo, Zofia no creía en el romance y no tenía la voz lírica de Krakowska. No era escritora, de eso estaba segura.

Zofia retiró la otra tablilla de la pierna de Janina e hizo un ovillo con la venda.

—¿Ya leíste *La historia de mi vida*?

A Janina se le iluminaron los ojos.

—Sí. Lo que Helen Keller...

—No —gritó una de las chicas de la pareja de al lado.

Su amiga Maria negaba con la cabeza, haciendo que se mecieran sus rizos rubios, con el brazo extendido hacia su compañera, que lo había envuelto hasta el codo.

—No hablen del libro ahora que casi no las escucho.

—Entonces hablamos más tarde en la biblioteca. —Janina volvió a centrar su atención en Zofia, con un brillo travieso en los ojos—. Pero sí entendí que quieres cambiar de tema, así que hablemos de algo más agradable. Como cuántas ganas tienes de ir a clases mañana.

Zofia gimió y Maria se dio la vuelta con una sonrisa tranquila.

La clase de Matemáticas era tediosa y aburrida: las series de números carecían de cualquier interés real. Gobierno era más árida que el polvo acumulado en los libros de texto sin abrir del año anterior. Incluso Arte era horrible. Aunque Zofia apreciaba la belleza, le interesaba poco cómo se aplicaba en esa clase. Ah, y cuánto odiaba, de verdad odiaba, que la sometieran a la mediocridad de sus limitadas habilidades cuando tenía que probar su talento. Eso le pasaba en cada clase, cada una le parecía más anodina que la anterior.

Excepto Literatura. Esa materia sí la disfrutaba.

Por lo menos, en la universidad sus clases se adaptarían a sus proyectos futuros. Cualesquiera que fueran a ser.

La capitana de guías, Krystyna, aplaudió para llamar su atención, evitándole a Janina la respuesta irónica de Zofia sobre lo poco que deseaba ir a clases al día siguiente.

—Hicieron un gran trabajo hoy, guías. —Krystyna miró el círculo de parejas y levantó la cabeza con satisfacción—. La guerra contra Alemania se acerca, y Polonia debe estar preparada. Por lo menos las niñas guías sin duda están listas.

Zofia sintió calor en el pecho al escuchar esas palabras.

Las niñas guías eran una organización de escultismo que

tenía la intención de preparar a las niñas y a las jóvenes para la vida, brindándoles habilidades sociales, ideales filantrópicos y la capacidad de ofrecer ayuda al público en cualquier forma que fuera necesaria.

Si Alemania atacaba, los esfuerzos de las guías ayudarían a Polonia.

Zofia formaba parte de una generación de polacos nacidos en un Estado libre luego de que Polonia recuperara su soberanía con el Tratado de Versalles. Era algo por lo que su país había luchado durante más de ciento veinte años. Desde su más tierna infancia, les habían contado historias de heroísmo y valentía hasta que sus ojos brillaron de patriotismo y sus corazones palpitaron de orgullo polaco.

Su país podía ser joven en independencia, pues acababa de cumplir veinte años, pero estaba dispuesto a foguearse en la victoria. Algo que los alemanes estaban a punto de averiguar.

—¿Qué dice Antek sobre la guerra? —preguntó Janina mientras se levantaban del suelo.

Zofia se pasó una mano por el pelo para que sus rizos volvieran a su lugar después de los intentos de vendaje de Janina.

Como la mayor parte de los hombres y niños de Varsovia, su hermano se había autoproclamado estratega de guerra y a menudo hacía predicciones sobre la inminente incursión alemana. Había clavado un mapa en su pared, que estaba repleto de tachuelas rojas que representaban al ejército alemán en posibles puntos de ataque.

—Él piensa que empezará en Danzig —afirmó con desinterés. Que Antek fuera un año mayor que ella no significaba que confiara ciegamente en lo que él creía—. Tal vez ocurra mañana, antes de que empiecen las clases.

—Zofia —la regañó Janina—. No digas esas cosas.

Zofia se quitó una brizna de pasto de la rodilla y le sonrió a su amiga.

—Quizá podrías venir a ver su mapa alguna vez.

Janina se sonrojó, tal como Zofia esperaba que ocurriera. Aunque las dos eran amigas desde hacía más de diez años, Antek no se había fijado en Janina hasta principios de ese año. Desde entonces, hacía el ridículo cada vez que ella iba de visita; se le enredaban las palabras y esbozaba una sonrisa extraña que le hacía vibrar un músculo bajo el ojo derecho.

Y por mucho que Janina proclamara su falta de afecto hacia él, Zofia había captado sus discretas miradas e inevitables rubores.

Maria se acercó a Zofia, con los ojos color miel brillantes como el ámbar del Báltico.

—¿Sí vamos a ir a la biblioteca? Mi papá estuvo hace poco en París y me dijo que me iba a llevar con él en su próximo viaje. Tengo que estudiar más libros.

—¿Más? —bromeó Janina.

Como cualquier francófila que se respeta, Maria lo sabía todo sobre París. Y no, no le bastaba con que Varsovia fuera considerada el París de Europa del Este. Ella quería ir a París. Al París del resto del mundo.

Las tres se dirigieron hacia la calle Koszykowa, manteniéndose bajo las sombras, donde el sol de finales de agosto no pudiera calcinarlas. Casi todos los días iban a la sede central de la Biblioteca Pública de Varsovia y no iba a ser Zofia quien se quejara.

Sin embargo, en épocas anteriores, habrían ido al cine o a tomar un helado con alguno de los vendedores del parque, pero la reciente falta de monedas dificultaba tales actividades.

Se rumoraba que Hitler había ordenado sacar de Polonia todas las monedas de bronce y níquel hasta que no había quedado ni un *groszy*, por lo que era imposible pagar cosas pequeñas como un simple timbre postal o un helado.

—¿Ya podemos hablar de *La historia de mi vida*? —Janina miró a Maria, que sonrió satisfecha.

—Ahora que puedo escuchar y participar sin estar envuelta como una momia, sí. —Levantó ligeramente la barbilla, señal inequívoca de que se había salido con la suya.

—Lo que Helen Keller ha sido capaz de lograr en su vida es realmente increíble. —Janina le dio un codazo suave a Maria—. Como iba a decir antes.

—Por eso pensé que era una buena opción para leer juntas —dijo Zofia. Había sido idea suya que leyeran los libros prohibidos en Alemania para manifestar su desprecio a Hitler. Maria y Janina habían aceptado, aunque en un principio Maria había acusado a Zofia de querer ponerles tarea para todo el verano. Sin embargo, una vez que Janina estuvo de acuerdo, Maria también lo aceptó. Hasta el momento, era el cuarto libro prohibido que leían.

Zofia se volvió para mirar a sus amigas y estuvo a punto de tropezarse con una grieta de la banqueta.

—¿Sabían que le escribió una carta a Hitler y a los estudiantes alemanes que quemaban libros?

—¿En serio? —Maria alzó las cejas.

Un deshollinador pasó a su lado, y las tres jóvenes inmediatamente agarraron un botón de sus uniformes de guías. Al final, ¿quién rechazaría una oportunidad de ganarse un poco de buena suerte con una guerra en el horizonte?

Cuando el hombre pasó, Zofia devolvió sus pensamientos de la superstición al libro.

—La señorita Keller donó las regalías a los soldados alemanes que quedaron ciegos durante la Gran Guerra, y luego Alemania quemó sus libros. Después de todo por lo que ha pasado, perseveró y ahora defiende lo que es justo con gracia y dignidad. —La admiración era evidente en su tono, ¿y por qué iba a ser de otra manera? Helen Keller le parecía una mujer asombrosa incluso antes de haber leído sobre los obstáculos que había superado en su vida.

Se turnaron para compartir sus citas favoritas; el ejemplar de Maria estaba marcado con rectángulos de papel perfectamente recortados. Giraron en la calle Koszykowa. Bajaron la voz respetuosamente cuando entraron a la biblioteca. El vestíbulo todavía olía a pintura fresca y yeso, aunque había pasado más de un año desde la construcción del nuevo pabellón.

El empleado del guardarropa las saludó con la cabeza al pasar. El pobre hombre no tenía mucho que hacer en los meses del verano, cuando solo uno que otro sombrero adornaba el elegante perchero detrás de su escritorio.

—También me gustó que la señorita Keller mencionara las lecciones de su profesora. —Janina las condujo escaleras arriba. Desde luego que apreciaría los esfuerzos educativos: ella misma deseaba ser maestra.

Mientras las tres subían, dos mujeres conocidas, vestidas con los mismos uniformes de guías, bajaban los escalones: Danuta y Kasia.

Danuta, la más alta de las dos, se detuvo y se entristeció al verlas.

—¿Llegamos tarde a la reunión? —Miró con frustración a la joven rubia que tenía al lado—. Te dije que no íbamos a llegar.

Su amiga, Kasia, le dio una palmadita en el hombro y le sonrió para consolarla, aunque Kasia en realidad nunca dejaba de sonreír.

—Pero ya terminamos nuestra última clase aquí. Vamos a ser bibliotecarias.

Los dos habían estado hablando todo el verano sobre las clases especiales que estaban tomando en la sede principal de la biblioteca después de haber terminado su último año de preparatoria varios meses antes.

—Pero íbamos a ver primeros auxilios. —Danuta suspiró.

—Seguro que Krystyna puede darnos los materiales para

que aprendamos por nuestra cuenta —Kasia las miró en busca de confirmación—. Y probablemente haya varios libros que puedes leer para aprender.

Janina asintió.

—Seguro que Zofia puede pedirle al doctor Nowak que le recomiende algunos.

Zofia se encogió de hombros. Seguramente su papá podría hacerle alguna sugerencia si estaba en casa, lo cual no era frecuente.

—¿De qué estaban hablando mientras subían las escaleras? —les preguntó Kasia.

—De un libro de Helen Keller —respondió Maria—. Lo estamos leyendo en nuestro club de lectura.

Mientras las palabras salían de la boca de Maria, Zofia casi gimió. Si otras personas sabían que tenían un club enfocado en la lectura, probablemente querrían unirse, y de ser así su pequeño grupo no tendría la misma intimidad para discutir sus pensamientos y opiniones sin juicios. En especial si se unía Danuta, que siempre quería ser más lista que los demás, probablemente debido a que sus padres eran profesores.

Danuta dio un grito de alegría y bajó dos escalones, para ponerse a la altura de sus ojos.

—¿Un club de lectura?

—¿Qué clase de club de lectura? —A Kasia se le iluminó el rostro de interés.

Zofia suspiró por lo bajo.

—Leemos los libros que Hitler ordenó quemar. —Maria sacó de su bolsa el libro de Helen Keller, con las pestañitas agitándose de un lado a otro—. Es un club de lectura contra Hitler.

Janina arrugó la nariz.

—Creo que necesitamos un mejor nombre para el club.

—No es un club —añadió Zofia—. Solo hablamos de un libro que todas hemos leído.

—Bueno, si se trata de discutir sobre libros, queremos participar. —Danuta se cruzó de brazos con aire de superioridad—. Además, yo ya leí *La historia de mi vida* y probablemente ya haya leído todos los demás libros que van a elegir. Mis reflexiones serán invaluables. Algunos libros pueden ser muy difíciles de entender para...

—Lo que quiere decir es que nos encantaría unirnos si tienen espacio. —Kasia esbozó una de sus sonrisas más alegres—. Y promete no hacer demasiadas intervenciones, ¿verdad?

Danuta frunció los labios.

—Lo vamos a pensar —dijo Zofia con prudencia.

Lo último que quería era que Danuta les dijera cómo tenían que interpretar sus libros.

Danuta abrió la boca para insistir, pero Kasia se apartó del barandal y tomó a su amiga del brazo, llevándola escaleras abajo mientras se despedía.

—Perfecto, gracias.

Con suerte, pasaría el tiempo suficiente para que se olvidaran del club de lectura.

Arriba, la señora Berman estaba sentada en el mostrador de la recepción. De todas las bibliotecarias, era la favorita de Zofia. No solo recomendaba los mejores libros, también era siempre paciente con ellas e incluso una vez se ofreció a enseñarle yiddish a Janina.

Zofia sabía que Janina deseaba aceptar, pero su madre no lo permitiría. Ni siquiera Janina conocía todos los detalles, pero al parecer su tío había sido asesinado veinte años antes por ser judío. La madre de Janina se había angustiado tanto que había tenido un aborto y no había podido tener otro hijo hasta que nació Janina tres años después.

Por seguridad de Janina, los Steinman solo celebraban las fiestas importantes, como Rosh Hashaná y Janucá, y no querían que Janina le dijera a nadie que era judía.

Aunque Zofia deseaba poder asegurarle a su amiga que estaba a salvo en la Polonia libre, el violento antisemitismo y la segregación por religiones no eran cosa del pasado. En los últimos años, Zofia había visto con sus propios ojos los boicots a los negocios judíos, las ventanas destrozadas en sus casas y tiendas, así como las pintas difamatorias. Incluso en la Universidad de Varsovia había bancas separadas para los estudiantes judíos y limitaciones en las inscripciones.

La situación hacía que Zofia admirara a los abuelos de Janina, que no ocultaban quiénes eran, e incluso a los padres de Janina por celebrar las fiestas que sí celebraban. Y también entendía lo que debió de pasar la señora Berman para obtener su trabajo en la biblioteca.

El mundo estaba lleno de mujeres extraordinarias.

Mientras Maria se alejaba hacia el departamento de lenguas extranjeras, la señora Berman apartó a Janina.

—Hay un nuevo ejemplar de *Ewa* en el departamento de revistas y publicaciones periódicas, si quieres ver la receta más reciente.

La publicación semanal ofrecía recetas judías y consejos domésticos escritos en polaco, de modo que Janina podía leerla mientras cocinaba las recetas con su abuela, a quien las dos llamaban cariñosamente Bubbe. Era la mejor cocinera de toda Varsovia, y Zofia tenía la suerte de poder degustar los resultados de las recetas de *Ewa* que cocinaban Bubbe y Janina (con amor, como a Bubbe gustaba añadir; ese era siempre el ingrediente más importante).

Una vez eligieron sus libros, bajaron a la nueva sala de préstamo para sacarlos, cada una con un título de su elección y un ejemplar de *La metamorfosis* de Franz Kafka, su próxima lectura del club contra Hitler.

Que, había que reconocerlo, era un nombre terrible.

A la mañana siguiente, el grito de una alarma desconocida arrancó a Zofia de su sueño. Se levantó entre un revoltijo de sábanas y sus pensamientos dieron un vuelco cuando la puerta de su habitación se abrió de golpe.

—Es la sirena de ataque aéreo. —Los ojos azules de su *matka* estaban muy abiertos y su voz sonaba más chillona de lo que Zofia la había oído jamás.

Los aviones zumbaban por encima del bramido de la alarma y hacían vibrar las ventanas en sus marcos.

Su *matka* lanzó un chillido y se agachó, aunque era evidente que los aviones estaban afuera.

—Zofia —gritó—, los alemanes ya están aquí.

## Capítulo 2

Zofia no protestó mientras la arrastraban fuera de su habitación y la llevaban a la sala, en medio del bullicio de las sirenas; apenas reconoció la sensación de la madera bajo sus pies.

—Está empezando. —Antek cerró las finas cortinas de encaje de su *matka* y se inclinó para mirar al cielo.

Su *matka* les hizo señas para que se dirigieran al otro lado de la habitación.

—No se queden ahí parados. Entren al estudio.

Habían preparado esa recámara precisamente para ese momento, en caso de un posible ataque de Alemania, aunque nadie imaginó que de verdad fuera a ocurrir. No en la ciudad de Varsovia.

Las autoridades les habían advertido que lo más probable era un ataque con gas y que todas las casas debían estar preparadas con una habitación hermética. Habían sellado la única ventana del estudio con cinta adhesiva y sus máscaras antigás los esperaban ahí con ojos de cristal que parecían alienígenas mirando fijamente a la pared.

Su papá salió corriendo de la habitación que compartía con su *matka*, con un par de binoculares en la mano de cuando había peleado en la Gran Guerra. Se reunió con Antek en la ventana y miró a través de los binoculares.

—No son aviones alemanes, ¿verdad?

—No me parece... —Antek señaló el vidrio y lo golpeó con un ruido sordo—. ¿Ves las alas, cómo se extienden horizontalmente? Parece un P11.

Su papá frunció el ceño y le pasó los binoculares a Antek.

—Creo que las alas están inclinadas hacia abajo.

Antek se apartó el desgreñado cabello castaño de los ojos y volvió a mirar.

—El motor no suena como un P11...

—Quiero ver. —Zofia no sabía nada de aviones, aparte del hecho de que durante el último mes muchos habían estado sobrevolando la ciudad, pero aun así quería ver por sí misma. En la calle, la gente los miraba, señalándolos, probablemente manteniendo una conversación similar.

Antek le entregó los binoculares a Zofia, quien miró a través de ellos, y sus ojos se esforzaron para enfocar la imagen distorsionada. Otro grupo de aviones pasó volando, apenas un destello de metal gris en las lentes. Cuando bajó los binoculares y se los devolvió a su papá, le dolían los músculos de los ojos.

—¿No son aviones alemanes? —Su *matka* se acercó a la ventana, picada por la curiosidad.

—No creo que los alemanes nos bombardearían aquí en la ciudad. —Antek se pasó una mano por el pelo, dejándoselo más revuelto—. Más temprano atacaron Danzig. Exactamente como dije que harían. —Había una nota de vanidad en su tono—. Pero no se preocupen, nuestros soldados acabarán con ellos antes de que puedan llegar al interior. Es imposible que ataquen Varsovia.

La *matka* se mordió el labio y lanzó otra mirada afuera, con ansiedad.

—Deberíamos meternos al estudio por si acaso.

Nadie expresó que estuviera de acuerdo. Todos detestaban el cuarto anti-gas. La *matka* había insistido en que hicieran simulacros periódicamente en la sofocante habitación, donde sudaban y respiraban el aire caliente y húmedo de los demás hasta que se mareaban y se ponían irritables.

Al final, la *matka* no los obligó a meterse en ese horrible lugar. Horas después, escucharon en el radio que habían bombardeado Wielun, una zona a las afueras de Varsovia, y habían muerto cientos de personas.

—Mis papás hicieron bien en irse —dijo la *matka* en voz baja.

Un mes antes, cuando la guerra era solo un rumor, sus padres le habían enviado una breve nota de una línea en la que comunicaban que dejaban su propiedad y partían a su casa de verano en Suiza. No habían invitado a *matka* ni a nadie a acompañarlos. Sin embargo, Zofia nunca había visto a sus abuelos y su *matka* casi nunca hablaba de ellos.

Lo único que Zofia sabía era que no les había gustado que su papá viniera de una familia pobre, y despreciaban a su hija y a su marido como si fueran indigentes, a pesar del éxito y la riqueza que había amasado su papá.

Volvió a sonar la sirena de ataque aéreo, junto con un nuevo grupo de aviones.

Antek tomó los binoculares que había dejado junto a la ventana y se agachó para ver mejor el cielo.

—Esos definitivamente son alemanes…

Una zona distante a la derecha se convirtió violentamente en una bola de fuego y de las llamas brotó un humo espeso y oscuro.

Zofia se quedó petrificada en donde estaba, con la mirada fija en la incipiente conflagración. Lo que veía no podía ser real.

Su corazón no latía. Sus pulmones no se llenaban. Su mente no creía.

La escena estaba tan apartada de la realidad como una proyección de cine.

Estaban en Varsovia, una ciudad de cultura y aprendizaje, no en una puerta para la maquinaria de guerra nazi.

Y, sin embargo, el cielo se ennegrecía de humo, una cruda realidad que no podía negar. Otro estruendo la sacudió de su estupor.

—Al sótano, ahora —dijo su *matka* con un tono cortante y, por una vez, Zofia no discutió con ella.

Su papá tomó su sombrero y su maletín de donde descansaban contra la mesa desde el desayuno.

—Tengo que ir al hospital.

—¿En pleno bombardeo? —Los tendones del cuello bajo el collar de cruz de oro de la *matka* sobresalían como un sedal bajo su piel—. No seas ridículo. Tenemos que ir al sótano.

—Pon a salvo a los niños, Jadzia. —La mirada de su padre se clavó en la de ella como si insistiera en que lo entendiera—. Volveré a casa en cuanto pueda.

La *matka* entornó los ojos para comunicarle al padre lo que no podía pronunciar en voz alta. Otro bombardeo lejano hizo temblar las paredes.

—Vengan. —La *matka* les hizo un gesto a Zofia y Antek con su enorme anillo de diamantes y zafiros parpadeando bajo la luz. Bajaron rápidamente al sótano, donde ya estaba refugiado el resto de los habitantes del edificio. Adentro, el aire estaba cargado y húmedo por tanta gente. Unas velas gordas colocadas sobre latas iluminaban el espacio sin ventanas de manera lúgubre y titilante.

La gente reflexionaba en silencio, con el rostro pálido bajo la luz mortecina. Nadie hablaba, ni conversaba de los asuntos del día ni especulaba sobre la guerra. Todo estaba en silencio, salvo por los quejidos de una mujer del tercer piso, que sostenía un perrito blanco en su regazo. Eso y el lejano ruido de la detonación de las bombas. Los minutos se convirtieron en interminables horas.

Finalmente, oyeron una nueva sirena, la que avisaba que era seguro salir.

Antek empujó la puerta y Zofia fue la primera en salir, con las piernas agarrotadas por haber estado tanto tiempo sentada. Afuera, el aire estaba cargado de polvo y humo. Las sirenas de los vehículos de emergencia sonaban por toda la ciudad, y el sol se ocultaba tras la bruma del atardecer.

Por imposible que pareciera, Varsovia de verdad había sido bombardeada.

Esa noche, tarde, la puerta se abrió cuando su papá regresó del hospital. Zofia saltó de la cama y salió corriendo para recibirlo. Entró con la cabeza gacha.

—¿Estás bien, papá? —le preguntó.

Levantó la cabeza.

—Zofia. Por supuesto. ¿Cómo estuvo todo aquí?

—Estuvimos en el sótano todo el día.

Una vez que las líneas telefónicas se despejaron lo suficiente como para poder llamar, Zofia confirmó que Janina y su familia estaban a salvo. En cuanto colgó el teléfono otra sirena de ataque aéreo lanzó su penetrante bramido. El resto del día lo habían pasado subiendo y bajando las escaleras, refugiándose en cada ataque.

Zofia estaba a punto de hacer un comentario sobre cómo la mujer del perro blanco ponía nervioso incluso a Antek cuando su papá se reunió con ella en la sala. El saco de su traje se abrió ligeramente, dejando al descubierto una mancha roja que tenía en la camisa.

Sangre.

—Tuvimos suerte —prefirió contestar.

—Sí. —Su padre frunció el ceño—. Sí, tuvimos mucha suerte. —Sonrió, con una expresión teñida de tristeza, y ella supo lo que iba a decir antes de que las palabras salieran de su boca—. Tienes los ojos de tu abuela, ¿sabes?

Zofia asintió, consciente de que sus ojos azul cielo eran exactamente iguales a los de la abuela que nunca había tenido ocasión de conocer.

—Lo sé.

Él nunca hablaba de sus padres, pero Zofia sabía que su abuelo se había marchado cuando su papá era un niño. Su madre lo había criado sola, hasta que la invadió una terrible enfermedad que tardó varios años en matarla. Su papá había estado ahí durante todo ese tiempo. La *matka* de Zofia decía que por eso se había dedicado a la medicina, para ayudar a los pacientes a que no sufrieran como había sufrido su propia madre.

A veces Zofia pensaba que también era para evitar que la gente sufriera como él: un niño demasiado pequeño para las responsabilidades adultas, pero demasiado mayor para un orfanato, abandonado en el mundo.

Ahora, su papá le acariciaba la cabeza cariñosamente, como hacía cuando era niña, y sus cálidos ojos cafés se arrugaban en las orillas de un modo que solía hacerla sonreír.

Fue entonces cuando se dio cuenta del rastro de lodo que había tras él.

—Se te olvidó quitarte los zapatos. —Zofia señaló sus zapatos de cuero sucios y el rastro que habían dejado. Todo el mundo olvidaba quitarse los zapatos de vez en cuando, sobre todo Zofia, a veces incluso la *matka*. Pero a su papá nunca antes se le había olvidado.

Miró a sus espaldas y dudó antes de volverse hacia ella con una sonrisa tímida.

—No le digas a tu *matka*.

—¿Que no le diga qué a su *matka*? —La madre de Zofia se cruzó de brazos y miró el desorden frunciendo el ceño.

Zofia regresó de inmediato a su habitación, dejando que su papá se ocupara de la *matka*. Sin embargo, en lugar de una discusión furiosa, solo el siseo de sus susurros se coló bajo la puerta de Zofia. Curiosa, pegó la oreja a la puerta y escuchó.

—¿Tienes todo en orden, Jadzia? —preguntó su papá.

—No es tan malo, ¿verdad? —susurró su *matka*.

Su papá no respondió. En su mente Zofia podía ver cómo agachaba la cabeza mientras se pellizcaba el puente de la nariz, como hacía cuando el estrés de la vida requería un momento de contemplación.

—Jan, dímelo. —El tono de la *matka* era firme, una dureza que rara vez utilizaba cuando hablaba con su papá.

Hubo una pausa antes de que su papá volviera a hablar.

—Están bombardeando los hospitales.

Después de esa conversación, Zofia pasó las siguientes las noches en vela, incapaz de conciliar el sueño hasta que su padre volvía sano y salvo a casa. Durante los dos días siguientes, incluso su *matka* se cansó de estar encerrada en el sótano abarrotado. La sirena de ataque aéreo sonaba constantemente, tanto si las bombas estaban sobre sus cabezas como si se encontraban a kilómetros de distancia, en el distrito de Praga, al otro lado del río.

La emisora de radio Warsaw One informaba diariamente de las bajas de aviones alemanes derribados por las defensas polacas, y también reportaron la gloriosa noticia de que Francia e Inglaterra habían declarado la guerra a Alemania.

*La Marsellesa* sonaba en los altavoces de la calle mientras Janina, Zofia y Maria se unían a la multitud de gente que vitoreaba frente al Palacio Branicki, donde se encontraba la embajada británica. Las banderas ondeaban entre la multitud con destellos rojos, blancos y azules. La Tricolore, la Union Jack y su propia Flaga Polski.

Tres países unidos contra Hitler. La guerra terminaría pronto. Una vez que Inglaterra y Francia lanzaran sus ataques, la vida en Polonia volvería a la normalidad, libre de los infernales ataques aéreos, y su papá dejaría de correr peligro.

Maria echó la cabeza hacia atrás y cantó la última estrofa de *La Marsellesa* antes de que la jubilosa música se interrumpiera por unas palabras de advertencia de los altavoces de que no formaran aglomeraciones en la calle.

Todos hicieron caso omiso. Ya nadie quería estar en los sótanos con semejante motivo de celebración.

—Esto significa que Antek no va a tener que ir a luchar —dijo Zofia por encima de los acordes de «God Save the King». Esa preocupación había estado rondando sus pensamientos, pero todavía no había querido dar voz a esos temores. No antes de este momento de maravillosa seguridad.

—Estará a salvo —la tranquilizó Janina con una amplia sonrisa—. La guerra terminará en dos días. Tres como mucho.

Un hombre con un encantador hoyuelo en la mejilla izquierda se acercó a Maria y le tendió una banderita francesa con la floritura de quien regala una rosa. Ella la aceptó con timidez, dejando que sus miradas se prolongaran más de lo debido. Él le ofreció las manos y le dio una vuelta para bailar mientras Zofia y Janina aplaudían.

Otra advertencia sobre no formar multitudes resonó en las calles, y Janina, siempre atenta a las normas, les lanzó una mirada preocupada.

—Deberíamos irnos.

Nadie se opuso como era su costumbre. La tensión recorría la piel de Zofia. Habían tentado a la suerte demasiado tiempo. Nada le gustaría más a un bombardero alemán que apuntar a una multitud de rebeldes.

Las tres se alejaron del viejo palacio, dejando atrás la celebración.

Por todas partes se veían pruebas de lo que su hermosa ciudad había sufrido en los últimos tres días. Las zanjas excavadas en los tiernos campos del parque se habían ensanchado ahora que su propósito era realmente necesario. Los edificios del horizonte mostraban estructuras en ruinas como dientes arrancados de una sonrisa. Incluso partes de las calles estaban llenas de agujeros, aunque los conductores sorteaban los obstáculos con facilidad.

—Guías —las llamó una voz familiar.

Se volvieron y vieron a Krystyna de pie cerca de una zanja, con una pala en las manos y un poco de tierra en el uniforme gris de capitana guía. A su alrededor, varias guías y scouts cavaban una zanja nueva en la tierra.

—Llegan justo a tiempo. —Krystyna se apartó el cabello castaño claro de la cara sudorosa y señaló un montón de palas con las puntas llenas de terrones.

En esos días de bombardeos y guerra, no se le preguntaba a nadie si quería ayudar; todo el mundo ayudaba y ya. Es más, trabajaban unos junto a otros. Los ricos cavaban junto a los pobres, al igual que los nacionalistas y los socialistas, los católicos y los judíos. Por primera vez desde la jubilosa esperanza que había provocado la firma del Tratado de Versalles, Polonia estaba completa y totalmente unificada.

Janina miró sus sandalias de cuero azul claro, que combinaban a la perfección con su vestido entallado con pequeñas flores en la tela. Frunció los labios ligeramente.

—Los puedes limpiar después. —Zofia la agarró del brazo y la jaló hacia la zanja abierta.

Cada una tomó una pala, con los mangos de madera lisos por el uso de la semana transcurrida entre la preparación de la guerra y su llegada. Maria se sujetó la bandera francesa entre las horquillas de su cabello de manera que la Tricolore ondeaba justo por encima de su trenza rubia, y las tres hundieron las palas en la tierra seca.

Al cabo de unos minutos, a Zofia le dolían la espalda y los brazos por la falta de costumbre y su palma maltrecha le decía que no saldría de ahí sin unas cuantas ampollas.

Krystyna se reunió con ellas, ocupando un lugar cerca de Zofia.

—¿Qué van a hacer mañana?

La pregunta casual debió ser la primera advertencia. A Krystyna no le gustaban las conversaciones ociosas. Todo en su vida era serio, desde su papel de capitana de las guías hasta sus estudios de ingeniería. Probablemente el rasgo proviniera de su padre, que era alcalde de la ciudad donde había crecido.

Zofia tampoco era del tipo de tener conversaciones triviales.

—Me imagino que preguntas con una intención.

Krystyna levantó una carga de tierra tres veces mayor que sus escasas paletadas y la arrojó detrás de ella.

—El mismísimo alcalde Starzyński está llamando a todos los scouts y las guías para que ayuden a cavar trincheras como esta, a apagar fuegos donde podamos, ese tipo de cosas—. Krystyna se levantó y se secó el sudor de la frente con el antebrazo—. ¿Están libres para ayudar todos los días?

Zofia enderezó los hombros, dispuesta a asumir cualquier deber por su país.

—Por supuesto que sí.

Krystyna miró a Maria y a Janina.

—¿Y ustedes?

—Yo me apunto si Zofia también. —Janina se apoyó una mano en la cadera—. Pero eso ya lo sabías.

—Yo no puedo dejarlas solas a estas dos —intervino Maria—. Yo también voy. Además, es probable que la guerra dure solo un par de días más.

Krystyna asintió en señal de aprobación y se dirigió al otro lado del montículo para asegurar los esfuerzos de Danuta y Kasia para la causa.

Al día siguiente, las chicas se reunieron en el mismo lugar, donde las esperaban con cubetas y palas. Solo con mirarlas, a Zofia le ardieron las ampollas de las palmas de las manos.

—Si ayer cavaron, hoy apagan fuegos. —Krystyna miró el cuidadoso vendaje de las manos de Janina—. Vamos a darles a esas ampollas una oportunidad de curarse un poco.

Sin embargo, si pensaban que dejar de cavar significaba tener una tarea más fácil, se equivocaban. Apagar los incendios que había en Varsovia no era fácil, sobre todo cuando las tuberías de agua estaban siendo bombardeadas habilmente a cada momento. En esos casos, usaban cubeta tras cubeta de arena para sofocar las llamas. Y en algunos casos de urgencia, incluso recurrieron al agua almacenada en los depósitos de los excusados para apagar pequeños incendios dentro de las casas.

Pasó una semana y las sirenas de ataque aéreo seguían sonando a lo largo del día. La gente hacía lo que podía para salvar sus pertenencias. Retiraron las alfombras y las cortinas para impedir la propagación del fuego. Algunos esparcieron arena en el suelo, pero la mayoría tenía por lo menos una cubeta a mano por si acaso. Y en toda Varsovia se cubrieron las ventanas con cinta adhesiva para evitar que los cristales rotos causaran heridas.

Los soldados polacos empezaron a llegar a la ciudad, tambaleantes después de la batalla. Mientras que las mujeres celebraban su regreso y les lavaban los pies para recibirlos como héroes, Zofia no podía evitar fijarse en sus expresiones atormentadas.

El alcalde Starzyński pronunciaba dos discursos motivadores al día para alentar a la gente a cavar zanjas, clavar en el suelo las vías arrancadas del tranvía como obstáculos para los tanques y barrer escombros de las calles todas las mañanas. Gracias a su liderazgo, el agua y la electricidad, que se cortaban con cada nuevo bombardeo, se restablecían sin cesar.

Sin embargo, a diferencia de su estoico alcalde, el gobierno polaco había huido a Rumania, abandonando al país en su momento de mayor necesidad. En respuesta a su huida, el general Umiastowski solicitó a los scouts que se unieran al frente para ayudar a los soldados a mantener a los alemanes fuera de Varsovia.

A la mañana siguiente, Zofia se despertó con el sonido de un llanto y encontró a su *matka* apoyada en la mesa de la cocina. Tenía una carta arrugada en el puño.

Un vuelco de náuseas en el estómago hizo que Zofia adivinara de algún modo su contenido.

—¿Antek?

—Se fue anoche —respondió su *matka* entre sollozos. Con la mano temblorosa, le extendió la nota.

Zofia la desdobló lentamente. Alisó las arrugas, tomó aire y leyó.

Antek había decidido marcharse en plena noche, cuando sabía que nadie se negaría a su partida. Había tomado la decisión inapelable de luchar.

De repente, toda su infancia le vino a la memoria: las veces que su hermano le contaba cuentos para ayudarle a superar las tormentas, como siempre se enderezaba un poco cuando le decía a la gente que Zofia era su hermana, las incontables horas que había pasado compartiendo lo que sabía como scout para que ella sobresaliera entre las guías. Siempre la había cuidado y era obvio que tenía la intención de seguir haciéndolo.

Releyó de nuevo la última línea: «Diles a Janina y a Zofia que volveré como un héroe».

El sufrimiento le desgarró el corazón.

Antek se había ido.

# Capítulo 3

A Zofia le ardían los músculos de las piernas por el esfuerzo de subir y bajar escaleras con cubetas de arena. El uniforme de guía se le pegaba a la espalda sudorosa, y llevaba la tela gris arrugada y manchada de hollín.

Sus esfuerzos se vieron recompensados cuando se extinguieron las llamas del tercer piso del edificio que había estado ayudando a salvar. Victoriosa, se enjugó la frente llena de sudor y bajó las escaleras con pasos pesados, sucumbiendo al cansancio.

A lo lejos se oían disparos donde valientes soldados polacos combatían en Wola, los suburbios al suroeste de Varsovia y la zona de la ciudad más cercana a Alemania. Hacía tiempo que sus padres habían dejado de hablar sobre escaparse de la ciudad. Los tanques alemanes tenían Varsovia rodeada y nadie podía entrar ni salir. Ni siquiera Antek, dondequiera que estuviera, y de quien aún no tenían noticias.

Janina apareció al pie de la escalera y subió corriendo con una cubeta de arena.

—El fuego ya está apagado —le dijo Zofia antes de que su amiga malgastara energía.

Janina suspiró aliviada, con las mejillas sonrojadas. La frente le brillaba de sudor; se desplomó contra la pared, soltando la cubeta a un centímetro del suelo.

Las luces parpadearon y se apagaron, sumiéndolas en la oscuridad, salvo por la luz del sol que entraba por una estrecha ventana a sus espaldas. Se habían quedado sin electricidad.

Ya habían cortado el agua una hora antes.

—¿Otra vez? —Janina emitió un gemido de frustración que Zofia sintió en el alma.

De no ser por los discursos del alcalde Starzyński que alentaban a los trabajadores de la ciudad a mantener al día las reparaciones de las líneas de electricidad y agua, Varsovia se habría quedado permanentemente sin servicios. Sin embargo, las horas de oscuridad y las tuberías secas empezaban a hacer mella en todos.

Zofia se recargó en la pared junto a Janina, agradecida por el escaso peso que retiró de las puntas de sus pies.

—Tengo algo para ti. —Zofia metió la mano a su bolsillo y sacó un chocolate con la leyenda «E. Wedel» en letra cursiva enfrente. Conservarlo no había sido fácil, ya que la comida cada vez era más escasa—. *Shana tovah*. —Le dio la barra a Janina y le deseó un feliz año nuevo. En Rosh Hashaná se evitaban los alimentos agrios o amargos y se preferían las mieles y las frutas, con la esperanza de que el nuevo año fuera más dulce.

Sin duda, el chocolate entraba en esa categoría cuando escaseaba la fruta fresca y la miel.

—Te acordaste. —El cansancio desapareció de la cara de Janina. Sostenía el chocolate en sus manos con asombro—. Incluso con todo lo que está pasando a nuestro alrededor, te acordaste.

Era algo que Zofia había hecho anualmente desde que supo qué era Rosh Hashaná y lo que significaba para su amiga. Era un gesto sencillo, pero con tanta escasez y pérdida en los últimos días, su impacto se sintió más profundo que en los años anteriores.

—Volvamos con las demás —dijo Zofia rápidamente, antes de que las lágrimas que brillaban en los ojos de Janina las hicieran llorar a las dos.

Afuera, las demás guías estaban reunidas en un pequeño grupo, mirando hacia el distrito vecino de Wola. La nube de humo se había vuelto omnipresente, asfixiante y sucia, un producto de los constantes bombardeos y de las bombas incendiarias recién introducidas. Estas últimas solían lanzarse por las tardes, antes de que comenzaran los bombardeos nocturnos.

Les lanzaban centenas de artefactos incendiarios, que caían en las calles y sobre los tejados, desatando llamas de fósforo que creaban un brillo incandescente por toda la ciudad. Intentar decretar un apagón ya ni siquiera merecía el esfuerzo del alcalde.

El paisaje que las rodeaba era surrealista. Dos semanas antes, Varsovia había sido una ciudad en la que los niños reían y jugaban en las calles, donde la vida prosperaba, con vendedores ambulantes que llamaban a los transeúntes, y los amigos —sus propias amigas— se reunían en la biblioteca para buscar libros nuevos. Ahora el mundo se derrumbaba, quemando la belleza de Varsovia, y no había tiempo para leer ni alimento que comer.

Una oleada de nostalgia azotó a Zofia. Qué bueno sería volver a su antigua vida, arrellanada en la esquina del sofá con una nueva novela de Marta Krakowska entre las manos, los pensamientos perdidos en otro mundo donde sabía que, al final, estaría a salvo y sería feliz.

Unas sombras aparecieron a través del velo opaco de humo y un estremecimiento de terror atrapó a Zofia y Janina en la misma maraña de miedo que a las demás Guías. Clavaron la mirada en la niebla y se fijaron en los uniformes. ¿Eran polacos o alemanes?

Los soldados avanzaban con los movimientos erráticos y automáticos de los recién heridos.

—Son polacos —gritó Danuta.

Eso fue todo lo que necesitaron las mujeres; la adrenalina en sus venas las lanzó hacia los soldados para ayudarlos. Los hombres entraron a la calle cojeando, cubiertos de polvo y manchados de tierra y sangre.

Zofia agarró a un hombre que se inclinó hacia ella, y apenas pudo sostener su peso antes de que el soldado los empujara a ambos sobre los adoquines que brillaban con astillas de cristales rotos. Del hombre emanaba un fuerte y penetrante olor a aguarrás.

Zofia apretó los dientes para mantenerlo erguido, su cuerpo temblaba de cansancio.

—¿Está cayendo Varsovia?

Janina le lanzó una mirada de reproche. Por supuesto que Janina todavía tenía fe en que Polonia saldría victoriosa, al igual que creía que Francia y Gran Bretaña cumplirían finalmente su promesa de aportar ayuda.

—Ganamos. —Una media sonrisa se dibujó en la boca del soldado—. Nos estábamos quedando sin munición y tuvimos que ser creativos.

—Tiramos aguarrás en las calles antes de que llegaran los tanques —dijo riendo un soldado al que le goteaba sangre de la sien—. En cuanto aparecieron, añadimos una chispa de fuego y... — Imitó el sonido de una explosión, extendiendo los dedos para hacer una demostración.

—Entonces no hay alemanes en Varsovia. —El rostro de Janina se relajó de alivio.

Zofia no compartía ese sentimiento mientras conducían a los hombres a uno de los muchos puestos de primeros auxilios que tenían las guías.

Los alemanes aún no estaban en Varsovia, pero estaban cerca. Demasiado cerca.

¿Cuánto tiempo podría resistir su maltratada ciudad?

A la mañana siguiente, Zofia estaba sentada frente a la mesa del desayuno cuando sus padres se le unieron con expresiones sombrías.

A Zofia se le revolvió el estómago.

—¿Antek?

Su papá negó con la cabeza, pero su expresión no dejó de ser solemne.

—Anoche el barrio judío fue bombardeado intensamente.

—No. —La palabra entumió los labios de Zofia. Janina había estado con sus abuelos esa tarde para celebrar Rosh Hashaná. Zofia se alejó de sus padres, corrió hacia la puerta principal, y deslizó apresuradamente los pies en un par de mocasines de cuero.

—Zofia —dijo su *matka* con agudo reproche—. Estás en ropa de dormir.

Pero a Zofia no le importó. Salió corriendo del departamento a pesar del grito de sorpresa de su madre. Nada detuvo su paso. Ni el nudo que traía en el pecho ni el humo que le hacía arder los ojos. Dio la vuelta en el patio trasero de la galería de arte Steinman, en la calle Mazowiecka, subió un tramo de escaleras y llamó al timbre.

El corazón le latía salvaje y frenéticamente en la garganta mientras esperaba.

Pasó un minuto.

Luego otro.

Volvió a pulsar el timbre y golpeó varias veces la madera maciza con el puño.

Oyó un arrastrar de pies. Pasos. La cerradura se abrió.

Zofia soltó el aire que había estado conteniendo. La puerta se abrió y ahí estaba Janina. Con los ojos rojos y el cuello de la blusa blanca roto, la solapa arrugada como si un puño la hubiera agarrado y jalado con saña. De ahí en fuera, estaba sana y salva.

Gracias a Dios.

—Zofia —dijo Janina sollozando—. Bubbe y Zayde.

Solo pudo pronunciar los nombres de sus abuelos antes de ponerse a llorar. Zofia sostuvo a Janina cuando se desplomó y la condujo al interior de su casa, cerrando la puerta con el pie.

Adentro, los espejos estaban cubiertos y la madre de Janina estaba sentada en el sofá, mirando fijamente a la nada, con la manga derecha rasgada en el hombro. Se levantó al ver a Zofia.

—Lo siento, no puedo... —La señora Steinman salió corriendo de la habitación, con la cara desencajada.

Zofia dudó.

—No debería estar aquí.

—Quédate, por favor. —Janina agarró la mano de Zofia, con dedos húmedos y calientes—. Nos enteramos hoy en la mañana. Recibieron un impacto directo que destrozó el edificio hasta los cimientos, del cuarto piso hasta el sótano, donde todos estaban refugiados. Acabábamos de estar ahí. Acabábamos de verlos... —A Janina se le quebró la voz.

Ser sepultado en el lugar que debía mantenerte a salvo era demasiado horrible para imaginarlo. Los recuerdos invadieron a Zofia. Las celebraciones de Jánuca que había pasado con los abuelos de Janina, las muchas veces que habían estado en la cocina de Bubbe, donde las galletas y las palabras sabias y amables parecían arreglar todos los problemas de la vida. Janina se puso a llorar una vez más y, juntas, lamentaron la enormidad de semejante pérdida.

Janina no salió de su casa durante una semana, y Zofia extrañó tremendamente a su querida amiga. En ese corto tiempo, en el que se cerraron las fronteras de la ciudad, la comida empezó a escasear terriblemente. Después de los bombardeos, se hicieron filas junto a los cadáveres de los caballos para conseguir la carne que se pudiera salvar, y las mujeres hacían caso omiso de las señales de ataque aéreo para hacer fila en las tiendas de comestibles y las panaderías. Incluso cuando los pilotos nazis ametrallaban las calles, las madres y esposas de Varsovia se mantuvieron firmes y permanecían en las filas, incluso con el riesgo de que las alcanzaran los disparos.

En esa espantosa semana, los soviéticos atacaron Polonia desde el este y las reservas de oro polacas fueron enviadas fuera del país. Una señal certera de la inminente derrota.

Cuando Janina regresó por fin con las guías, tenía hinchada y amoratada la piel debajo de los ojos por el luto.

—Pudimos hacer *shiva* por Bubbe y Zayde. —Retorció un pañuelo con las manos; el trozo de lino ya estaba grabado con profundas arrugas por la fuerza de su puño—. Ahora, el trabajo me mantendrá ocupada para que no pueda pensar. O recordar... —Se le quebró la voz.

Zofia abrazó a su amiga y permaneció a su lado mientras Janina se entregaba a un interminable ciclo de cavar zanjas y apagar fuegos.

Aunque la melancolía seguía atormentando a Janina, un rubor más saludable volvió a sus mejillas después de un solo día. Acababan de apagar las últimas llamas de un tranvía destrozado cuando un atronador estruendo sonó varias calles arriba. El suelo retumbó bajo sus pies y un humo oscuro se extendió hacia el cielo brumoso.

Krystyna corrió hacia ellas.

—Necesito que vayan a la calle Świętokrzyska. Ahora.

Zofia conocía el barrio, donde numerosas librerías se intercalaban con bancos y oficinas. No esperó a que se lo dijeran dos veces, como tampoco lo hicieron Maria y Janina, que corrieron detrás de ella. Corrieron tres manzanas hasta la calle Świętokrzyska, donde se detuvieron bruscamente.

La zona estaba presa de un incendio salvaje. Había mucho más fuego del que se podía sofocar con la arena que habían recogido en sus pequeñas cubetas. El infierno rugía como una bestia viviente; su aliento las rozaba con un calor abrasador. Fosas ennegrecidas marcaban el lugar donde antes se alzaban edificios y los libros estaban esparcidos por las calles, abiertos y ardiendo. Trozos de páginas chamuscadas se esparcían con frenesí, empequeñeciéndose a medida que las llamas los devoraban.

A lo lejos, por encima de todo, se alzaba el edificio Prudential. Antaño considerado el edificio más alto de Europa, permanecía intacto ante la tragedia que había asolado la calle Świętokrzyska.

—Vamos. —El tono cortante de Krystyna sacó a Zofia del trance que le provocó el horror de la escena.

La cubeta ya no pesaba en sus manos cuando corrió hacia el primer edificio y arrojó la arena contra el escaparate roto, esparciendo los granos sobre una pila de libros en llamas. Inmediatamente humeó. Un esfuerzo minúsculo en una tarea hercúlea.

Su pequeño contingente siguió luchando, combatiendo el fuego cubeta a cubeta hasta que sus gargantas quedaron en carne viva y sintieron el pecho obstruido de tanto humo.

Un zumbido grave cortó el estruendo de la destrucción, el sonido era como el de una abeja agitada en pleno vuelo. A Zofia se le helaron las venas y se le erizó el vello de la nuca.

Aviones.

Una explosión atronó en la calle, y una nueva llamarada salió del edificio que habían luchado por salvar solo unos minutos antes.

Un avión giró y se dirigió hacia ellas. Janina se quedó paralizada a varios metros de Zofia, con los ojos muy abiertos, mientras el zumbido se hacía más fuerte.

—Corre —gritó Maria detrás de Zofia.

Janina no se movió. Zofia le gritó otra vez y estaba corriendo hacia ella cuando el avión abrió fuego, repartiendo fragmentos de asfalto ardiendo mientras las balas rasgaban la calle.

La vibración del motor retumbó en el cráneo de Zofia y sus nervios se pusieron en alerta. El avión estaba prácticamente encima de ella y el rostro del piloto se veía en el panel de cristal. El hombre sonrió —de verdad sonrió— y lanzó una nueva ráfaga de balas hacia ellas.

Un empujón en la parte baja de la espalda hizo que Zofia se tambaleara hacia delante, fuera de la línea de fuego. Se giró bruscamente, anticipando una hilera de agujeros de bala en el asfalto, cuando se dispersaron vio a Maria tirada en el suelo, con el uniforme rojo de sangre brillante.

Zofia lanzó un grito que se perdió en el estruendo de los aviones, el fuego, las balas y el infierno que la rodeaba. Cayó de rodillas junto a Maria, desesperada por salvar a su amiga.

Había tanta sangre. Brillaba sobre el pecho de Maria. Sus preciosos ojos ámbar estaban abiertos de par en par por la conmoción y el dolor.

—Maria. —Las manos de Zofia revolotearon sobre las heridas de su amiga—. No sé qué hacer.

¿Debería intentar hacer compresiones? ¿O hacer torniquetes? Pero, ¿cómo se podían cerrar tantas heridas a la vez?

Toda la formación en primeros auxilios que habían recibido se mezclaba frenéticamente en su pensamiento.

La impotencia del momento se apoderó de Zofia. Cada segundo era esencial, y el tiempo se le escapaba de entre las manos como la vida se filtraba del cuerpo de Maria.

—Que alguien me ayude —gritó Zofia.

Maria abrió la boca; los dientes se le pusieron rojos mientras sus labios trataban de formar palabras que no logró pronunciar.

De repente, su cuerpo se relajó sobre el asfalto quebrado y la brillante emoción de sus ojos se apagó en la nada.

Zofia se quedó mirando horrorizada.

Todo había sucedido demasiado rápido. Ni siquiera había tenido oportunidad de pedir ayuda.

Alguien agarró a Zofia de la blusa y la arrancó del suelo. El asfalto volvió a sacudirse en medio de una lluvia de balas, meciendo el cuerpo de Maria con el impacto. Alguien empujó a Zofia hacia atrás, con el cuerpo entumido, debilitado e impotente.

—Zofia. —Una voz familiar le gritó su nombre al oído.

La mirada oscura de Janina llenó la visión de Zofia. Arriba, el cielo estaba tapado por la esquina de un tejado. Estaban en uno de los pocos callejones que no estaba en llamas.

—Maria —susurró Zofia.

Los ojos de Janina se llenaron de lágrimas.

—No pude salvarla... —La voz de Zofia sonaba muy ronca, extraña incluso para sus oídos.

—No había nada que pudieras hacer. Nada. —Krystyna puso un brazo alrededor de Zofia, ayudándola a mantenerse en pie—. Si Janina no te hubiera salvado, estarías ahí tirada con Maria.

«¿Janina?».

Zofia parpadeó, confundida, y volvió a enfocarse en Janina, que era al menos una cabeza más baja que ella. Janina, que siempre había sido pequeña comparada con los demás, pero en especial en comparación con la altura y los anchos hombros de Zofia.

¿Janina la había resguardado?

¿Cómo era posible cuando Zofia era mucho más grande que su menuda amiga?

Como si hubiera oído la pregunta que Zofia estaba pensando, Janina asintió y abrazó con fuerza a Zofia.

El piloto no se marchó durante cierto tiempo, revoloteando como una enorme mosca de verano esperando picar. Al final, se vieron obligadas a hacer lo que muchos: dejar a sus muertos en la calle hasta que fuera seguro regresar, al amparo de la noche.

Sin embargo, al adentrarse en el callejón en busca de una manera de escapar, no solo dejaron atrás a Maria; también dejaron atrás su infancia, su inocencia. Las despojaron de ella como una cáscara que ahora era demasiado pequeña para que volvieran a caber alguna vez, dejándolas en carne viva y vulnerables en este nuevo y peligroso mundo de guerra.

Pasara lo que pasara a continuación, jamás volverían a ser las mismas.

# Capítulo 4

Zofia ni siquiera se había preguntado si volvería a trabajar con las guías al día siguiente de la muerte de Maria. Todas habían perdido seres queridos. Todas habían sufrido un trauma. Sin embargo, la vida continuaba.

Una sombra cruzó el rostro de Krystyna cuando vio a Zofia. La pulcritud del pelo de Krystyna, peinado a la perfección, y el uniforme planchado parecían fuera de lugar en la zona de guerra en la que ahora residían permanentemente. Se acercó a ella, y sus pasos hicieron crujir trozos de piedra y cristal.

—¿Dormiste algo?

Zofia tenía los ojos rojos y secos por el cansancio y por las lágrimas que finalmente había derramado.

—¿Alguien ha dormido?

Krystyna puso una mano sobre el hombro de Zofia en un gesto de apoyo que probablemente había adoptado de su padre.

—¿Estás segura de que puedes seguir hoy?

Era la oportunidad de Zofia para volver a la cama de la que tanto esfuerzo le había costado salir, meterse bajo las sábanas y bloquearlo todo. Sintió la tentación, pero enderezó los hombros.

—Sí.

Krystyna la estudió un momento, con las cejas fruncidas.

—Estar ocupada probablemente te ayude —dijo después de una pausa—. Y tengo una tarea diferente para ti. —Señaló a Janina—. Para las dos.

Cuando Janina se reunió con ellas, Krystyna les indicó la dirección opuesta a donde tenían previsto instalar un puesto de primeros auxilios ese día.

—Quiero que vayan a la biblioteca. Kasia y Danuta están ahí y dijeron que necesitan ayuda para reubicar los libros.

Zofia dudó. Las guías serían pocas con su ausencia.

—¿Es una distracción para que no pensemos en Maria? —preguntó Zofia con astucia.

—Parte del liderazgo consiste en saber cuándo alguien a tu cargo necesita un cambio de obligaciones. —Krystyna esbozó una suave sonrisa—. He sido líder de las guías durante tres años y planeo serlo el resto de mi vida. Tengo la certeza de que esta nueva tarea será mejor para ti y para Janina.

Cualquier duda que Zofia pudiera tener se desvaneció cuando Krystyna mencionó a Janina, como probablemente sabía que ocurriría.

Con esta nueva orden, Zofia y Janina se dirigieron a la calle Koszykowa.

Solo habían hecho falta veinte días para que Varsovia se derrumbara, dejando al descubierto los cascos de las casas y las calles agujereadas por las explosiones. Todos los espacios disponibles estaban cubiertos de tumbas, desde los parques donde antes jugaban los niños, hasta las jardineras de las banquetas frente a las tiendas, que ahora estaban cerradas. Incluso en la calle Szucha, donde vivía Zofia, habían aparecido tumbas improvisadas con cruces de madera toscamente labradas y macetas de flores para adornar los montículos de tierra fresca.

Ya no había pájaros que llenaran el aire de la mañana con sus alegres cantos, y los árboles en los que antes descansaban estaban rotos y desnudos. Muchos yacían desenraizados como si los hubieran arrancado del suelo y echado a un lado como malas hierbas.

Finalmente vieron la biblioteca, con columnas blancas enmarcando las ventanas del segundo piso y el centro en forma de pico con una inscripción que decía MCMXIII, para marcar la fecha de construcción del edificio. Una sirena de ataque aéreo rompió la quietud y las dos corrieron por la calle llena de escombros hasta la gran puerta rectangular.

Se cerró tras ellas con un ruido sordo, amortiguando el grito de la sirena y permitiendo que las abrazara la fresca tranquilidad de la biblioteca. La tensión que atenazaba el cuerpo de Zofia se relajó un poco.

El edificio era de metal, madera y piedra, como todos los edificios de Varsovia. Una bomba podía atravesar el exterior, o un incendio podía abrirse paso entre los libros y prenderle fuego. Sin embargo, había algo seguro e inquebrantable en la grandiosidad de la biblioteca principal que la hacía impenetrable a la destrucción. Como una manta para niños, su consuelo envolvió a Zofia en un caparazón protector.

Hasta ese momento, no se había dado cuenta de que la biblioteca estaba abierta al público durante los bombardeos.

Si no hubieran pasado tanto el tiempo cavando trincheras, apagando incendios y derrumbándose en sus camas, para luego volver a hacerlo todo al día siguiente, Zofia y Janina habrían llegado antes.

Ahora parecía surrealista estar en el vestíbulo con la amplia escalera invitándolas a subir.

¿Cómo era posible que hacía solo un par de semanas hubieran estado en esos mismos escalones hablando del club de lectura?

Ahora no había tiempo para leer, ni pensamientos que dedicarle a su antiguo club. Especialmente sin Maria.

Zofia y Janina subieron a la recepción. La bibliotecaria se alegró al ver sus uniformes.

—Gracias por venir, necesitamos toda la ayuda posible. Vayan al departamento de manuscritos en el primer piso del anexo, al lado del segundo patio. —Señaló un grupo de personas para dirigir a Zofia y Janina más allá de la sala de lectura principal.

Su llegada fue recibida por caos.

Había papeles amontonados en todas las superficies disponibles y los expedientes se apilaban de forma inestable.

Una mujer estaba parada en medio del desorden, su pelo blanco y algodonoso ondeaba alrededor de su chongo como un halo. Parpadeó, mirándolas con unas gafas que aumentaban tres veces el tamaño de sus ojos azules.

—Ah, ustedes deben de ser las chicas que nos recomendó Kasia. Zofia y Janina, ¿verdad?

Janina y Zofia asintieron.

—Soy la señorita Laska —continuó, antes de que ellas pudieran hablar—. Y estoy en extrema necesidad de brazos fuertes.

Su mirada se posó en Janina y la duda se reflejó en su rostro.

—*Las dos* somos muy fuertes —le aseguró Zofia.

La señorita Laska vaciló y asintió con la aceptación superficial de quien no tiene tiempo para protestar. Se acercó a una estantería. Con un brusco tirón, sacó un carro de atrás, y una de las ruedas protestó con un chirrido.

—Necesito que llenen este carrito con todos los manuscritos que puedan y los lleven al almacén. Dicen que los bombardeos van a empeorar ahora que ha habido un alto al fuego. Tenemos que salvar lo que podamos.

El alto al fuego había sido un afortunado respiro para todos: una gloriosa hora solitaria para que los extranjeros abandonaran la ciudad y los varsovianos pudieran disfrutar un momento al aire libre, sin miedo a las bombas o a las balas. Le había seguido una lluvia de propaganda lanzada desde el vientre de los aviones alemanes. Los habitantes de la ciudad no sabían qué era peor: la mentira descarada de la propaganda que prometía un trato justo a los polacos tras la rendición, o el terrible manejo del idioma y la gramática confusa. Aunque todos se reían, la certeza desesperada de su inminente derrota calaba en sus almas como frío húmedo en los huesos.

Zofia escudriñó el revoltijo de manuscritos y carpetas.

—¿Por dónde empezamos?

La señorita Laska se enderezó para examinar las colecciones. La luz del sol jugueteaba sobre su rostro, revelando las delicadas manchas marrones de su piel apergaminada y las venas azul-verdosas que había debajo.

—Pues... —Se aclaró la garganta—. Todos son tan valiosos, tan importantes. Supongo que deberíamos empezar por los más antiguos. —Sin embargo, su mirada se detuvo en una sección donde las páginas eran de color más claro. Probablemente de la colección más reciente.

Janina puso una mano sobre el brazo de la señorita Laska con amabilidad, de la forma gentil con la que siempre trataba a la gente.

—Haremos lo que podamos para reubicar todo en un lugar seguro.

Inmediatamente se pusieron manos a la obra. Una vez lleno de expedientes, carpetas y hojas encuadernadas, Zofia y Janina siguieron las indicaciones de la señorita Laska para llevar el carro al almacén.

La rueda chirrió en señal de protesta durante todo el trayecto hasta el vestíbulo que conectaba la sala de lectura principal con el depósito. Atravesaron las puertas dobles y entraron en el amplio almacén, donde la temperatura se sentía varios grados abajo y se escuchaba el tintineo de un piano proveniente de algún otro cuarto. Sin embargo, lo que realmente le llamó la atención a Zofia fueron los libros. Estantes y estantes de libros hasta donde alcanzaba la vista.

La biblioteca tenía dos pisos, numerosas salas de lectura y un amplio sistema de catalogación por tarjetas. Por no hablar de las diversas bibliotecas de préstamo repartidas por Varsovia. Sin embargo, contemplar los miles de libros que tenían frente a ellas en tan enorme número era realmente extraordinario.

—¿Es la primera vez que ven el depósito? —preguntó una voz masculina con tono divertido.

Zofia se giró y vio a un hombre no mucho mayor que ella apoyado contra la pared. El pelo oscuro y largo le rozaba las orejas, apenas despeinado, con despreocupación deliberada. Sus finos labios esbozaban una media sonrisa. El radio que estaba posado sobre el escritorio, con la cubierta ligeramente rasgada, emitía las notas de una pieza de Chopin.

—Todo el mundo pone esa cara la primera vez que lo ve. —El hombre se apartó de la pared y hurgó en un armario cercano—. Por lo menos todos los que aman los libros.

Había algo en la soltura de su comportamiento y en su sonrisa despreocupada en medio del caos y el conflicto que hizo que Zofia lo mirara con recelo.

Janina, que disfrutaba hablar con todo el mundo, juntó las manos sobre su pecho y suspiró.

—Nunca había visto nada igual.

—Este es solo uno de los muchos almacenes. —El hombre sacó una pequeña lata y se acercó, con un andar tan relajado como su comportamiento—. Hay varios más conectados. Uno se designó como refugio para el personal que no tiene a dónde ir.

—¿O sea que hay gente viviendo en la biblioteca? —preguntó Zofia.

Él asintió.

—Unas doscientas personas. Por eso ahora tenemos un comedor activo. No es lo ideal, pero es mejor que estar en la calle. —Levantó la lata bruscamente—. Aceite. —Con un guiño, se hincó y aplicó un poco del líquido a cada una de las cuatro ruedas del carro—. Las oí venir desde el otro lado de la biblioteca.

—¿Tanto así? —Janina se ruborizó e incluso Zofia experimentó una oleada de calor por mortificación.

—No entiendo cómo esta cosa no vuelve loca a la señorita Laska. —Se levantó y les dedicó una sonrisa tranquila—. Yo soy Darek.

Su mirada se posó primero en Zofia y la piel alrededor de sus ojos se tensó como si la estuviera estudiando.

—Ella es Zofia —dijo Janina amablemente—. Y yo soy Janina.

—Mucho gusto. —Darek tomó la mano de Janina y la besó antes de hacer lo mismo con la de Zofia.

El roce de sus labios dejó una sensación de calor en la piel de Zofia. No estaba segura de si le gustaba, y no quería gastar energía en aclarar sus sentimientos al respecto.

Quizá estuvieran en una habitación llena de libros, envueltos en un momento mágico dentro de la biblioteca, pero el mundo exterior estaba en llamas, lleno de muerte y pérdida. Y Maria...

Un dolor creció al fondo de su garganta.

No era momento de coquetear ni de entablar amistad con alguien que bien podría ser el próximo cadáver que yaciera en una tumba improvisada frente a la ventana de Zofia.

—Tenemos que seguir trabajando —anunció.

Janina se volvió y abrió más los ojos, señal inequívoca de que Zofia estaba siendo grosera.

Darek se rio un poco e hizo un gesto casual con la mano.

—Lo comprendo. Yo trabajo en la Biblioteca de la Universidad de Varsovia y sé cuánto trabajo puede haber.

—Entonces, ¿qué haces aquí? —le preguntó Zofia.

Janina la miró con desesperación.

Él sonrió, claramente imperturbable.

—La señora Mazur es mi tía.

Zofia no sabía quién era, pero asintió de todos modos.

—Gracias por arreglar el carro. —Aunque en realidad expresó su agradecimiento por el bien de Janina más que por el de Darek.

El radio emitió un ruido molesto. Solo se oía estática, cuando antes había música. Darek fue hacia el aparato y movió los controles.

Zofia se dio la vuelta y llevó los manuscritos a una de las estanterías de la parte de atrás, lejos del hombre que sonreía con demasiada facilidad y la miraba con demasiado interés.

El radio no volvió a sonar, la señal se había dañado demasiado por el bombardeo a su emisora principal. El silencio recién hallado dejaba mucho espacio para la nostalgia. Extrañaban sobre todo los discursos diarios del alcalde Starzyński y su profundo amor por Varsovia; él repartía a la población las dosis necesarias de valor y apoyo.

Al día siguiente, enviaron de nuevo a Zofia y Janina a la biblioteca, esta vez para ayudar a Kasia con sala de lectura juvenil del segundo piso.

Mientras que en la sala principal solo había una o dos personas, Zofia se sorprendió de ver a varios niños sentados en las amplias mesas de la zona infantil recién construida. Varios llevaban collares rústicos hechos con un cordel y una etiqueta de cuero con su nombre, el de sus padres y la dirección de su casa. Esas etiquetas caseras eran habituales en Varsovia. Aunque macabras, eran totalmente necesarias en medio de los bombardeos.

Kasia sonrió y les hizo un gesto a Zofia y Janina para que se acercaran.

—Estábamos mencionando lugares que queríamos visitar. —Se volteó hacia los niños—. ¿Quién quiere enseñarle a Zofia y Janina a dónde iría?

Todos los niños hablaron a la vez y mostraron con entusiasmo revistas y libros con imágenes del mundo entero, desde playas tropicales hasta elegantes escenarios urbanos.

—Yo quiero volver aquí. —Una niña de alrededor de seis años se apartó sin miramientos los rizos rubios de la cara y señaló la fotografía de una playa que Zofia reconoció.

—¿Gdynia? —le preguntó Zofia.

La niña asintió.

—Tuvimos que irnos de ahí antes de lo que queríamos por culpa de la guerra. —Sus ojos cafés oscuro tenían una expresión hosca—. Hasta dejamos nuestras maletas.

Zofia había oído de muchas personas que tuvieron que terminar sus vacaciones antes de tiempo porque los hombres fueron llamados a filas para el inminente ataque de finales de agosto. Los trenes iban tan llenos de gente ansiosa por volver a casa que abandonaban sus equipajes.

De repente, las luces que colgaban del techo de rejilla parpadearon y se apagaron. Varios niños se encogieron en sí mismos, con los ojos muy abiertos y llenos de miedo. La niña que acababa de hablar de Gdynia se puso a llorar.

Los ataques aéreos habían sido muy duros para todos, pero ahí, en la sala de lectura infantil, la débil luz que entraba por las ventanas iluminaba los rostros aterrorizados de quienes habían recibido la peor parte: los niños que habían sido despojados de su infancia.

—Parece que se fue la luz —dijo Kasia con voz alegre—. Menos mal que tenemos tantas ventanas para que entre luz. Janina, ¿quieres leer un cuento?

Janina, que seguía amando los cuentos de hadas, aprovechó la oportunidad y eligió leer el cuento favorito de Zofia. Trataba de la sirena de Varsovia, que vivía en el río Vístula. Después de que un pescador la salvara de un nefasto malhechor, había jurado proteger la ciudad para siempre. Hasta sus más acérrimos detractores hablaban de la sirena y juraban haberla visto sobre las agitadas aguas del Vístula.

La idea de una intrépida sirena dispuesta a luchar por su ciudad siempre había intrigado a Zofia. Sin embargo, para su inmensa decepción, nunca había tenido la suerte de ver a Syrenka.

Zofia se preguntaba ahora por la sirena y qué pensaría del ataque a su amada ciudad.

La electricidad no volvió y poco después también cortaron el agua. Las bombas de agua repartidas por la ciudad no bastaban para calmar las gargantas resecas. Varsovia estaba a oscuras, sedienta y hambrienta.

Ya nadie hablaba de que Francia o Inglaterra acudieran en su ayuda. Cualquier vestigio de esperanza que quedara recaía ahora en el valiente ejército polaco que defendía sus fronteras con suministros menguantes y hombres heridos.

En cuestión de días, Hitler desató su poder sobre la torturada ciudad, que se negaba a ceder a sus exigencias de capitulación. La fuerza de su ira llegaba con el grito de las sirenas de ataque aéreo mientras los primeros rayos del alba coloreaban el cielo lleno de humo con rayas de un violento carmesí.

La *matka* de Zofia abrió su puerta de golpe, como había hecho casi un mes antes con el primer atentado.

—Tenemos que ir al sótano.

—Yo tengo que ir a la biblioteca, *matka*. Es lunes. —A pesar de sus protestas, una sensación de inquietud le recorrió la espalda.

Al parecer, la advertencia intuitiva que perturbaba la conciencia de Zofia era compartida también por su *matka*, que negó con la cabeza de forma contundente.

—No.

No hubo otra explicación ni amenaza, solo esa simple palabra. Y fue efectiva.

Zofia seguía rápidamente a su madre hacia la puerta del departamento cuando estalló la primera bomba, cuyo impacto hizo temblar el edificio.

Su *matka* gritó y la empujó al pasillo. Antes de que Zofia pudiera procesar lo que había sucedido, ya iban corriendo por las escaleras junto con los demás inquilinos mientras les caía el yeso del techo como harina finamente tamizada.

Se movían en grupo como uno solo, fluyendo hacia el sótano como lo hacen los salmones río abajo, abriéndose paso en la puerta de dos en dos. Las bombas rara vez estaban tan cerca.

Tampoco eran tan frecuentes.

Durante todo el día, las bombas silbaron y estallaron en las proximidades, mientras que otras más distantes aterrizaban con un ruido sordo. Las balas resonaban casi incesantemente al fondo, como si estuvieran justo encima.

Sin embargo, el objetivo alcanzado por las explosiones que hacían temblar la tierra nunca era su edificio. Zofia odiaba el alivio de saber que habían sobrevivido otro bombardeo cuando probablemente había sido a costa de la muerte de otras personas.

La niña que vivía en el piso de abajo de Zofia apretó la cara contra la bata de su madre.

—Si me muero, quiero estar contigo.

Las palabras eran una cruda realidad en su apretado refugio iluminado por una sola lámpara de carburo. En el espacio que las separaba, la *matka* agarró la mano de Zofia y la apretó con fuerza.

Zofia miró a su madre y sus miradas se cruzaron con un miedo que ninguna de las dos se atrevía a expresar. No solo por sus propias vidas, en ese edificio tambaleante que podía derrumbarse sobre ellas, sino también por su papá, que trabajaba en un hospital improvisado. Y por Antek, siempre por Antek, de quien seguían sin saber nada.

Zofia y su *matka* se acurrucaron juntas, más unidas por el terror de lo que nunca lo habían estado por el afecto. Por una vez no se daban cuenta del ruido de sus estómagos vacíos mientras la *matka* agarraba su pequeño collar de oro con una cruz con la mano libre y rezaba fervientemente para que la masacre terminara por fin.

Sin embargo, mientras que la pequeña lámpara de carburo se apagaba y los sumía en la oscuridad, mientras que las horas se alargaban aparentemente sin fin, y mientras que el despiadado bombardeo continuaba y continuaba, sus plegarias parecían inútiles.

## Capítulo 5

El aire refulgía de llamas. Quemaba cuando Zofia intentó llenar sus pulmones para tranquilizarse y asimilar lo que la rodeaba. Lo que quedaba de los alrededores.

Infiernos ardían sin control a cada lado, torres de llamas se extendían hacia el cielo ennegrecido por el humo. Había muerte por todas partes: quienes fueron ametrallados tratando de huir y los restos de las víctimas de los bombardeos. El aire estaba lleno de gritos, de heridas, de pérdidas, de locura por la escena que tenían ante sus ojos.

Su *matka* se quedó muda, acariciándose el pecho y la garganta con las yemas de los dedos, como para asegurarse a sí misma que era real. Que todo era real.

¿Cómo podía ser?

¿Cómo podía ser Varsovia? Una ciudad donde se daban conciertos de Chopin en medio de las flores vibrantes y abundantes del parque Łazienki. Una ciudad cosmopolita de aprendizaje, de artes, de seguridad.

El viento las azotaba, salpicado de ceniza como nieve arremolinada, y llevaba consigo más olores de los que Zofia deseaba identificar. La bilis se le subió a la garganta.

—Zofia —una voz profunda y familiar la llamó por su nombre.

Una figura emergió del humo, alta y esbelta, con un maletín médico a su lado.

Su papá.

Ni siquiera alcanzó a pronunciar su nombre antes de que él se lanzara hacia ella y su *matka*, envolviéndolas con sus largos brazos y estrechándolas con fuerza. Durante toda la vida de Zofia, su papá se había mostrado tranquilo y sereno, ocultando sus emociones bajo una paciente resolución. Sin embargo, ahora ese hombre estoico sollozaba contra sus rostros, su delgado cuerpo sacudido por temblores.

No había forma de saber cuánto quedaba de la ciudad, pero al menos en ese momento, los tres estaban a salvo.

Zofia recorrió su pequeño dormitorio, rozando la esquina de su colchón a cada paso.

Las líneas telefónicas estaban muertas desde varios días antes del bombardeo, y su *matka* se había apostado en la puerta principal como vigilante para evitar que Zofia fuera corriendo a casa de Janina.

Zofia tenía el estómago revuelto de preocupación. ¿Y si Janina estaba herida? ¿Y si necesitaba ayuda?

Entonces, llamaron a la puerta principal, dos golpes sutiles que Zofia reconoció sin dudarlo. Salió corriendo a la sala antes de que su *matka* pudiera abrir.

Zofia llegó al picaporte y abrió la puerta enseguida a pesar de las protestas de su *matka*. Janina estaba ahí, con un vestido limpio y sin un rasguño.

Zofia lanzó un grito de alivio.

—Mis papás se pondrían lívidos si supieran que estoy aquí —susurró Janina, como si sus padres estuvieran al alcance del oído y no a varias cuadras de distancia—. Pero tenía que asegurarme de que estabas a salvo. —Sus grandes ojos cafés se llenaron de lágrimas.

—¿Tus padres están bien? —quiso confirmar Zofia.

Janina asintió.

—Aunque creo que serían capaces de matarme con sus propias manos si descubren que no estoy.

—Regresa a tu casa enseguida, Janina —dijo la *matka* de Zofia con firmeza—. Y cuídate mucho.

Janina se fue luego de darle un rápido abrazo a Zofia, para que sus padres no se preocuparan. A su paso, iba dejando unas marcas negras en el suelo. Al inspeccionarlas, Zofia se dio cuenta de que eran las suelas de goma de los zapatos de Janina, que se iban derritiendo por el calor de las calles ardientes de la ciudad.

No cayeron más bombas durante la noche ni a la mañana siguiente, así que Zofia se puso su uniforme de guía y fue a la biblioteca a ayudar.

En medio de la destrucción que había transformado su ciudad natal, la biblioteca afortunadamente había permanecido intacta.

Siempre puntual, Janina llegó al mismo tiempo que Zofia y suspiró aliviada.

—Todavía está aquí.

Se apresuraron a llegar al mostrador de la recepción, agradecidas de que adentro todo parecía indemne a la brutalidad del ataque. No había electricidad, por supuesto, pero de todos modos no había luz desde antes del bombardeo.

La señora Berman se apartó de una persona con la que estaba hablando y les sonrió con desgana a modo de saludo.

—Janina y Zofia, me alivia que estén a salvo. ¿Sus familias…?

Janina asintió.

—A salvo también, gracias. Vinimos a ayudar en lo que podamos.

Una expresión ensombreció el bonito rostro de la señora Berman.

—Necesitan ayuda en la Biblioteca Krasiński. Fue bombardeada anoche y los bibliotecarios están intentando salvar lo que sea posible.

La Biblioteca Krasiński se encontraba a media hora a pie, en un edificio opulento que albergaba la impresionante colección de libros de la familia Krasiński, generosamente abierta al público. Ahora, la parte central de la estructura —lo que una vez fue la sala de lectura, la colección de referencia y el museo— había quedado reducida a vigas rotas y piedras, y bajo los escombros habían quedado enterradas colecciones de valor incalculable.

Una vez ahí, sin molestarse en pedir instrucciones, Zofia condujo a Janina a una zona entre los daños donde todavía no había nadie. Apartó una enorme astilla de madera y rodó un bloque de piedra. La esquina de un libro se asomó entre los escombros. Lo levantó con cuidado. La mitad del libro se desprendió, poco más que ceniza convertida en polvo con solo tocarla.

Zofia sostuvo los restos pulverizados entre sus cuidadosas manos, sintiéndose impotente.

Estos libros eran el legado de Polonia. Generaciones de aprendizaje e ideas fundacionales se escribieron en esas páginas. Siglos de lucha por la libertad, los nombres de héroes que podrían haberse perdido en la historia si no se hubieran escrito minuciosamente. ¿Cuánto podía borrarse para siempre del conocimiento del mundo con la destrucción de un solo libro?

Contempló la devastación que tenía ante ella.

¿Y si se perdieran cientos de libros? ¿Miles de libros?

Zofia descubrió otra portada bajo una capa de polvo y recogió el libro con un gesto tan suave como si manipulara una frágil hoja de otoño. El tomo permaneció intacto cuando lo levantó y pasó un trapo por su superficie, quitando el hollín y dejando al descubierto el cuero verde intenso con algunas letras doradas.

Janina le tendió la mano.

—Tú los encuentras y yo los limpio. Así será más rápido.

Fue un sistema eficaz que aplicaron durante varias horas hasta que una voz femenina las interrumpió.

—¿Les puedo ayudar?

—Sí. —Sin mirar a la mujer, Zofia sacó otro libro y otro para la recién llegada—. Podemos avanzar el doble de rápido si las dos limpian los libros. Pero hay que tener cuidado porque son muy frágiles.

Se enderezó con un libro en la mano y se quedó inmóvil. La mujer era pelirroja y tenía los ojos tan azules como el cielo de Polonia en verano, del mismo tono que el pañuelo que le envolvía la cabeza con elegancia, de modo que solo se asomaba un mechón de fleco pelirrojo. Solo había una persona cuyos rasgos fueran tan llamativos, tan inconfundibles.

Marta Krakowska.

La autora de *Una rosa para Polonia*, *Lilas en verano*, *Lirios en el valle* y tantas otras novelas que Zofia había leído una y otra vez en los últimos años.

—¿Ese es para mí? —La señorita Krakowska indicó el libro que Zofia tenía en la mano. Zofia solo pudo asentir. Detrás de ella, Janina gesticuló el nombre de la autora, como si Zofia estuviera completamente ciega y no supiera a quién tenía delante.

La señorita Krakowska giró el libro entre sus manos e hizo un gesto de dolor frunciendo el ceño mientras limpiaba la cubierta con cariño.

—Usted es Marta Krakowska. —Zofia tragó saliva.

La mujer alzó la vista y sus brillantes ojos azules se encontraron con los suyos.

—Y está aquí. —Zofia deseó poder retirar aquella estupidez en cuanto la dijo.

—Como ustedes, quiero salvar libros. —Luego de su amable respuesta, la señorita Krakowska miró con lástima la destrucción de la Biblioteca Krasiński—. No puedo imaginarme Polonia sin nuestra riqueza literaria. —Desvió la mirada hacia una pila de libros apartados, los que no se habían podido salvar: poco más que un lomo o una cubierta parcial con la mayoría de las páginas perdidas—. Ya se ha perdido mucho.

—Estamos salvando lo que podemos —dijo Janina—. Y la mayoría es rescatable.

—Me refiero a las otras bibliotecas que también fueron destruidas. —La señorita Krakowska giró el libro entre sus manos y pasó solemnemente el trapo por la cubierta manchada—. La Biblioteca Militar fue arrasada. La Biblioteca de la Universidad de Varsovia sufrió enormes daños en varias de sus colecciones a pesar del esfuerzo de quienes intentaron salvarla. Nos atacaron en el corazón, mis niñas.

Janina miró a Zofia y gesticuló «Darek», recordándole que él trabajaba en la biblioteca de la universidad. Quizá a Zofia no le agradaba del todo ese hombre, pero desde luego que no le deseaba ningún mal y esperaba que no estuviera herido.

Con un suspiro, la señorita Krakowska colocó el libro sobre la pila de los otros que habían salvado. Zofia le entregó un segundo ejemplar cubierto de polvo y se volvió de nuevo hacia los escombros para continuar la búsqueda.

—¿Cómo supo que quería ser escritora? —preguntó Janina de la nada.

Aunque Zofia fingió no haber oído, sabía que Janina había preguntado en su nombre.

—Escribir y contar historias siempre han formado parte de mí —dijo la señorita Krakowska—. Alivia una parte de mi alma que, de otro modo, permanecería desamparada. —Dudó—. ¿Me lo preguntas porque quieres ser escritora?

Zofia se ocupó en sacar un par de libros de entre los escombros. Tenía las manos llenas de ceniza y parecía que había rodado en un contenedor de carbón con el uniforme de guía puesto.

—Yo no —respondió Janina con sinceridad—. Zofia.

Zofia se volvió hacia ellas, encogiéndose ligeramente. La señorita Krakowska se había reunido con ellas para ayudar a salvar libros, no para darle consejos de cómo convertirse en autora. Zofia le entregó a Janina uno de los libros recuperados, con la esperanza de que su mirada penetrante le transmitiera toda la mortificación que sentía por el hecho de que Janina la hubiera delatado frente a la mismísima Marta Krakowska. Cuando Zofia le dio otro libro a la señorita Krakowska, la humillación ardió en sus mejillas.

La señorita Krakowska aceptó el objeto dañado.

—Ah, entonces eres tú quien quiere ser autora. ¿La joven que trata los libros como una madre a su hijo recién nacido? —En un tono más bajo, solo para Zofia, continuó—. Supe que eran amantes de los libros en cuanto las vi. Por eso vine hacia ustedes y no con los otros grupos en los que los hombres usan palas para liberar estos preciosos tomos.

—En realidad, todavía estoy pensando qué voy a hacer cuando termine la escuela.

Zofia clavó la punta del pie en el suelo, un hábito de su infancia que solo resurgía cuando se sentía tan incómoda como para querer escapar de su propia piel. Se sorprendió a sí misma y se detuvo.

—Lo sabrás cuando tengas una historia que contar. —La señorita Krakowska asintió sabiamente mientras se ponía manos a la obra con la cuidadosa limpieza—. Los libros son el conducto perfecto para transmitir un mensaje al mundo. Puede ser una idea que se convierta en una forma de vida. Puede ser una nueva teoría para que la humanidad la explore. Puede ser un viaje por la vida que pocos han recorrido. Cuando tengas algo que contar, simplemente brotará de ti, no podrás detenerte.

Janina miró a la autora.

—¿Y cómo escribe una emoción tan fuerte y poderosa?

Las manos de la señorita Krakowska dejaron de moverse sobre el libro.

—Con dolor. —Su pecho se elevó con una fuerte inhalación bajo su abrigo negro—. Cuando uno ha experimentado la sensibilidad y la pasión más crudas, cuando ha muerto mil veces y ha aprendido a domar la agonía en la prosa, así es como se escriben las emociones auténticas.

—He sufrido muchas pérdidas —murmuró Zofia. Su corazón rebosaba con la enormidad de lo que había sufrido recientemente, cuando Maria fue asesinada enfrente de ella y el dolor incesante de la preocupación que sentía por Antek. Realmente no había sensación más intensa que la angustia y el dolor.

La señorita Krakowska le dio unas palmaditas en el hombro a Zofia.

—Ya casi llegas, mi niña. Ya casi.

Sus palabras sorprendieron a Zofia.

¿Todavía no había llegado? ¿Cuánto más debía soportar antes de que su alma estuviera lista para crear?

Sin embargo, la señorita Krakowska no impartió más sabiduría, y continuaron en silencio. Trabajaron casi hasta el anochecer. Durante su labor, la señorita Krakowska siguió visiblemente dolida por cada libro que desenterraban y declaraban destruido. Cuando le dieron las buenas noches, no respondió, sino que sacó un pequeño cuaderno de su bolsa y se sentó entre las ruinas con su pluma a escribir rápidamente sobre una página.

—No creo lo que dice —comentó Janina cuando estuvieron fuera del alcance de sus oídos.

Zofia se volvió hacia su amiga.

—Nadie escribe sobre las emociones como Marta Krakowska.

—Porque esa ha sido su experiencia. No todos los escritores estarían de acuerdo. —Janina apoyó sus manos en las caderas. Sus uñas estaban negras de hollín y dejaron manchas en forma de dedos en su uniforme gris—. No quiero que busques cosas que hieran tu corazón para convertirte en escritora.

Zofia señaló la ciudad en ruinas que las rodeaba.

—No tengo que buscar mucho.

—Extraño cómo era antes. —Janina habló en voz baja mientras pronunciaba las palabras que todos pensaban y apenas tenían el valor de pronunciar—. Extraño la escuela, ir al cine y comer helado en el parque. —Su voz se volvió ronca por la emoción—. Extraño encontrarme con Maria en la biblioteca, y nuestro club de lectura contra Hitler.

—Vaya que es un nombre horrible —dijo Zofia, con una risa forzada.

Janina le dedicó una sonrisa triste.

Zofia ansiaba que las cosas volvieran a ser como antes, tanto que era demasiado doloroso pensar en ello. Sin embargo, desear volver a su vida anterior era tan inútil como imaginarse ser escritora algún día. Zofia no tenía ninguna historia que contar, solo el dolor de una pérdida que, al parecer, una mujer de la talla de Marta Krakowska no consideraba digna aún.

La capitulación de Varsovia se anunció al día siguiente, seguida de un alto al fuego. Los bombardeos habían llegado a su fin.

Ese día, Zofia permaneció en su casa mientras las tropas nazis irrumpían en la ciudad como langostas; enjambres y enjambres de soldados con cascos redondos que marchaban en tropel. Los motores de sus motocicletas resonaban en los muros de piedra destruidos y las pisadas de sus tanques convertían en polvo los escombros.

¿Qué haría Hitler con la ciudad que finalmente había conquistado?

Para cuando su *matka* le permitió salir de nuevo del departamento, todos los libros que había sido posible recuperar de la Biblioteca Krasiński estaban a salvo. Entonces, Zofia regresó a la calle Koszykowa para ofrecer su ayuda en la Biblioteca de Varsovia. Iba llegando cuando el aire se llenó con el ruido de pasos arrastrados de innumerables botas.

Con el corazón acelerado, se volvió hacia el sonido y descubrió que un ejército se dirigía hacia ella. No se trataba de un ejército de botas lustradas y barbilla en alto en señal de victoria. Era más bien una procesión triste, compuesta por soldados exhaustos que se movían sin formación y llevaban los sombreros caídos sobre sus rostros grises. Llevaban los abrigos abrochados para protegerse contra el frío de octubre. Algunos cojeaban y otros estaban heridos.

El ejército derrotado de Polonia.

Zofia exhaló un suspiro tembloroso. Esos hombres no siempre habían estado tan abatidos. Las historias del campo de batalla últimamente estaban en boca de todos, susurradas a espaldas del enemigo. Los intrépidos soldados que se habían negado a retirarse, aunque les superaran en número; la caballería que había logrado contener al ejército nazi con sus sables y fusiles, y los que se habían visto relegados a tácticas ingeniosas y creativas cuando se les había acabado la munición.

El ejército polaco compensaba con valor lo que le faltaba en armamento, sus anticuados tanques, su aviación subdesarrollada y sus limitados cañones y municiones.

Si la guerra pudiera ganarse solo con valentía, Polonia habría salido victoriosa. Esa certeza hizo que la visión que tenía enfrente fuera aún más amarga.

—¿Adónde los llevan? —le preguntó Zofia en alemán a uno de los soldados nazis.

Era joven, no mucho mayor que ella. Alzó con sorpresa las pálidas cejas.

—Hablas alemán.

Su padre era de Poznań, la zona de Polonia que una vez había formado parte del imperio alemán, donde casi la mitad de los habitantes aún hablaban ese idioma. Sin embargo, ese patán no necesitaba saberlo, y ella le sostuvo la mirada, esperando su respuesta.

—A campos de trabajo. —El nazi volvió a centrar su atención en la lenta marcha de los hombres conquistados—. Nada por lo que debas preocuparte.

Zofia permaneció ahí un momento más, estudiando las caras que pasaban frente a ella, desesperada por ver el rostro familiar de su querido hermano. Por supuesto, si él hubiera estado en Varsovia, nada le habría impedido ir a casa. En especial cuando sabía cuánto se preocupaban por él.

—Disculpe. —Agarró el brazo de un soldado polaco que iba pasando.

Él volvió la mirada hacia ella, con unos brillantes ojos azul verdosos del color de un cristal pulido por el mar.

—¿Estuvo con alguno de los scouts? —le preguntó, desesperada por información sobre cualquiera de ellos—. ¿De los que llegaron de Varsovia?

Un músculo se tensó en la mandíbula del hombre, y trató de seguir adelante.

—Por favor. —Zofia rebuscó en su bolsa y sacó un pedazo de pan que su *matka* le había dado para almorzar.

El soldado polaco rechazó la comida y le tembló la barbilla, un hombre adulto que luchaba por contener las lágrimas.

Los dedos del miedo se cerraron en un puño helado alrededor del corazón de Zofia.

—¿Por qué los enviaron? —preguntó el soldado, con la voz quebrada—. Tan jóvenes. Sin ningún entrenamiento. Demasiado ansiosos e inexpertos. Pobres muchachos. —Se le cerró la garganta en un sollozo silencioso y sus fosas nasales se hincharon al respirar con dificultad—. ¿Por qué los enviaron?

Zofia negó con la cabeza, sin saber qué responder. Empujó el pan contra la mano inerte del hombre hasta que sus dedos se cerraron. Luego corrió a la biblioteca de la calle Koszykowa, con el pecho oprimido por la comprensión de lo que realmente había pasado a lo largo del último mes y ella había tratado de evadir.

Probablemente jamás volverían a ver a Antek.

## Capítulo 6

Filas de tropas nazis pasaron con su ridículo paso de ganso; sus botas golpeaban el pavimento tan fuerte que se oían por encima de la victoriosa música alemana. Zofia y Janina estaban agazapadas en una de las muchas ventanas reventadas de un edificio bombardeado de la avenida Ujazdowskie.

Los hombres que marchaban no eran las tropas que habían estado en la guerra. Sus uniformes eran nuevos y estaban perfectamente planchados, sus rostros carecían de marcas de batalla. Todo era una fachada, hecha para que pareciera que la derrota de Polonia se había producido sin esfuerzo.

—Recuérdame otra vez por qué estamos aquí —le susurró Janina desde donde se asomaba sobre el marco de la ventana.

—Para ver a nuestro enemigo a la cara. —Aunque Zofia había querido hablar con convicción, le tembló la voz.

Los nazis eran una fuerza impresionante, su intención era demostrarlo. Llenaban la calle, disciplinados y rígidos como soldaditos de plomo en lugar de verdaderos hombres de carne y hueso.

—¿Recuerdas cuando todos los judíos de Alemania fueron enviados a Polonia? —le preguntó Janina, con una voz casi inaudible, por encima de la música alemana que sonaba en el altavoz en un alarde de triunfo.

El otoño anterior, trenes procedentes de Alemania habían depositado en Polonia a innumerables judíos expulsados del país. Aunque muchos ni siquiera hablaban polaco, se les consideraba descendientes de polacos. Algunos ni siquiera tenían familia que pudiera recibirlos, y los que la tenían, tenían un parentesco tan lejano que eran apenas más que extraños. Poco después, hubo un ataque masivo contra los judíos que se habían quedado en las principales ciudades alemanas, contra sus negocios y casas, y muchos inocentes fueron vapuleados y arrestados.

—¿Crees que aquí ocurrirá lo que pasó en Alemania? —Janina se alejó de la ventana y se abrazó las piernas contra el pecho, con la espalda pegada a la pared.

Zofia se encontró con la mirada preocupada de su amiga.

—No dejaré que te pase nada.

Durante toda su vida, se habían protegido una a la otra. Pasara lo que pasara, Zofia seguiría haciéndolo ahora.

Sin embargo, Janina no parecía tranquila.

—¿Y si no tienes opción?

Por encima de ellas, violentas banderas del color de la sangre ondeaban al viento, haciendo ondular la esvástica en lo alto. Los nazis seguían marchando en una corriente interminable y un escalofrío recorrió el cuerpo de Zofia.

La ciudad volvió a tener agua y electricidad, el principal objetivo de los nazis al entrar. Aunque Hitler no se quedó mucho tiempo después de su desfile de victoria, sus soldados permanecieron para cumplir sus órdenes. Merodeaban por las calles como carceleros, observando todo, ladrándole a todo el mundo.

Varios días después, los soviéticos y los alemanes hicieron una alianza para repartirse Polonia, dos depredadores despedazando a su presa. Varsovia cayó en manos del ejército alemán, ahora denominado Gobierno General, y muchos empezaron a tramar su huida a suelo soviético.

Uno de los profesores de Zofia dijo una vez: «Más vale malo conocido que bueno por conocer». Habiendo estado bajo la ocupación rusa durante décadas antes de obtener su independencia, los polacos al menos sabían qué esperar de ellos.

Mientras Varsovia esperaba a ver qué hacían los alemanes con el control, Zofia y Janina hallaron consuelo una vez más entre las reconfortantes paredes de la Biblioteca de Varsovia. Esta vez, sin embargo, sin sus uniformes de guías. Krystyna les había enviado a todas mensajes individuales para informarles que sus reuniones públicas semanales quedaban canceladas indefinidamente. El reciente asesinato de más de una docena de scouts en Katowice a manos de los nazis implicaba que cualquier scout o guía que llevara el uniforme estaba en peligro.

Ninguna de esas jóvenes víctimas tenía más de catorce años.

La señora Berman estaba en la recepción cuando Janina y Zofia llegaron, y las saludó con una sonrisa.

—Supe que le prestaron una ayuda invaluable a la Biblioteca Krasiński.

—Y conocimos a Marta Krakowska. —Janina le sonrió a la señora Berman.

—Todavía no han retomado las clases y tenemos todo el tiempo del mundo —dijo Zofia—. ¿Hay algo que podamos hacer?

Las facciones de la señora Berman se relajaron de gratitud.

—Su ayuda será muy bienvenida. Me temo que hemos estado cortos de personal y estamos reevaluando nuestro inventario con tantos libros que no fueron devueltos este último mes... —Su expresión solemne indicaba que sabía muy bien por qué la mayoría de esos libros no habían sido devueltos—. Ha sido una tarea enorme.

Zofia se enderezó un poco más.

—Pónganos a trabajar.

—Vayan al almacén. —La señora Berman levantó una pila de papeles y la golpeó sobre el escritorio para acomodarlos—. La señora Mazur sabrá exactamente qué pueden hacer.

—Oh, es la tía de Darek —dijo Janina. —¿Crees que él vaya a estar ahí?

Zofia resopló con disgusto.

—Estamos aquí por los libros, no por los chicos. Y fue demasiado coqueto cuando nos besó las manos.

—Todos los hombres besan las manos de las damas. Estaba siendo amable.

—Estaba siendo coqueto.

Janina puso los ojos en blanco, más con burla cariñosa que con irritación.

—Podrías haber sido más amable con él. Además, solo quería asegurarme de que estuviera a salvo después de que bombardearon la biblioteca de la universidad.

Zofia apretó los labios, evitando pensar en Darek ni en el cosquilleo que le había producido el calor de su boca en el dorso de la mano. Tenía demasiadas cosas en la mente. Como lo mucho que Varsovia había sufrido y lo que todavía se podía perder. Lo que podía ocurrirles a Janina y a su familia, a la señora Berman y a todos los demás judíos de Polonia si los nazis los trataban con el mismo odio que a los que vivían en Alemania.

Afortunadamente, solo había una persona en el almacén cuando Zofia y Janina entraron, y no era Darek, sino una mujer. Cuando se acercaron a ella, Zofia se fijó en los rizos castaños que le llegaban hasta la barbilla, los llevaba recogidos hacia atrás y sujetos con prendedores para revelar un rostro ovalado. Estaba apilando libros en un carrito.

—¿Señora Mazur? —aventuró Janina.

La mujer levantó la vista, sobresaltada.

—¿Puedo ayudarles?

—La señora Berman nos dijo que podíamos ayudarle con el inventario —respondió Zofia.

Las pequeñas arrugas alrededor de los ojos verdes de la mujer la situaban probablemente en torno a la edad de su *matka* y la forma de sus finos labios le recordó los de Darek.

—La destrucción de nuestra ciudad nos ha costado gran parte de nuestras existencias. Y gran parte de nuestra gente. —Su movimiento constante se detuvo un breve instante, como si hiciera una pausa para recordar antes de continuar—. Se sacaron muchos libros de la biblioteca que no fueron devueltos. Algunos fueron llevados al frente para los soldados, otros fueron a los hospitales, y otros más fueron destruidos.

En un instante, tomó un montón de papeles sujetos con una pinza metálica y se los pasó a Zofia.

—Es una lista de los libros que faltan. A menudo hay duplicados en el almacén para sustituir los que ya no están disponibles en la zona principal de la biblioteca. Hay que encontrarlos, y ahí es donde entran ustedes. Aquí verán la ubicación de cada uno en las estanterías. —Señaló una columna de la lista.

Janina miró por encima del hombro de Zofia. Cada artículo tenía una serie de números junto al título.

La señora Mazur apartó el carro medio vacío y les habló por encima del hombro:

—Buena suerte.

Por increíble que parezca, Zofia y Janina sí tuvieron suerte. El acervo era tan abundante que cada libro de la lista tenía un ejemplar extra en el almacén, algunos incluso dos o tres ejemplares más. Las horas pasaron volando mientras devolvían los títulos a sus estanterías correspondientes de la biblioteca, y Zofia y Janina se marcharon después de un día largo y satisfactorio con varios libros nuevos que leer.

Solo pudieron ser voluntarias un par de días más, pues las escuelas retomaron las clases pronto.

Por mucho que lo intentara, Zofia compartía la emoción de Janina por el inicio de las clases.

Tampoco preparó su ropa con el mismo esmero que Janina el primer día. Su uniforme no estaba planchado, pero no tenía manchas y eso era suficiente, aunque el gesto de desaprobación de su *matka* esa mañana indicara lo contrario. De cualquier modo, siempre mostraba desaprobación cuando se trataba de Zofia. Incluso en medio de una guerra. Incluso con la mente distraída por la desaparición de Antek.

Janina se veía encantadora con su uniforme recién planchado, los zapatos perfectamente lustrados y una seguridad que hacía girar muchas cabezas de camino a la escuela, incluyendo varios soldados nazis que merodeaban por la calle con cigarros encendidos y comentarios lascivos.

—Me vendría bien una buena bienvenida polaca —gritó uno en polaco cuando pasaron a su lado.

Zofia se enfureció, pero Janina negó con la cabeza, haciendo que sus rizos recién hechos rebotaran.

—Hoy no, Zofia. Por favor.

Amargamente, Zofia se tragó su réplica y contestó con más optimismo del que sentía.

—Lleguemos rápido a la escuela.

Janina la miró de reojo.

—Jamás pensé que te vería tan ansiosa por volver a clases.

—Me muero por que la vida vuelva a ser normal. Incluso aunque eso signifique tomar otra aburrida clase de matemáticas con la profesora Paszek.

Sin embargo, incluso la escuela distaba mucho de ser normal. Las ventanas estaban tapiadas y faltaba la espesa hilera de árboles del exterior, lo que hacía le daba al edificio de piedra una extraña impresión de desnudez.

El número de estudiantes era notablemente menor que antes. La mitad de los que eran antes de los bombardeos. Las otras chicas estaban paradas en grupos, y varias de ellas miraban fijamente a Janina.

Zofia sintió una punzada de ansiedad porque se imaginaba que su atención tenía poco que ver con la belleza de los rizos de Janina.

Ajena a ello, Janina se descolgó la mochila del hombro en cuanto entraron al edificio, y dejó sus cosas en el suelo, junto a su escritorio. Varios alumnos ya estaban sentados en sus lugares, y los huecos entre ellos eran evidentes, incluyendo el escritorio frente a Zofia, donde antes se sentaba Maria. Una ráfaga de dolor y rabia se apoderó de Zofia, fue tan intensa que casi la cegó. Maria no debería haber estado en Varsovia. Su padre debería haberla llevado a ella y a su familia a París antes de que cayera la primera bomba.

Pero, ¿quién podía anticipar lo que iba a ocurrir?

Un delicado roce en el antebrazo la despertó de sus pensamientos. El rostro de Janina se compadecía ante su pérdida compartida y le hizo un leve gesto con la cabeza a Zofia. Podían superarlo.

Juntas.

Afortunadamente, la jornada comenzó con una lección sobre escritores alemanes, y Zofia pudo distraerse con la belleza de las palabras que la alejaban de recuerdos tormentosos.

Estaba ensimismada en un fascinante pasaje de Friedrich Nietzsche cuando, de repente, escuchó unas risitas a sus espaldas que interrumpieron sus pensamientos.

Perturbada, Zofia se volvió y vio que tres chicas señalaban el pelo de Janina con aparente júbilo. Zofia se echó hacia atrás en su asiento, miró hacia la parte de atrás de la cabeza de Janina y encontró bolas de papel húmedas pegadas a sus rizos oscuros.

Janina seguía observando a su profesora, sin darse cuenta de que se burlaban de ella. Tenía esos rizos tan bonitos y brillantes porque su madre se había pasado una hora enrollando cuidadosamente su cabello la noche anterior. Zofia sabía que Janina no dormía bien con los rulos, pero lo hacía de todos modos para verse bien.

Y ahora las otras alumnas estaban siendo crueles con Janina solo por lo hermosa que se veía el primer día de clase. Como Zofia no quería que su amiga comprendiera lo que había pasado, empezó a quitarle rápidamente las bolitas de papel del pelo.

Esto hizo reír más a las chicas.

Janina se dio la vuelta en su silla y la clase estalló en un cruel regocijo.

Janina entendió lo que estaba pasando y primero su rostro palideció de horror y luego enrojeció de humillación.

—Ya basta. —La profesora aplaudió al frente del aula.

—Son unas idiotas —siseó Zofia hacia atrás y arrojó el último papel al suelo. Cayó con un golpe seco.

Janina agachó la cabeza hacia su libro, con la boca apretada en una línea. Sin embargo, incluso antes de que un resoplido la delatara, Zofia sabía que Janina estaba más concentrada en no llorar que en Nietzsche.

—Tú no perteneces aquí, judía —gritó alguien en el fondo del salón.

Janina debió sentir esas palabras como una bofetada, porque se estremeció como si la hubieran golpeado. En todo el tiempo que había pasado en la escuela, nadie le había hecho sentir que no perteneciera ahí. Anteriormente había faltado a clases por Janucá o Rosh Hashaná sin explicaciones ni acoso. Siempre había sido de las más populares, le caía bien a todo el mundo y era fácil llevarse bien con ella.

Antes de que los nazis invadieran su ciudad, todos eran amigos.

Zofia se levantó de su silla, con la boca abierta para responder con un insulto, cuando la profesora golpeó su pupitre con una regla, un golpe sonoro que captó la atención de todo el salón.

—Dije que basta.

Estaba claro que la ofensa era por la interrupción y no por el contexto. Zofia se dio cuenta y las mejillas le ardieron aún más.

El resto del día permaneció sentada, con los puños tan apretados que las uñas se le clavaron en las palmas de las manos. No podía imaginar lo que le estaba costando a Janina seguir en la escuela después de sufrir semejante humillación por parte de personas a las que antes había considerado sus amigas. A pesar de su pasividad, las tres chicas siguieron susurrando durante toda la clase palabras llenas de malicia. Cuando la última clase llegó a su fin, Janina prácticamente saltó de la silla para marcharse.

Zofia se puso al lado de Janina, interponiéndose entre su amiga y las tres instigadoras mientras caminaban hacia la puerta del salón, casi libres. Por fin.

Una de las chicas, la más alta de las tres, con las mejillas picadas de viruela, consiguió pararse delante de Janina y escupió, el gargajo aterrizó justo en frente de la punta de los lustrosos zapatos de Janina.

—Judía. —El labio superior de la chica se frunció al pronunciar la palabra.

Zofia se lanzó contra su compañera de clase y estrelló los nudillos contra su nariz, exactamente como Antek le había enseñado. La sangre brotó de la cara de la chica en medio de un aullido de dolor. Un estremecimiento doloroso recorrió el brazo de Zofia, pero no dejó que eso la detuviera. Volvió a atacar, lanzando otro puñetazo con la izquierda, y alcanzó a la chica en la boca antes de que alguien la apartara de un tirón.

—No creo que necesites la vacuna contra el tétanos. —Su papá giró ligeramente la mano de Zofia mientras la examinaba bajo la luz del techo, con su seriedad de médico. Una caja de vendas y una botella de etanol casi vacía descansaban sobre la mesa de la cocina junto a ellos.

—No bromees con ella como si no estuviera en problemas. —Su *matka* se cruzó de brazos.

Su papá levantó las cejas y observó a la *matka*.

—No está en problemas.

—¿Perdón? —Los ojos de la *matka* brillaron como los antiguos basiliscos de la Ciudad Vieja. Zofia habría preferido que una bestia así la convirtiera en piedra antes que enfrentarse a la ira de su madre.

Sin embargo, su papá no se inmutó mientras reanudaba la evaluación de la mano de Zofia. La piel bajo el nudillo lastimado ya empezaba a oscurecerse de un moretón.

—Ella hizo lo correcto, Jadzia. —Los ojos color avellana de su papá miraron con reproche a la madre de Zofia.

—Pero ya no puede volver a la escuela —le recordó la *matka*.

Zofia apartó la mirada, desesperada por alejarse de la intimidad de la pelea de sus padres. Ahora podía ver claramente por la ventana, ya que la radio había sido entregada a los nazis por orden suya. Quien no cumpliera aceptaba sufrir consecuencias fatales, y su matka no había querido arriesgarse. La calle era ahora una banqueta lisa, luego de que los cadáveres enterrados ahí después de los bombardeos fueran exhumados y reubicados.

Como si nada hubiera ocurrido.

—Nosotros tenemos que oponernos a lo que les están haciendo a nuestros amigos y vecinos judíos —dijo su papá—. La persecución de los nazis ya está empezando a manifestarse aquí, en las calles de Varsovia. Si lees el *Courier*, verás el veneno que están vertiendo en los oídos de los polacos.

—Es solo un periódico —replicó la *matka*—. Y con mala ortografía. En tiempos como estos, tenemos que cuidarnos.

—Espero que no sea lo que sientes de verdad, Jadzia. —Su papá se volvió a su asiento para mirarla. Su tono era de decepción y, aunque no iba dirigido a Zofia, esta se estremeció al oírlo.

La *matka* resopló y salió de la habitación, con el rápido chasquido de sus tacones resonando en el suelo de madera.

Las manos de su papá se movían con delicadeza mientras limpiaba el corte de la mano de Zofia con etanol una vez más.

—Hiciste lo correcto.

Zofia observó su cuidadosa aplicación, apenas ardía.

—Lo sé.

Había orgullo en su sonrisa.

—¿Dónde aprendiste a golpear así?

—Me enseñó Antek. —Decir su nombre en voz alta fue un golpe para ella misma, uno que pegó en la parte más suave de su pecho—. Había mucha sangre.

—Siempre sale mucha sangre con las heridas en la cabeza. —Su papá le puso una venda en el nudillo y habló despacio, como si eligiera sus palabras con gran consideración—. La escuela no será lo mismo bajo la ocupación. Creo que se están organizando algunas escuelas nuevas, en secreto. Quizá una de esas te convenga más.

Zofia levantó un hombro con indiferencia.

—Por el momento, estábamos pensando en ver si Danuta puede conseguirnos trabajo en la biblioteca. —Zofia y Janina habían hablado de ello de camino a casa, mientras se les ocurrían formas de evitar volver a la escuela. Danuta tenía un tío que ayudaba a contratar al personal de la biblioteca y podría darles un trabajo, suponiendo que los padres de Zofia no la dejaran encerrada en su habitación para siempre como castigo después de que la profesora les llamara por teléfono.

Su papá inclinó la cabeza, en señal de que estaba de acuerdo con parte de lo que Zofia decía.

—Prométeme no vas a descuidar tu educación.

¿Cómo podía hacer tal promesa con un futuro tan nublado por la incertidumbre? Sin embargo, jamás había podido resistirse a la oportunidad de complacer a su padre, así que asintió.

—Prometo que no descuidaré mi educación.

Al día siguiente, Danuta las miró fijamente desde el otro lado del reluciente mostrador de la recepción mientras una de las bibliotecarias iba por una taza de café. Golpeó la madera pulida con una uña redondeada.

—No podemos contratar a todo el mundo.

Janina soltó una risa, ligera y amistosa. Totalmente imperturbable.

—Nosotras no somos todo el mundo.

—Y hemos estado ayudando en la biblioteca desde los bombardeos —añadió Zofia, menos ávida por ocultar su irritación—. Podemos tomar clases de bibliotecología como tú y Kasia.

—Eso es solo si ya terminaron la preparatoria, cosa que parece que no van a hacer.

—Si no me das algo que hacer, tendría que quedarme con mi madre todo el día. —Zofia se inclinó sobre el mostrador—. Haremos cualquier cosa por la oportunidad de trabajar aquí.

Danuta alzó las cejas.

—¿Cualquier cosa? —En sus labios se dibujó una lenta sonrisa que hizo que a Zofia se le apretara el estómago.

—Sí —confirmó Janina—. Cualquier cosa.

Danuta se pasó la trenza por encima del hombro con una floritura.

—Quiero estar en el club de lectura. Kasia y yo, en realidad. Las dos queremos entrar.

Sus palabras se clavaron en la herida del corazón de Zofia, que aún estaba tierna y en carne viva.

—Ya no tenemos club de lectura. Desde que...

«Maria».

—Lástima. —Danuta volvió a acomodar una pluma y un bloc de notas, aunque ninguno estaba fuera de lugar—. Probablemente no tengamos trabajo.

—Podemos volver a hacer el club de lectura. —Los cálidos ojos cafés de Janina se encontraron con los de Zofia, cada vez más desesperados.

El terrible encuentro en la escuela del día anterior pasó por la mente de Zofia, y algo se estremeció muy dentro de ella. Janina necesitaba este trabajo.

Zofia suspiró.

—Está bien. Estamos leyendo *La metamorfosis* de Franz Kafka.

—Maravilloso. —Danuta esbozó una amplia sonrisa—. Y conveniente, porque ya lo he leído. Iré a hablar con mi tío.

# Capítulo 7

Trabajar para la biblioteca era diferente del voluntariado, ya que sus tareas eran más precisas y se les asignaban con mayores expectativas. A Zofia la colocaron en el almacén con la señora Mazur, que apreciaba su actitud seria, mientras que Janina trabajaba con Kasia en la sala de lectura infantil y juvenil. Todos los días, a las cuatro, se reunían en una de las salas del piso superior con uno de los instructores, el doctor Bykowski, para tomar clases de bibliotecología. No era el curso completo, ya que aún no habían terminado la preparatoria, pero era suficiente para orientarlas en la biblioteca.

El comedor que alimentaba a los empleados refugiados en la biblioteca durante el asedio había permanecido abierto para los empleados de la biblioteca, un almuerzo gratuito para ayudar a estirar sus escasos salarios. Durante las tres semanas siguientes, Zofia y Janina fueron a comer ahí. Zofia se servía sopa agria de centeno en un plato hondo y tomaba un trozo de pan y un huevo duro.

Janina hacía lo mismo.

—Mis padres nos registraron como judíos en el ayuntamiento.

Zofia trató de evitar que la preocupación se reflejara en su rostro, pero no pudo reprimir la burbuja de inquietud que creció en sus pensamientos.

—No tienen que mudarse, ¿o sí?

Las dos habían visto el barrio judío, ahora rodeado con alambre de púas y cubierto de advertencias sobre enfermedades. Más calumnias venenosas para poner a los polacos en contra de los judíos.

Janina negó con la cabeza.

—No nos han dicho nada de trasladarnos. Seguro que estaremos bien. —Se deslizó en la silla de una mesa vacía—. Y al menos ahora que trabajo en la biblioteca, mi tarjeta laboral evitará que me obliguen a hacer trabajos forzados.

La orden de realizar trabajos forzados se aplicaba a todos los judíos de entre catorce y sesenta años, a menos que tuvieran una prueba de empleo, como la que ahora siempre llevaba Janina.

Ya habían oído historias terribles sobre judíos a los que obligaban a realizar tareas espantosas como supuestos «trabajos forzados», como limpiar el suelo con su ropa interior y luego obligarlos a ponérsela de nuevo, o ancianos que tenían que mover los pesados escombros que dejaron atrás los bombardeos nazis; tareas inútiles que no tenían otro propósito que degradar.

La indignación ardía en el interior de Zofia, más caliente que la llama de fósforo de una bomba incendiaria. Los nazis pagarían por lo que estaban haciendo, y ella estaría ahí para luchar contra ellos a cada paso.

Zofia reprimió su rabia para no alterar la tranquilidad de Janina y se dejó caer en la silla de enfrente.

—¿Cómo han estado tus papás?

Janina levantó una cucharada de sopa y la dejó enfriarse mientras el líquido café pálido emanaba vapor.

—Mi papá pudo sacar dinero antes de que nos restringieran el acceso a los bancos. Tu papá le dio la idea. Me parece que está trabajando con alguien para asegurar también la tienda de mi papá. —Volvió a soplar la sopa y luego tomó una cucharada con cuidado.

El padre de Janina era propietario de una de las galerías de arte más prestigiosas de la calle Mazowiecka. La zona, conocida por sus tiendas de arte y joyerías, se había hecho popular entre los nazis recientemente, ya que piezas de valor incalculable podían comprarse a precios irrisorios con el inmenso poder adquisitivo del marco imperial.

—No es correcto cómo están tratando a tu familia. —Zofia también tomó su cuchara, normalmente le encantaba el sabor ácido y salado de la sopa de centeno fermentado, el asco le había quitado el apetito.

—Mi mamá dice que debemos adaptarnos a la vida tal como es ahora —respondió Janina—. ¿Hay alguna mención del alcalde Starzyński en el *Courier*?

El alcalde había sido detenido al principio de la ocupación, liberado y arrestado de nuevo. Solo que la segunda vez no hubo una liberación inmediata, y muchos sospecharon lo peor.

El papá de Zofia recibía el *Courier*, ese vil periódico publicado por alemanes. «Más vale conocer al enemigo», decía. Sin embargo, mientras hojeaba los artículos calumniosos sobre cómo los judíos querían robar tierras, alimentos y riquezas a los polacos, se le tensaba la mandíbula. Lo peor de todo era la cantidad de gente que se creía esas repugnantes historias.

—No han mencionado al alcalde Starzyński. —Zofia revolvió su sopa en el plato—. Aunque dudo que lo conviertan en mártir públicamente.

Por mucho que no quisiera pensar en ello, probablemente ya estuviera muerto, asesinado en privado, lejos de la mirada pública. El alcalde Starzyński había sido un héroe durante el asedio. El reconocimiento de su muerte podría incitar a las masas.

—Espero que no estén discutiendo asuntos del club de lectura. —Danuta se sentó junto a Zofia.

Kasia permaneció de pie, con la charola en las manos.

—¿Le importa si nos sentamos con ustedes?

—Por supuesto que no. —Janina se acomodó para hacerle espacio a Kasia, que se sentó con ellas frente a la mesa.

—Reservé la sala de conferencias para el viernes en la tarde, la del pabellón nuevo. —Danuta mordió su pan y tragó—. Así que tenemos tres días más para leer *La metamorfosis*.

—Volvió a leerlo la semana pasada y le entusiasmó mucho la idea de comentarlo con el club de lectura contra Hitler —les explicó Kasia.

—Urge encontrar un nuevo nombre —añadió Danuta masticando otro bocado de pan.

Zofia no se molestó en reprimir un suspiro. El club nunca se había llamado así y ella no había querido invitar a ninguna las dos, en especial porque la reunión estaría impregnada de recuerdos de Maria. Zofia abrió la boca, pero Janina le dio un golpe con el pie por debajo de mesa, una advertencia silenciosa. Después de todo, no podían perder su trabajo en la biblioteca, sobre todo ahora que el de Janina era tan importante.

Zofia esbozó una sonrisa agradable, aunque la sentía tensa y frágil.

—También podemos hablar del nombre el viernes, si quieren.

*La metamorfosis* no era un libro largo y, una vez que Zofia dejó de lado la incomodidad de leerlo sin Maria, disfrutó mucho la extraña historia. Es cierto que un hombre que se despierta convertido en un escarabajo gigante no era lo primero que le venía a la mente a Zofia como una lectura divertida, pero había mucho más en las capas temáticas de la novela.

El viernes llegó rápidamente y cualquier intimidad que hubiera habido en su pequeño club se evaporó a la luz de la amplia sala de conferencias y las hileras de sillas de madera. Las luces parpadeaban mientras el sol entraba a raudales por las muchas ventanas de la pared lateral.

Danuta subió al podio.

—No. —Zofia dejó caer su mochila sobre una silla, con el ruido sordo y delator de una botella oculta. Ignoró la expresión curiosa de Janina—. Si vamos a hacer esto, que sea en el mismo nivel, para que podamos hablar como iguales.

Danuta se encogió de hombros y las cuatro colocaron sus robustas sillas en semicírculo.

—Qué libro tan asqueroso. —Kasia arrugó la nariz con una carcajada—. No me imagino siendo un bicho.

—¿Qué creen que haría su familia si se despertaran como Gregorio? —preguntó Janina.

Kasia ladeó la cabeza, con expresión casi soñadora.

—Mi mamá se haría cargo de que me cuidaran bien. No me escondería como hizo la familia de Gregorio.

Zofia estaba de acuerdo en que la mamá de Kasia la cuidaría. Su madre era enfermera en una casa de reposo, una mujer con un corazón de oro. Su padre había sido soldado en la guerra y ahora estaba de servicio. Sin embargo, cuando había estado en Varsovia, era el tipo de padre que siempre se estaba riendo y disfrutaba pasar tiempo con su familia.

Los padres de Janina también la ayudarían si se despertara convertida en un bicho gigante. Zofia lo sabía. En su caso, sin embargo, su *matka* podría desconocerla; su papá querría estudiarla. Antek la habría ayudado indudablemente.

Antek y Janina, por supuesto.

Zofia sintió una punzada de nostalgia por su hermano.

Todavía no sabía nada de él, como si la guerra se lo hubiera tragado.

—Creo que el sentido de la novela va más allá de lo que la familia haría por ayudar. —Danuta miró al techo, pensativa—. Trata sobre cómo es abrumador ser el único responsable de todo y, a veces, también te aisla.

A Zofia le intrigó su respuesta tan reflexiva, no solo por la manera en que Danuta esquivó hábilmente la pregunta original sobre su propia familia, sino también por su profundidad de percepción. Además, abrió la conversación para que el grupo explorara esta capa de la gran obra de Kafka.

La discusión pasó del apoyo de los seres queridos a los sacrificios que la gente hace por su familia, como hizo Gregorio. Fue una conversación reveladora que demostró el evidente deseo de Danuta de evadir cualquier conversación sobre sus padres, y cierta una dureza en su mirada cuando Kasia elogiaba el afecto constante de su madre.

Tal vez la vida de Danuta estuviera marcada por una constante desaprobación, como la de Zofia con su *matka*. Y tal vez por eso Danuta se empeñaba tanto en fortalecer su vocabulario y su comprensión.

La hora pasó más rápida y agradablemente de lo que Zofia esperaba.

—Kasia, ¿por qué no eliges tú el siguiente libro? —ofreció—. Podemos turnarnos, pero tiene que ser uno que Hitler no quiera que nadie lea.

—Y rápido —añadió Danuta—. Antes de que los prohíban aquí también.

Zofia la miró con el ceño fruncido.

—No deberías bromear con esas cosas.

Pero Danuta no estaba sonriendo.

—No estoy bromeando.

Un escalofrío le recorrió la espalda a Zofia.

Kasia juntó las manos frente a su pecho, con los labios apretados para pensar.

—¿Qué tal *La máquina del tiempo*, de H. G. Wells?

Antek adoraba a H. G. Wells y su colección de los libros de este autor aún estaba en el departamento.

También era el momento ideal para revelar lo que Zofia había llevado a la reunión.

—Pensé que al final de cada una de nuestras sesiones... —buscó en su mochila y sacó una botella de Baczewski, una marca de vodka tan famosa que su nombre se había vuelto un sinónimo de la palabra licor— deberíamos brindar por Maria.

Zofia pensó que Janina se resistiría a tomar un trago de vodka en el descanso, antes de volver al trabajo, pero sorprendió a todas al ser la primera en aceptar la botella. De todos modos, no iban a beber cantidades copiosas, no más de lo que cualquiera podría tomarse con un poco de pimienta para un dolor de estómago, o para salir a la calle en un día especialmente gélido.

—Por Maria. —Janina acercó los labios a la botella y bebió un trago. Danuta fue la siguiente, luego Kasia, y por último Zofia.

—*Schnell.* —La orden en alemán para que alguien se diera prisa atravesó la silenciosa sala de conferencias. Venía del otro lado de la puerta.

Las cuatro se miraron. Hasta ahora, los alemanes habían dejado en paz la biblioteca principal. La Universidad de Varsovia no había tenido tanta suerte, ya que su biblioteca había sido requisada por la policía alemana. Los rumores que corrían eran horribles: en medio de la sala de lectura se había montado una sastrería y en la sala de manuscritos se hacían reparaciones de motocicletas. Lo más atroz era el auditorio, que se había convertido en un establo y los lujosos tableros de las mesas de lectura se utilizaban como caballerizas.

Y ahora los nazis estaban en la sede principal de la Biblioteca de Varsovia.

Zofia abrió la puerta y encontró a un soldado de la Wehrmacht con la señorita Laska, que caminaba a tumbos delante de él, con un papel en la mano y los lentes ligeramente caídos.

—No entiendo. —Había un frágil temblor en la voz de la señorita Laska y mechones de cabello blanco y algodonoso flotaban alrededor de su cabeza—. No hablo alemán.

Zofia hizo un gesto a las demás para que se marcharan y se acercó a la señorita Laska.

—¿Qué pasa? —le preguntó, en polaco por precaución.

—Zofia. —La mujer mayor agarró el brazo de Zofia con fuerza, y la jaló ligeramente para que se fuera—. Es mejor que te vayas.

El soldado de la Wehrmacht las miró con frialdad.

Zofia se mantuvo firme.

—¿Qué significa esto?

La señorita Laska soltó a Zofia, su pequeño cuerpo de repente parecía más diminuto que antes.

—No le entiendo a este hombre. No para de gritar y yo solo le digo que no hablo alemán. —Le dio una lista a Zofia, con la mitad de la hoja arrugada por haberla sujetado con el puño—. No sé qué es esto.

Zofia la tomó y reconoció la pesada letra alemana. Miró la hoja rápidamente y el corazón se le alteró un poco.

Eran libros que debían retirarse de las estanterías de la biblioteca.

Libros prohibidos.

Alzó la vista y vio que el soldado la miraba entornando los ojos. Su conmoción había sido demasiado grande para recordar que debía mantener un gesto inexpresivo. Ahora él sabía que ella hablaba alemán.

Había sido un error que no volvería a cometer.

—Estos libros deben ser retirados de su biblioteca —dijo el soldado de la Wehrmacht.

Zofia bajó la lista y lo miró fijamente. Su pelo oscuro estaba peinado con tanta vaselina que le brillaba como plástico bajo la gorra y sus ojos eran de un tono gris plano.

—¿Qué van a hacer con ellos cuando los retiren de las estanterías? —preguntó en alemán. ¿Iban a preparar una hoguera y a prenderles fuego como habían hecho en Berlín hace seis años?

—No es de tu incumbencia.

—Sí es de mi incumbencia. —Señaló a la señorita Laska, que estaba observando la interacción, con los lentes todavía caídos—. ¿Si no, por qué tratarían agresivamente a una anciana por unos libros?

El hombre no se inmutó por el comentario.

—Estos libros suponen un riesgo para las relaciones entre polacos y alemanes, y deben ser omitidos de su planta de préstamos.

—Es su pésimo trato a esta anciana lo que va a arruinar las relaciones entre polacos y alemanes —replicó Zofia—. Ella es una mujer amable que...

El soldado se movió tan deprisa que Zofia no vio su puño hasta que conectó con fuerza con el costado de su mandíbula y la hizo tambalearse hacia atrás. La señorita Laska gritó y, cuando el mundo dejó de girar el tiempo suficiente para que Zofia se reorientara, vio que la mujer mayor estaba frente a ella, interponiendo su propio cuerpo frágil entre el hombre y Zofia.

Zofia se puso de pie de un salto. Le pulsaba el lado derecho de la cara al ritmo de su corazón, pero se paró protectoramente frente a la señorita Laska.

—Dale lo que quiere —susurró la señorita Laska.

Zofia miró desafiante al soldado y respondió en polaco:

—Quiere nuestros libros.

—No vale la pena que arriesgues tu vida para protegerlos. ¿No?

Zofia miró la lista. Había más de cien títulos. Si los destruían, el conocimiento que contenían se convertiría en cenizas con ellos.

Como todos los libros destruidos en la Biblioteca Krasiński.

Reconoció algunos títulos, los que promovían el socialismo, y la aceptación de todos, libros que fomentaban la fraternidad y el amor. Sin eso, ¿qué quedaría?

*Odio.*

El vodka le quemaba en el estómago, aunque su arrebato no había sido inspirado por el trago de alcohol. Había nacido de la indignación, de presenciar el sufrimiento de los demás y arder de impotencia ante la injusticia de todo lo que estaba ocurriendo.

Los nazis ya se habían llevado demasiado, y ahora querían los libros de Polonia.

—Creo que deberíamos hablar con el doctor Bachulski sobre esto —dijo Zofia con un tono duro. El gentil director de la biblioteca sabría qué hacer. Zofia no tenía autoridad para ser la voz detrás de esta decisión.

La señorita Laska entendió el nombre del director a pesar de que Zofia había hablado en alemán, y se paró al lado de Zofia, asintiendo enérgicamente. Zofia los condujo por el pasillo que llevaba al mostrador de la recepción para preguntar por el doctor Bachulski, cuando un grupo de soldados nazis salió de la sala de lectura principal.

Llevaban sujeto al director entre tres.

El doctor Bachulski, normalmente tan sereno, tenía la cara roja, los ojos brillantes detrás de los gruesos anteojos y el pelo canoso despeinado.

—No dejen que se lo lleven. —Se le crisparon los hombros al intentar zafarse de los soldados—. Quieren el Museo Social y si lo tienen, juro que no volveremos a ver ni una página.

Zofia y la señorita Laska se pararon en seco.

El Museo Social era la pieza más reciente de la biblioteca, repleta de artefactos y detalles sobre la vida durante la Gran Guerra, así como otras piezas históricas del pasado de Polonia.

—No dejen que se lo lleven —gritó el doctor Bachulski—. No dejen que se lleven nada.

Lo condujeron rápidamente a las escaleras, y sus zapatos de piel brillante se arrastraron por varios escalones. Los soldados lo sujetaban con fuerza para que se mantuviera erguido sin jalarlos hacia el suelo.

El oficial que dirigía a los soldados nazis se detuvo en lo alto de las escaleras y miró a todos los usuarios y empleados que tenía a la vista.

—Si a alguno de ustedes se le ocurre oponerse a nuestras reglas, se reunirá con su director en Pawiak.

Al escuchar el nombre de la prisión de Varsovia, Zofia se quedó sin aliento. El soldado de la Wehrmacht del pelo envaselinado que estaba junto a la señorita Laska la fulminó con una mirada que no necesitaba traducción.

—Está bien —dijo Zofia apretando los dientes—. Traeré los libros.

Zofia volvió a casa a paso ligero, sin importarle si despertaba sospechas de los nazis. Que la vieran. Que alentaran su ira.

Iba a tomar más que el aire de noviembre para enfriar la ira que inundaba su cuerpo. Había pasado la tarde bajo la supervisión de un nazi, mientras examinaba el detallado catálogo de fichas para identificar los libros que debían retirarse de las estanterías.

Juraron que los libros que debían retirar acabarían a salvo, encerrados en un depósito, pero ella asumía que acabarían en una pira. Era probable que el contenido del Museo Social corriera la misma suerte, pues había empezado a desaparecer caja por caja.

Fue entonces cuando se dio cuenta de que la banqueta bajo sus pies estaba lisa, totalmente reparada de la devastación del bombardeo. Sin duda gracias a los esfuerzos de hombres y mujeres judíos obligados a realizar trabajos forzados.

En la esquina de una cerca, quedaba una vela quemada, un desliz de la limpieza, por lo demás eficiente, ordenada por los alemanes para el primero de noviembre, después del día de Todos los Santos. La sombría festividad lo era aún más ese año con las velas encendidas por toda Varsovia para sus numerosos muertos. Aunque los nazis estuvieron muy presentes en las calles ese día y lanzaban constantes miradas de recelo, no trataron de reprimir a quienes estaban de luto. A la mañana siguiente, sin embargo, no se veía ni una sola vela en las calles.

Excepto esta: un solitario vaso de cristal abandonado con un charco de cera gastada y una mecha marchita y ennegrecida. Un recordatorio para Zofia de que la eficacia no era perfecta. No siempre se podían poner todos los puntos sobre las íes. Los nazis tenían un punto débil y de alguna manera los polacos lo descubrirían.

A pesar de los acontecimientos del día, la mente de Zofia volvía continuamente a la conversación que el club de lectura había tenido sobre *La metamorfosis*, aunque no lograba entender qué era exactamente lo que palpitaba en sus pensamientos como una herida abierta. No lo supo hasta que regresó a casa esa noche y encontró a su *matka* sentada frente a la mesa de la cocina, mirando a la calle.

—Ya era hora de que volvieras a casa. —Su *matka* se levantó, con el rostro tenso—. Siéntate, te caliento la cena.

Zofia hizo lo que le decía y su *matka* se movió rápidamente por la cocina, con los tacones repiqueteando sobre las baldosas. Desde el primer bombardeo, su madre había puesto a la familia a salvo como ovejas que huían de un lobo. A pesar de que los alemanes habían ametrallado las filas para recibir asistencia social y la falta de electricidad y agua, había evitado que pasaran hambre. Cuando los nazis entraron a Varsovia y «generosamente» abrieron sus cocinas para los hambrientos ciudadanos con fanfarrias de música de acordeón, ella había seguido yendo. Había soportado la humillación de los equipos de filmación propagandística para conseguir alimentos para su familia cuando muchos otros se habían dado la vuelta indignados.

Y lo había hecho completamente sola.

Su papá había estado ocupado en el trabajo. Antek se había ido a la guerra. Y Zofia...

Zofia había sido egoísta en su insistencia de luchar contra su *matka* a cada oportunidad.

Y si su *matka* se hubiera convertido en un bicho gigante, como Gregorio en *La metamorfosis* de Kafka, Zofia tenía que reconocer a regañadientes que tal vez no hubiera sido más amable que la familia de Gregorio para cuidar a su madre.

De repente, Zofia comprendió a qué se debía la llaga que se había abierto en su mente al conversar sobre *La metamorfosis*. Era su propia vergüenza por la manera como había juzgado a su madre, una mujer que se sacrificaba incesantemente por su familia.

Zofia le dio las gracias a su madre por la comida y respondió a las preguntas de su *matka* sobre su día. Sin embargo, no le contó sobre la detención del director de la biblioteca o sobre los libros que los alemanes se habían llevado.

A pesar de su apariencia de fortaleza, su *matka* era frágil. Se notaba en el temblor de sus dedos cuando recogía su cigarrillo para fumar, y en la forma como sus músculos se tensaban al menor sonido. También se notaba en el brillo desesperado de sus ojos cada vez que Zofia salía del departamento, como si su *matka* temiera que no fuera a volver.

Sin embargo, Zofia tenía toda la intención de contarle a su papá lo sucedido en la biblioteca. Necesitaba un aliado en esta guerra y no conocía a nadie más fuerte que su propio padre para tener a su lado.

# Capítulo 8

Ya no quedaba espacio para más libros.

Zofia se asomó a la cavidad abierta en el suelo de madera del estudio de su padre, donde pilas de libros ocupaban ahora el espacio antes vacío. Su papá le entregó un ejemplar de *Sin novedad en el frente.*

Zofia miró el libro con prudencia.

—Este libro ya no cabe. Ya no queda espacio.

—No puede ser. —Las largas horas en el hospital durante el asedio, y ahora la obligación forzada a trabajar para la ocupación, habían esculpido líneas duras en su frente. Se sentó sobre sus talones para hacer un cuidadoso cálculo mental, y las arrugas se hundieron en nuevos senderos de cansancio.

—Me diste veintitrés, que son tres más de los que calculaste que cabrían —le explicó Zofia—. Ya no hay espacio.

Su papá examinó la portada del libro que tenía entre sus manos y apretó los labios con fuerza.

Ella sabía que lo que estaba haciendo no era fácil para él. Los libros siempre habían sido sus amigos más queridos. Siempre había dicho que en cada texto había un mundo que explorar y amar. Le habían ayudado a superar los días posteriores a la muerte de su madre y las terribles horas en las trincheras de la Gran Guerra.

¿Cómo podía elegir cuál de todos dejar atrás?

En especial cuando habían incluido la colección de H. G. Wells de Antek bajo las tablas del suelo. Esos libros todavía no estaban en la lista de la biblioteca, pero tomando en cuenta que ya habían sido quemados una vez en Berlín, Zofia estaba segura de que en cualquier momento habría otra ronda de títulos prohibidos.

Ya se había hecho un llamamiento a los civiles para que entregaran sus colecciones privadas, aunque, sin la amenaza mortal que había acompañado la orden de entregar los radios, la mayor parte de la gente hizo caso omiso del aviso.

—Tiene que haber otro lugar donde podamos esconder este. —Su papá extendió hacia ella *Sin novedad en el frente*, y sus ojos color avellana rebosaban tanta esperanza que Zofia no pudo negarse.

—Lo encontraré —concedió—. Pero solo este. —Seguramente había un lugar en su habitación donde pudiera esconder el libro, tal vez pudiera aflojar una tabla del suelo, o dos, como las del estudio de su papá.

Él le acarició la mejilla cariñosamente y puso esa mirada triste tan familiar que ponía cuando ella le recordaba a su madre. Aunque no se lo había dicho, ella sabía que lo estaba pensando: que tenía los ojos de su abuela.

Pondría especial cuidado en asegurarse de que el libro estuviera completamente escondido en su habitación. Las probabilidades de que registraran su casa eran escasas, pero era mejor tomar precauciones. Sobre todo, tomando en cuenta que la Gestapo tenía su cuartel general al otro lado de la calle, en el número 25 de la calle Szucha. Su papá decía que la proximidad hacía que su departamento fuera menos sospechoso, pero a Zofia se le erizaba la piel de inquietud.

Las librerías de Varsovia también se vieron afectadas, sus escaparates ahora estaban llenos de fotos de héroes nazis y feas banderas con esvásticas en lugar de las brillantes portadas de libros nuevos. También habían tenido que vaciar sus estanterías de la lista de textos que la biblioteca se había visto obligada a retirar: 156 títulos en total.

Su papá acomodó la tabla del suelo sobre la colección de libros escondidos.

—Sabes que la excusa de que hay enfermedades infecciosas en el barrio judío es mentira —dijo de repente.

Las escuelas habían vuelto a cerrar, esta vez bajo el pretexto de evitar la propagación de enfermedades que supuestamente procedían del barrio judío de la ciudad.

—Todo es propaganda para hacer creer a los polacos que los judíos propagan enfermedades. —Un músculo se tensó en la mandíbula de su papá—. No es verdad. Sospecho que las condiciones pueden empeorar mucho para nuestros hermanos judíos, esto es solo el principio. —Hablaba despacio, pensativo, como cuando quería asegurarse del peso de cada palabra.

—¿Qué quieres decir? —preguntó ella—. ¿Es por las insignias de los brazos?

El *Courier* había anunciado recientemente que a partir del 1 de diciembre, todos los judíos mayores de diez años tendrían que llevar una cinta blanca con una estrella de David azul el brazo derecho.

—Sí. —Su papá volvió a acomodar la alfombra sobre las tablas del suelo reemplazadas y se puso de pie—. Así como la difusión de todas esas mentiras. Si demasiada gente vive en un mismo lugar, como en el barrio judío acordonado, es verdad que podrían generarse enfermedades. Si eso ocurre, he mantenido correspondencia con un doctor de apellido Weigl con el que trabajé durante la Gran Guerra. Sus cartas están en el segundo cajón de mi escritorio, metidas en una tabla en la parte superior.

«Escondidas».

A Zofia se le aceleró el pulso.

Su papá se acercó al escritorio y presionó con sus largos dedos la superficie, directamente sobre el cajón al que había hecho referencia.

—Asegúrate de mantenerte en comunicación con él. Si no por ti y tu madre, entonces por Janina y su familia.

A Zofia se le erizó la piel.

Sin embargo, todas las preguntas que surgieron inmediatamente en su interior fueron acalladas por el estruendo de un camión cubierto que entró al cuartel general de la Gestapo. Su papá se deslizó a un lado de la ventanilla, llevándola con él, y se quedó mirando el edificio de enfrente. El vehículo cubierto no era el primero en llegar ese día. Probablemente tampoco sería el último, y algo en ello parecía preocupar mucho a su papá.

La gente no disimulaba su interés mientras Zofia y Janina caminaban por la calle.

—Todos me están mirando. —Janina se ajustó la cinta blanca que llevaba en el brazo.

Precisamente por eso, Zofia había insistido en acompañarla de su casa a la biblioteca. Normalmente se reunían en la plaza del Salvador, un buen punto intermedio que las llevaba a la calle Koszykowa. Era una plaza abierta y encantadora, con la impresionante Iglesia del Santo Salvador que se elevaba hacia el cielo en todo su elegante esplendor.

Sí, ir a recoger a Janina a su casa suponía que caminara el doble y el viento de diciembre hacía que a Zofia le ardieran las mejillas, pero no dejaría que su amiga saliera sola con su insignia por primera vez.

Zofia miró con odio discretamente a un niño que le sacó la lengua a Janina.

—No todo el mundo te está mirando.

Aunque muchos miraban con hostilidad la brillante cinta blanca contra el abrigo negro de Janina, eran muchos más los que continuaban su camino, con la atención puesta en el movimiento de sus pies. Zofia se preguntó quienes entre ellos no aprobaban las insignias, pero se veían obligados a sofocar sus objeciones.

—¿Cómo crees que reaccionarán los niños? —le preguntó Janina.

Zofia pensó en el pequeño grupo que todavía se reunía en la sala de lectura infantil y juvenil todos los días para que Janina les leyera. Se involucraba tanto en los libros y hacía tantas voces para cada personaje que hacía sonreír y reír a los niños.

—No creo que les importe —respondió Zofia con sinceridad—. Pero puede ser que te hagan preguntas. Pensemos algunas respuestas que puedas darles mientras caminamos.

Mientras caminaban, Janina pareció dejarse distraer por la conversación. Al menos hasta que un nazi pasó junto a ellas, empujando intencionalmente a Janina.

Zofia estuvo a punto decirle algo, pero se detuvo cuando se acercó a una cruz de madera con flores y velas en el cruce de Polna y Koszykowa. En la mayoría de los cruces de Varsovia habían aparecido cruces y santuarios de piedra para los santos, establecidos por la incondicional comunidad católica, en protesta silenciosa por los recientes cierres que limitaban su tiempo en las iglesias a solo dos horas los domingos por la mañana.

Una mujer rezaba delante de la cruz, con un pañuelo de ramitas verdes y amarillas atado sobre la cabeza. El nazi la apartó de un empujón y tiró la cruz y las velas al suelo. Se oyó un estallido cuando el vaso de la veladora se rompió, esparciendo gotas de cera caliente sobre la calle. Antes de que la mujer pudiera protestar, el tipo pisoteó la cruz, destruyéndola contra los adoquines, entre flores aplastadas.

Ese espectáculo no era poco frecuente. No menos que los espectadores que lo presenciaban indignados, pero en silencio.

Zofia odiaba ese miedo, su hedor era tan penetrante como lo había sido el humo de los incendios en septiembre. Incluso ella había caído presa del terror cuando había recogido los libros de la lista después de que se llevaran al director de la biblioteca. Había estado en la prisión de Pawiak desde entonces, y Zofia no había podido encontrar información sobre su liberación.

La rabia le hervía bajo la piel, ardiendo en sus venas.

Zofia apartó a Janina de la escena. Por otro lado, había sido una distracción de las miradas indiscretas sobre su insignia.

Después de dejar a Janina en la sala de lectura infantil y juvenil, respondiendo a las preguntas que habían anticipado en su camino hacia ahí, Zofia bajó corriendo al almacén. Al hacerlo, la inquietud se apoderó de ella. Haber entregado los libros de la lista del Gobierno General la había dejado intranquila. Cada día esperaba la presentación de una nueva orden.

No creía que pudiera cumplir una más.

Cuando llegó, Darek estaba en el almacén, y Zofia ahogó un gemido, sin más remedio que quedarse cerca de él mientras dejaba su abrigo en el perchero.

Él le sonrió.

—Zofia, ¿verdad?

Asintió, sin dirigirse a él. No necesitaba saber que ella también recordaba su nombre. Solo conseguiría alentar su atención.

—¿Está mi tía? —le preguntó.

Zofia se dejó la bufanda alrededor del cuello para protegerse del frío del almacén.

—No lo sé. Acabo de llegar.

El muchacho le tendió un paquete envuelto en papel marrón.

—Traje esto, ¿te molestaría dárselo? Es un libro.

Zofia miró el paquete.

—No es molestia.

Se lo entregó y la observó detenidamente mientras aceptaba. La recorrió una oleada de timidez.

—¿Por qué me miras así?

—Tu cara —murmuró él, mientras inclinaba la cabeza con intensa concentración. Sus ojos eran de un tono café suntuoso y cálido, como chocolate con leche espeso. Y demasiado penetrantes para el gusto de Zofia.

Se apartó de él, a punto a soltar el libro que le había dado.

—¿Qué tiene mi cara?

Él no recuperó la distancia que ella había puesto entre ellos, pero siguió mirándola fijamente.

—Es perfectamente simétrica. En serio, *perfectamente*.

Le tocó a ella quedarse mirando.

¿Simétrica?

—Es el cumplido más extraño que he recibido en mi vida. —Se abstuvo de añadir que era el único cumplido de un hombre que hubiera recibido.

Aunque, claro, su rostro no era digno de elogio. Tenía cejas gruesas que enfatizaban sus expresiones más de lo que a ella le gustaba, rasgos afilados y una mandíbula fuerte que combinaba con sus opiniones. Su boca ancha era lo único suave en ella, la había heredado de su madre. Sin embargo, ese rasgo que en su *matka* lucía elegante, en Zofia lucía hosco.

Darek negó lentamente con la cabeza, con los ojos fijos en ella.

—No, lo que quiero decir es que... eres absolutamente hermosa.

Zofia no ocultó su irritación.

—Ya dije que le daría el paquete a la señora Mazur. No necesitas adularme.

Para sorpresa de Zofia, un rubor se extendió por las mejillas de Darek.

—Nunca había visto a alguien con una cara tan perfecta.

—Nadie me ha dicho eso jamás —dijo con ironía. Si iban a llegar a las burlas, que fuera cuanto antes y así acababan pronto con la farsa.

Sin embargo, su expresión no cambió.

—Otras personas no ven las cosas como yo.

Ella asintió, lista para que la conversación terminara.

—¿Crees que alguna vez querrías cenar conmigo?

Eso la sorprendió.

—¿Por qué? —preguntó en un débil esfuerzo por alargar el momento. ¿Cómo iba a responder semejante pregunta?

—Porque tenemos que comer. —Se encogió de hombros y se pasó una mano por el pelo castaño, que volvió a caer perfectamente en su lugar.

El calor ruborizó las mejillas de Zofia. Los judíos estaban obligados a llevar insignias en la calle, lo que los hacía susceptibles a la hostilidad que el Gobierno General había alentado con su periódico incendiario. Se arrestaba a la gente por infracciones inofensivas, como tener un radio, y se retiraban libros de las estanterías de las bibliotecas. No eran tiempos para romances ni enamoramientos. No estaban viviendo la trama de una novela de Marta Krakowska. Era la vida real.

—No creo que sea el momento adecuado para esas cosas —respondió Zofia.

Darek hizo una mueca.

—No, tienes razón.

Janina se enojaría con Zofia por haber sido tan brusca con él. Zofia suspiró y volvió a intentarlo, esta vez con más suavidad.

—Es que bajo el control del Gobierno General, y con la forma como están tratando a la familia de mi amiga... y a todos los judíos de Varsovia...

Él asintió.

—Tienes razón. Fue una idea horrible. Ni siquiera debería haber preguntado.

Zofia intentó dedicarle una pequeña sonrisa.

Quizá con eso había ido demasiado lejos, porque él siguió conversando.

—Algo te preocupa. Me di cuenta en cuanto te vi. ¿Qué pasa?

Zofia negó con la cabeza, sin ganas de hablar del asunto, y recogió una pila de libros estropeados que habría que reponer una vez se aprobara el financiamiento de la biblioteca.

—¿Han vuelto los nazis a la biblioteca? —preguntó él.

—No, pero siguen dañando de todos modos, ¿no? —La bilis hizo que su enunciado tuviera un tono duro.

—¿Viste la estatua de Copérnico?

Zofia frunció el ceño, confundida.

—Cambiaron la placa para que ahora dijera que es alemán en vez de polaco. —Darek se burló con disgusto—. Pero hay algo que podemos hacer para detenerlos.

Zofia le prestó toda su atención.

—¿Qué?

—Quizá podamos hablarlo más en otro momento. —Naturalmente, cuando ella por fin quería que se quedara, él se daba la vuelta y se iba.

Pasaron varios días, pero Darek no volvió a la biblioteca, y Zofia se negó a preguntarle por él a la señora Mazur. Si él llegaba a enterarse del interés de Zofia, jamás la dejaría en paz.

Diciembre solía ser el mes favorito de Zofia. Antek y ella adornaban el departamento con brillantes decoraciones mientras su papá transportaba un árbol de olor fresco a la sala. Y luego estaba Janucá, que a menudo celebraba con Janina y su familia disfrutando de las deliciosas recetas de Bubbe, todas hechas con amor. La fiesta, a menudo conocida como el Festival de las Luces, fue extraordinariamente oscura en 1939. Zofia lo había notado en la actitud apagada de Janina, y lo sentía también en su propio espíritu decaído.

Cualquier intento de celebración se vio aún más restringido por el racionamiento recién implantado, que limitó la mantequilla, el azúcar y otros productos necesarios para hornear durante las fiestas.

Era un día particularmente gris de diciembre cuando Zofia se fijó en que la señora Mazur cuchicheaba con la bibliotecaria de la sala de lectura de revistas. La bibliotecaria se marchó y la señora Mazur se llevó una mano a la boca.

La inquietud se deslizó por el vientre de Zofia y se dirigió rápidamente a su supervisora.

—¿Qué pasa?

—Ay, Zofia. —La señora Mazur bajó la mano al escritorio—. Despidieron a todos los que son judíos.

La cara de Zofia se drenó de sangre, dejando solo frialdad en sus mejillas.

—¿Cuándo?

La señora Mazur frunció el ceño de dolor.

—Ahora mismo.

Zofia no se quedó a escuchar ni una palabra más. Salió corriendo al pasillo que comunicaba con la sala de lectura principal y se detuvo bruscamente al oír el ruido de pasos en las escaleras. Una fila de hombres y mujeres iba bajando, cada uno traía en el brazo derecho una cinta blanca con una estrella azul.

—No pueden hacer esto —dijo Zofia, con una voz demasiado débil para que la oyeran. Entonces vio a la señora Berman y a Janina detrás de ella—. No pueden hacer esto —repitió Zofia, más alto.

Janina negó la cabeza.

—No hagas que te despidan por esto.

—No quiero trabajar aquí si así es como tratan a los empleados judíos.

—No fue el director —dijo la señora Berman en voz baja.

Zofia siguió el discreto movimiento de su mirada hacia donde los observaba un anciano de espalda rígida, con el rostro sereno de fría indiferencia.

—Quédate en la biblioteca —le suplicó Janina—. Por las dos. Puedes sacar libros para mí a hurtadillas y podemos hablar de ellos.

Zofia apretó los dientes y se obligó a guardar silencio, dejando que la rabia ardiera en su interior mientras que los hilos que la mantenían en control amenazaban con romperse.

En la biblioteca reinaba un ambiente sombrío. Aunque Janina estaba en un departamento diferente al de Zofia, el dolor de su ausencia era penetrante.

Un camión cubierto giró en la calle detrás de Zofia, que iba de camino a casa tras el largo y desgarrador turno de trabajo. Entró al cuartel general de la Gestapo y un escalofrío de miedo la estremeció. El estruendo del motor era inquietante, la forma en que reverberaba ominosamente en su pecho, y dejaba humo del escape asfixiante a su paso.

Rápidamente entró a su edificio para escapar de su amenaza y subió las escaleras.

La sensación de inquietud que le produjo ver al camión cubierto de la Gestapo no remitió. De hecho, cuanto más se acercaba a su casa, más fuerte era la sensación de pavor.

Algo no estaba bien.

Subió corriendo los últimos tramos de escaleras hasta su casa. Con los dedos temblorosos, introdujo la llave en la cerradura y abrió la puerta.

Una figura estaba acurrucada en un rincón del sofá, iluminada por todas las luces de la casa.

Su *matka*.

Zofia dejó que la puerta se cerrara tras ella de un portazo. Su *matka* levantó la cabeza al oírla. Tenía el pelo revuelto, el peinado de la mañana se había convertido en un amasijo de mechones desiguales y alborotados. El maquillaje que se había puesto en las pestañas para oscurecerlas corría ahora en un negro acuoso sobre la piel hinchada debajo de sus ojos.

La mochila de Zofia se le resbaló del hombro y cayó al suelo. Sin quitarse los zapatos, corrió hacia su madre.

—¿Es Antek?

Su *matka* no respondió.

—Respóndeme —exigió Zofia—. ¿Es Antek?

Tenía el corazón en la garganta, el latido le retumbaba en los oídos.

«Que no sea Antek. Que no sea Antek. Que no sea...».

—Tu padre —dijo su *matka* atragantándose.

A Zofia se le cayó el mundo encima y retrocedió tambaleándose. Temblando. Sin comprender.

Su mirada se dirigió al estudio de su padre, donde se había quedado la luz encendida. Corrió, con su nombre como un grito estancado en sus labios.

Los desgarradores sollozos de su *matka* la siguieron cuando se detuvo en el umbral. Una lámpara estaba volcada y su rayo se proyectaba torcido en el suelo. Los papeles, normalmente apilados con orden, estaban esparcidos por el escritorio.

Las estanterías estaban completamente vacías.

—Papá —llamó, con la voz quebrada.

—Se fue. —La expresión de su madre era plana, como si fuera un hecho indiscutible.

Zofia negó con la cabeza, pero, al hacerlo, asimiló la verdad. Se le apretó tanto el pecho que no podía respirar. Jaló una bocanada de aire que no parecía llenarle los pulmones y la surrealista franja de luz que cubría el suelo se agitó cuando sus rodillas cedieron.

Se detuvo contra la pared, que la mantuvo de pie hasta que pudo volver orientarse.

—Lo arrestaron. —De alguna manera, ahora su *matka* estaba a su lado.

—¿Cómo? ¿Qué pasó?

—No dijeron. —Su *matka* apretó la cruz que llevaba en el cuello—. Cuando llegaron tocaron tan fuerte que casi tiran la puerta. Intenté que no entraran, pero se abrieron paso al estudio y... —Se llevó una mano al pecho y se disolvió en nuevas lágrimas.

Algo detrás del escritorio, entre una alfombra de papeles revueltos, le llamó la atención a Zofia. Dio un paso adelante y descubrió que quedaba un solo libro, de cuero verde con un destello de cobre en el centro. Lo levantó y examinó. Tenía una bala alojada en la cubierta, como si el libro hubiera causado tal ofensa que algún soldado sintió necesario dispararle directamente al corazón.

Fue entonces cuando se acordó de las cartas.

Alzó la vista y vio que su *matka* ya no estaba, y que su llanto resonaba en sala. Lo más silenciosamente posible, Zofia abrió el segundo cajón del escritorio. Su contenido había desaparecido, destripado en el suelo. Sin embargo, no era eso lo que quería. Deslizó la mano hasta la tapa del cajón, rozando con las yemas de los dedos la áspera madera hasta encontrarse con papel liso.

Alcanzó su premio y lo desprendió: había encontrado la correspondencia con el doctor Weigl. Las hojas temblaron en sus manos mientras se deslizaba al suelo, agobiada por la carga que su padre había dejado sobre sus hombros y por la certeza de que él sabía que este día llegaría.

# Capítulo 9

A la mañana siguiente, cuando la policía polaca abrió sus puertas, Zofia ya estaba ahí, lista para averiguar sobre la situación de su padre.

El policía se sacudió una pelusa de la manga del uniforme azul y apenas la escuchó mientras ella le hablaba de la detención de su padre. Se inclinó a un costado de su silla con desinterés.

—Si su padre tenía libros que fueron confiscados, es probable que esté en la prisión de Pawiak.

—No fueron confiscados, fueron robados —lo corrigió Zofia.

—Prisión de Pawiak —repitió él secamente, luego dio un sorbo a una taza y examinó ociosamente el papel que tenía delante; quedaba claro que ya había terminado de hablar con ella.

Sabiendo que no conseguiría nada con la policía, salió del edificio y se dirigió a la prisión en forma de bloque, totalmente dispuesta a hacer lo que fuera necesario para conseguir la libertad de su padre. El interior estaba oscuro y desolado, y la presencia nazi era opresiva y agobiante.

En algún lugar entre esos muros, su papá estaba sentado en una celda en la gélida temperatura de diciembre, que descendía varios grados dentro de la prisión.

Un oficial de la Gestapo sentado detrás de un escritorio alzó una ceja al verla.

Zofia dio un paso adelante, con la espalda recta.

—Me dijeron que mi padre, Jan Nowak, está aquí.

El hombre bajó la mirada para examinar una pila de papeles. Después de hacer un gesto con la muñeca sobre la última página, levantó la vista y asintió brevemente.

—*Ja*, está aquí.

—¿Por qué? —preguntó Zofia—. No hizo nada malo.

—Si no hubiera hecho nada malo, no estaría aquí.

Zofia lo miró fijamente, negándose a dejarse intimidar tan fácilmente.

—¿Qué puedo hacer para sacarlo?

—Es imposible.

—Nada es imposible.

—Tal vez lo arrestaron por insolente. —La boca del hombre formó una línea dura e implacable—. ¿Cómo dijo que se llamaba?

Zofia apretó los dientes para no lanzarle un comentario desagradable a la cara.

—Tiene permiso para recibir paquetes —respondió finalmente el guardia, como ofreciéndole una preciada concesión. Cualquier cosa para hacer que se fuera, más probablemente.

Sin más opciones, Zofia aceptó el injusto arreglo y regresó esa misma tarde con una caja que contenía comida de su propio racionamiento, una bufanda gruesa, el abrigo más grueso de su papá y unos calcetines de lana. Al menos su padre estaría alimentado y abrigado hasta que encontraran a alguien que lo liberara.

Más tarde, esa misma noche, cuando su mente se había despejado un poco, sacó las cartas ocultas del doctor Weigl y escribió un mensaje para él, plenamente consciente de que la correspondencia sería leída por ojos perspicaces.

*Doctor Weigl,*

*Continuando con la labor de mi padre, le ruego que mantenga su correspondencia conmigo. La mejor forma de ponerse en contacto es a través de la sede principal de la Biblioteca de Varsovia, en la calle Koszykowa, 26.*

*Con sincero agradecimiento,*

*Zofia Nowak*

La biblioteca a menudo recibía tanta correspondencia que una carta del médico no destacaría; o con toda seguridad menos que en su casa de la calle Szucha.

La Navidad pasó con tristeza en lugar de ceremonias. Aunque hubieran intentado celebrarla, no habría sido lo mismo sin su papá y Antek.

La biblioteca cerró brevemente por vacaciones. Sin trabajo en qué ocupar su tiempo y desesperada por distraerse, Zofia leyó *La máquina del tiempo*, perdiéndose en un mundo fantástico ambientado en el futuro. Con esa historia descubrió que le gustaba la escritura de H. G. Wells. En parte por la conexión con Antek, pero también por lo entretenido del relato en sí y el viaje a un mundo que jamás habría podido imaginar por sí misma.

Y nunca lo habría leído si Kasia no lo hubiera recomendado para su club de lectura.

Después de las vacaciones, una nueva cara los esperaba de vuelta en la biblioteca. *Herr* Nagiel, un hombre delgado y bajito, con porte severo y boca fina como la de una tortuga.

—Es el nuevo inspector alemán de la biblioteca —le susurró la señorita Laska a Zofia mientras se reunían en la sala de lectura principal—. Deberías decirle que hablas alemán.

Zofia se quedó callada mientras el hombre ocupaba su lugar frente a la multitud de empleados que había reunido.

Se sacudió la solapa del traje oscuro y luego se dirigió a ellos levantando la cabeza con arrogancia.

—Habrá algunos cambios en el futuro.

A Zofia se le humedecieron las palmas de las manos de sudor y la multitud que la rodeaba se agitó de inquietud.

Si *Herr* Nagiel se dio cuenta de su agitación, no lo manifestó mientras continuaba:

—Necesitaremos que todos los libros ingleses y franceses sean retirados de la sala de préstamos. Ya no se podrán prestar a los usuarios. Los libros alemanes se separarán y se colocarán en una nueva sala de lectura solo para alemanes.

*Nur für Deutsche.*

«Solo para alemanes».

Por toda Varsovia brotaban como mala hierba carteles con esas palabras. Estaban en los asientos delanteros de los tranvías, en los mejores hoteles y restaurantes, y escritas en negrita en los escaparates de las tiendas más elegantes. No eran tan ofensivos como los anuncios que decían «Prohibida la entrada a polacos, judíos y perros», tan frecuentes también en toda la ciudad.

Ahora tales letreros iban a infiltrarse en la biblioteca.

—Ya no se aprobarán presupuestos para comprar más libros. —*Herr* Nagiel miró fijamente a la multitud como deseando que alguien lo desafiara—. Y se avecinan reducciones de personal y cierres de sucursales y salas de lectura.

Una nube se cernía sobre los empleados y cualquier rostro que hubiera podido iluminarse por las festividades navideñas ahora estaba gris.

La señorita Laska le hizo un gesto a Zofia para que fuera a ver a *Herr* Nagiel después de que los despidieran. Sin embargo, Zofia no tenía ningún interés en ponerse al servicio de los alemanes.

El club de lectura volvió a reunirse antes de que pudieran aplicarse normas más estrictas. No en la sala de conferencias, ya que podrían llamar la atención, sino en un depósito situado en la parte trasera del edificio, que rara vez se utilizaba. El día de la reunión, Zofia metió a Janina a escondidas en el depósito justo antes de que la biblioteca cerrara.

—Qué bueno poder estar aquí de nuevo. —Janina inhaló profundamente, con los ojos cerrados.

Zofia sabía lo que olía Janina, ese maravilloso aroma a humedad y polvo que desprendía el papel y la tinta de innumerables libros almacenados en un mismo lugar. Era un aroma que ella daba por sentado después de trabajar todos los días rodeada por él. Ver el placer que le provocaba a Janina renovó el afecto de Zofia.

Kasia y Danuta llegaron juntas y abrazaron calurosamente a Janina. No dudaron en aceptarla como siempre lo habían hecho, ni tampoco mencionaron su insignia, que había insistido en seguir llevando una vez dentro.

—Confieso que, siendo alguien a quien no le interesa la ciencia ficción, este libro no me hacía mucha ilusión. —Danuta le lanzó una mirada a Kasia, que se sonrojó ligeramente—. Pero la verdad fue excelente.

—Yo tampoco esperaba que me gustara, pero realmente me gustó —admitió Zofia.

—Durante todo el tiempo que lo estuve leyendo, no pude evitar imaginarme teniendo mi propia máquina del tiempo —dijo Janina—. Pero yo no iría tan lejos en el futuro como el Viajero del Tiempo, ni tan atrás. Habría ido solo unos meses al pasado. Quizá incluso un año, para ver si el mundo puede alterarse con un pequeño cambio.

No tuvo que dar más explicaciones. Zofia había sentido lo mismo al leer la historia; deseó retroceder en el tiempo hasta junio de 1939. Sabiendo lo que sabían ahora, podrían avisarles a todos para que se escaparan. Maria estaría viva y también los abuelos de Janina. Y si Zofia pudiera convencer a sus padres de que abandonaran Polonia, Antek jamás se habría ido a la guerra y su papá no estaría en una celda helada de la prisión de Pawiak.

—Es un libro especialmente impactante al leerlo en estos tiempos —añadió Danuta—. Es una historia sobre tomar las decisiones que sabes que son correctas, incluso cuando el resto del mundo parece confuso y desorientador. Se trata de saber quién eres y elegir la bondad y el amor, como hizo el Viajero del Tiempo.

A lo largo de sus últimas palabras oyeron el sonido de unos pasos que se acercaban arrastrándose y Danuta se calló rápidamente. Los pasos no se detuvieron.

—Quítate la insignia —le dijo Zofia a Janina señalando su brazo.

Janina abrió los ojos de par en par y negó enérgicamente con la cabeza.

—Podrían arrestarme —respondió gesticulando.

—¿Hay alguien aquí? —preguntó en polaco una voz masculina.

Mejor polaco que alemán. Aun así, aunque la mayoría de los empleados de la biblioteca eran dignos de confianza, había varios que se cuidaban a sí mismos antes que a nadie más. Polaco no necesariamente significaba seguro.

Todas permanecieron en silencio, apretadas contra la pared de libros sobre la naturaleza, deseando desaparecer. Zofia se acercó a Janina e inclinó su cuerpo frente al de su amiga, ocultando la insignia.

Ahora el sonido de pasos llegaba desde el otro lado del pasillo, y podían ver los pantalones del hombre. Janina temblaba de un miedo tan tangible que Zofia quería atacar con sus propias manos a quienquiera que se acercara. El hombre se detuvo, se dio la vuelta, y las puntas de sus zapatos apuntaron hacia el pasillo en el que se encontraban; dio un paso adelante.

Darek.

Apareció en el extremo del pasillo y retrocedió, ligeramente sorprendido.

—¿Por qué no contestaron cuando llamé?

—Shhh... —ordenó Danuta con un dedo sobre los labios.

Darek miró alrededor.

—¿Por qué estamos en silencio?

—Por si venían los alemanes —respondió Zofia con frialdad—. ¿Qué haces aquí?

Janina se relajó a su lado, ya no temblaba de miedo.

—Venía a ver si mi tía necesitaba ayuda. —Darek miró a Danuta, que sostenía un ejemplar de *La máquina del tiempo*—. Me encanta ese libro. ¿Era de lo que estaban hablando? —Escrutó sus rostros—. Sí, ¿verdad?

—Sí —respondió Kasia—. Hemos estado leyendo libros prohibidos por Hitler.

—¿El club de lectura contra Hitler, lo llamaste? —preguntó Danuta, mirando con expresión inquisitiva a Zofia.

Darek hizo una mueca.

—Es un nombre horrible. Y también peligroso.

—Nunca se llamó así. —Zofia levantó las manos, exasperada. Sin embargo, él tenía razón en que ahora era incluso peligroso.

—Se suponía que íbamos a elegir un nuevo nombre en nuestra reunión anterior —añadió Kasia—. Pero fue el día que recibimos la lista.

No tuvo que explicar a qué lista se refería. El peso de la lista quedaría grabado en sus mentes para toda la eternidad.

—¿Qué les parece...? —Darek miró al vacío mientras pensaba—. ¿Qué les parece «El club del libro bandido»?

—¿El club del libro bandido? —preguntó Janina.

—Sí, porque el Reich se refiere a la gente que lucha contra ellos como bandidos. —Se recargó despreocupado en la estantería—. Parece adecuado, ¿no?

—Me encanta. —asintió Danuta—. Se llamará El club del libro bandido.

—Ahora voy a tener que unirme al club. —Se metió una mano en el bolsillo del pantalón—. Porque le puse nombre.

Zofia deslizó la mirada hacia Janina. Sin embargo, en lugar de recibir solidaridad por parte de su amiga, Janina asintió con entusiasmo.

—Tenemos que decidir qué vamos a leer ahora —dijo Kasia—. ¿Por qué no eliges tú, ya que eres el miembro más reciente?

—Bueno, si vamos a leer libros que Hitler está prohibiendo, podríamos empezar por la lista más reciente. —Sacó de su bolsillo el ejemplar que Zofia había tenido que ocultar e ignoró la extraña mirada que ella le echó preguntando por qué lo tenía en primer lugar.

Puso el dedo índice sobre la hoja arrugada.

—Leamos *Sin novedad en el frente.* Todavía debe haber algunas copias en el almacén.

—Perfecto. —Danuta volvió su atención a Zofia—. ¿Podemos levantar la sesión?

Zofia sacó la botella de vodka de su mochila y la alzó.

—Por Maria.

Todos bebieron un buen trago, incluso Darek, que aceptó la botella de Janina y le dio un trago antes de devolvérsela a Zofia. Aunque era poco probable que supiera quién era Maria, tuvo la sensatez de no preguntar.

En la guerra había gente mala, pero también había gente buena. Lo importante era de quiénes se rodeaba uno. El Viajero de *La máquina del tiempo* lo sabía. Sin embargo, lo que tenía aún más impacto era cómo uno decidía actuar. Era una lección que Zofia se comprometió a recordar durante todo el tiempo que durara la ocupación.

No hubo fanfarrias cuando 1939 se convirtió en 1940. Zofia siguió buscando a alguien que pudiera ayudarle a liberar a su padre de Pawiak. Sin embargo, en la ciudad nadie encontraba la forma de rivalizar con los nazis. Nadie estaba dispuesto a intentarlo siquiera. Tampoco había sabido nada del doctor Weigl.

A pesar de que tenía prohibido ver a su padre, preparaba una caja semanal con ropa abrigada y comida, con la esperanza de que al menos le sirviera de consuelo.

El invierno había sido brutal, su gélido dominio sobre Varsovia se vio exacerbado por la escasez de combustible y la alternancia de disponibilidad de electricidad entre las casas en función de la ubicación y el número de edificio, lo que dejaba a todo el mundo sin electricidad en algún momento. Zofia solo podía imaginar lo miserablemente frías que debían ser las celdas de Pawiak.

Cuando la biblioteca volvió a abrir en 1940, Zofia encontró a la señorita Laska en el piso de arriba recogiendo sus pertenencias del sobrecargado escritorio de la sala de manuscritos.

Zofia se apresuró a ayudar a la anciana a levantar una carpeta especialmente pesada.

—¿Qué está pasando?

La señorita Laska sacó un pañuelo del bolsillo de su suéter y se limpió la punta rosada de la nariz.

—Me dijeron que ya no me necesitan.

Zofia se quedó boquiabierta. La señorita Laska trabajaba

en la biblioteca desde 1907, cuando se creó con materiales donados por los habitantes de la ciudad.

—Eso no puede ser. —Zofia negó con la cabeza. ¿Qué sería de la señorita Laska sin ingresos? ¿Y qué sería de la biblioteca sin la señorita Laska?

*Herr* Nagiel entró en la habitación y se dirigió a Zofia en alemán.

—Ah, ahí está, señorita Nowak. Sea tan amable de seguirme, por favor. —Hizo un gesto con la cabeza hacia la señorita Laska y cambió a polaco—. Gracias de nuevo por su recomendación, señorita Laska.

Zofia le lanzó una mirada, pero la mujer mayor bajó la cabeza para dedicarse a su tarea en silencio. Era imposible enojarse cuando la intención de la anciana solo había sido cuidar a Zofia, por encima de su propio interés.

*Herr* Nagiel llevó a Zofia a una de las salas de lectura del pabellón nuevo, una de las más grandes. Habían vaciado las estanterías y pilas de libros adornaban el suelo.

*Herr* Nagiel observó la habitación antes de mirar a Zofia.

—Sé que has estado estudiando con el doctor Bykowski, que según tengo entendido es todo un experto en bibliotecología.

Zofia apretó tanto la mandíbula que le dolieron los dientes, pero asintió.

*Herr* Nagiel entornó los ojos con interés.

—¿Por qué no te has registrado en la *Deutsche Volksliste* como *Volksdeutsche*?

En la «lista alemana» podían inscribirse los polacos cuyos orígenes tuvieran algo que ver con Alemania. Era una oportunidad para que los polacos vivieran una vida mejor, recibieran mejores raciones, tuvieran trabajos mejor pagados... a costa de sus almas. Ese tipo de colaboración de ninguna manera habría sido un aliciente para Zofia. Habría preferido morirse de hambre antes que confraternizar con el enemigo.

—Soy totalmente polaca —respondió Zofia—. No me aceptarían en la *Deutsche Volksliste*.

*Herr* Nagiel se encogió de hombros con indiferencia.

—Espero que tenga lista esta sala de lectura para los residentes alemanes lo antes posible. Otras personas que hablan alemán le ayudarán posteriormente, pero puede empezar por su cuenta.

Más tarde, Zofia se enteró de que habían despedido a casi un tercio del personal de la biblioteca. A los que eran demasiado mayores se les ordenó que no volvieran, al igual que a los nuevos empleados que no sabían alemán. Si la señorita Laska no hubiera recomendado a Zofia, ella también habría perdido su trabajo.

El sueldo en la biblioteca no era muy alto y la mayor parte de lo que Zofia llevaba a casa se iba en comida y quedaba poco. Aun así, ahorraba lo que podía. Al fin y al cabo, el dinero que les había dejado su papá no duraría para siempre.

Observó la caja que había preparado para su papá. Ahí estaba su última bufanda y un par de calcetines de lana. Lamentablemente, no había mucha comida. Un trozo de pan y unas pocas papas cocidas, además de las verduras que pudieron encontrar, que se reducían a unas zanahorias de aspecto miserable. Zofia y su madre no comerían el resto del día para enviar esa comida. De todos modos, su *matka* no tenía apetito últimamente.

Sin Antek y con su papá encarcelado, la madre de Zofia, que era elegantemente delgada, se consumía poco a poco. Miraba hacia la nada desde la ventana con cortinas de encaje de la cocina, y agarraba la cruz de oro de su collar con dedos inquietos. El vestido rosa pálido que antes se balanceaba alrededor de sus pantorrillas mientras corría de un lado a otro, ahora colgaba flácido de su cuerpo.

Una parte de Zofia estaba enojada con los abuelos que nunca había conocido por haberlos abandonado a todos. Los padres de su *matka* se habían ido sin pensar en su familia y, lo que es peor, se habían ido sin pensar en ella. Por muy difícil que su *matka* pudiera ser a veces, por mucho que Zofia llegara a preguntarse si su madre la quería de verdad, ella jamás habría abandonado a Zofia ni a Antek como la habían abandonado sus propios padres.

Zofia ató el paquete con una cuerda.

—Voy a entregarle esto a papá.

Su *matka* no respondió. Zofia no esperaba que lo hiciera.

—Volveré pronto —la tranquilizó de todos modos, y salió de casa. Respiró profundo, ya que le resultaba más fácil inhalar el aire invernal polaco, aunque le escaldara los pulmones, que el del departamento mal ventilado donde el pesado silencio hacía que el espacio pareciera insoportablemente pequeño.

Recorrió a pie la distancia hasta la prisión de Pawiak. Por mucho que se había preparado para ello, la horrible desolación del interior la azotaba cada vez que entraba. Las paredes grises, feas y sin adornos, la dura iluminación que ensombrecía el mundo encerrado. A pesar del frío extremo, el olor a cuerpos sucios y a enfermedad era suficiente para revolverle el estómago vacío.

El guardia de la entrada la fulminó con los ojos y ella le devolvió la mirada, empujando la caja hacia él.

—Traje un paquete.

—¿Para?

Zofia se irritó. Ese hombre ya sabía quién era su padre. Era el mismo guardia al que le llevaba el paquete todas las semanas.

—Jan Nowak —respondió con toda la paciencia que pudo reunir.

Él no se movió de su posición.

—No está aquí.

Zofia siguió sosteniendo el paquete con el simple lazo de cuerda.

—¿Cómo no está aquí? ¿Desde cuándo? ¿Adónde se lo llevaron?

El guardia se encogió de hombros y enfocó su atención en el periódico que tenía sobre la mesa.

—¿Dónde está? —le preguntó con voz temblorosa.

El guardia la ignoró.

Zofia dio una palmada en el escritorio, sobre su periódico.

—Pregunté en dónde está.

El hombre la miró, con una mirada más fría que el viento de enero sobre el Vístula.

—A menos que quieras una celda aquí tú también, no hay nada que pueda hacer por ti. Tu padre no está aquí.

Agotada de hambre, abatida por la impotente indignación, esta era solo una ofensa más en una cadena de muchas. No conseguiría nada de ese hombre, lo sabía muy bien.

De repente, su instinto de lucha se desvaneció. Agarró el paquete para que no se le resbalara de las manos y salió del edificio. En lugar de dirigirse a su casa de inmediato, se quedó donde estaba, paralizada por el peso de la noticia que acababa de recibir. El mundo se le nubló entre lágrimas calientes y un dolor se alojó en su pecho como una piedra.

«Tu padre no está aquí».

¿Qué significaba eso? ¿Y qué podía hacer?

Sin embargo, por mucho que se repitiera las preguntas, no llegaban las respuestas.

# Capítulo 10

Zofia tenía en sus manos la nueva lista de libros prohibidos. Habían pasado tres meses desde que le dijeron que su padre ya no estaba en Pawiak y la vida se había vuelto más difícil. El trabajo en la sala de lectura alemana y en la biblioteca en general, con el escaso personal, era agotador. Incluso El club del libro bandido no había tenido oportunidad de reunirse en mucho tiempo debido a lo ocupados que habían estado todos.

—Esto viene de parte del mismísimo doctor Gundmann, ¿entendido? —La barbilla de *Herr* Nagiel tembló de énfasis.

Zofia estaba en la sala de lectura infantil y juvenil, donde había estado dividiendo su tiempo junto con el almacén y la sala de préstamos, después de que varios despidos más dejaran a la biblioteca casi sin empleados. La sala de lectura infantil era su favorita. Ahora los niños venían más a menudo en busca de historias de aventuras y cuentos de hadas que los distrajeran de los horrores de la vida que los rodeaba. Había algo mágico en ver cómo los cuentos podían transportar tan rápidamente a esos niños desesperados a otro tiempo y lugar.

Al menos había completado la odiosa tarea de montar la opulenta sala de lectura alemana, sobre la que *Herr* Nagiel se había implantado como jefe como si él hubiera hecho todo el trabajo.

Ahora la señalaba con un dedo.

—Ni un solo título de la lista permanece en el catálogo, *¿ja?*

—Por supuesto —respondió ella.

Satisfecho, el hombre se dio la vuelta bruscamente y se marchó, llevándose consigo su el peso opresivo de su presencia.

Zofia respiró un poco más ligeramente.

No era tan malo como otras autoridades alemanas y, afortunadamente su biblioteca no sufría el tipo de saqueo que asolaba la Biblioteca Krasiński. Circulaban rumores de que se habían llevado sin consideración textos antiguos que habían sobrevivido a los bombardeos, metidos en cajas demasiado pequeñas que dañaban libros y artefactos de valor incalculable.

Y al menos la sucursal principal de la biblioteca seguía abierta. La mayoría de las bibliotecas de préstamo estaban cerradas, al igual que la Biblioteca Nacional, cuyos empleados seguían trabajando sin cobrar, sacrificando la oportunidad de ganarse la vida por cuidar los libros. Era un acto de verdadera pasión en una época en la que todo el mundo tenía el estómago vacío.

Zofia miró la lista que tenía en las manos. Había cientos de nombres. No solo títulos de libros, sino nombres de autores, lo que significaba que cada uno podía equivaler a media docena o más de títulos diferentes. Muchos de los autores eran polacos y judíos.

¿No les bastaba a los alemanes con haberles quitado sus museos, silenciado su música y requisado sus imprentas? Ahora Hitler les quitaba también la literatura.

Muy pronto, no quedaría nada de Polonia.

Zofia fue al almacén y encontró ahí a la señora Mazur, que ya estaba pasando los dedos por las fichas del catálogo. Zofia sacó una ficha de una pila y abrió el catálogo rectangular. Mientras recorría el inventario cuidadosamente impreso que se ofrecía en la biblioteca, observó que los títulos de los libros retirados anteriormente estaban tachados con pluma.

—*Herr* Nagiel dijo que quiere que se retiren todos los títulos del catálogo —informó Zofia.

—Estoy muy consciente de ello —dijo distraídamente la señora Mazur.

Zofia se inclinó un poco más hacia ella.

—Pero no dijo nada de que quitáramos los libros de las estanterías.

La señora Mazur hizo una pausa y una sonrisa se dibujó en sus labios. Miró a su alrededor antes de responder.

—Podemos dejar al menos algunos libros en las estanterías y darle duplicados del almacén.

Al menos en la sala principal, todavía podrían ser leídos por quienes los encontraran.

La señora Mazur tachó una línea del catálogo y levantó un poco más la barbilla. Por pequeñas que fueran, celebraría todas las victorias que pudiera obtener.

Esa tarde, después del trabajo, Zofia se reunió con Janina en la puerta de su departamento en la calle Mazowiecka para acompañarla a comprar las raciones semanales de su familia. La lluvia caía a su alrededor y el frío húmedo parecía calar los huesos de Zofia a pesar del paraguas. Sin embargo, nada le impediría ir a encontrarse con Janina, como siempre hacía esos días después del pogromo de marzo.

Los violentos ataques polacos contra los judíos habían comenzado el Viernes Santo y continuaron durante varios días; los autores no solo actuaban con impunidad, sino también a instancias de los nazis.

La violencia había cesado en su mayor parte y, aunque Janina no vivía en la zona judía, por una ley reciente los judíos solo podían comprar en comercios de propiedad judía. Eso significaba que quienes vivían en barrios mixtos, como Janina y su familia, se veían obligados a ir a las zonas judías de la ciudad, donde eran frecuentes las redadas y las palizas.

Era una de las muchas leyes destinadas a poner en peligro y desmoralizar a la población judía. Como las que les impedían viajar en tren, las que limitaban la riqueza que podían tener y las que les prohibían el acceso a restaurantes y cafés.

Una nota de melancolía ensombrecía el comportamiento habitualmente alegre de Janina.

Zofia se dio cuenta enseguida del estado de ánimo de su amiga.

—¿Qué pasó? —Se volvió para mirar el escaparate de la galería de arte Steinman.

El cristal seguía en una pieza, sin la estrella de David azul, gracias a un amigo socialista polaco del padre de Zofia que compró la galería del señor Steinman para mantenerla a salvo. Hasta el momento, la estrategia les había salido bien.

—Es mi mamá. —Janina agachó la cabeza mientras hablaba.

—¿Qué le pasó? ¿Necesita algo? —Zofia se detuvo y se volvió hacia el departamento.

Janina la tomó del brazo y la jaló hacia ella.

—Ahora ya está bien. Los nazis la detuvieron en la calle junto con otras mujeres judías y la llevaron al barrio de Żoliborz, donde la obligaron a limpiar una casa de arriba abajo hasta medianoche. Al parecer, se la iban a dar a una familia alemana que iba a llegar pronto.

Zofia solo podía imaginarse el terror que debían haber vivido Janina y el señor Steinman cuando la señora Steinman no volvió a casa esa noche. Y la señora Steinman, que siempre fue tan encantadora y generosa, viéndose obligada a limpiar hasta medianoche... Era más de lo que Zofia podía soportar.

Se tragó su amargura y apretó el brazo de Janina con toda la compasión que brotaba de su interior.

—¿Tu mamá está a salvo ahora?

Janina asintió.

—Por suerte no la enviaron a uno de los campos de trabajo o a trabajar en Alemania.

Muchos no habían tenido tanta suerte. Judíos y polacos por igual eran capturados en redadas; a la mayoría no se les volvía a ver, sin darles siquiera la oportunidad de despedirse de sus seres queridos.

Al Reich no le bastaba con llevarse la comida, el carbón y las valiosas colecciones de libros, también se llevaba a la gente.

—¿Cómo van las cosas en la biblioteca? —preguntó Janina, claramente deseosa de cambiar de tema.

Zofia nunca le daba información sobre la biblioteca porque sabía lo mucho que Janina la extrañaba. Sin embargo, Janina siempre le preguntaba, interesada de verdad en cómo se estaban cuidando los libros y si volvería a salir alguna lista.

Pasaron junto a varias sillas delante de un café, todas vacías por la lluvia. Al doblar la esquina, rodearon un edificio para protegerse bajo los aleros.

De repente, en una esquina, un hombre apareció en la dirección contraria a paso ligero. Janina no tuvo tiempo de detenerse y chocó con él.

El hombre llevaba una casaca con cinturón y un sombrero de guarnición con un águila en la parte superior.

Era un soldado de la Wehrmacht.

Janina retrocedió, horrorizada, y Zofia se acercó a ella en un movimiento protector. Los ojos inyectados de sangre del hombre se deslizaron primero a la insignia de Janina, luego al umbral bajo el que ellas se encontraban. Se tambaleó un momento.

—Los judíos no pueden entrar a los cafés. —Arrastraba ligeramente las palabras.

Janina lo miró boquiabierta.

—No estábamos en el café.

Torció los labios, revelando un diente ligeramente chueco.

—No mientas.

—No está mintiendo. —Zofia habló en alemán y se acercó al soldado, interponiéndose entre él y Janina—. Queríamos resguardarnos de la lluvia caminando bajo los aleros.

—No debe haber judíos en los cafés, solo llevan con ellos su suciedad y contagian enfermedades. —La cara del soldado enrojeció.

A Zofia se le acaloró la cara.

—No traen contagio ni suciedad —respondió—. Esas son mentiras que ustedes difunden para que la gente odie a los judíos. Es repugnante.

El hombre se enderezó para ser unos centímetros más alto.

—¿Me estás diciendo repugnante?

Desafió abiertamente a Zofia. Una señal de advertencia sonó en el fondo de su mente, pero la sangre le rugía demasiado fuerte en los oídos para escucharla.

La rabia ardía en sus venas por lo que le habían hecho a Maria, por lo que le habían hecho a su papá, por lo que ahora le estaban haciendo a Janina y a su familia y a todos los demás judíos de Varsovia.

La injusticia de lo que tenían que soportar todos los días azotaba su cerebro como si fuera una roca. Los golpes, los trabajos forzados, las raciones reducidas, la pérdida de empleos, de libertad, todo eso y mucho más. Y a su alrededor nadie hacía nada para ayudar. Ni una sola persona.

¿Cómo podía no hacerlo ella?

—Sí, es repugnante. —Zofia pronunció cada palabra con claridad—. Lo que le han hecho a esta ciudad y lo que les están haciendo a los judíos, gente inocente que...

De repente, el soldado lanzo el puño, pero no fue a Zofia a quien golpeó. El golpe fue tan fuerte que Janina se estrelló contra la puerta del café. Después el tipo sacó su arma de la cartuchera, una pistola con el cañón apuntando directamente a la cara de Janina.

Zofia se quedó paralizada de horror.

—No. —La palabra salió en un grito áspero—. No. Por favor. Perdóneme.

Pensaba que si encaraba a los nazis otros se darían cuenta de que su comportamiento era incorrecto, que su voz podía incitar a otros a unírsele. Había previsto el castigo.

Pero Janina...

Zofia jamás hubiera pensado que Janina sería castigada en su lugar.

—¿Qué importa un judío menos? —preguntó el nazi, con la fría mirada fija en Janina.

La gente los esquivaba, como el agua que se separa alrededor de la roca que está en medio de un arroyo, desviando la mirada por miedo a verse implicada.

—No, por favor —suplicó Zofia, con la voz quebrada.

Janina no se movió de donde estaba, mirando fijamente la pistola. Un simple movimiento del dedo del hombre y estaría muerta.

Como los cincuenta y tres hombres inocentes de la calle Nalewski en noviembre, o los más de cien hombres de Wawer en diciembre, que fueron ejecutados en represalia por la muerte de dos oficiales alemanes.

Como los muchos scouts que murieron en la guerra sin razón alguna.

Janina era una mujer joven, una presa fácil para dar un ejemplo.

—Por favor, no lo haga —gritó Zofia.

El soldado de la Wehrmacht miró a Zofia mientras mantenía su pistola dirigida hacia Janina.

—¿Morirías por ella?

—Sí. —Zofia no dudó en su respuesta—. Sí, moriría por ella.

El arma seguía apuntando a Janina. La malicia oscurecía la expresión del soldado borracho.

Zofia se humedeció los labios secos.

—Por favor, máteme a mí en su lugar —dijo Zofia en voz más alta.

La boca del hombre se estremeció, y curvó el labio superior.

—Arrodíllate, cerda polaca.

Se arrodilló ante él, y el agua helada de la lluvia le empapó las mallas.

—Por favor, máteme a mí en su lugar —repitió Zofia.

El tipo le clavó la pistola con fuerza en la frente. El metal rechinó contra su cráneo. El dolor era lo suficientemente intenso como para hacerla llorar, una ridícula nota de incomodidad cuando dentro de unos segundos podía morir.

Porque, sí, realmente podía morir.

Cayó en cuenta de pronto, mientras esperaba lo que fuera a ocurrir. La hebilla del cinturón del soldado de la Wehrmacht quedaba a la altura de sus ojos y tenía un águila en un círculo con unas palabras en arco sobre ella: *Gott Mit Uns*.

«Dios con nosotros».

Si su vida no estuviera inclinándose precariamente hacia un final violento, podría haber resoplado ante lo absurdo de tales palabras.

El soldado clavó la pistola con más fuerza, echándole la frente hacia atrás. Zofia cerró los ojos anticipándose a lo peor. El olor a metal flotaba en el aire húmedo.

Su *matka* conocería la oración exacta para un momento así, un rápido susurro en sus labios que terminaría con la señal de la cruz.

Pero Zofia solo rezaba: «Oh, Dios, oh, Dios, oh, Dios».

La presión desapareció de su cabeza durante un instante y luego un peso sólido le golpeó la frente con suficiente fuerza para tirarla al suelo. Cayó en la acera empapada por la lluvia, abrió los ojos de golpe y vio manchas blancas que aparecían y parpadeaban en el lugar donde la dura pistola metálica le había golpeado la cara.

El soldado de la Wehrmacht la miró con desprecio.

—Tú eres repugnante. —Enfundó el arma y pasó por encima de ella como si fuera basura.

Zofia se puso de rodillas, pero no pudo levantarse más. El alivio duró solo un instante antes de que sus músculos volvieran a tensarse.

La humillación.

La injusticia.

Su propia impotencia.

Se quedó clavada en el suelo, apretando los dedos para no ponerse de pie de un salto y lanzarse contra el engreído soldado borracho. Puños, pies, uñas, dientes, quería destrozarlo como una bestia y hacerle pagar por lo que había hecho.

Y sin embargo, no podía hacer nada más que quedarse donde estaba.

—Zofia.

Alzó la vista y se dio cuenta de que Janina estaba a su lado.

Janina tomo entre sus manos la cara de Zofia y las lágrimas brillaron en sus ojos oscuros.

—Zofia, podría haberte matado.

«Janina».

Casi la habían matado a ella.

Por culpa de Zofia.

—Tú... —Zofia no pudo forzar las palabras más allá del dolor que sentía en la garganta. Sus ganas de luchar se agotaron cuando se acercó a su amiga y la estrechó en un fuerte abrazo—. Dios, Janina, lo siento tanto.

Janina la abrazó con fuerza, dos personas ahogándose en un río de gente que seguía esquivándolas.

—No sabías.

Pero Zofia empezaba a aprender.

Cuando se trataba de los nazis, no había forma de defender la justicia.

# Capítulo 11

La culpa ahogó los pensamientos de Zofia durante el día y le mantuvo los párpados abiertos durante la noche. Janina aceptó sus disculpas cada vez que se vieron durante los dos días siguientes, pero su perdón jamás era suficiente para mitigar la horrible sensación de pensar en lo que pudo ocurrir.

Después de una noche especialmente difícil, casi sin dormir, Zofia estaba sentada frente a la mesa de la cocina, mirando fijamente su desayuno. Tenía la fortuna de tener pan negro y mermelada en el plato. Muchos no tenían gran cosa que comer debido al sistema de racionamiento y a que el złoty había perdido casi todo su valor con el nuevo tipo de cambio.

Su *matka* entró a la cocina arrastrando los pies, con el pelo rubio alborotado, sin haber visto todavía un cepillo ese día. Aún llevaba la bata de dormir, amarrada con descuido a la cintura. Era un nuevo tocar fondo, incluso para esta versión depresiva de su *matka*.

Cada vez encontraba más razones para quedarse en casa esos días, revoloteando entre las ventanas como un pájaro atrapado.

Zofia sabía qué hacía y a quién buscaba a través de las cortinas de encaje. Esperaba que su hijo y su marido volvieran a casa.

Señaló la comida delante de Zofia.

—Cómete todo el desayuno. Vas a necesitar fuerzas. —La comisura de sus labios se torció hacia abajo como si estuviera a punto de perder una batalla contra las lágrimas—. Tenemos que mudarnos.

Zofia miró fijamente a su madre, segura de que no la había oído bien.

—¿Qué?

—Unos alemanes van a venir a vivir aquí. Tenemos que encontrar otro lugar adonde ir.

«Otro lugar adonde ir». Como si fuera fácil con tantas casas dañadas por los bombardeos de septiembre. Los cristaleros habían estado muy ocupados sustituyendo las ventanas tapiadas por vidrio, y las reparaciones estructurales eran imposibles para los constructores, que estaban ocupados con proyectos del Gobierno General.

Zofia miró a su madre con recelo.

—¿Adónde vamos a ir? —Su *matka* metió los dedos en su pelo enmarañado.

—No sé.

En el pasado, su *matka* habría tomado las riendas con una autoridad irritante. Le habría ordenado a Zofia que empezara a empacar los objetos de su habitación de inmediato y Zofia se habría molestado por los inconvenientes.

Extrañaba a esa *matka*.

Ahora, entre conseguir los alimentos y el trabajo en la biblioteca, Zofia también tendría que encontrar un nuevo lugar para vivir. ¿De dónde iba a sacar el tiempo?

Zofia echó la cabeza hacia atrás, frustrada, y el pelo se le apartó de la cara.

Su *matka* se despertó de repente, volviendo a la vida con la aguda mirada de águila enfocada en Zofia.

—¿Qué es eso?

—¿Qué es qué? —Zofia se inclinó rápidamente hacia adelante y su pelo ondulado se extendió como una cortina.

Su madre no le contestó, sino que se abalanzó sobre ella desde el otro lado de la habitación y le apartó el pelo de la frente, dejando al descubierto el moretón que le había dejado la pistola del alemán. La *matka* respiró con dificultad.

—Zofia, ¿qué te pasó?

Se veía muy mal; Zofia lo sabía. Tenía un moretón redondo donde el cañón del arma había presionado su cráneo y una contusión morada, negra y roja le cubría la mitad de la frente, donde la pistola le golpeó la cara.

Había intentado ocultárselo a su *matka* bajo sus rizos rebeldes. De otro modo le habría hecho demasiadas preguntas que no quería responder.

—No es nada. —Se alejó de su *matka* y se colocó el pelo encima de la herida.

—Claro que no es nada. —Su madre se le volvió a acercar, pero esta vez su tacto fue suave al dejar el golpe al descubierto. Suspiró suavemente mientras recorría la herida con la mirada. —No hace falta que me lo digas. Sé que no lo harás.

Había una nota de triste resignación en la afirmación de su madre.

A Zofia le remordió la conciencia. Esta nueva *matka* era frágil y poseía una naturaleza dulce y abnegada. Era un terreno desconocido en el que Zofia no sabía cómo desenvolverse.

Los dedos de su madre bajaron hasta la cara de Zofia, acunando sus mejillas entre las palmas secas y cálidas.

—Te fallé, Zofia. —El rostro de su *matka* se contrajo con silencioso dolor—. Me ha consumido tanto tiempo pensar en lo que he perdido que me he olvidado de prestar atención a lo que todavía tengo. —Sus ojos se clavaron en los de su hija—. Tú.

Zofia se encogió de hombros, sin saber qué responder. ¿Qué se puede contestar a algo así?

¿Y cómo había que reaccionar ante tanto… afecto?

—Eres todo lo que me queda. —Su *matka* la envolvió entre sus brazos delgados y apretó su cuerpo esquelético contra el de Zofia de manera que su cabello despeinado le rozaba la cara.

Torpemente, Zofia le dio a su madre unas palmaditas en el hombro.

—Juré que yo nunca te trataría como mis padres me trataron a mí. —La soltó al fin—. Encontraré un lugar para las dos esta tarde. No voy a decepcionarte —dijo la última parte con vehemencia, con una importancia que Zofia no comprendió del todo.

—¿Qué quieres decir con eso, *matka*?

Pero su *matka* solo volvió a apartarle el pelo de la cara. Emitió un sonido sordo, como un sollozo, y se tapó la boca con la mano. Su anillo de bodas brilló en su delgada mano, la alianza ahora le quedaba demasiado grande y le daba vueltas en el dedo por el peso de las gemas.

Fiel a su palabra, esa tarde, cuando Zofia regresó a casa después de la biblioteca, su *matka* tenía el pelo lavado y peinado, el vestido planchado y ceñido a la cintura, y un departamento asegurado. Cualquier patrimonio que su papá le hubiera dejado probablemente había servido para conseguir algo con tanta premura.

—Es un departamento de dos habitaciones en la calle Krucza. —Su *matka* llevó una caja a la habitación de Zofia—. Ya sabes, la calle donde antes se vendía ropa barata para mujer. No es ideal, pero casi todas las ventanas están intactas.

—Me parece perfecto —dijo Zofia con ánimo. Una ligera sonrisa se dibujó brevemente en el rostro de su *matka*.

Cuando su madre se fue, Zofia se escabulló en el oficina de su papá y sacó las cartas y los libros escondidos, que dividió entre varias cajas para que pasaran desapercibidos.

Esa noche, su *matka* preparó la cena: tortas de papa y gulasch. Comida campesina, como la había llamado alguna vez. A Zofia siempre le había gustado: el sabroso gulash, espesado con verduras y carne tierna, junto con las tortas de papa, fritas en grasa hasta que se doraron. Era más papas que carne, y casi no había grasa para freírlas, pero fue suficiente para que a Zofia se le hiciera agua la boca.

—A tu padre le encantaba este platillo. —Su *matka* sonrió tristemente y deslizó una torta de papa en su plato—. Decía que le recordaba a su infancia.

—Creció en Poznań, ¿verdad? —Zofia sabía la respuesta, por supuesto. Sin embargo, cuando ella y Antek eran chicos, descubrieron que, si le hacían preguntas a su *matka* sobre su papá, a veces ella se ponía a hablar y les compartía historias de su vida que él nunca les había contado. A veces incluso contaba sus propias historias, como que de niña vivía en una enorme mansión repleta de obras de arte de valor incalculable y hacía lujosos viajes por todo el mundo. Hubo un tiempo en que Zofia había envidiado las historias de su *matka*, hasta que se dio cuenta de que sus abuelos la dejaban sola a menudo, a cargo de alguna institutriz nueva a la que ella ni le importaba.

—En Poznań, sí. Por eso sabía el alemán que les enseñó. —Su *matka* se quedó en silencio tras su respuesta, mirando fijamente la comida que tenía en el plato—. ¿Ya casi terminas de empacar?

Si Zofia no hubiera estado tan hambrienta, habría perdido el apetito con esa pregunta. Después de todo, ¿cómo se podía empacar toda una vida en un solo día? Aunque había que hacerlo, pues un día era lo único que tenían. Además, mientras ella tenía una sola habitación que empacar, su *matka* tenía el resto de casa.

—¿Necesitas ayuda? —Zofia jugueteó con el tenedor cuando el silencio llenó la habitación. No eran una familia que pidiera ayuda. Ni que la aceptara.

Su *matka* observó la torta de papa intacta que tenía en el plato.

—Todavía no he... —Desvió la mirada hacia la puerta cerrada del cuarto de Antek.

Zofia todavía estaba muy sensible cuando se trataba de Antek. Las dos lo estaban, pero su *matka* además se veía derrotada.

Sería mejor que Zofia se encargara de esa tarea. Apretó las manos en puños bajo la mesa.

—Yo empaco la habitación de Antek.

Aunque su *matka* jamás le habría pedido ayuda a Zofia, tampoco la rechazó.

Después de lavar los platos de la cena, Zofia respiró hondo y abrió la puerta de la habitación de su hermano. Adentro había un olor inconfundible, a jabón y un toque de sudor, como olía Antek. Zofia no estaba preparada para el golpe que le asestó, cargado de recuerdos de risas y de una vida compartida al lado del otro, un amor que solo los hermanos conocían.

Una mano se posó sobre su hombro. Alzó la mirada y encontró a su *matka* a su lado.

—Todavía huele a él —dijo Zofia.

Los delicados músculos de la garganta de su *matka* se contrajeron.

—Lo sé, pero debemos empacar lo que necesitará cuando vuelva a casa.

Si volvía a casa.

Zofia no expresó sus dudas.

Juntas, llevaron cajas y empacaron cuidadosamente las pertenencias de Antek.

Sus modelos de aviones se quedaron donde colgaban del techo y el mapa de Europa siguió colgado en la pared, con las tachuelas que marcaban la victoria polaca contra los invasores alemanes. Que los nuevos ocupantes supieran que quienes vivieron en esa casa eran patriotas polacos, con orgullo y amor por su país.

Al día siguiente dejaron su hogar. Zofia no miró atrás mientras salían del número 16 de la calle Szucha en un carro con todas las pertenencias que cupieron a su alrededor. Sin embargo, su *matka* sí lo hizo. Se volvió por completo y observó el ornamentado edificio de estilo art déco alejándose lentamente, como uno hace con una hermosa puesta de sol de la cual no puede apartar la vista.

Tal vez fuera una forma acertada de verlo. Ese día se ponía el sol de sus vidas anteriores y quedaban envueltas en la oscuridad de una casa con ventanas pequeñas, dos de las cuales seguían tapadas con tablas. La sala era una cuarta parte del tamaño al que estaban acostumbradas y el escritorio de su papá, que su *matka* se había negado a dejar atrás, ocupaba la mayor parte del comedor.

Un suave golpe en la puerta las interrumpió mientras desempacaban. Zofia abrió y se encontró con una mujer menuda, con mechas plateadas en el pelo negro y finas arrugas en las esquinas de los ojos. En las delgadas manos sostenía un plato de cerámica salpicada de flores azul cobalto con centros amarillos, cubierto con un paño.

—Soy la señora Borkowska, su vecina. —Sus finos labios dibujaron una sonrisa—. No es mucho, pero les traje un poco de borsch. Sé que es difícil pensar en la cena cuando te estás instalando. Y de todos modos, quería darles la bienvenida y decirles que mi casa está al final del pasillo si necesitan algo.

La *matka* apareció al lado de Zofia y le dio las gracias a la mujer.

—Fue muy amable de su parte —dijo, cerrando la puerta, después de que su nueva vecina se hubo marchado.

Y realmente lo era, sobre todo cuando la comida era tan escasa. Ni siquiera habían pensado en qué comerían con tanto trabajo que tenían por delante. Aunque exhaustas, siguieron desempacando cajas hasta bien entrada la noche, cuando oyeron a lo lejos el pulso de música alemana, seguida de vítores y risas. A pesar de las protestas de su madre, Zofia se acercó a la ventana para ver un lejano bar lleno de oficiales nazis.

Estaban reunidos en la calle, en mesas, ajenos a la oscuridad, mientras bebían jarras de cerveza y vasos de vodka. Estaban de fiesta mientras Varsovia sufría y las familias se veían obligadas a abandonar sus hogares; mientras la gente se quedaba sin empleo; mientras la violencia se desataba por sus prejuicios.

La rabia volvió a rugir en ella, punzándole en las palmas de las manos y la nuca. Creció en su interior como un grito que amenazaba con hacerla estallar, un grito que no podía expulsar.

Su *matka* cerró de un tirón las cortinas de encaje recién colgadas y le dio la espalda a la juerga.

—Mejor ignoremos que están ahí.

Sin embargo, aquella noche, en vela, acosada por los ruidos de júbilo de sus conquistadores, la brasa de furia que Zofia llevaba en el corazón se encendió más y más, hasta que apenas pudo soportarlo.

A la mañana siguiente, Darek estaba en el almacén de la biblioteca cuando Zofia llegó al trabajo. Se movió con rapidez, pues solo necesitaba recoger una nueva colección de libros para llevarla a la sección infantil y entonces podría librarse de su presencia.

Su sonrisa torcida se desvaneció cuando Zofia se acercó.

—¿Qué te pasó en la cara? —Le tendió la mano, pero ella retrocedió—. Zofia —intentó de nuevo—. Dime qué pasó.

No debía. Debía marcharse y dejarlo a solas en el almacén. Sin embargo, la emoción de todo lo que había sucedido emanó en ella como un tsunami. Le martilleaba el cerebro y le dolía el corazón.

—Nada y todo —consiguió decir, y se acomodó el pelo sobre la cara.

—Qué filosófica. —El coqueteo salió inexpresivo y sus ojos cafés se pusieron oscuros de preocupación.

—Ha pasado de todo y no puedo hacer nada al respecto. —Su respuesta fue dura—. No estoy de humor para hablar.

—Puedes hacer algo al respecto, ¿sabes? —Darek miró a su alrededor.

—Ya lo intenté. —Se señaló la frente—. Enfrentarme a ellos no funcionó. Casi le disparan a Janina por mi culpa.

—Pero no le dispararon. —Era una obviedad, y no aliviaba para nada el tormento de Zofia.

—¿Cuándo nos defendemos? —preguntó Zofia—. ¿Cuándo dejaremos de tolerar la persecución y la opresión?

—Si de verdad quieres ayudar, hay que ser muy discretos. —Una sonrisa compasiva suavizó sus palabras—. El comportamiento impulsivo es lo que hace que maten a la gente.

Zofia lo entendía ahora más que nunca.

—Puedo hablar con alguien —dijo Darek en voz baja.

Cuando Zofia escuchó lo que dijo, el peso de su desesperación se disipó ligeramente. ¿Sería a lo que había aludido antes? Sabía que había personas que estaban defendiéndose. Después de todo, estaban en Polonia. En el pasado jamás habían aceptado la derrota, y no lo harían ahora.

Solo necesitaba una manera de entrar y parecía que Darek era la clave.

—Puedo ser discreta —aseguró—. Fui guía durante años antes de que nos dijeran que ya no podíamos reunirnos.

Darek alzó las cejas pensativamente.

—Tienes que saber que este trabajo puede ser peligroso.

Cuatro días antes, había estado de rodillas bajo lluvia, suplicándole a un soldado de la Wehrmacht que la matara. Sonrió con satisfacción.

—No me preocupa.

—Le preocupará a tus seres queridos. —Le sostuvo la mirada un largo tiempo y en su pecho se extendió un calor que no sentía comúnmente.

—Lucharía por ellos —respondió—. Por mis seres queridos.

—Como Syrenka, nuestra sirena que protege la ciudad. —Asintió lentamente—. Veré qué puedo hacer. Mientras tanto, me pidieron que te diera esto.

Sacó algo del bolsillo de su saco y se lo entregó.

—¿Nos vemos en la próxima reunión del club de lectura?

El sobre estaba arrugado y maltratado, portaba las marcas de un duro viaje. Ella aceptó la carta y asintió.

—El jueves de la semana que viene.

—Ya quiero saber qué te pareció *Sin novedad en el frente.* —Inclinó la cabeza y se marchó, dándole privacidad para leer el mensaje.

*Señorita Nowak,*

*Haré lo que pueda para enviarle varias dosis de vacunas cuando estén listas. Su padre era un buen hombre.*

*Dr. W*

El doctor Weigl por fin le había respondido, y no había sido a través del sistema de correo. Eso solo podía significar que la persona con quien Darek había estado tratando formaba parte de la misma organización clandestina a la que pertenecía el doctor Weigl.

Y con la cual probablemente también había trabajado su papá.

Varios días después, Zofia se unió a los Rangos Grises, un grupo de resistencia clandestino formado por scouts y guías que colaboraban con el Estado Clandestino Polaco para luchar contra sus opresores nazis. Su alias: Syrenka.

Por supuesto, el nombre de la sirena de Varsovia había sido sugerencia de Darek. Zofia recibió su cargo en un sótano sin ventanas, con el uniforme de guía que había escondido varios meses antes, presionado bajo el peso del colchón para alisar las arrugas.

Del lado izquierdo del pecho, llevaba con orgullo su cruz de scout, prendida con un seguro oculto. La cruz de metal estaba envuelta en laurel con un lirio en el centro, y llevaba la inscripción «Mantente alerta».

Prestó juramento, prometiendo mantener los votos originales que había hecho años atrás con las guías, además de servir a los Rangos Grises, guardar los secretos de la organización, seguir órdenes y no temer a dar la vida.

Darek estaba ahí, entre un pequeño grupo de personas. Varias que ella no conocía. Entre las que sí conocía estaban Danuta, Kasia y su antigua capitana de guías, Krystyna, que tomó su juramento.

Por mucho que le remordiera la conciencia, Zofia no le comunicó su decisión a Janina. No porque su amiga no pudiera guardar un secreto, sino para garantizar su seguridad.

«Hoy. Mañana. Pasado mañana».

Era el lema que Zofia se había tatuado en el corazón con determinación.

Hoy, resistir bajo la ocupación.

Mañana, preparar la lucha por la libertad.

Y pasado mañana volverían a vivir en una nueva Polonia libre.

Darek se le acercó después de que prestara juramento y le estrechó la mano con firmeza.

—Ahora eres una verdadera bandida, Syrenka.

Se enderezó, llena de renovado propósito y de un innegable orgullo por Polonia. Por primera vez desde que los nazis desfilaron victoriosos por la avenida Ujazdowskie, Zofia sintió esperanza.

# Capítulo 12

Zofia nunca había hecho nada sin Janina. El secreto de pertenecer a los Rangos Grises se presentaba en el primer plano de la mente de Zofia cada vez que estaban juntas, un pensamiento persistente que no podía expresar en voz alta. En especial cuando el conocimiento de la organización podía poner en peligro la seguridad de su amiga.

Hasta ahora, el tiempo que Zofia había pasado en los Rangos Grises había sido de mucho entrenamiento sobre cómo eludir la captura, cómo responder en caso de ser capturada y qué formularios y tarjetas oficiales debía llevar encima en todo momento. También ayudó a distribuir periódicos clandestinos y a pegar mensajes antinazis en Varsovia a escondidas.

Sin embargo, seguía siendo demasiado arriesgado compartirlo con su amiga. Cualquier cosa que hiciera que Janina saliera de su casa era peligroso. Por eso, Zofia sentía inquietud de que asistiera al club de lectura, pero Janina se negaba a faltar.

Otra vez estaban en el depósito de la biblioteca minutos después de la hora de cierre, en la sección de plantas y fauna de Polonia del almacén más alejado. Zofia miró a su alrededor, con el oído atento a cualquier sonido inesperado.

Janina le dio un codazo.

—No te preocupes.

Pero Zofia sí se preocupaba. A los judíos ya no se les permitía entrar en las bibliotecas, ni siquiera como usuarios.

Después del miedo de casi perder a Janina por la ira del soldado de la Wehrmacht, Zofia no estaba dispuesta a correr ningún riesgo. Las cosas habían cambiado de repente: Zofia se inclinaba por seguir las reglas y Janina por eludirlas. Sin embargo, si Zofia estuviera atrapada en casa tanto tiempo como Janina, probablemente también haría cualquier cosa por salir.

Danuta, Kasia y Darek llegaron por una esquina. Kasia dio un chillido de alegría al ver a Janina y la saludó.

—Qué gusto me da verte. Esperaba que pudieras venir.

Danuta incluso abrazó a Janina, y Darek besó galantemente su mano, pero, mientras lo hacía, le guiñó un ojo a Zofia.

«Coqueto».

Los cinco se acomodaron en el suelo y formaron un círculo íntimo para no tener que hablar demasiado alto.

Darek se inclinó hacia delante con los codos apoyados en las rodillas.

—¿Qué les pareció *Sin novedad en el frente*?

El grupo, normalmente conversador, se quedó callado. A Zofia le había resultado difícil leer la historia, con escenas gráficas de batallas de la Gran Guerra. Que el protagonista fuera alemán hacía aún más difícil de asimilar la novela, sobre todo en la situación en que se encontraban en ese momento, mientras Hitler arrasaba Europa. Primero había caído Bélgica y, a mediados de junio, Francia también capituló.

Se hizo un breve silencio antes de que Kasia tomara la palabra.

—Me hizo apreciar lo que los soldados polacos tuvieron que soportar durante los ataques. —Habló despacio y con cautela, como hacía siempre que opinaba sobre los libros, como si le preocupara decir algo equivocado. En este caso en concreto, su perspectiva tenía un peso doloroso, tomando en cuenta que su padre había sido uno de los hombres que habían luchado.

Darek cruzó miradas con Zofia y un torrente de recuerdos de la noche que juró su cargo en los Rangos Grises la invadió. Todos en el club de lectura sabían de su participación, excepto Janina.

Las mejillas de Zofia se encendieron de culpa. Obviamente, Janina confundió el motivo del rubor de Zofia con la atención de Darek y le dedicó una sonrisa cómplice. Zofia se tragó un suspiro.

—Fue una lectura brutal —dijo Danuta—. Pero creo que es precisamente la dura realidad que la gente que no lucha necesita conocer para entender los sacrificios que se hacen. Y que a veces incluso los soldados que parecen fuertes por fuera se tambalean por lo que vieron y experimentaron.

—¿Y tú, Zofia? —preguntó Darek.

—Me la pasé mal mientras leía este libro, pero no por los detalles sangrientos. —El ácido le revolvió el estómago—. ¿Alguno de ustedes también se preguntó si este hombre podría ser ahora un oficial aquí en Polonia, obligando a los judíos a dejar sus trabajos o ejecutando polacos en las calles? —Sacudió la cabeza—. Me resulta imposible ir más allá de eso.

—Hay que ver más allá de la nacionalidad del protagonista y fijarse en la persona —intervino Darek—. Es como dijo Danuta, el poder de esta perspectiva es un hombre que está en la guerra, alguien que está haciendo un enorme sacrificio. Y también, arranca el velo para que los que desean la guerra puedan verla en toda su realidad. Cruda y descarnada.

Que estuviera de acuerdo con Danuta fastidió a Zofia.

Miró a Janina, quien tenía las manos sobre su regazo.

—Yo estoy de acuerdo con ambas cosas —dijo diplomáticamente—. Es difícil sentir compasión en nuestros corazones por alguien que es nuestro enemigo. Sin embargo, también es importante entender aquello por lo que pasaron los hombres que protegieron nuestro país. Incluso nuestros padres.

La indignación que encendió en Zofia la idea de sentir compasión por su enemigo se atenuó al darse cuenta de lo que debió sentir su papá cuando luchó en la Gran Guerra. Él había sido testigo directo de las difíciles escenas que se describían en el libro. De pronto, recordó la reverencia con la que él mismo había sostenido el libro que ella ahora poseía. Los alemanes habían sido sus enemigos en el pasado y en el presente; sin embargo, él claramente había ido más allá, apreciaba la profundidad emocional de lo que describían las páginas.

Quizá algún día Zofia también pudiera hacerlo. Pero ahora no era el momento.

Cuando Zofia sacó la botella de vodka Baczewski de su mochila al final de la reunión, Kasia tomó la palabra.

—Hay que leer *Un mundo feliz* de Aldous Huxley. He oído que es una lectura fascinante.

—¿Otra obra de ciencia ficción? —Danuta levantó las cejas.

Kasia sonrió.

—Como si no te hubiera gustado la anterior.

—A mí me gustó. —Janina asumió el papel de mediadora y tomó la decisión por todos—. Estoy segura de que *Un mundo feliz* será igual de bueno.

Zofia insistió en acompañar a Janina a su casa después del club de lectura. El *Courier* hacía demasiado bien su trabajo de poner a los polacos en contra de los judíos y la insignia que llevaba Janina era una provocación. Afortunadamente, fuera de un par de comentarios despectivos, en general la dejaban en paz.

Cuando llegaron a su edificio, Janina dudó antes de subir.

—Tengo que pedirte un favor.

—Cualquier cosa.

—¿Podrías traerme un par de novelas de Marta Krakowska la próxima vez que me acompañes de compras?

—Pensé que ya las habías leído.

Janina bajó la mirada.

—No son para mí. La señora Rosenberg, que atiende la tienda de abarrotes, dice que no puede conseguir nada nuevo que leer. Como ahora las bibliotecas y librerías están cerradas para nosotros... No sabía que yo ya no trabajo en la biblioteca y me preguntó...

—Te las traeré —prometió Zofia.

La siguiente vez que Zofia se reunió con Janina para hacer sus compras, le llevó tres libros de Marta Krakowska en el fondo de su bolsa. Eran de la biblioteca, del grupo que se retiró de las estanterías para complacer a *Herr* Nagiel. Había sido demasiado fácil sacarlas de la biblioteca, incluso pasando por enfrente del guardia de la entrada que día con día vigilaba las pertenencias de todos. Se había confiado con el registro a los empleados y Zofia se había aprovechado de eso.

Por lo menos así los libros seguirían cumpliendo con el propósito de llegar a las manos de los lectores.

La tienda estaba apenas llegando al barrio judío, y tenía la inscripción «Rosenberg» escrita con letras elegantes sobre el escaparate de cristal, uno de los pocos que habían sobrevivido a los bombardeos. Era la tienda que los abuelos de Janina habían frecuentado toda su vida.

—Queridas Janina y Zofia —las saludó la señora Rosenberg cuando entraron. Su cabello corto y oscuro estaba peinado en una onda elegante, y sus labios siempre llevaban un bonito tono de rosa. Janina intercambió una mirada con Zofia y le sonrió a la señora Rosenberg.

—Tenemos algo para usted.

—¿Sí? —La mujer mayor se asomó exageradamente hacia sus bolsas.

Zofia sacó los libros de la biblioteca y la señora Rosenberg se llevó las manos al pecho.

—Ay, chicas, me calientan el corazón con su generosidad. —Aceptó los libros y se secó los ojos con la esquina del delantal—. No puedo expresarles lo que esto significa para mí.

Sin embargo, no tenía que decírselo; su emoción y el brillo de sus lágrimas de alegría expresaban más que las palabras. A Zofia le alegró ver lo que esos tres pequeños libros habían hecho por la señora Rosenberg, y al mismo tiempo le dolía que muchas otras personas se vieran obligadas a prescindir de ellos.

Poco después, cuando Zofia y Janina volvieron a la tienda, la señora Rosenberg sacó los libros de debajo del mostrador.

—Confieso que los leí en tres días.

—¿En tres días? —preguntó Zofia sorprendida.

—Lee más rápido que Zofia —dijo Janina riendo.

—Un libro por día. —La señora Rosenberg sonrió—. Me encantaría pedirles algo más. ¿Creen que puedan encontrar *Lo que el viento se llevó*?

Ese libro no había aparecido en ninguna lista de prohibición, pero era muy popular. Como la señora Rosenberg leía tan rápido, sería sencillo tomar prestado un ejemplar durante unos días.

—Es posible.

—Y más libros de Marta Krakowska —añadió la señora Rosenberg con una sonrisa tímida—. En yiddish. Mi madre no domina el polaco y se muere por leer los mismos libros que yo para que podamos comentarlos.

Los libros en yiddish podrían ser más difíciles de sacar de contrabando, pero Zofia asintió de todos modos.

—Veré qué puedo hacer.

La semana siguiente, la señora Rosenberg pidió más libros para sus amigas, tanto en yiddish como en polaco. Zofia sacaba a escondidas uno o dos libros todos los días, y además pedía prestados a través de la biblioteca los que no habían ofendido tanto a los nazis como para ser retirados de circulación.

Varias semanas después, Zofia llegó a la sala de préstamos de la biblioteca con dos libros y encontró a la señora Mazur trabajando en el mostrador, pues todos se turnaban para compartir funciones debido a la escasez del personal.

Además de los dos libros jurídicos que llevaba en la mano, Zofia tenía un ejemplar prohibido de *Un mundo feliz* en su mochila, envuelto en su suéter. Aunque junio había entibiado el ambiente, el almacén seguía siendo lo suficientemente frío como para necesitar usar manga larga.

La señora Mazur tomó los dos libros y los depositó sobre el mostrador.

—¿Qué estás haciendo?

—Quiero solicitar un préstamo de libros. —Zofia mantuvo un tono inocente.

La señora Mazur observó el registro y subrayó varias entradas con la punta afilada de su lápiz.

—Has llevado prestados quince libros desde el jueves pasado.

Zofia intentó tragar saliva, pero la garganta se le secó demasiado. ¿De verdad había registrado tantos?

Quizá se había pasado un poco.

—¿Qué estás haciendo? —repitió la señora Mazur y señaló la habitación con una expresión incisiva—. Te sugiero que me respondas antes de que entre alguien más.

—He tomado algunos libros prestados para otras personas —admitió Zofia.

—¿Otras personas? —La señora Mazur ladeó la cabeza—. ¿Y no son usuarios?

—Lo eran —respondió Zofia lentamente. Con cuidado—. Pero ya no tienen permitido venir.

Los rasgos de la señora Mazur expresaron que había comprendido.

—Ya veo. —Deslizó los libros hacia ella y levantó el lápiz una vez más—. En ese caso, los pondré a mi nombre para no levantar sospechas.

El tiempo pasaba rápidamente: el trabajo ocupaba la mayor parte de los días de Zofia y las horas libres que tenía las dedicaba a su labor de sabotaje con los Rangos Grises. Su contribución en la resistencia polaca era más de vandalismo que actos violentos como volar vías de ferrocarriles, pero a Zofia le satisfacía contraatacar de cualquier manera. Junto con los otros hombres y mujeres ante quienes había hecho sus votos, dejaba copias falsas del *Courier* en los puestos de periódicos, lanzaba bombas de pintura hechas con focos fundidos sobre carteles alemanes, y vigilaba mientras otros compañeros robaban fundas de pistola a los nazis en los cafés o retiraban las banderas con la esvástica de los edificios.

Mientras tanto, seguía entregando libros semanalmente a sus agradecidos destinatarios del barrio judío.

El calor del verano fue rápidamente sustituido por la frescura del otoño.

A Zofia siempre le asombraba que Janina la saludara alegremente cuando se encontraban para hacer las compras para los Steinman. Antes de la guerra, Zofia nunca había sido tan optimista como Janina, pero incluso ahora, en la ocupación, cuando las raciones para los judíos se reducían a la mitad de las escasas asignaciones que recibían los demás polacos, y su toque de queda terminaba una hora antes, Janina seguía encontrando motivos para sonreír.

—Ojalá mi naturaleza fuera tan alegre como la tuya —dijo Zofia.

—Siempre dices lo mismo. —Janina sonrió y le dio un codazo a Zofia—. Solo tienes que pensar en las cosas que están saliendo bien. Por ejemplo, que puedo verte todos los días, aunque no pueda ir a la biblioteca. Y que los libros que traes para compartir en el barrio judío hacen que todos se sientan un poco mejor. Y también que puedo seguir formando parte de El club del libro bandido.

Dos niños pequeños aparecieron en la banqueta delante de ellas, tomados de la mano y con mochilas al hombro, apresurándose a ir a la escuela. Eran niños polacos, por supuesto. La escuela estaba prohibida para los niños judíos y la educación pública para los polacos ya no continuaba después del cuarto año. Las lecciones se limitaban a enseñarles a los niños a contar hasta quinientos y a entender suficiente alemán como para seguir órdenes.

Un oficial se acercó a los niños y los dos le entregaron obedientemente sus mochilas.

—Deben estar buscando libros —dijo Zofia en voz baja—. Como si los niños fueran a llevar textos ilegales a la escuela. —Condujo a Janina por otra calle para evitar al oficial, muy consciente del peso de su bolsa de compras y de sus propios textos ilegales de contrabando escondidos bajo una tela. Sintió escalofríos por el riesgo que estaba corriendo y por lo fácil que podían atraparla.

Janina se inclinó hacia Zofia.

—He oído que todavía se imparten clases para alumnos mayores. En secreto.

A Zofia le vino a la mente un recuerdo de su papá diciéndole eso mismo cuando le imploró que no abandonara sus estudios.

—¿Tú también podrías asistir? —preguntó Zofia.

Janina no respondió, lo cual fue respuesta suficiente. No podía. Ya era bastante riesgoso enseñar en una escuela secreta para polacos. Lo sería mucho más si asistía un estudiante judío.

Zofia exhaló por la nariz, consternada.

—Entonces a mí tampoco me interesa.

Una anciana corrió bruscamente hacia la calle y gritó «*Łapanka*».

Redada.

Zofia y Janina se quedaron paralizadas, tratando de averiguar con desesperación en qué dirección vendría la redada. Todos sabían que nunca se volvía a saber nada de los detenidos.

La anciana gritó la advertencia por segunda vez, y el eco reverberó en la calle empedrada. De repente apareció frente a ella un oficial de la Gestapo. De un solo movimiento, sacó la pistola de la funda que llevaba a un costado y le disparó a la cara. La mujer cayó al suelo, inmóvil.

No le había dado ningún aviso, no hubo ningún preámbulo. Nada. En un momento estaba viva y gritando, y al siguiente estaba muerta.

Zofia empujó a Janina hacia un callejón. En el peor de los casos, los papeles de trabajo de Zofia y el entrenamiento que había recibido en los Rangos Grises le ayudarían a salir de esta. Janina, sin embargo, seguramente sería detenida.

La calle se llenó de gente que lloraba y gritaba confundida, pisando a la mujer que había perdido la vida intentando advertirles. Los alemanes revisaban los papeles con brutal eficacia, empujaban a los hombres contra la pared para registrarlos, y luego los echaban a los camiones cubiertos, con los rostros blancos de conmoción y los bolsillos hacia fuera.

—Mi hija —gritaba una mujer—. Salven a mi hija.

La mujer que buscaba apartar a su hija de la multitud le resultaba familiar a Zofia, era alguien a quien había visto a menudo en la escalera de su edificio, visitando a su vecina. Fue entonces que cayó en la cuenta: eran la hija y la nieta de la señora Borkowska.

La niña salió de entre la gente y se quedó ahí parada, sollozando, con la mano tendida en busca de su madre. Si la niña se quedaba ahí, se la llevarían con los demás y desaparecería para siempre.

Sin embargo, si sorprendían a Zofia ayudándola, tanto ella como Janina correrían un terrible peligro. Zofia sintió que la cabeza le latía con fuerza. Necesitaba una respuesta inmediata, pero no tenía tiempo para pensar.

## Capítulo 13

Los gritos de la niña se perdieron entre los silbidos penetrantes y los gritos de los detenidos. Zofia echó un vistazo al callejón y confirmó que Janina estaba del otro lado, desde donde fácilmente podía escabullirse a la siguiente calle que estuviera libre de la redada. Estaba a salvo.

Rápida como un ataque nazi, Zofia agarró a la niña y la jaló hacia el callejón, donde Janina se escondía en un umbral profundo.

—Tienes que estar muy callada —susurró Zofia tajantemente.

La niña moqueó y miró hacia atrás.

—Pero mi mamá...

—Tu mamá quiere que te lleve a casa de tu abuela. —Zofia asintió mientras hablaba para ser más convincente.

Aunque los grandes ojos azules de la niña seguían llenos de incertidumbre, se calmó.

El caos de cientos de voces duró unos veinte minutos más y luego, tras el estruendo de los motores de los camiones, la calle se sumió en un ominoso silencio. Janina y Zofia se miraron preocupadas, sin saber si era seguro salir.

—Quédate aquí —dijo Zofia en voz baja mientras emergía sigilosamente de su escondite. De las tres, ella era la menos vulnerable.

Se deslizó lentamente a un extremo del callejón y echó un vistazo a la calle más pequeña, por la que habían llegado, que llevaba a la calle Polna, más grande, donde había sido la redada.

El cuerpo de la anciana había desaparecido, y alguien había echado aserrín sobre la sangre delatora, como si un asesinato pudiera borrarse tan fácilmente. En la calle había objetos tirados, bufandas, cestas caídas, un zapato.

Un trozo de papel voló hacia Zofia con algo escrito. Lo agarró antes de que siguiera rodando. El mensaje claramente había sido garabateado a toda prisa.

*Papá, me detuvieron en una redada. Dile a mamá que la amo. Y también a ti.*

Debajo había una dirección escrita con la misma premura.

Una brisa corrió sobre la calle vacía, haciendo que otros pedazos de papel volaran por encima de los adoquines. Zofia corrió de un lado a otro, agarrándolos lo más rápido que pudo para que no se perdiera ninguno y se los metió en el bolsillo para guardarlos.

Una vez que los hubo reunido todos, regresó al callejón.

—Ya es seguro salir —dijo en voz baja.

Janina y la niña salieron con los ojos muy abiertos cuando Zofia se reunió con ellas.

—Creí que te había pasado algo —dijo Janina en voz baja.

Zofia se sacó del bolsillo varias de las notas arrugadas y se las mostró.

—Tuve que reunir estas notas antes de que volaran.

Una estaba suficientemente desdoblada como para que se

distinguiera la conmovedora despedida que contenía y la dirección escrita debajo.

Janina respiró suavemente y asintió comprensiva. Regresaron juntas a la calle Krucza, al departamento de enfrente del de Zofia, para entregarle su nieta a la señora Borkowska y darle la mala noticia de que su hija había sido detenida en una redada.

La señora Borkowska miró a Zofia y a Janina, detuvo la mirada en la insignia de Janina y luego abrazó a su nieta. Aceptó a la niña con una admirable entereza de espíritu, y con voz uniforme y tranquila le pidió que preparara la mesa para la cena. Sin embargo, Zofia notó el brillo de las lágrimas en los ojos de la viuda antes de marcharse.

—¿Quieres que te acompañe a entregar los mensajes? —le preguntó Janina mientras volvían a su casa.

Zofia temía ir sola a cada una de las direcciones escritas en las notas que llevaba en el bolsillo y ser la única que atestiguara el dolor de la pérdida de cada desconocido. Sin embargo, también conocía el peligro de llevar a Janina consigo.

—Me sentiría más tranquila si estuvieras a salvo en casa —respondió Zofia.

—Me imaginé que ibas a decir eso —dijo Janina con tristeza—. Y quizá tengas razón.

Una vez que dejó a Janina sana y salva en su casa, Zofia emprendió la dolorosa tarea de entregar las notas a sus destinatarios sabiendo que probablemente nunca volverían a ver a su seres amados.

*Herr* Nagiel compartió la feliz noticia de que se reabrirían más bibliotecas de préstamo y salas de lectura en Varsovia. Lo mejor fue que esto permitió la recontratación de muchos empleados, incluyendo a la señorita Laska.

Zofia corrió hacia ella y abrazó a la frágil anciana como si tuviera delicados huesos de pájaro. Parecía haberse encogido desde la última vez que la había visto. El desempleo había dejado a la señorita Laska en mal estado de salud. Su pelo blanco y algodonoso ahora era lo suficientemente fino como para dejar ver debajo el cuero cabelludo rosado, y su apariencia habitualmente impecable se veía deslucida por un pequeño agujero en la manga del suéter color arándano.

Zofia había podido visitar algunas veces a la señorita Laska después de que la despidieran, y le dejaba comida siempre que podía. Sin embargo, con lo que ayudaba a Janina, el trabajo en la biblioteca y sus labores con los Rangos Grises, no había podido hacer más por la anciana. Ver a la señorita Laska en ese estado le remordía la conciencia. Seguramente podría haber ayudado más, o haber sacrificado más de sus propias raciones por ella.

La señorita Laska no se dio cuenta del peso de los pensamientos de Zofia mientras miraba los pasillos de libros.

—Me alegro de haber vuelto. —Cerró los ojos tras sus gruesos anteojos e inhaló profundamente el aroma de miles de libros—. Sigue oliendo exactamente igual.

—¿Volverá a trabajar en la sala de manuscritos? —preguntó Zofia mientras se dirigían al almacén más cercano a la sala de lectura principal.

—En parte. —La señorita Laska miró a su alrededor mientras respondía, observándolo todo con rapacidad, como si temiera que fuera a desaparecer—. Me ocuparé principalmente de la sala de lectura de la calle Traugutta.

Entraron en el almacén, donde la señora Mazur corría de un lado a otro, con pasos erráticos y el pelo, normalmente pulcro, revoloteándole sobre la cara sonrojada.

—Zofia, necesito tu ayuda ahora mismo. —Le lanzó una mirada desesperada a la señorita Laska, una colega y amiga suya desde hacía al menos dos décadas, y negó lentamente con la cabeza, un mensaje silencioso para que la mujer mayor se mantuviera alejada.

Zofia condujo suavemente a la señorita Laska hacia las puertas por las que habían entrado apenas un segundo antes y habló en voz alta.

—Quizá deba revisar la sala de manuscritos.

La señorita Laska les lanzó una mirada preocupada, sus pasos eran vacilantes incluso mientras les seguía el juego.

—Sí, me ocuparé de eso.

—Esta es la nueva lista de libros que tienen que eliminarse de inmediato —dijo la señora Mazur con la voz firme y autoritaria que utilizaba por si alguien estaba escuchando, y le entregó varias páginas a Zofia—. No debe quedar ni uno solo en nuestros catálogos, ¿entendido?

Aunque su tono era inusualmente duro, su guiño dijo lo que las palabras no podían.

Harían con esta nueva lista de libros prohibidos lo que habían hecho con la anterior. Todos los libros que tuvieran duplicados se enviarían en un carro en sacrificio para satisfacer las demandas. Los que no tuvieran duplicados serían reubicados en pasillos poco frecuentados. Los alemanes no pasaban mucho tiempo en el almacén, lo que les daba a Zofia y a la señora Mazur la oportunidad de salvar libros prohibidos. Sin embargo, al menos en este caso, si sus acciones salían de algún modo a la luz, era mejor que la señorita Laska no estuviera ahí, para absolverla de cualquier implicación o culpa.

Zofia y la señora Mazur trabajaron codo con codo, sacando y revolviendo donde hacía falta. Algunos de los libros de la lista eran cuestionables. Como uno sobre pájaros con el desafortunado título de *Nuestros enemigos y amigos*, que probablemente fuera la causa de que apareciera en la lista.

Cuando terminaron, cientos de libros estaban apilados en cajas esperando su destino, cualquiera que fuera. Un soldado de la Wehrmacht entró en el almacén con un grupo de muchachos que llevaban los uniformes caqui de las Juventudes Hitlerianas. Sus pasos resonaban al unísono, una fila de futuros soldados para el Reich.

La aprensión se apoderó de Zofia. La presencia de los muchachos era inquietante.

Los jóvenes permanecieron de pie junto a las cajas mientras el soldado de la Wehrmacht se dirigía a la señora Mazur y Zofia.

—Nos ha llamado la atención que los libros enviados para su destrucción se los quedan los conductores para revenderlos. A partir de ahora, estos artículos destinados al desperdicio serán dañados para evitar que se produzcan más robos.

—¿Destrucción? —Zofia repitió horrorizada—. Nos dijeron que los estaban guardando en almacenes.

—Algunos, sí —respondió el soldado con desinterés—. Pero no todos.

Dio con la mano la orden de retirarse.

Los muchachos se lanzaron sobre las cajas como una manada de lobos. Rompieron los lomos con las manos y partieron los libros por mitad, tirando cada mitad al suelo como cadáveres podridos.

Zofia respiraba con dificultad ante la devastación. Eran libros que antes la gente tomaba en sus manos o sostenía contra su pecho en espera de las horas que pasarían estudiándolos. Los habían cuidado innumerables usuarios antes de que volvieran a la biblioteca para su custodia. Y ahora eran tratados como basura indeseable, a pesar de que ese mismo día algunos lectores hubieran solicitado algunos de esos títulos en concreto.

Lo peor era que se rumoraba que esto se estaba haciendo en toda Polonia. Zofia recordó las pérdidas de la Biblioteca Krasiński, aquellos preciosos textos sustraídos para siempre del mundo.

El soldado de la Wehrmacht saludó con la mano a Zofia y a la señora Mazur, despidiéndolas.

Se dirigieron al lado opuesto del almacén, donde acababa de llegar una entrega de libros nuevos para la sala de lectura alemana, y los sonidos de la carnicería literaria eran casi imperceptibles desde donde se encontraban.

—¿Y si los libros que conservamos son los únicos que quedan en Polonia? —preguntó Zofia en voz baja.

La señora Mazur sacó varios libros de una caja y los depositó en una mesa ya abarrotada.

—Yo he pensado lo mismo.

—Tenemos que encontrar otro lugar donde guardarlos. —Zofia se acercó más—. ¿Hay algún almacén de la biblioteca donde a *Herr* Nagiel no se le ocurriría buscar? ¿Quizá alguno que fue dañado en los bombardeos?

La señora Mazur asintió lentamente entornando los ojos.

—Había uno en la calle Świętokrzyska que justamente quedó destruido en los bombardeos. Tenía un sótano…

—Podría funcionar. —A Zofia se le aceleró la respiración—. Tendríamos que meterlos a escondidas de dos en dos, bien escondidos en caso de inspección. Podría ser rápido con ayuda.

—¿Conoces a alguien dispuesto? —La señora Mazur sonrió: ya sabía que Zofia sí conocía a alguien.

Antes de que Zofia pudiera plantear la idea en la siguiente reunión de El club del libro bandido, los altavoces de calle interrumpieron un gélido día de octubre, para anunciar el traslado de todos los judíos al barrio judío y la reubicación de todos los polacos que vivieran ahí.

Zofia fue inmediatamente a ver a Janina, que abrió la puerta con los ojos enrojecidos y la nariz rosada.

—Nos obligan a mudarnos.

—Es terrible. —Zofia abrazó a su amiga—. Deberías venir a quedarte con nosotras.

Janina negó con la cabeza.

—No creo que sea una buena idea.

Zofia no se dejó disuadir tan fácilmente. Una vez que convenciera a su *matka*, podría convencer a los Steinman de quedarse con ellas.

—¿Quieres que te ayude a empacar tu habitación? —Zofia preguntó en su lugar.

Empezaron esa tarde, revisando toda una vida de recuerdos en la habitación de Janina: una cinta roja igual a la del buró de Zofia, de un juego que compartieron el primer año de amistad, un ejemplar de *La historia de mi vida* del verano anterior a la guerra, cuando aún tenían el club de lectura contra Hitler con Maria como el único otro miembro. Mientras guardaban cuidadosamente en cajas la vida de Janina, sus padres escudriñaban el nuevo mapa del barrio judío para determinar dónde podían encontrar un lugar donde vivir.

Cuando Zofia regresó a su casa, estaba agotada e indignada. Era injusto que los Steinman tuvieran que mudarse de una casa en la que los padres de Janina habían vivido desde el día en que se casaron. Era injusto que Zofia y su *matka* tuvieran que abandonar aquel departamento lleno de recuerdos de papá y Antek. Todo era tan dolorosamente injusto.

Zofia cerró la puerta de su casa y se quitó los zapatos.

—¿Por qué no me contaste? —preguntó su *matka*.

Zofia miró a su madre, cuyos ojos brillaban de ira. En el pasado, Zofia se habría preguntado qué había hecho para enfurecerla. Sin embargo, últimamente se habían acercado más, compartían comidas e incluso detalles de sus días, así que le ardió la acusación en la voz de su madre.

Zofia dejó caer su mochila al suelo junto a sus zapatos.

—¿Sobre qué?

—Sobre la redada —dijo su *matka* con desesperación.

Zofia apartó la mirada de su madre.

—La señora Borkowska vino esta tarde a elogiar tu hazaña y a contarme la historia de cómo salvaste a su nieta, con un riesgo considerable para ti. —Su *matka* se detuvo y se llevó las yemas de los dedos a la boca, como si reprimiera un sollozo—. ¿Por qué no me contaste?

—No pasó nada. No quería que te preocuparas.

—Me preocupo por ti todos los días. —Su *matka* se paseaba por el departamento, con los pies en medias retumbando a cada paso—. Sobre todo, cuando acompañas a Janina al barrio judío por sus raciones.

—Es mi amiga y pienso protegerla. —Zofia se acercó a su madre—. ¿Has oído lo que está pasando? Todos los polacos tienen que abandonar el barrio judío y todos los judíos tienen que mudarse ahí. Todos. Incluyendo a Janina y su familia.

Su *matka* suspiró.

—No seas tan dramática. Es por su propia seguridad, para protegerlos del abuso de los polacos.

—¿Eso es lo que dice el *Courier*? —A Zofia se le apretó el pecho de indignación—. ¿Te das cuenta de que fueron los nazis quienes alentaron a los polacos a participar en los pogromos en Semana Santa?

—¿Y el brote de tifus?

—*Matka* —exclamó Zofia horrorizada—. Todo eso son mentiras para meter cizaña entre polacos y judíos. Y si los judíos comienzan a sufrir de tifus es porque todos están hacinados en un espacio demasiado pequeño para tanta gente. ¿Has visto el mapa? El barrio judío es demasiado pequeño para todos. A lo mejor en el *Courier* se refieran a la zona como un barrio, pero es un gueto.

Su *matka* frunció los labios.

Zofia sacudió la cabeza, incrédula por el comportamiento de su madre.

—Seguro que lo sabes. Mi papá y tú hablaban de eso a menudo.

Al oír hablar del padre de Zofia, los pálidos ojos azules de su *matka* brillaron de dolor.

—No podemos dejar que Janina y sus padres se muden ahí —dijo Zofia—. Tal vez podrían mudarse con nosotros…

La *matka* miró atónita a Zofia.

—De ninguna manera.

Zofia bajó la voz:

—No confío en lo que están diciendo. No es verdad que se haga para mantener a salvo a las familias judías.

—Les pidieron que se mudaran, igual que a nosotras. —La *matka* cambió su peso de una cadera esquelética a otra—. No podemos ir en contra de esas reglas. Ya viste cuál era la sanción por no cumplir con algo tan simple como la entrega del radio. La muerte.

Cualquier cansancio que hubiera sentido Zofia se esfumó con la rabia que experimentaba ahora.

—No estamos hablando de radios, sino de personas. Amigos.

Su *matka* se cruzó de brazos.

—La respuesta es no.

La relación que había empezado a florecer entre Zofia y su madre se marchitó ese día. Las comidas juntas volvieron a ser silenciosas y se paseaban por el pequeño departamento como extrañas.

Zofia estaba frente al antiguo departamento de los Steinman el día que se trasladaron al gueto. Se despidieron del edificio, no solo de la casa donde habían vivido los padres de Janina desde que se casaron, sino también de la tienda de abajo.

Ya habían enviado los muebles y los artículos más grandes al departamento de la calle Próżna que habían encontrado a principios de ese mes. Era una buena zona con bonitos departamentos que daban a la plaza Grzybowski. Zofia esperaba que ahí se sintieran cómodos, incluso felices. Si es que uno puede ser feliz cuando se ve obligado a abandonar su hogar. Ella misma sabía lo doloroso que era alejarse de toda una vida de recuerdos.

—Gracias por acompañar a Janina. —La señora Steinman abrazó a Zofia, envolviéndola en el familiar aroma a especias de Shalimar—. Pero no es buena idea que vengas con nosotros.

Cuando la señora Steinman soltó a Zofia, Janina la miró, con los ojos muy abiertos en una súplica silenciosa de que no se fuera. Zofia permaneció al lado de su amiga.

El señor Steinman se aclaró la garganta.

—Zofia, quizá no sea seguro.

Zofia se puso rígida cuando se dio cuenta de que el señor implicaba que podría no ser seguro para ellos, para Janina. Zofia sacudió la cabeza, negándose a poner en peligro a su amiga.

—Lo siento, Janina. No puedo...

Janina asintió, comprensiva, con el rostro tenso por tratar de contener un torrente de lágrimas.

A Zofia le dolía la garganta de la emoción y odiaba que ese momento se sintiera como una despedida.

—Iré a visitarte cuando se hayan instalado.

Y en realidad se refería a su próxima reunión del club de lectura para hablar de *Un mundo feliz*.

Janina volvió a asentir, esta vez con un susurro de sonrisa.

Aunque Zofia no acompañó a los Steinman, sí se reunió con los polacos que observaban la procesión de las familias judías en ese último día de mudanza. Algunos polacos profirieron insultos, otros hablaban entre ellos, alabando las viles palabras del *Courier* y sus esfuerzos por mantener a polacos y judíos a salvo unos de otros.

Y otros más observaban con la cara pálida, ahogando sus gritos de indignación detrás de los labios apretados. Como Zofia, probablemente habían aprendido por las malas lo inútil que era enfrentarse al Reich.

Cuando Zofia pudo entrar al gueto al día siguiente para visitar a Janina y su familia, encontró la zona tan abarrotada de gente que apenas había espacio para caminar. A lo largo de la calle Leszno, los vendedores ofrecían desde pan hasta las insignias blancas con la estrella de David azul que los judíos estaban obligados a llevar. Afortunadamente, la zona donde vivía Janina era menos concurrida y era mucho más agradable. Janina la recibió afuera del edificio con una sonrisa que alivió parte de las preocupaciones de Zofia, y subieron juntas la escalera.

Un niñito de no más de cinco años dobló el rellano de las escaleras. Llevaba tirantes sobre una camisa planchada metida dentro de sus pantalones cafés. Llevaba el pelo negro brillante bajo la gorra y sus ojos oscuros estaban rodeados de largas y espesas pestañas.

Se detuvo en seco y les dirigió una sonrisa, con un hoyuelo en la mejilla derecha.

—Señorita Janina. —Se quitó la gorra y les ofreció una elaborada reverencia. Cuando se levantó, miró a Zofia con timidez—. ¿Y quién es su encantadora amiga?

Janina le alborotó el pelo mientras él desviaba la mirada de adoración hacia ella.

—Ratón, ella es Zofia. Zofia, él es Ratón. Vive en el departamento de enfrente.

Ratón se apretó la gorra sobre el pecho con reverencia.

—Es usted preciosa, señorita Zofia.

—Cuidado, es un seductor. —Janina le arrancó la gorra de las manos y se la puso juguetonamente sobre el pelo despeinado.

—Solo soy un seductor si a las damas les apetece ser seducidas. —Ratón se dio la media vuelta y le guiñó un ojo a Zofia.

—Adiós. —Janina le dio un empujón, pero él se tomó un momento para tomar la mano de Zofia, inclinarse y plantarle un beso con pompa y esplendor.

Janina sacudió la cabeza mientras el niño bajaba las escaleras.

—Ese niño va a ser problemático cuando crezca. —Con una carcajada, jaló de Zofia hacia la gran puerta de roble del nuevo departamento de los Steinman.

Aunque su nueva residencia era más pequeña y apenas cabían todos los efectos personales que habían llevado, parecía estar en buen estado e incluso tenía todas las ventanas intactas.

Después de enseñarle la casa a Zofia y de hacer todo lo posible por disipar su preocupación, Janina se puso el abrigo para ir a la biblioteca.

—¿Adónde vas? —le preguntó la señora Steinman, aunque ni siquiera se había dado la vuelta.

Janina siempre decía que su madre tenía un sexto sentido cuando se trataba de que pudiera meterse en problemas. No era la primera vez que Zofia presenciaba el fenómeno.

Janina abrió más los ojos mirando a Zofia.

—Vamos a encontrarnos con unas amigas —respondió Zofia despreocupadamente, mintiendo por Janina, ya que su amiga nunca había sido buena para mentir.

—¿En dónde? —La señora Steinman se giró en su silla para mirarlas.

Zofia dudó. A los judíos ya no se les permitía estar en los parques, ni en los cines, ni en los restaurantes, ni en ningún otro sitio que no fuera el gueto.

—En mi casa —dijo Zofia con convicción, esperando que la señora Steinman no insistiera más.

Al fin y al cabo, Zofia no podía decirle que iban a entrar a la biblioteca a deshoras para reunirse con un club de lectura secreto en el que leían libros que Hitler estaba retirando de las estanterías de Polonia.

Zofia intentó no pensar en nada de eso mientras la señora Steinman la observaba, por si acaso su sexto sentido se extendía a la lectura de mentes. Un disparo sonó a lo lejos y la señora Steinman tomó la decisión final en un instante.

—Te vas a quedar aquí hasta que no haya dudas de que es seguro salir —dijo, volviéndose a sentar. Incluso Zofia sabía que cuando hablaba con ese tono contundente, no se podía discutir con ella.

Los miembros de El club del libro bandido fueron muy comprensivos cuando Zofia se presentó sola, y todos se mostraron dispuestos a cambiar la fecha de la reunión para que Janina pudiera acompañarlos. Ayudó el hecho de que Kasia todavía no había terminado de leer *Un mundo feliz*, porque lo consideraba extraordinariamente escandaloso. Para alivio de Zofia, también aceptaron ayudar a transportar los libros prohibidos al almacén dañado de la calle Świętokrzyska. Después de decidir reunirse la semana siguiente, levantaron la sesión.

Sin embargo, la tarde del 16 de noviembre, cuando el club de lectura iba a reunirse de nuevo, Zofia se encontró con que las puertas del gueto estaban cerradas. Normalmente eso no ocurría hasta las nueve de la noche, cuando empezaba el toque de queda judío, pero siempre volvían a abrirse a las cinco de mañana.

—¿Qué está pasando? —le preguntó al guardia en alemán.

Él le dirigió la mirada sufrida de un hombre que ha repetido el mismo mensaje muchas veces el mismo día.

—Ya nadie puede entrar ni salir del gueto.

Zofia negó con la cabeza.

—No entiendo.

—El gueto está sellado —respondió tajante el guardia—. Y no volverá a abrirse.

# Capítulo 14

Zofia se negaba a aceptar que no hubiera forma de entrar en el gueto para ver a Janina.

Como no le sirvió de nada pedirlo con dulzura, recurrió a la súplica, que acabó convirtiéndose en un intento de soborno. Veinte złotys eran todo lo que llevaba encima, lo que significaba que probablemente no tendría forma de salir, pero estaba desesperada por ver a su amiga por última vez. Podría ser su última oportunidad hasta...

¿Hasta qué? ¿Hasta que terminara la guerra? ¿Hasta que alguien finalmente derrotara a Hitler y se molestara en ayudar a Polonia?

Zofia conocía la historia de Polonia. La ocupación anterior había durado 123 años.

Era posible que no volviera a ver a Janina.

Después de años de pasar casi todos los días juntas, compañeras constantes de alegrías y penas en la construcción de sus sueños, la idea era demasiado enorme y horrible para concebirlo.

¿Cómo podía llevarle comida a Janina? ¿Cómo podría cumplir su promesa de proteger a su amiga?

¿Y cómo podría Zofia arreglárselas cada día sin la sonrisa contagiosa y el optimismo de Janina, y todo lo demás que hacía que su amiga fuera la persona que era?

De todas formas, no habría importado cuánto dinero Zofia llevara encima. El guardia no se iba a dejar convencer. No la dejaría entrar. Derrotada, se fue hacia la biblioteca. Una lágrima se deslizó por su mejilla, enfriándose inmediatamente con el brutal viento de noviembre antes de que pudiera enjugarla.

Alguien la llamó por su nombre.

No se dio la vuelta, en vez de esto siguió adelante con determinación.

—Zofia. —Esta vez la voz del hombre estaba justo a su lado, lo suficientemente cerca como para que reconociera a Darek. Su amigo frunció el ceño con preocupación—. ¿Qué te pasa?

Ella sacudió la cabeza, incapaz de hablar.

—¿Qué pasó? —Darek la agarró de los hombros con suavidad y la giró hacia él. La calidez de sus ojos cafés, llenos de compasión y empatía, fue su perdición.

—Janina. —Fue la única palabra que pudo pronunciar antes de que su control se derrumbara bajo el peso de la pérdida. Las lágrimas cayeron demasiado rápido para detenerlas.

Darek no dijo nada mientras la abrazaba. En cualquier otro momento, ella se habría apartado con fuerza. Sin embargo, cuando él la rodeó con sus brazos, la fuerza de sus piernas cedió y Zofia se desplomó contra él. Él la contuvo y la abrazó mientras ella sollozaba por la impotencia que sentía en su situación.

Mientras el resto del mundo era frío y giraba sin control, él era cálido y estable. Zofia se aferró a él y, por un momento, fue lo único que la mantuvo en pie.

Al menos hasta que sus lágrimas disminuyeron y se dio cuenta de lo que estaba haciendo. Dio un salto atrás.

—Lo siento. No debería…

Darek sacudió la cabeza y un mechón de pelo le cayó sobre la frente.

—No te preocupes, no se lo diré a nadie. —El intento de sonrisa le salió tan miserable como se sentía ella, y su expresión se volvió sobria de inmediato—. Sé lo que pasó en el gueto. Todo el mundo ha estado hablando de eso.

—Tiene que haber algo que podamos hacer —dijo Zofia—. Darek, ni siquiera pude despedirme. —El nudo en la garganta le impidió hablar más.

Darek metió las manos a los bolsillos de su abrigo. Bajó la mirada al suelo, pero no antes de que ella viera como el dolor en sus ojos se convertía en una expresión reflexiva, como si estuviera resolviendo un problema.

El problema de Zofia.

Entraron en silencio a la biblioteca mientras los últimos usuarios del día terminaban sus labores antes del cierre. Kasia y Danuta ya estaban preparadas para la reunión del club de lectura cuando Zofia y Darek llegaron al almacén.

Kasia se levantó de un salto al ver a Zofia y la abrazó.

—Me enteré de que sellaron el gueto.

Zofia asintió en silencio y se sentó en el suelo junto a Danuta.

—Esta guerra nos está costando todo. —Los ojos de Danuta brillaban de dolor.

Justo después de la última reunión de El club del libro bandido, los padres de Danuta habían sido detenidos, al igual que el padre de Zofia. Poco después, Danuta se había ido a vivir con Kasia y su madre, pero tenía un aire de melancolía desde entonces.

—*Un mundo feliz* fue... eh... —Kasia se ruborizó bajo sus ondas rubias—. Bueno, fue una lectura interesante.

—Fue centellante, con toda seguridad. —Danuta, cobró vida cuando su atención pasó del dolor al debate sobre el libro—. Y también es fascinante considerar que pueda haber un mundo así. Sin ningún malestar, ninguna pena, un mundo completamente controlado por la ciencia. Desde luego que es un estado de vida antinatural, pero no deja de ser interesante. Varias veces, mientras lo leía, me preguntaba si tendría que tomar soma para sobrellevar esta ocupación.

La droga mencionada en el libro les permitía a los personajes evadirse mentalmente de los horrores que vivían. Aliviaba el dolor de la pérdida y sofocaba el ardor de la rabia y la indignación.

Zofia negó con la cabeza.

—Sería demasiado fácil.

—Se supone que tiene que ser fácil —señaló Darek.

—Yo quiero sentir todo lo que hemos pasado. —Zofia apretó la mano—. Quiero sentir rabia por la injusticia y permitirme llorar por los que hemos perdido. ¿Cómo podríamos ver el mal si nos dejamos entumecer?

Hasta ese momento, no se había dado cuenta de lo necesaria que se había vuelto la intensidad de su ira.

—Además, al quitar el dolor —añadió Kasia— también eliminaron la oportunidad de amar.

Su conversación derivó en una breve pero incómoda discusión sobre la vida romántica de los personajes antes de pasar a otros temas del libro. Nada, sin embargo, fue tan conmovedor para Zofia como darse cuenta de lo importante que se había vuelto la furia que llevaba por dentro.

—¿Por qué no leemos después *La historia de mi vida*, de Helen Keller? —sugirió Darek cuando por fin se les acabaron los muchos temas de que hablar sobre *Un mundo feliz*—. Una vez leí un artículo sobre ella en el periódico de la biblioteca cuando todavía se publicaba y parece una mujer increíble.

—No. —Zofia pronunció la palabra demasiado rápido y con demasiada dureza—. Ya lo leímos, cuando solo estábamos

Janina, Maria y yo. —Su voz se apagó. Del primer grupo, ya no quedaba nadie más que ella—. Aunque, si nadie más lo ha leído...

—Ya lo habían elegido. —Darek se encogió de hombros—. Y yo ya elegí un libro antes. Creo que es tu turno, Zofia.

Zofia frunció el ceño mientras miraba al suelo y pensó en la más reciente lista de libros por destruir.

—¿Qué tal *La muñeca* de Bolesław Prus?

—Acabo de llevar ese libro al almacén oculto —dijo Danuta—. Es muy grueso. —Se frotó las manos con expectación. Danuta era el tipo de lectora que podía devorar milagrosamente un libro como *La muñeca* en solo tres días.

—Nunca nos vamos a volver a reunir si escogemos ese libro, estamos demasiado ocupados para un libro tan extenso —se quejó Kasia.

Era cierto. Sus reuniones ya eran más esporádicas ahora que solo tenían un ejemplar de cada libro prohibido para compartir entre todos. Además de eso, limitar sus reuniones era prudente por lo peligroso del club del libro bandido. Si los descubrían, los arrestarían a todos. Posiblemente incluso serían asesinados, para convertirlos en un ejemplo para los demás. Después de todo, no solo estaban leyendo libros que debían ser destruidos; estaban discutiendo ideales que Hitler estaba decidido a arrancar de raíz, a erradicar de la existencia, hasta que la mente quedara sin pensamiento libre.

Zofia se estremeció.

—Entonces, ¿qué tal *La calle de los cocodrilos*, de Bruno Schulz?

—*La muñeca* no es tan larga. —Danuta puso los ojos en blanco.

—Entonces tu puedes elegir *La muñeca* cuando te toque —ofreció Zofia.

Danuta se alegró y le dio un codazo a Kasia. Al menos

sabían lo que les esperaba con respecto al siguiente libro que iban a leer.

Zofia había estado tan concentrada en ayudar a Janina y a su familia a instalarse en su nuevo departamento del gueto que no había tenido oportunidad de ver por sí misma el almacén oculto de la calle Świętokrzyska. Varios días después de la reunión de El club del libro bandido, Zofia encontró un momento para dirigirse al depósito con el ejemplar de *Un mundo feliz* envuelto en una voluminosa bufanda roja que llevaba en la mochila.

En realidad, había estado eludiendo ir al almacén en ruinas. La última vez que había visitado esa calle, muchas de sus librerías estaban en llamas y las páginas ardiendo volaban al ras del suelo, como animales en fuga.

Sin embargo, lo peor era el recuerdo de Maria ametrallada por el piloto, y la cara sonriente del soldado todavía estaba grabada en la mente de Zofia. En ese momento se detuvo en el lugar exacto, mirando el asfalto desnudo como si esperara ver alguna marca, tal vez el agujero de una bala o una mancha de sangre. Cualquier cosa. Algo.

Pero no, el pavimento era nuevo y liso, enmascarando otra atrocidad.

El dolor de la pérdida era un peso que Zofia llevaba consigo todos los días. No solo por Maria, sino también por su papá y Antek. Y ahora por Janina.

Ir por la vida sin su amiga más querida era como perder el brazo derecho, su ausencia la conmovía y se sentía con cada movimiento.

Del edificio de la biblioteca de la calle Świętokrzyska quedaba poco más que el cascarón. Aunque la propiedad seguía perteneciendo a la Biblioteca Pública de Varsovia, la falta de fondos la mantenía en un estado lamentable.

Zofia entró por la parte trasera del edificio y atravesó el patio para no levantar sospechas. El mes de mayo anterior, en el pequeño terreno habían florecido lilas moradas y blancas y habían dejado el aire embriagado con su perfume. Ahora, el suelo estaba removido por las tumbas exhumadas, que recordaban los horrores del ataque a Varsovia.

El interior del edificio estaba frío y húmedo, apestaba a moho y a los acres residuos de los daños del incendio, incluso un año después de que se hubieran extinguido las llamas. Los libros que habían podido rescatarse habían sido retirados hacía tiempo, pero no se podían escatimar recursos en deshacerse de los escombros y la basura restantes.

Trozos de escombros sin forma llenaban el suelo y el humo había ennegrecido las paredes de hollín. La antigua biblioteca parecía completamente inhóspita e imposible de recuperar.

Era perfecta.

Zofia bajó los escalones y abrió la puerta del almacén. Se atoró ligeramente, pero cedió con un fuerte empujón. Adentro había hileras de estanterías polvorientas, con las esquinas cubiertas de telarañas. Había un olor rancio a desuso, pero no apestaba a moho como el edificio de arriba. Los libros que se guardaran ahí estarían a salvo.

Una serie de pequeñas ventanas cerca de la parte superior del almacén dejaba entrar débiles chorros de luz solar a través de cristales opacos y lechosos de mugre. En el exterior, las rejillas de la banqueta cubrían estas ventanas, ocultándolas a la vista. Lo más probable era que así se hubieran protegido durante las explosiones que habían destrozado las demás ventanas de la biblioteca.

Por lo menos, aquellas estrechas ventanas proporcionaban luz suficiente para ver un espacio que, de otro modo, estaría completamente oscuro.

Zofia se abrió paso por la gran extensión del almacén hasta el fondo, donde había tres estanterías repletas de libros. Franz

Kafka, Helen Keller, Albert Einstein, Ernest Hemingway, H. G. Wells y muchos más.

Sus dedos recorrieron amorosamente sus lustrosos lomos, resplandecientes en varias cubiertas y encuadernaciones de cuero. Ahí se mantendrían a salvo, un tesoro enterrado bajo las narices de los mismos hombres que deseaban su destrucción. Sacó *Un mundo feliz* de su mochila y lo colocó junto a *La máquina del tiempo*, luego dio un paso atrás para examinar de nuevo su colección.

Un libro a la vez.

Janina estaría orgullosa.

Cuando Zofia salió de la deteriorada biblioteca, giró intencionalmente en la dirección contraria de la calle Marszałkowska, que se encontraba con la calle Próżna, donde ahora vivía Janina. Al acercarse, un muro le bloqueó el paso y obstruía la visión del gueto. Estaba hecho de ladrillos disparejos, escombros de casas bombardeadas, y se alzaba a más de tres metros de altura, haciendo imposible ver por encima. Sobre la barrera se enroscaban espirales de alambre de púas, y brillaban perversamente al sol trozos de cristal roto incrustados en la parte superior.

Se acercó a la pared y puso la mano sobre un ladrillo rugoso, astillado en una esquina. Se sentía helado bajo su mano y no ofrecía ningún consuelo ni explicación. El ruido de la ciudad que se movía detrás reverberaba en la estructura, impidiendo que sus cansados oídos captaran algo de lo que pudiera estar ocurriendo al otro lado.

«¿Qué está pasando ahí adentro?».

—¿Hola? —gritó—. ¿Alguien puede oírme?

—Atrás. —La orden alemana fue pronunciada con tanta malicia que se le erizaron los pelos de la nuca.

Bajó la mano y miró al soldado de la Wehrmacht que se acercaba a grandes zancadas. Sus ojos eran grises como el bronce e igual de fríos.

—Atrás —repitió, acercando la mano a la funda de su pistola.

Zofia miró el muro por última vez y se alejó, con la tarea abandonada pero no olvidada.

A la mañana siguiente, en la biblioteca, le pidieron que recorriera la sala de lectura principal para recoger los libros que habían dejado los lectores. El invierno había provocado una afluencia de nuevos usuarios a pesar del aumento de la cuota mensual de cincuenta groszys a un złoty. Como la electricidad se alternaba entre las diferentes calles, algunos usuarios buscaban un lugar más cálido donde pasar las tardes. Otros, un sustituto de sus pasatiempos anteriores, ya que ahora todos los museos estaban cerrados, los teatros solo ofrecían espectáculos vulgares y los cines estaban envenenados con películas de propaganda creadas por los nazis.

Solo los cerdos iban al cine.

Eso era lo que decían a menudo en los Rangos Grises, a veces incluso pintaban esa frase con descaro sobre el anuncio de alguna película. Zofia había ido al cine de vez en cuando, pero solo para participar en pequeños actos de sabotaje.

Una vez soltaron pulgas entre los ocupantes, en otra ocasión hicieron estallar bombas de humo a mitad de una proyección y un viernes lluvioso por la noche esparcieron polvos pica pica en los asientos y se quedaron media hora viendo cómo todo el mundo se retorcía y se rascaba.

Los patriotas varsovianos buscaban ahora una escapatoria distinta de su nueva realidad, en la que sus amigos judíos estaban encerrados tras el muro del gueto o los puestos de trabajo habían sido robados para los *Volksdeutsche*.

—Disculpa.

Zofia se volvió y encontró a un hombre detrás de ella. Llevaba el saco de *tweed* abotonado hasta la cintura y la barba bien recortada.

—¿Tienen *El hombre invisible* de H. G. Wells?

Zofia tomó un libro dejado en una mesa y lo deslizó en el carrito.

—Lamentablemente, ya no podemos ofrecer libros de H. G. Wells por órdenes directas del Gobierno General.

—Cada vez desaparecen más libros de sus estanterías —dijo el hombre con irritación—. Está mal limitar los libros y la educación.

—Muchas cosas están mal en este nuevo mundo —murmuró Zofia.

—Esperaba leérselo a mi hijo —continuó el hombre—. Era uno de mis libros favoritos cuando tenía su edad. A menudo me he preguntado qué haría si me volviera invisible.

—Ojalá usara esa habilidad con mejores resultados que Griffin.

—Ah, veo que lo has leído, ya que conoces al protagonista. —El hombre le sonrió mientras ella alzaba una pila de libros de una mesa—. ¿Te imaginas ahora una capacidad así? ¿Todo lo que podría hacerse?

La verdad es que se le encogía el corazón al pensar en la posibilidad de tener ese tipo de poder.

Podría burlar a los guardias del gueto y ver a Janina. O podría viajar a Alemania, meterse a escondidas en cualquier gran edificio en el que residiera Hitler y acabar con la guerra de un solo disparo.

Como Zofia no contestó en voz alta, el hombre la miró con una sonrisa torcida, como si comprendiera exactamente lo que estaba pensando. Probablemente, él se estuviera imaginando lo mismo.

—Bueno, quizá cuando acabe la guerra pueda leerle *El hombre invisible* a mi hijo, y el resto de los libros de H. G. Wells.

Zofia pensó en *La máquina del tiempo*, que estaba junto a *Un mundo feliz* en el almacén bajo la biblioteca destruida. Era ridículo tener el libro a la mano y no poder prestárselo a los lectores. Sin embargo, gracias a sus esfuerzos por lo menos después de la guerra todavía tendrían el libro para ofrecerlo nuevamente.

Sin importar cuando sucediera.

—Estaría bien. —Zofia forzó una sonrisa, una sonrisa brillante y agradable como la que Janina le habría dedicado—. Después de la guerra.

El hombre se marchó con una amable inclinación de cabeza y la dejó recogiendo el resto de los libros desechados para devolverlos al almacén. Una vez lleno el carro, lo sacó de la gran sala con una rueda rechinando.

La señora Mazur no estaba en el almacén cuando Zofia llegó, pero sí su sobrino.

—Reconozco esa rueda chirriante. —Darek se apartó de una pila de libros que había estado revisando y deslizó uno en una mochila que estaba a su lado, probablemente con el fin de introducirlo de contrabando en el almacén oculto.

—No empezó a rechinar hasta que se llenó. —Zofia frenó el carrito, agradecida por detener el molesto sonido.

Darek se acercó a un gabinete y como había hecho antes con el viejo carrito de la señorita Laska, se arrodilló junto a las ruedas y les untó un poco de aceite.

—¿No estás muy ocupado en la biblioteca de la universidad? —le preguntó a Darek.

Él se enderezó con la aceitera en la mano.

—Sí, pero hoy tenía una razón para venir aquí.

—¿Arreglar mis ruedas chirriantes otra vez?

—No, pero fue un placer hacerlo de todos modos. —Le guiñó un ojo.

Zofia movió el carrito hacia delante y hacia atrás, y el deslizamiento de las ruedas era suave y maravillosamente silencioso.

—Admito que es útil tenerte cerca. Gracias.

Darek devolvió la aceitera al armario.

—Vas a sentir que es más útil tenerme cerca cuando oigas lo que te tengo que decir.

—Ya lo decidiré yo. —Salió casi juguetón y Zofia inmediatamente centró su atención en reordenar los libros en el carrito para evitar encontrarse con su mirada—. Dímelo, entonces.

Había una comodidad familiar en la forma en que bromeaban uno con otro, cada uno respondía sin detenerse a pensar. A Zofia le gustaba, aunque jamás se lo confesaría a Darek.

Ella levantó un libro para pasarlo al estante inferior del carrito cuando él respondió:

—Conozco a alguien que puede llevarle una carta a Janina de tu parte.

El libro se le resbaló de la mano y cayó al suelo como una sonora bofetada. Zofia alzó la vista, ignorando el tomo caído.

—Si estás bromeando…

—Jamás bromearía con algo tan serio. —Sus ojos cafés rebosaban de sinceridad.

—¿Cómo? ¿Quién? —Zofia sacudió la cabeza.

—En el gueto siguen abiertas varias farmacias que son propiedad de polacos. —Darek se agachó y recogió el libro que se había caído—. Conozco a alguien que trabaja en la de Kijewski y tiene un pase para entrar y salir del gueto con regularidad. Aceptó llevar el mensaje y a traerte la respuesta.

Zofia conocía la farmacia del número 21 de la calle Zamenhof, ahora atrapada dentro de la muralla del gueto. Se le apretó el estómago.

—¿Por cuánto?

En esos días, su sueldo de la biblioteca no era suficiente para permitirse comprar comida para ella, y mucho menos para su *matka*. Sin embargo, de alguna manera su *matka* se las arreglaba para evitar que se murieran de hambre. Probablemente usaba el dinero que su papá había ahorrado antes de que se lo llevaran, pero, incluso así, no duraría para siempre.

—No cuesta nada —respondió Darek.

—¿Sin costo? —Zofia lo miró con escepticismo.

Darek se encogió de hombros, con una expresión de despreocupación.

—Lo único que tienes que hacer es escribirle la carta a Janina y yo me aseguraré de que la reciba.

En esos tiempos nadie hacía nada gratis. Sobre todo cuando el peligro acechaba en cada esquina.

Todo tenía un precio.

Darek levantó las manos con las palmas hacia arriba en un gesto inocente.

—De verdad no cuesta nada. Janina también es mi amiga, si te acuerdas. Solo tienes que escribir la carta.

Zofia no podía rechazar la oferta. En especial cuando podía ser su única oportunidad de comunicación, su única oportunidad de despedirse.

—Gracias —dijo—. De verdad, significa mucho para mí.

—Lo sé. —Había cierta ligereza en su rostro cuando sonreía, algo infantil que subrayaba lo guapo que era en realidad.

Zofia se echó el pelo hacia atrás, cohibida, y se acomodó los rizos por detrás de la oreja, aplacándolos con las yemas de los dedos para que le obedecieran.

—Debería guardar estos libros.

—Te puedo ayudar. —Darek tomó el carrito—. Es mi día libre.

—Deberías estar disfrutando la tarde —protestó Zofia—. Pasar tiempo con tus amigos.

Darek no soltó el carrito y sonrió.

—Estoy con amigos. Tú y los libros. Tú y... —Levantó un libro al azar y luego sonrió con picardía al leer el título—. *Los fundamentos de la flatulencia.*

Zofia se rio por primera vez en mucho tiempo. Darek se sonrojó y ella se sintió lo suficientemente mal por él como para rescatarlo de la vergüenza.

—¿Ya leíste *La calle de los cocodrilos*?

—Todavía lo tiene Kasia, pero he estado leyendo *La historia de mi vida* mientras lo termina.

—¿Qué te parece? —Zofia detuvo el carrito en un pasillo donde necesitaba guardar varios libros.

Darek se detuvo a su lado.

—Me hizo darme cuenta de que tengo que volver a la escuela. La dejé cuando cerraron la universidad, pero ahora... —Miró a su alrededor y se inclinó hacia ella cuando tomó un libro—. Ahora hay otras opciones.

Otra referencia a las escuelas secretas de las que le había hablado su papá.

—Yo también he pensado en volver a estudiar —dijo Zofia—. Solo me falta un año de preparatoria.

No sabía por qué se lo había dicho. Seguramente por varias razones. Porque recordaba que Helen Keller hablaba de la importancia de la educación en *La historia de mi vida* y que le había prometido a su papá que terminaría sus estudios.

Ese día, después del trabajo, buscó a su antigua capitana de las guías para informarse sobre las escuelas clandestinas. Como de costumbre, Krystyna no la defraudó y por la tarde Zofia ya estaba inscrita en una. Era el tipo de cosas que moría por contarle a Janina, y ahora podía hacerlo. Por supuesto, de una forma cuidadosa y poco precisa, por si la carta caía en las manos equivocadas.

Como había prometido, Darek volvió al día siguiente por la carta. Zofia se había quedado escribiendo hasta altas horas de la noche, gastando una vela que debía durar una semana, para que la redacción fuera exacta.

Con una cuidadosa descripción, le explicaba que había intentado con ahínco entrar al gueto y la inutilidad de sus esfuerzos. También le detallaba la vida en la biblioteca, nombrando a la gente solo por sus iniciales y haciendo referencia a las cosas de una manera que Janina entendiera, pero que un extraño no podría entender.

En cuanto Zofia dejó el sobre en manos de su amigo, ya estaba ansiosa por recibir la respuesta de Janina. Pasaron días sin que recibiera noticias de Darek, cada uno más cargado de angustia que el anterior.

A pesar de la diligencia de Zofia con su trabajo en la biblioteca y sus esfuerzos con los Rangos Grises, que implicaban introducir polvos pica pica a escondidas en un lote de ropa interior limpia para entregar en los cuarteles de la Wehrmacht, sus nervios empezaban a agotarse mientras esperaba la respuesta de Janina. Finalmente, Darek les dijo que se encontraran en el almacén una gélida mañana, dos días antes de Navidad.

—Lamento que haya tardado tanto. —Habló con seriedad, reconociendo lo angustioso de la larga espera—. Mi contacto solo va al gueto un par de veces a la semana y, por desgracia, no había podido escaparme de la biblioteca de la universidad hasta ahora.

Le entregó una carta con un fuerte olor a pomada en el sobre cerrado. Zofia se lo llevó a la nariz y lo olfateó.

Sí, definitivamente olía a pomada.

Darek soltó una carcajada inesperada.

—Mi amigo mete las cartas de contrabando en su sombrero, en una pequeña abertura del forro. Supongo que la carta huele a pomada.

—No me importa cómo huela mientras tenga noticias de Janina. —Sostuvo la carta en sus manos, ansiosa por leer el contenido—. Muchas gracias por esto.

—Mi amigo me dijo que estaría dispuesto a llevar otra carta si respondías.

Zofia miró a Darek.

—¿Por qué tu amigo está siendo tan servicial?

—Sabe lo que significa para ti.

Zofia dudaba que al mensajero le importara tanto como Darek daba a entender, pero estaba realmente agradecida por la oportunidad de comunicarse con Janina.

Para no hacer esperar más a Zofia, Darek se despidió de ella y se marchó, dejándola leer en privado.

En cuanto la puerta se cerró tras él, ella deslizó el dedo bajo la solapa del sobre y sacó la carta.

## Capítulo 15

*15 de diciembre de 1940*

*Queridísima Z:*

*Me dio mucha emoción recibir tu carta. Debí haber anticipado que encontrarías la forma de comunicarte conmigo desde el otro lado de estos muros. Me preguntas cómo están las cosas por aquí. Con la mayoría de la gente no sería tan sincera, pero sé que tú me preguntas porque te preocupa, así que te voy a dar una respuesta honesta.*

*Sí, el gueto está abarrotado y cada vez lo está más. Envían a gente aquí desde pueblos de las afueras de Varsovia, pero cuando llegan no tienen dónde vivir. Los más afortunados pueden vivir con otra familia en pequeños departamentos. De lo contrario, se ven obligados a vivir en la calle. A pesar del hacinamiento, cada vez llegan más personas. Somos mucho más afortunados aquí, en el gueto pequeño, como lo llaman. Los de la parte más grande están hacinados en departamentos minúsculos.*

*Aquí hay incluso menos electricidad que fuera y no paro de tiritar. Las raciones también son más escasas desde que nos encerraron. Recibimos artículos de la peor calidad; zanahorias que son patéticos hilos y papas pequeñas que a veces están podridas. El pan también se hace con papas y, creo, aserrín. Mi mamá se desvive por conseguir raciones suficientes para alimentarnos cada día. Sin importar si lo consigue o no, siempre tenemos hambre.*

*Mi papá encontró trabajo excavando ladrillos de edificios que se derrumbaron sobre sí mismos; acá hay bastantes que no han sido reparados después del ataque alemán a Varsovia. Es un trabajo brutal, miserable, y todos los días se queda dormido mientras cena. Me rompe el corazón verlo tan exhausto.*

*Sin embargo, te alegrará saber que estoy encontrando maneras para lidiar con la situación: con libros.*

*Conseguí traer mi pequeña biblioteca conmigo. Doy gracias por que no nos hayan detenido y registrado como a muchos otros. Todos los libros que encontraron en esas revisiones fueron confiscados. Con todas las bibliotecas cerradas, mi vecina estaba tan desesperada por conseguir libros que me preguntó si podía prestarle uno.*

*De forma muy parecida a lo que ocurrió con la señora R en la tienda cuando le llevabas libros, mi vecina me preguntó si también podía prestarle un libro a una amiga. Lo siguiente que supe fue que todo el mundo me pedía libros.*

*Así fue como empecé.*

*Desde entonces, me he acostumbrado a cargar con una maleta por estas calles abarrotadas, haciendo de bibliotecaria por derecho propio. La instrucción del doctor B. en nuestros estudios de bibliotecología ha sido fundamental para seguir el rastro de todos mis tomos, que son bienes muy preciados.*

*Antes de salir de casa, sé quién busca determinado libro mío, y qué otros tengo intención de sugerir a mis lectores. Así determino qué meter a la maleta ese día. Es ridículamente pesada, pero el esfuerzo vale la pena cuando veo la alegría que dan esos préstamos.*

*Como en nuestra propia biblioteca, la gente no puede recibir un nuevo libro a menos que me entregue el anterior que tomó prestado. Hasta ahora ha sido un buen sistema en general. Es como si dirigiera mi propia biblioteca. Creo que el doctor B estaría orgulloso de mí.*

*Hasta ahora, he recuperado todos mis libros, salvo por el de la señora G., que ha tenido* La máquina del tiempo *por un periodo mucho más largo del previsto, pero es tan amable que no me siento cómoda presionándola.*

*La venta de artículos de segunda mano ha sido un gran negocio por aquí. A veces incluso encuentro libros. Una mañana vi a nuestra bibliotecaria favorita, la señora B, mientras buscaba nuevas existencias. Estaba con otro compañero bibliófilo, un hombre silencioso que solía publicar libros en hebreo y ha procurado conservar una biblioteca de libros en hebreo y yiddish. Al parecer, ya tiene tantos que llenan casi todo su departamento de tres habitaciones y tiene que dormir en el pasillo.*

*La señora B dice que está buscando cuentos infantiles en cualquier idioma que pueda encontrar, pero especialmente en yiddish. Es para la biblioteca improvisada que está formando, pero para niños.*

*¿Recuerdas la vieja biblioteca a la que solíamos ir cerca de casa de mis abuelos? Ahí es donde piensa establecer esta nueva maravilla.*

*Ahora, cuando no estoy corriendo por el gueto con mi maleta-biblioteca, ayudo a la señora B a montar su proyecto especial. También les ha pedido ayuda a otras chicas, pero yo soy la mayor. Hemos estado reparando libros en mal estado y organizando todo en catálogos. Pronto abriremos, muero de impaciencia.*

*Los carpinteros están renovando algunas zonas con compartimentos móviles, de modo que unos estantes de juguetes puedan voltearse para revelar filas de lomos de libros. Es realmente increíble.*

*Es muy triste ver a los niños por aquí. Sin escuela en donde estudiar, y muchos de ellos sin padres, han empezado a mendigar por las calles. Me duele el corazón al verlos abandonados y necesitados. Los comedores de beneficencia intentan alimentar sus estómagos vacíos, pero hay demasiados niños y no hay suficiente comida. La señora B espera que, cuando se abra la biblioteca, podamos ofrecerles un lugar seguro donde refugiarse en los libros.*

*No sé si podremos seguir comunicándonos, pero tu carta me reconfortó mucho. Fue maravilloso saber que el club de lectura ha seguido reuniéndose y me reí mucho imaginando a la pobre K tan sonrojada. Intentaré encontrar aquí un ejemplar de* Un mundo feliz. *Por favor, dile a los bandidos que pienso en ellos a menudo. Siempre estarás en mis pensamientos, Z, al igual que tu familia y todos los que conocemos y queremos. Me alegra mucho saber que le pidieron a la señorita L que volviera a su puesto.*

*Si puedes responder, me encantaría recibir otra carta.*

*Sin embargo, comprendo que la correspondencia puede ser difícil. Por mi parte, intentaré encontrar la manera de ponerme en contacto contigo.*

*Aunque es un pensamiento descorazonador, me temo que, si me quedo aquí para siempre y no puedo volver a comunicarme, sería negligente no decirte esto ahora: cuando tu hermano vuelva a casa, dile que yo también lo quiero.*

*Sé que no ignorabas el florecimiento de la relación entre nosotros. Me rompe el corazón imaginar que no volveré a verlo.*

*Te deseo mucha suerte con el último año de la escuela. Estoy muy orgullosa de que hayas decidido volver. No te preocupes mucho por dónde te llevará el futuro o qué carrera debes elegir. Limítate a vivir un día a la vez.*

*¡Te extraño tremendamente y siempre pienso en ti!*

*Ratón también te manda un afectuoso saludo. Me encontró escribiendo esto y le sopló un beso a la carta, el pequeño seductor. Prometí darte sus saludos y ya lo hice. ¡Te digo que ese niño es todo un personaje!*

*Con todo mi amor,*

*J*

Zofia releyó la carta tres veces, procesando todos los detalles que contenía entre sus cálidas líneas. En su mente podía ver perfectamente la biblioteca de la calle Leszno 67, donde la señora Berman, de la Biblioteca de Varsovia, abriría un local para que los niños acudieran a leer. Era muy propio de ella anteponer la educación y los intereses de los niños a su propia seguridad. Y Antek... Zofia apretó la carta contra su corazón. Janina sí lo quería.

Tras una lectura más, Zofia respondió finalmente bajo la llama parpadeante de una vela encendida. Ojalá hubiera podido enviar comida con su respuesta. Como no era así, Zofia añadió a la carta todos los złotys de los que podía prescindir antes de cerrar el sobre, con la esperanza de que el dinero llegara a Janina y le ayudara de algún modo.

# Capítulo 16

Ese año, como Zofia y su *matka* apenas se hablaban, la Navidad fue deprimente. La barrera que las separaba era tan gruesa y dura como el hielo. Las únicas grietas que empezaron a aparecer llegaron con la carta que recibieron justo después de las fiestas.

Aquella horrible carta que les destrozó el alma.

El membrete de la prisión de Pawiak estampado en la parte superior precedía a un mensaje genérico que les comunicaba con palabras frías y descarnadas que el doctor Jan Nowak había muerto.

Sin explicaciones, sin condolencias, sin detalles.

Las paredes que separaban a Zofia y su *matka* se derrumbaron durante un breve instante, un momento en que se abrazaron, con el cuerpo tembloroso de dolor, mientras lloraban su pérdida juntas. No duró mucho, apenas el tiempo necesario para que se secaran las lágrimas y cada una se dirigiera a su habitación a reflexionar sobre la muerte del papá de Zofia.

La sombría noticia no había sido inesperada, por supuesto. Hacía tiempo que no sabían nada de él. Sin embargo, la fuerza de la confirmación había sido devastadora y el cierre que Zofia había deseado ahora le parecía vacío.

Volver al trabajo después del año nuevo había sido un alivio muy esperado, no solo del frío que había vuelto a alzar la barrera entre ella y su *matka*, sino también del peso del luto.

Darek se encontró con Zofia en el almacén a su llegada, con una amplia sonrisa en los labios.

—¿Tuvieron una bonita Navidad?

No quería responderle y marchitar su felicidad cuando había tan pocos motivos para ser feliz. Tampoco quería sumergirse una vez más en aquello de lo que intentaba escapar.

—Tan bonita como se puede esperar —respondió alegremente—. ¿Y tú?

—Bien. La pasé con mi tía. —Miró al suelo con timidez—. Tengo algo para ti.

Zofia se quedó boquiabierta viendo sus propias manos vacías.

—Yo no...

—No es nada especial, es algo... —Se encogió de hombros y sacó de su bolsillo una hoja doblada—. Es solo un dibujo.

Ella aceptó el papel y lo desdobló. Era una imagen de Zofia y Janina, de líneas suaves y oscuras y sombreado degradado, con las cabezas juntas, como si se susurraran entre ellas. En el dibujo, las manos de Zofia descansaban ligeramente sobre una botella de vodka y debajo se leían las palabras «Por Maria».

La firma estaba en la parte inferior derecha, una gran D con un nombre garabateado.

El parecido de ella y Janina era perfecto, hasta en las rozaduras del zapato derecho de Zofia, con el que golpeaba el suelo distraídamente mientras se perdía en sus pensamientos. La obra había sido creada por una mano de habilidad asombrosa.

Darek se frotó la nuca, con la mirada cuidadosamente fija en ella.

—Perder a las personas que quieres es muy difícil, lo sé. Pensé que el retrato sería una buena manera de tenerlas siempre a tu lado. Hasta que puedas volver a ver a Janina, por supuesto. Solo lamento no saber cómo era Maria.

Zofia miró el dibujo una vez más, el aprecio que había sentido aumentó con la explicación, cuando comprendió quién había creado algo tan conmovedor solo para ella.

—¿Tú lo dibujaste?

Darek asintió.

—¿Te gusta?

—Es increíble. —Lo apretó suavemente contra su pecho, sobre el corazón, y miró a Darek desde una perspectiva nueva, como un verdadero artista—. Gracias.

Sus dedos eran largos y afilados, gráciles para un hombre, capaces de un talento insondable.

—¿Tienes la carta? —le preguntó Darek, lo que hizo que Zofia centrara su atención en su apuesto rostro, cuyas mejillas se habían ruborizado con sus elogios.

Zofia asintió y sacó el sobre de su mochila.

—¿Crees que también pueda enviarle un poco de comida...? —dijo dubitativamente, sin saber si estaba yendo demasiado lejos en su petición.

Darek no pareció preocupado.

—Le preguntaré a mi amigo, a ver qué puede hacer. Si puede llevar comida, yo se la daré.

—Me estás ayudando muchísimo. ¿Podría hacer algo por ti?

Zofia recordó que una vez Darek le había dicho que era hermosa y su pulso se aceleró un poco. ¿Podría pedirle que lo acompañara a cenar una noche? ¿O incluso que lo besara?

Ese tipo de solicitudes no serían atractivas.

Sin embargo, Darek negó con la cabeza.

—No lo hago para pedir favores. Solo quiero ayudar en lo que pueda.

Hubo un silencio cargado, y las capas de significado se descascarillaron para revelar el altruismo genuino y a un hombre que se conducía como un caballero incluso cuando actuaba con timidez y humildad.

Se aclaró la garganta.

—Están obligando a la policía a abandonar la biblioteca de la universidad, así que estaré ocupado durante un tiempo mientras volvemos a poner las cosas en orden. Ha habido daños considerables. Además de todo, los alemanes empezaron a utilizar los cajones del catálogo para enviar artículos a sus casas y dejaron las tarjetas esparcidas por todas partes.

Mientras hablaba, su ira se manifestó a flor de piel y sus ojos brillaron por la ofensa.

—Si Janina te manda una carta y no puedo entregártela yo mismo, encontraré la forma de hacértela llegar —prometió Darek. Y por la intensidad de su mirada al hablar, Zofia supo que lo haría.

Enero marcó el comienzo de 1941 en medio de una gélida ráfaga de hielo y nieve. La ocupación había durado más de un año y las vidas de los polacos habían empeorado. Al menos las clases habían comenzado oficialmente, lo que le proporcionaba a Zofia una grata distracción de las cajas de libros que las Juventudes Hitlerianas seguían destruyendo con regularidad. Se rumoraba que varios camiones llenos de libros habían sido entregados a las imprentas de Varsovia para que los tomos fueran convertidos en pasta de papel. Lo más probable era que procedieran de alguna de las numerosas escuelas de Varsovia que habían sido despojadas de sus bibliotecas.

Zofia fue al departamento de Krystyna en la calle Wilcza para la primera clase clandestina de su último año de preparatoria. Nadie más de su pequeño grupo había llegado todavía.

La casa de Krystyna era modesta, pero ordenada, con una gran mesa con cinco sillas en el comedor. En la pared colgaban tres cuadros, dos de hombres con uniformes polacos de la Gran Guerra y uno con el uniforme actual de los hombres que habían defendido Varsovia solo un año antes. Una sombría cinta negra colgaba de la esquina de la última imagen.

Todas las ventanas estaban cubiertas con cortinas de encaje que impedían ver al interior, pero que dejaban entrar mucha luz.

—Siéntate, por favor. —Krystyna indicó una silla junto a la mesa—. Los demás deberían estar aquí en los próximos quince minutos.

Escalonaban a propósito sus llegadas, para evitar llamar la atención. Un grupo de mujeres jóvenes entrando a una casa al mismo tiempo era motivo de sospechas. Por eso, solo serían cinco en total.

Las otras cuatro chicas pertenecían a su grupo de guías, aunque Zofia nunca se había llevado bien con ninguna de ellas. Krystyna esperó a que todas estuvieran instaladas y les entregó un bastidor, una aguja y un hilo, junto con un diseño para bordar.

Zofia aceptó el material con temor.

—Si recibiéramos una visita de los nazis, tendríamos que fingir que estamos bordando —le explicó Krystyna con su característica autoridad—. Lo que estamos haciendo es muy peligroso. Sepan que al venir aquí a recibir esta educación corren el riesgo de ser arrestadas o deportadas. Tal vez incluso algo peor. Sin embargo, aprender un oficio no es ilegal. Cada una deberá empezar a bordar el patrón antes de nuestra próxima reunión.

Todas asintieron, sabiendo que lo que hacían desafiaba al Gobierno General, que esta educación secreta era una forma de enfrentarse a los nazis.

La piel alrededor de los ojos de Krystyna se tensó de aprobación.

—Entonces, empecemos.

Se reunían tres veces a la semana, alternando los lugares de encuentro. Algunos días se reunían en el departamento de Krystyna, otras veces en casa de su antiguo director, y a veces en los sótanos de distintas personas.

En ocasiones, incluso se metían a escondidas a la biblioteca, cuando *Herr* Nagiel se dedicaba a labores que lo sacaban puntualmente del edificio desde el mediodía hasta las tres de la tarde. Eran los días más arriesgados de todos, pero los que apreciaban más. Ahí, Krystyna tenía acceso a textos de ciencias y matemáticas que sacaba temporalmente de la sala de lectura alemana, y que le pedía a Zofia que tradujera para las demás alumnas.

Las estudiantes no podían llevar libros a clase, pero eso no significaba que no recibieran tareas para leer si los textos podían encontrarse. Y a menudo, así era, a pesar de las constantes regulaciones y la destrucción de las tropas de los grupos de las Juventudes Hitlerianas.

Una noche de febrero especialmente implacable, en la que el viento helado se filtraba a través de las capas de sus abrigos y bufandas, hasta calar hondo en sus huesos, Zofia había salido con la tarea de encontrar un libro de texto en particular. Había nevado el día anterior, cubriendo los tejados como antes la harina espolvoreaba los panes calientes. A Zofia se le hizo agua la boca al recordarlo.

La calle que conducía a la Librería Gebethner, un edificio de ocho pisos de estilo gótico en la esquina de las calles Zgoda y Sienkiewicza, era un río de aguanieve sucia entre las banquetas. Zofia no había ido desde antes de la guerra y ahora encontraba la librería situada en el primer piso casi vacía.

—Hola —la saludó una joven al entrar. Llevaba el pelo rubio recogido sin esmero y sonreía mientras se apoyaba despreocupadamente en el mostrador—. Te ofrecería ayuda, pero no hay mucho que hacer con nuestras limitadas existencias.

—Se ve incluso peor que la biblioteca —dijo Zofia asombrada.

La mujer resopló.

—No creo que algo pueda ser peor que la biblioteca. Casi no quedan libros de préstamo.

—No por decisión nuestra —protestó Zofia.

—Lo mismo en nuestro caso —respondió la mujer mientras rodeaba el mostrador. A pesar del racionamiento, tenía las caderas redondas y las movía de un lado al otro como pendulo al caminar.

—Aquí tenemos todos los libros autorizados. —Indicó una estantería a su derecha—. Cuentos infantiles aprobados por el Gobierno General. —Era la más pequeña de las tres secciones, y Zofia reconoció los mismos títulos de la colección de la Biblioteca de Varsovia. *Robinson Crusoe*, *Nick of the Woods* y, por supuesto, cuentos de los hermanos Grimm.

—Luego tenemos los libros sobre el Gobierno General y los de lengua alemana y modelos de conversación. —Estas dos secciones constituían por mucho el mayor surtido, las portadas eran nuevas, sus lomos lisos e intactos. La mujer hizo una mueca—. Publicados aquí mismo, en el segundo piso, con permiso expreso del Reich. Y nuestra última sección… —Indicó una estantería de libros de cocina—. Para la abundancia de comida que abarrota nuestras despensas.

Zofia señaló la portada de *Cien platillos con papas*.

—Bueno, por lo menos este parece apropiado.

Al fin y al cabo, las papas complementaban sus escasas raciones. Papas hervidas para desayunar, comer y cenar, a veces con una zanahoria marchita o un patético pescado que era más escamas y espinas que carne.

La mujer soltó una carcajada desdeñosa y apoyó la cadera contra una estantería de libros alemanes.

—¿Qué se te ofrece? Si es un libro en alemán, debes saber

que tardamos meses en recibir pedidos especiales. Tenemos que seguir normas específicas para abastecernos, solo a través de librerías alemanas.

Suspiró dramáticamente.

—Es un incordio; espero que busques otra cosa.

Zofia echó un vistazo a los libros de cocina. Más allá de la broma de las recetas con papas, las demás portadas de esos libros «aprobados» eran de una fealdad desoladora. *La fábrica de azúcar* para crear azúcar en casa. *Cómo hacer miel de zanahoria. Huertos para consumo doméstico*. Esos patéticos títulos revelaban que Polonia había sufrido una tremenda escasez mientras que los nazis se atiborraban de generosas raciones.

—Me envió Krystyna —Zofia habló en un tono uniforme.

Basándose en la conversación, Zofia suponía que la única empleada de la librería no tendría inclinación por los nazis, aunque pocos polacos la tenían.

Una sonrisa iluminó el rostro de la mujer.

—En ese caso, tienes más de cuatro opciones de libros a tu disposición.

La tensión de Zofia se aligeró.

—Estoy buscando un libro de texto de física.

La empleada apartó una estantería y pasó a su lado, haciendo un gesto con el dedo para que Zofia la siguiera.

—Por aquí. —Se detuvo frente a una vitrina cerrada y se sacó una llave del bolsillo. La puerta se abrió con un chasquido y la mujer movió una pared falsa, dejando al descubierto varias filas de libros de texto.

Frunció los labios y luego tomó un libro de lomo azul, con una sonrisa siniestra.

—Lo odiaba. Si hace tres años me hubieras dicho que estos libros de texto serían contrabando, de ninguna manera te habría creído.

—Si me hubieras dicho que yo tendría tantas ganas de

terminar los estudios como para arriesgar mi vida por asistir a clases clandestinas, jamás te habría creído —respondió Zofia.

Compartieron una risita amarga. Este no era el mundo en el que habían nacido. No era un lugar en el que alguien estuviera destinado a vivir y prosperar de verdad.

—Serán cincuenta złotys.

El precio era elevado. Cincuenta złotys era la cuarta parte del sueldo mensual de Zofia en la biblioteca. Cuando con la misma cantidad se podía pagar un kilo de manteca de cerdo, el sacrificio por un solo libro de texto era realmente elevado.

Por lo menos ahora tenía el libro que necesitaba para cumplir los deseos de su papá. Eso hacía que el precio valiera la pena.

Resultó que para Zofia la física no era más interesante en un entorno clandestino de lo que habrían sido esas mismas clases en la escuela pública. Y, sin embargo, el impacto de lo que estaba haciendo le hizo apreciar la oportunidad de seguir aprendiendo.

Los alemanes pretendían ver a los polacos embrutecidos por una educación insuficiente y despojados de su patrimonio, robándoles su historia y su cultura. Esto era otra manera de oponerse a ellos, agudizando su ingenio y perfeccionando sus conocimientos. Todo para combatir al enemigo.

Si los nazis le hacían esto a los polacos, ¿qué les estaban haciendo a los judíos?

De repente, la imposibilidad de saber de Janina, la ausencia de su querida amiga y la distancia que las separaba, que parecía enorme, le rompió de nuevo el corazón a Zofia.

Al día siguiente, cuando Zofia volvió a la biblioteca, se encontró con un caos. Cajas de materiales de la Biblioteca Krasiński estaban apiladas en el almacén como parte de una nueva iniciativa para hacer una biblioteca estatal colectiva en Varsovia. Las tres partes que la conformarían iban a ser una biblioteca universitaria con libros alemanes, una biblioteca nacional con material polaco aprobado por los nazis y una tercera formada por la colección especial de la Biblioteca Krasiński. Esta última fue depositada sin ceremonias en la sede principal de la biblioteca sin que se especificaran detalles sobre el contenido de ninguna de las cajas.

En resumen, el proyecto era un caos que tenía al reducido personal en un frenesí de confusión. Zofia abrió una caja para averiguar dónde colocar los nuevos objetos. En el interior encontró historia mezclada con matemáticas, junto con viejos manuscritos e incluso un descolorido libro infantil. Y lo que era peor, los objetos habían sido aventados en la caja sin ningún orden ni cuidado, por lo que había páginas arrugadas y dos lomos rotos.

Bárbaros.

—Esto se ve tan mal como en la universidad —dijo una voz familiar desde atrás de Zofia.

Se volvió y encontró a Darek detrás de ella, con el pelo oscuro alborotado por el viento y las mejillas sonrosadas. Le dedicó una sonrisa y Zofia sintió que sus labios se movían en respuesta.

—Tengo algo que estabas esperando. —Miró a su alrededor antes de sacar dos cartas de su abrigo—. Mi tía me dijo que esta llegó ayer, pero no le dio confianza dejarla aquí.

Zofia aceptó el primer sobre y descubrió que era del doctor Weigl, que le decía que las vacunas estaban listas y que le enviaría un par de dosis en cuanto fuera seguro hacerlo.

—Y una de Janina. —Darek le entregó la carta a Zofia, que la abrazó contra su pecho.

—Te lo agradezco mucho más de lo que podría expresar.

Una sombra cruzó los expresivos ojos de Darek.

—¿Qué pasa? —El pánico se deslizó sobre Zofia como hielo—. ¿Janina está bien?

—Sí. —Darek extendió las manos con las palmas hacia ella en un movimiento tranquilizador.

—Ha habido rumores de que la farmacia cerrará pronto y reabrirá solamente en la parte polaca.

Los dedos de Zofia se apretaron instintivamente alrededor del sobre, como si pudiera aferrarse con la misma fuerza a su medio de comunicación.

—Intentaré reunirme con mi contacto más a menudo para asegurarme de que sus cartas se entreguen a la brevedad —prometió Darek.

Zofia le dio las gracias con la cabeza. En cuanto tuvo un momento a solas en una de salas de la parte posterior, abrió el sobre y leyó la más reciente carta de Janina.

# Capítulo 17

*10 de febrero de 1941*

*Queridísima Z:*

*Estoy encantada de volver a tener noticias tuyas y espero que esta carta te llegue pronto. Cada oportunidad de comunicación a través de los muros del gueto es un verdadero regalo.*

*Ojalá pudiera decirte que las cosas han mejorado, pero siguen empeorando. Los alimentos son cada vez más escasos. Se abrió un mercado negro para la compra de alimentos y otros bienes, pero el costo es desorbitado. El hombre que tu padre recomendó para hacerse cargo del negocio de mi papá ha seguido enviándonos dinero y, gracias a eso, hemos podido alimentarnos. Pocas personas tienen tanta suerte.*

*En el gueto grande, muchas personas no tienen suficiente para comer, sus cuerpos han quedado reducidos a poco más que huesos, y tienen el vientre y los pies hinchados por el hambre. Cada vez son más los judíos que se ven obligados a entrar al gueto y la gente ha dejado de ser generosa con el espacio. Hay tanta gente que tiene que vivir en la calle con casi nada de comida. Z, se están muriendo de hambre, y muchos de ellos son niños. Es horrible. Los oigo llorar por la noche, pidiendo alimento. Dan tanta lástima que ni siquiera los guardias los reprenden por estar afuera después del toque de queda.*

*Mis padres les abrieron nuestra casa a algunas nuevas personas que llegaron al gueto y permitieron que tres familias vivan con nosotros. ¿Te imaginas? ¡Cuatro familias en nuestro pequeño departamento! Hasta ahora, todos respetan el espacio de los demás, aunque mi mamá se dio cuenta de que de vez en cuando nos falta algo de comer. Nos acostumbramos a dormir con cualquier cosa comestible atada en un bulto junto a la cama para asegurarnos de que no se lleven nada más. La comida es un bien demasiado preciado.*

*Ratón todavía vive del otro lado del pasillo, pero su padre fue asesinado; dispararon sin motivo contra una multitud, por puro entretenimiento, y recibió una bala perdida. Es un juego enfermo que se practica a menudo. Nuestro intrépido y encantador Ratón se autonombró «el hombre de la casa» y se convirtió en contrabandista para conseguir comida para su hermana y su madre. Los niños como él consiguen colarse por los agujeros del muro agrandados con ladrillos sueltos. Me preocupa. Obviamente no tratan bien a esos niños cuando los descubren. Él, por supuesto, confía en que nunca lo van a atrapar.*

*Ver a los niños es lo más duro de estar en este horrible lugar. Yo sigo entregando libros de mi maleta, que en estos días se ve bastante maltrecha. Al igual que los libros, si te soy franca. Las páginas están gastadas y sucias de tantas manos que las tocan con tan poco acceso al jabón. Sin embargo, paso la mayor parte del tiempo en la biblioteca infantil. Los pequeños lectores que entran me rompen el corazón. Son huraños y callados, no son en absoluto como debería ser un niño. Es imposible saber cuántos años tienen sin la complexión regordeta que caracteriza la infancia. Sus rostros son los de hombres y mujeres mayores, con los ojos agrandados por el hambre y por haber sido testigos de los horrores de esta nueva vida.*

*Todos los días vienen a la biblioteca, buscando distraer su apetito con los libros, aunque sus estómagos permanezcan vacíos. Leo para los que todavía no saben leer y sus miradas devoran los dibujos de colores vivos. Una niña me dijo que los libros le hacían olvidar el dolor del frío y el hambre.*

*Colaboramos con el orfanato y el hospital infantil para llevarles cuentos que les levanten el ánimo. Desgraciadamente, hay ciertas zonas del hospital infestadas de tifus, así que nos obligan a dejar los libros ahí por miedo a que propaguen la enfermedad. El contagio ya es muy difícil de evitar tal como están las cosas. Pero esos niños están inmensamente agradecidos cuando reciben libros nuevos, de modo que nunca nos podemos negar a sus peticiones.*

*Todos los días me desgarra el alma ver el sufrimiento seres tan pequeños y vulnerables, pero ¿cómo podría dejar de ayudarles cuando sé lo que mis esfuerzos significan para ellos?*

*La señora B me ha estado enseñando yiddish. Dice que aprendo rápido. Para ser honesta, creo que tus lecciones de alemán me ha ayudado considerablemente. Es sorprendente lo parecidas que son las lenguas. El otro día, incluso pude leerles un libro en yiddish a los niños. Bubbe habría estado muy orgullosa de mí. Cuando terminé la lectura, se me llenaron los ojos de lágrimas, y los niños me reconfortaron con abrazos. Con qué fuerza pueden apretar esos delgados brazos cuando ofrecen consuelo y amor.*

*Basta de hablar de los niños, o me temo que esta carta no sea legible por mis lágrimas.*

*Mejor, tengo que contarte algo de la señora G. Por fin me atreví a pedirle* La máquina del tiempo *y me confesó que lo ha estado copiando, ¿lo puedes creer?*

*Es la novela favorita de su marido desde que era niño. Son personas mayores y el señor G apenas puede conseguir alimentarlos a los dos, así que desde luego que no le sobran fondos para comprar un libro. Por eso la señora G. lo copió en hojas sueltas que ha ido consiguiendo. Me enseñó su trabajo y es exquisito. Cada renglón está reproducido con tanto esmero y pulcritud que parece que fue impreso por los mejores artesanos.*

*Le ofrecí que se quedara el libro, pero ella se negó, diciendo que ya casi había terminado y que deseaba amablemente que siguiera en circulación para que otros lectores pudieran disfrutarlo tanto como su marido. Sin embargo, sí me permitió ayudarle a crear una portada y lo encuadernamos como nos enseñó el doctor B.*

*Los G son muy buena gente, siempre le dan lo que tienen a los demás, incluso aunque eso signifique que algunas noches no coman.*

*Yo estaba ahí cuando le regaló el libro a su esposo por su cumpleaños sesenta. Ay, Z, cuando abrió el regalo y vio lo que le había hecho su mujer, le tembló la barbilla y se le llenaron los ojos de lágrimas. Su voz se oía tan rasposa, que apenas pudo decirle que era el regalo más hermoso que había recibido en toda su vida.*

*¿No es increíblemente conmovedor lo que los libros significan para la gente? Me hizo extrañar muchísimo El club del libro bandido, todas las horas que pasábamos hablando de lo que los personajes y las historias significaban para nosotros. Ojalá pudiera volver a reunirme con ustedes.*

*Supongo que el regalo para el señor G también me recordó a tu hermano y lo mucho que le gusta* La máquina del tiempo. *Mi corazón todavía conserva la esperanza de su regreso, seguro que el tuyo también.*

*Ya estoy llorando otra vez.*

*Te extraño muchísimo. Pero no desearía que estuvieras aquí. No desearía que nadie estuviera aquí, ni siquiera esa horrible chica del colegio a la que le arruinaste la nariz de un puñetazo bien dado. En cambio, desearía que tuviéramos nuestra propia máquina del tiempo, que pudiéramos volver atrás a cuando la guerra no había comenzado. A partir de ahí, encontraríamos la manera de detener a Hitler, y entonces todos estaríamos a salvo, en un lugar cálido y plenos.*

*Te dejo con ese pensamiento, un deseo de consuelo, normalidad y amor, y me despido de ti en esta carta. Siempre pienso en ti, mi queridísima amiga.*

*Con amor,*

*J*

Zofia también rompió en llanto al leer la carta. Por la vida desolada que Janina le había descrito, por los niños que soportaban tanto sufrimiento. Zofia no podía imaginarse a la señora Steinman, que tanto se enorgullecía de tener una casa limpia y encantadora, lidiando con tanta gente hacinada en el departamento, preocupada por los robos. Del mismo modo que era imposible imaginarse al pequeño Ratón asumiendo el papel de hombre de la casa cuando era tan joven.

Esta vez, Zofia le contestó con la noticia de la muerte de su papá, y el nuevo y extraño sistema de bibliotecas. Sin embargo, aparte de eso, trató de encontrar aspectos positivos de la vida que contarle, como el hermoso dibujo que Darek había hecho de ellas, y que Danuta estaba muy ansiosa por comentar *La calle de los cocodrilos* después de leerlo, a sabiendas de que pasaría un tiempo antes de que pudieran volver a reunirse. En ese momento de sus vidas, Zofia se daba cuenta de que necesitaba ser positiva por Janina.

## Capítulo 18

Mientras pasaba junto a la columna de anuncios de la calle Świętokrzyska, Zofia abrazo más fuerte su mochila y apretó bajo su brazo el libro que llevaba escondido. Ahí estaba la noticia de la ejecución de varios detenidos, impresa en negritas. Habían sido víctimas del más reciente castigo de los nazis, condenados por el asesinato del famoso colaborador y actor Igo Sym. Todos esos inocentes habían salido de la prisión de Pawiak. Personas que no eran más culpables que el padre de Zofia.

El horror del anuncio la acompañó mientras cruzaba corriendo la calle en dirección al almacén oculto.

Incluso la atrocidad de ejecutar a prisioneros polacos inocentes palidecía en comparación con lo que ocurría en el gueto donde estaba Janina. La predicción de su papá sobre la propagación del tifus en lugares cerrados se había cumplido. En cuanto Zofia terminó la carta de Janina, le respondió al doctor Weigl para pedirle que se apresurara con las vacunas, especificando discretamente que necesitaba por lo menos tres. Una para cada uno de los Steinman. Solo esperaba que no fuera a conseguirlas demasiado tarde.

El silencio de la biblioteca derrumbada la sobresaltó. En algún lugar, una fuga de agua resonaba dentro de las paredes frías y vacías. Abajo, en el almacén, la luz del sol entraba a raudales por las estrechas ventanas de la parte superior, iluminando las estanterías; ahora más de una cuarta parte estaba llena de libros cuyos duplicados habían sido brutalmente destruidos. Zofia sacó de su mochila un ejemplar de *A sangre y fuego*, de Henryk Sienkiewicz, la primera novela de su trilogía ambientada en la Polonia del siglo XVII, y lo colocó junto a *Quo Vadis*, del mismo autor.

*Quo Vadis* era una historia de amor magistralmente escrita, ambientada en la antigua Roma, en la que un oficial se enamora de una mujer cristiana y su romance lo conduce a convertirse al cristianismo. Era el libro favorito de su *matka*, lo que significaba que también había un ejemplar enterrado bajo las tablas sueltas del piso del cuarto de Zofia, donde ocultaba los restos de la extensa biblioteca de su papá.

Se oyó un ruido sordo arriba.

Zofia se quedó inmóvil.

Escuchó un crujido constante, como pasos sobre el suelo terroso del piso principal.

Contuvo el aire, demasiado asustada de que quien fuera que estuviera arriba pudiera oírla exhalar. Se quedó inmóvil como si pudiera hacerse invisible con el silencio.

¿Alguien la habría visto entrar? De lo contrario, no había razón para que hubiera una persona en ese edificio en ruinas.

Los pasos bajaron por las escaleras y su corazón latió tan fuerte contra sus costillas que seguramente se escuchaba desde lejos.

Sus pensamientos se arremolinaban como trozos de hielo en una ventisca, desorientados y demasiado frenéticos para asimilarlos. ¿Dónde podía esconderse? ¿Qué excusa podía dar de su presencia? ¿Había cerrado la puerta con llave?

No podía recordarlo...

El sonido de una llave al entrar en la cerradura y un chasquido resonaron en el almacén casi vacío. Quienquiera que fuera tenía una llave.

La puerta se abrió de golpe.

—¿Zofia?

Zofia exhaló apresuradamente.

—¿Darek?

—No era mi intención asustarte. —Cerró rápidamente la puerta detrás de sí.

Zofia se llevó una mano al pecho, donde el corazón le latía como una polilla atrapada. Se quedo quieta, con la espalda apoyada en una estantería vacía.

—Perdón. —Darek se acercó y le sonrió para disculparse. Su mirada se posó en la pequeña colección de obras de Sienkiewicz y se le iluminó el rostro—. Qué coincidencia. —Sacó *El diluvio*, el segundo libro de la trilogía del mismo autor, y lo puso junto al primero.

—Siempre me ha gustado Sienkiewicz —dijo Zofia pensativa cuando se recuperó lo suficiente como para hablar—. Su investigación muestra cuánto ha luchado Polonia, y lo turbulento que fue nuestro pasado antes de que por fin nos ganáramos la efímera libertad que disfrutábamos antes de la ocupación.

La mandíbula de Darek se tensó.

—Y la razón por la cual seguimos luchando. —Dejó caer la cabeza y permaneció así, con una mirada de derrota a pesar de su vehemente declaración.

Zofia se inquietó.

—Darek, ¿qué pasa?

Él finalmente la miró, con los ojos inyectados en sangre por las lágrimas.

—Yo estaba con ellos.

—¿Con quiénes?

—Con los asesinos de Igo Sym. —Abrió la boca, respiró hondo y se alejó de ella—. Esa vez no fui yo quien apretó el gatillo, pero fui esencial en su ejecución, en que se llevara a cabo. El Ejército Nacional me buscó para la tarea. No pude decir que no...

«Esa vez».

—¿Habrá más ejecuciones de colaboradores nazis? —preguntó Zofia con los labios entumidos.

—Y más polacos inocentes asesinados en represalia. —Recorrió el lomo de *El diluvio* con el dedo—. El Estado Clandestino Polaco juzgó a Igo Sym en un tribunal ilegal por su cooperación con los nazis y fue declarado culpable, condenado a muerte. Sabíamos que el Gobierno General tomaría represalias contra polacos que no tenían nada que ver con la muerte de Igo. Sabíamos que muchos hombres y mujeres inocentes morirían por haber aplicado la justicia a un hombre.

Así eran las cosas ahora. La muerte de un nazi tenía el precio de docenas de vidas polacas.

Todos lo sabían. Era el precio de defenderse. Y los detalles que Darek le estaba compartiendo ahora eran peligrosos. Los nazis habían retenido a rehenes polacos tres días, mientras le ofrecían a Varsovia la oportunidad de confesar quién había matado al actor.

—¿Por qué me cuentas esto? —preguntó Zofia.

—Porque tenía que contárselo a alguien. —Se volvió hacia ella, la mirada atormentada de sus ojos le traspasó el alma—. Es como si tuviera un carbón ardiendo dentro del pecho, encerrado dentro de mí. Y confío en ti.

Si hubiera sido Janina quien estuviera ahí, en ese momento, le habría abierto los brazos a ese hombre que a través de su mirada enmarcada por largas pestañas, mostraba su corazón y habría intentado consolarlo. Sin embargo, Zofia no era ese tipo de mujer.

—Estás luchando por una Polonia libre. —No desvió la mirada de los intensos ojos de Darek mientras le hablaba—. Estás luchando para devolvernos nuestras vidas, para darnos aquello por lo que nuestros padres y las generaciones anteriores pelearon y murieron. La libertad. Y yo quiero luchar contigo.

Estaba desesperada por hacer algo más que repartir periódicos clandestinos, pegar propaganda en las paredes o perturbar a los aficionados al cine. Esto era lo que esperaba hacer en la lucha contra el Reich.

—Ahora mismo solo son hombres quienes se encargan de las ejecuciones. —Darek se pasó una mano por el pelo oscuro y los sedosos mechones volvieron a su sitio sin esfuerzo—. Aunque no fuera así, no podría poner una carga como esta sobre tus hombros.

Zofia tomó sus manos y las apretó entre las suyas. El tizne se había incrustado en las yemas de sus dedos, recordándole a Zofia sus habilidades artísticas. Esas manos, capaces de crear tanta belleza, se esgrimían como un arma contra el enemigo.

—Lo que estás haciendo por Polonia es noble —susurró Zofia con fiereza—. Estás luchando por todos nosotros.

Sus manos permanecieron entrelazadas durante largo rato, el silencio entre ellos era íntimo y placentero. Él le había confiado la enormidad de su secreto y ella jamás lo traicionaría.

Y algún día, encontraría la forma de unirse. De luchar.

Zofia no tardó mucho en adaptarse a la vida escolar. Krystyna era una profesora competente y el reducido número de alumnas por reunión permitía que las clases se desarrollaran a un ritmo más rápido. Por primera vez en muchos años, Zofia se sintió estimulada por los estudios en lugar de esperar que pasaran los minutos.

Un día, en una clase de historia de Polonia, Krystyna dio la vuelta a uno de los cuadros de los soldados de la Gran Guerra para revelarles un mapa en la parte posterior del lienzo. La niña que estaba junto a Zofia se sobresaltó un poco al oír el golpe del cuadro contra la pared.

Todas estaban nerviosas después del último rumor: una clase clandestina había sido descubierta por la Gestapo. Los soldados habían ejecutado al profesor y habían arrestado al resto de los participantes, de los que nunca se volvió a saber nada.

Había sido un recordatorio del peligro que corrían, pero también de la importancia del riesgo que estaban corriendo. Tenían suerte de tener a alguien que les enseñara todas las asignaturas. La mayor parte de la educación preparatoria tenía que impartirse por varias personas, lo que hacía que las escuelas clandestinas fueran más difíciles de manejar, ya que los profesores o los alumnos tenían que ir cambiando de lugar.

La mayoría de los instructores no eran como Krystyna.

Quizá lo que hacía que su enseñanza fuera tan fascinante eran las sorprendentes herramientas pedagógicas que tenía escondidas en la decoración de su casa. O tal vez cómo se le iluminaba la expresión con cada nuevo tema que enseñaba como si fuera la mejor historia jamás contada. En cualquier caso, hacía que las clases fueran placenteras.

—Como todas sabemos, antes de obtener la independencia después de la Gran Guerra, Polonia estaba dividida entre Prusia... —Señaló con la punta de su pluma una zona sombreada del mapa, y luego se dirigió a otro lugar—: Rusia —Y luego a otro—: y la monarquía de los Habsburgo. —El brillo de su mirada y la manera en que alzó las cejas eran testimonios del escandaloso relato histórico que pronto seguiría contando—. Ahora, lo que quizá no sabían de la monarquía...

El estruendo de un motor bajo la ventana hizo que todas se quedaran inmóviles. Esperaron en un angustioso silencio a ver si pasaba de largo.

No fue así.

El motor se apagó. Quienquiera que fuera se había estacionado frente al edificio.

Krystyna le dio la vuelta al cuadro con calma, mostrando de nuevo al soldado de rostro solemne, como si le pesara la conciencia por el secreto que cargaba.

Unos pasos subieron las escaleras atronadoramente y el eco resonó en el pequeño departamento.

Krystyna echó un vistazo a la habitación para asegurarse de que no había nada más fuera de lugar, aunque siempre era muy atenta a poner las cosas en orden en cuanto utilizaba uno de sus materiales de enseñanza ocultos.

—Señoritas, por favor, saquen su labor.

La palabra clave también significaba que tenían que ocultar cualquier cosa relacionada con las clases. Zofia dobló sus apuntes y se los metió en el zapato. La chica que estaba a su lado permaneció inmóvil.

Zofia le dio un codazo y la chica dobló rápidamente sus apuntes con manos temblorosas antes de meterse el papel en el zapato.

Un golpe retumbó en la puerta. Zofia saltó por la ferocidad del ruido.

Krystyna dejó a un lado su propio bastidor y se acercó tranquilamente a la puerta. El pájaro representado en el centro estaba casi completo; cada hilo del pequeño chorlito había sido bordado perfectamente y el reverso probablemente reflejaba el anverso. Alrededor de Zofia, las otras chicas tenían bordados igualmente perfectos.

Con el estómago revuelto, Zofia examinó su propio bastidor. Su ave tenía una pata artrítica que le brotaba del pecho y un ojo en la parte superior de la cabeza, en lugar de cerca del pico, y apenas se parecía a los delicados pájaros que revoloteaban por las orillas del Vístula.

En retrospectiva, debería haberle pedido ayuda a su *matka*. Sin embargo, para eso habría tenido que hablar con ella, algo que Zofia todavía no tenía ánimo de hacer.

Las cartas de Janina no hacían más que avivar la ira de Zofia contra su madre por no haber permitido que los Steinman vivieran con ellas en lugar de verse obligados a ir al gueto. Como su *matka* no había querido que su departamento estuviera demasiado lleno ni asumir el riesgo de recibirlos, Janina y su familia vivían en un infierno.

Las botas de cuatro soldados y un oficial de la Wehrmacht pisotearon el suelo pulido de Krystyna cuando aparecieron en la puerta del departamento con expresión dura y calculadora.

La chica que estaba al lado de Zofia temblaba como una hoja y Zofia se dio cuenta de que, de repente, tenía la garganta demasiado seca para tragar saliva.

—Buenas tardes, caballeros, llegaron justo a tiempo para nuestra clase de bordado. —Krystyna extendió una mano, presentando a sus alumnas con sus inocentes bastidores.

—Me gustaría echar un vistazo más a fondo —dijo el oficial en polaco.

—Por supuesto. —Krystyna dio un paso atrás contra la pared, cubriendo intencionadamente con la falda un vaso con marcas para indicar medidas. El objeto aparentemente era inofensivo, pero no era prudente despertar sospechas.

Los soldados caminaron lentamente alrededor de la mesa, examinando los bordados sobre los hombros de cada mujer. Mientras lo hacían, el oficial se dirigió hacia los cuadros de la pared y extendió la mano para levantar el que tenía el mapa.

—Por favor, señor. —Krystyna se llevó una mano al pecho, con los ojos azul claro suplicantes—. Tenga respeto. Mi abuelo murió en la Gran Guerra y ese cuadro es lo único que tengo para recordarlo.

Una sombra se cernió sobre Zofia y de repente el cuerpo de un soldado le impidió ver si el oficial respondía a la petición de Krystyna. Zofia trató de inclinar su bordado hacia su pecho para que el hombre que estaba sobre ella no viera lo mal que bordaba.

Levantó la vista y lo miró a los ojos, una distracción y un desafío a la vez. Era joven, más o menos de la edad de Antek, con pestañas pálidas y un gesto irónico en los labios.

El soldado le arrancó el bastidor de las manos antes de que pudiera pensar en sujetarlo con más fuerza. Se le hizo un nudo en el estómago, mientras esperaba a que descubriera el engaño. Los apuntes doblados descansaban torpemente bajo su talón, con la esquina afilada picándole el arco del pie. Las había delatado a todas con su miserable labor de bordado.

Krystyna miró el bordado y su rostro palideció ligeramente.

—¡Miren! —El soldado alzó el bordado mutilado de Zofia.

Entonces, para sorpresa de Zofia, empezó a carcajearse. Imitó una garra con la mano y la sacó de su estómago y puso los ojos en blanco, imitando al pájaro de Zofia. Los demás estallaron en risas. Incluso el oficial soltó una carcajada.

Sin embargo, en medio de la mortificación que ardía en las mejillas de Zofia por la burla, seguía teniendo una viva sensación de terror que le recorría la espina dorsal.

—Basta, ya basta. —El oficial le hizo un gesto con la mano al soldado—. Déjame verlo.

El soldado le entregó el bastidor de Zofia. El oficial lo observó durante un largo rato y luego miró a Zofia.

—¿Es tuyo?

Zofia asintió.

—*Ja.*

El estoicismo del rostro del oficial se rompió en una breve carcajada y negó con la cabeza.

—Necesitas mejorar mucho.

—Y para eso está aquí —intervino Krystyna—. Zofia acaba de incorporarse a mi clase. Las demás tampoco eran muy buenas cuando empezaron. —Sonrió orgullosa—. Pero pronto todas serán bordadoras expertas.

El oficial miró los otros bastidores con un gesto de aprobación.

—Muy bien. Continúen. —Hizo un gesto hacia la puerta y la tropa partió, dejando un pesado silencio a su paso.

Ninguna de las chicas se movió hasta que el rugido del motor se escuchó de nuevo y retumbó calle abajo, reanudando su merodeo por Varsovia.

Todas las miradas se volvieron hacia Zofia, que deseó fundirse con el suelo.

Krystyna tomó el bordado de Zofia y sacudió la cabeza con tristeza.

—Creo que la próxima vez yo coseré tu bastidor. —Su boca se tensó como si intentara no sonreír, pero finalmente se rio con un sonido ronco y profundo—. Detesto a los nazis, pero ese soldado imitó a tu pájaro perfectamente.

Ni siquiera Zofia pudo evitar reírse.

Después de que se les pasara la risa, la chica que estaba junto a Zofia levantó sus ojos grandes y tristes hacia el retrato del soldado de la Gran Guerra.

—Lamento lo de tu abuelo, Krystyna.

—Ay, mi abuelo está vivo y coleando, trabaja como zapatero en Praga. —Krystyna señaló hacia el otro lado del río—. No sé quién sea este hombre, pero el marco le quedaba perfectamente a mi mapa cuando lo compré hace varios meses.

—Te ves como si alguien hubiera caminado encima de tu tumba —dijo la señora Mazur cuando Zofia se encontró con ella en el almacén esa tarde después de sus clases—. ¿Qué pasó?

—La Wehrmacht llegó hoy a casa de Krystyna para una inspección. —Zofia puso los ojos en blanco por el estúpido error que podría haberles costado la vida—. Pensé que mis pésimas habilidades para el bordado iban a hacer que acabáramos todas en Pawiak, pero al final, puede ser que hayan sido lo que nos salvó.

—No creo que estuviera tan mal.

—Se supone que estamos aprendiendo a bordar y, pues... —Zofia sacó el bastidor de su mochila y se lo mostró a la señora Mazur, que estalló en una carcajada.

—Sí está bastante mal. —Se secó lágrimas de las esquinas de los ojos—. Qué bueno que seas tan buena en tu trabajo. No creo que tengas una carrera en el bordado.

—¿Recibí algún paquete? —preguntó Zofia, ignorando sus risas. Ya se habían reído de ella lo suficiente por un día.

De repente, la señora Mazur se puso seria y volvió a ser la jefa eficiente.

—En el primer cajón de mi escritorio, detrás de las sugerencias presupuestarias rechazadas. Pensé que nadie iba a buscar ahí. También llamé ya a Darek.

Nada más pronunciar su nombre, Darek entró al almacén y prácticamente corrió hacia ellas.

—¿Están aquí?

Zofia se acercó al cajón y apartó el libro de contabilidad. Ella y la señora Mazur habían pasado meses elaborando un plan presupuestario para recuperar los libros perdidos, aprobados por Hitler, por supuesto, y adquirir suministros necesarios que estaban a punto de terminarse. El Gobierno General ni siquiera miró la propuesta antes de rechazarla. Zofia siguió con los dedos el contorno del libro encuadernado en tela y encontró el un paquete envuelto a su lado.

Lo sacó y lo desenvolvió; era una caja azul oscuro amarrada con una tira blanca. Decía «Prof. R. Weigl» impreso en rojo y debajo «Vac. Ty. exanthem» en letras blancas sobre fondo rojo.

La vacuna contra el tifus.

Dentro de la caja había tres ampolletas de cristal con líquido en el fondo. Suficientes para Janina y su familia.

Por primera vez desde hacía tanto tiempo que ya no lo recordaba, Zofia se animó. Hasta que vio la expresión de dolor de Darek.

Negó con la cabeza; no quería oír la trágica noticia que seguramente estaba a punto de darle.

—La farmacia ya cerró, Zofia.

—No. —La incredulidad y el horror le hicieron un nudo en el estómago—. Tiene que haber alguna forma de que tu contacto pueda entrar para llevarles esto.

La señora Mazur miró con ansiedad a su sobrino.

—¿Quizá puedas llevártelas y preguntar…?

Darek asintió y, aunque la vacilación era visible en su mirada, tomó las vacunas.

—Veré qué puedo hacer.

Y se marchó, llevándose con él todas las esperanzas de Zofia.

## Capítulo 19

Zofia no pudo dormir mientras esperaba que Janina y su familia recibieran las vacunas. Estuvo distraída durante tres días en el trabajo, en las clases e incluso durante una reunión del club de lectura, en la que por fin pudieron hablar de *La calle de los cocodrilos*, de Bruno Schulz.

Aunque Zofia había disfrutado *La calle de los cocodrilos*, que le había parecido surrealista en cierto modo y casi abrumadoramente descriptivo, estaba demasiado absorta en sus propios pensamientos sobre Janina como para ofrecer grandes reflexiones. En especial, dado que Danuta expresaba sus opiniones con inmensa elocuencia y precisión milimétrica. Hubo muchas comparaciones entre Schulz y Kafka, y la profundidad de las imágenes evocadoras que llevaba a la vida la obra de Schulz. Aparte de esos detalles, no tenía mucho sentido que Zofia ofreciera su torpe opinión. Al final de la reunión, dejaron que Danuta eligiera el siguiente libro y nadie se sorprendió cuando eligió *La muñeca* de Bolesław Prus.

En la mañana del cuarto día, Zofia miraba por la ventana, perdida en un revoltijo constante de pensamientos y preocupaciones mientras las gotas de lluvia se perseguían unas a otras sobre el cristal. Tenía *La muñeca* abierto en la primera página y había leído cinco veces su contenido sin haber procesado ni una sola palabra. ¿Cómo podía leer o incluso pensar cuando tenía la mente tan nublada de dar vueltas en la cama toda la noche?

Llamaron a la puerta, y se sobresaltó.

—¿Quién puede ser? —Su *matka* salió de su habitación y corrió hacia la puerta antes de que Zofia pudiera levantarse. Abrió la puerta y sus delgados hombros se tensaron por la sorpresa.

—Zofia, tienes visita.

Zofia se levantó de la silla y miró detrás de su madre. Darek le sonrió tímidamente. Tenía el pelo oscuro empapado por la lluvia y las gotas brillaban como cristales en su abrigo de lana.

—Por favor, pasa —dijo rápidamente y lo acompañó adentro.

Su *matka* levantó las cejas y Zofia se sintió agradecida de que el disgusto de su madre al menos fuera silencioso. Después vendrían las preguntas, pero cada tortuoso segundo habría valido la pena.

La sala se sumió en un silencio sepulcral.

—Tengo que terminar algo en mi habitación. —El comportamiento de su *matka* fue extraño, pero a pesar de ello Zofia agradeció que se marchara.

La puerta se cerró con un chasquido, pero Zofia sospechaba que su *matka* tenía pegada la oreja a ella para escuchar.

—Siento mucho haber venido —dijo Darek—. Mi tía me dio tu dirección y creí que querrías saberlo enseguida.

Zofia asintió.

—Sí, claro. ¿De qué se trata? ¿Pudiste hacerle llegar las vacunas a Janina?

—Sí. —Sus ojos brillaron de alivio—. Mi contacto pudo administrarle él mismo las inyecciones, y también pude traer esto. —Se sacó un papel del bolsillo. Esta vez no había sobre, solo una página de un libro de contabilidad arrancada a prisa y doblada a la mitad—. Ahora sí será la última. No hay manera de que vuelva al gueto con la farmacia cerrada.

Zofia asintió, embargada por una mezcla de alegría y tristeza.

—Gracias —consiguió decir—. Gracias por este regalo, y por todo lo has hecho por Janina y por mí…

Darek entreabrió los labios, como si quisiera decir algo, pero por primera vez desde que Zofia lo conocía, sus ojos no se dejaban leer, ensombrecidos por una emoción que ella no podía identificar. De repente, su expresión se suavizó en una sonrisa amable—. Me alegra haberte ayudado. —Se dio la vuelta y se marchó.

En cuanto la puerta se cerró, Zofia leyó la carta de Janina.

*Queridísima Z:*

*Eres un ángel, y también lo es tu mensajero. No sé cómo pudo encontrarnos en este caos, pero afortunadamente lo hizo. Todos recibimos nuestra vacuna contra el tifus, lo que hará que mis esfuerzos en la biblioteca infantil sean más útiles todavía. Las fronteras del gueto se están desplazando y nos obligaron a abandonar nuestra casa. Nuestra nueva ubicación es incluso más estrecha, con demasiadas familias en un solo lugar. Pero tengo demasiado poco tiempo para entrar en detalles.*

*Perdóname, pero no puedo decirte más porque no hay tiempo. Puedes estar segura de que nos salvaste a todos con esta vacuna. Te lo agradezco. Siempre he apreciado tu amistad estos largos años y siempre te llevaré en mi corazón.*

*Con amor y afecto eternos,*

*J*

Zofia miró fijamente las palabras garabateadas mientras asimilaba la desoladora realidad. Probablemente esta sería la última vez se comunicaría con Janina.

# SEGUNDA PARTE

# Capítulo 20

*Diecisiete meses después*
*Agosto de 1942*

Zofia abrió el ejemplar de *Cien platillos con papas* y se estremeció al ver el nuevo y ofensivo sello de la biblioteca. El anterior representaba a una sirena guerrera, pero ahora el Reich había marcado todos los libros como su pertenencia. Consiguieron quitar el sello original de la Biblioteca Pública de Varsovia y lo sustituyeron en todos los libros por el suyo: una esvástica y un águila acompañadas de las palabras «*Staatsbibliothek Aht. I.*». Esta abominación no solo se infiltró en las colecciones contemporáneas, sino también en manuscritos y objetos que se remontaban al siglo XIV.

Esta medida formaba parte de otra terrible serie de leyes nuevas que se establecieron para transferir las bibliotecas polacas bajo el control total del Gobierno General.

Zofia cerró el libro, esbozó una sonrisa y se lo entregó al usuario.

—Tiene que devolverlo dentro de dos semanas.

—No necesitaré dos semanas. —La mujer tomó el libro con cara de disgusto—. Ojalá pudiéramos volver a tener los libros de Marta Krakowska.

Zofia dio su habitual respuesta al lamento popular.

—Solo podemos esperar volver a tenerlos pronto en nuestras estanterías.

Había, por supuesto, libros de Marta Krakowska guardados en el almacén oculto, esperando a ser prestados de nuevo tras la ocupación.

Un hombre avanzó al mostrador cuando la mujer se marchó con su libro de cocina.

—¿Tienen un ejemplar de *Anna Karenina*? —preguntó.

—Me temo que Tolstoi fue retirado de nuestro catálogo —respondió Zofia.

Después de que Hitler se volviera contra los soviéticos y tomara su parte de Polonia un año atrás, todos los libros rusos habían sido prohibidos. Si Hitler seguía dominando el mundo, no quedaría ningún libro que leer.

Por lo menos no legalmente.

En realidad, sí tenían un ejemplar de *Anna Karenina*, de León Tolstoi. Había sido la última lectura de El club del libro bandido. Ahora solo se reunían cada cinco meses más o menos, o el tiempo que tardaban en leer el único ejemplar que compartían entre todos. A veces más rápido, si podían encontrar varios ejemplares en la estantería secreta de la librería Gebethner. A medida que los días avanzaban, los nazis se volvían más violentos, más crueles y, por lo tanto, el club de lectura se hacía cada vez más peligroso.

El año anterior había pasado mucho tiempo en la librería con tantos textos necesarios para su educación. Afortunadamente, había podido volver a venderlos cuando terminó, como le había prometido la empleada de Gebethner. En enero, Zofia había hecho el examen final de la preparatoria. Lo había pasado en casa de su antiguo director, que la observaba con severidad mientras ambos estaban sentados a la mesa del comedor. Aprobó, y le dieron un vale que podría canjear por un certificado de estudios después de la guerra. Su papá habría estado orgulloso.

El usuario de la biblioteca que estaba enfrente de Zofia suspiró.

—Ya casi no hay libros de donde escoger.

Había muchos libros, por supuesto. Pero solo los de una lista muy selecta.

Zofia no respondió nada. Al fin y al cabo, la decisión no era suya. En especial con las numerosas listas que seguían llegando, y cada una condenaba nuevos libros a la destrucción. Ella y los demás salvaban los que podían, los escondían entre los periódicos cuando la Wehrmacht los vigilaba más de cerca, y los guardaban en cajas cuando los dejaban sin vigilancia.

El almacén oculto estaba casi lleno, solo quedaba una estantería vacía. Pronto tendrían que conseguir cajas para apilarlas a lo largo de las paredes.

La señora Mazur entró a la biblioteca de préstamo para relevar a Zofia.

—Es hora de que subas.

Zofia tomó una pila de libros infantiles que le habían devuelto mientras se deslizaba fuera del mostrador y dejaba que la señora Mazur ocupara su lugar. Arriba, en la sala de lectura infantil y juvenil, la gran mesa estaba abarrotada de usuarios.

Cada vez eran más los niños que iban a la biblioteca. Muchos de ellos estaban desesperados por distraerse, por leer sobre lugares lejanos a los que no podían ir, o por transportarse a tierras míticas que todavía pudieran despertar su embotada imaginación. Querían historias en las que se venciera a los villanos.

Sin embargo, los libros eran más que un medio de escape para estos niños; les ofrecían otra vida que vivir. Ofrecían esperanza.

Desgraciadamente, no todos los libros aguantaban la cantidad de amor que recibían. Ahora que tanta gente leía y con tan pocos libros que leer, los tomos a menudo eran devueltos con las páginas rotas, sucias y blandas por el uso. Sin embargo, esos objetos no se retiraban de circulación hasta que ya no podían seguir prestándose. Sobre todo, cuando no se habían aprobado presupuestos para comprar libros nuevos desde antes de la guerra.

Una niña mayor entró a la zona infantil con sus cuatro hermanas pequeñas detrás de ella. Las cinco llevaban trenzas rubias despeinadas y caras demacradas. No era la primera vez que Zofia veía a este grupo. Tristemente, no era raro ver niños en ese estado.

Muchos padres eran prisioneros de guerra, lo que obligaba a las madres a trabajar en fábricas o restaurantes para ganar un sueldo miserable con el que mantener a su familia. Eso significaba que los hijos mayores asumían la tarea de cuidar a una edad demasiado temprana. Aunque podían ir a la escuela hasta cuarto año, muchos no tenían tiempo entre lavar la ropa, la cocina, las tareas domésticas y llevar a los niños más pequeños a sus clases.

Ewa era la mayor, de alrededor de ocho años, y se concentró en acomodar los calcetines y alisar el cabello de las otras cuatro antes de enfocar su atención en Zofia.

—¿Qué historia les gustaría leer hoy? —Zofia señaló la pila de libros que había llevado de la sala de préstamos. Eran algunos de los cuentos más populares que, por lo general, estaban prestados y, por lo tanto, no disponibles.

La niña observó los libros con los labios fruncidos. Tres de ellos tenían más dibujos que palabras. Habrían sido una elección fácil. Sin embargo, Ewa siempre se esforzaba un poco más y eligió el grueso ejemplar de *Robinson Crusoe*.

Dos meses antes, la niña jamás habría tenido la confianza suficiente para seleccionar un libro con capítulos.

Todas las tardes durante los últimos seis meses, Zofia había asumido un turno rotatorio en la sala de lectura infantil y juvenil después de meses en la zona de préstamo. Era el momento del día en que los niños más pequeños salían del colegio y sus hermanos mayores, que asumían el papel de adultos, los llevaban a la biblioteca a buscar algo que hacer.

La biblioteca significaba más que entretenimiento: era un refugio.

Sin embargo, mientras que los más pequeños recibían una educación, los mayores a menudo ni siquiera sabían leer. Janina había inspirado a Zofia para concentrar su atención en los niños, y se dedicó a la tarea de enseñar a leer a los de mayor edad.

Ojalá hubiera una manera de comunicarse con Janina una vez más, tan solo para hacerle saber el impacto positivo que había tenido en estas jóvenes vidas, incluso con un muro separándolos.

A pesar de todo, Zofia no había cedido en su empeño de ayudar a Janina y a su familia. Pocas organizaciones estaban dispuestas a ofrecer ayuda o alimentos, e incluso las que podían estaban desbordadas. Sin una dirección, Janina y su familia no podían recibir ayuda.

Deseosa de distraerse de la frustrante incapacidad de socorrer a su amiga, Zofia le entregó el libro a Ewa y se acomodó en su silla para escuchar la lectura cuidadosa y excesivamente articulada de la niña. Las hermanas de Ewa se acercaron, embelesadas por la mayor, a la que claramente admiraban sobremanera.

De camino a casa, Zofia pasó por la calle Traugutta, donde la señorita Laska estaría cerrando la pequeña sala de lectura en la que trabajaba. La anciana estaba sola en la biblioteca la mayoría de los días, una tarea de la que no se había quejado ni una sola vez.

Zofia atravesó la puerta y se encontró en una habitación enmarcada por estanterías, una oferta de libros escasa en comparación con cómo había sido antaño.

—Zofia. —La señorita Laska fue hacia ella, arrastrando los pies—. No era necesario que vinieras. —Sonrió, bajando ligeramente el labio superior para ocultar el diente que acababa de perder.

—Siempre dice lo mismo. —Zofia dejó a un lado su mochila y tomó una pesada caja de libros de la mesa para llevarla a la trastienda. Su peso habría sido imposible de manejar para la señorita Laska.

—Y tú siempre dices que disfrutas mi compañía.

—Disfruto su compañía. —Zofia volvió de la trastienda y se apoyó las manos en la cadera—. ¿Qué puedo hacer?

—Bueno, ya que estás aquí… —La señorita Laska esbozó otra sonrisa, pero no fue lo bastante rápida para ocultar el enrojecimiento de sus encías. Zofia había notado que empeoraban con el paso de los meses.

—No puedo alcanzar ese estante para regar aquella planta. Temo que la pobre se muera de sed. —La señorita Laska señaló una planta de hojas lacias y cerosas, con los tallos arrugados por la deshidratación.

Sin embargo, lo que realmente le llamó la atención a Zofia fue un enorme hematoma que la mujer mayor tenía el antebrazo.

—Señorita Laska, ¿qué le pasó? —Zofia agarró suavemente el brazo de la bibliotecaria antes de que pudiera bajarse la manga. El moretón le cubría todo el antebrazo y era oscuro como la noche, con una enfermiza decoloración amarillo-verdosa alrededor de la lesión.

La piel de la señorita Laska se sentía suave y delicada bajo los dedos de Zofia, como si fuera a desgarrarse si no la tocaba solo con el menor de los roces.

—Ay, solo me golpeé con una mesa. —La señorita Laska hizo un gesto de indiferencia por la preocupación de Zofia—. Últimamente me salen moretones con facilidad. Son cosas de la edad.

—¿Y la llaga en su otro brazo?

La señorita Laska suspiró como una niña a la que descubren mintiendo y se levantó la otra manga de mala gana para mostrar una herida en el codo que no estaba más cerca de curarse de lo que había estado un mes antes.

—No es la edad —insistió Zofia—. Es escorbuto.

Uno de los libros de la colección oculta de su papá era de medicina. Cuando se dio cuenta de que la herida de la señorita Laska no cicatrizaba y que varias bibliotecarias mayores de la sucursal principal sufrían dolencias similares, Zofia investigó los síntomas.

—Escorbuto —resopló la señorita Laska—. No soy un pirata en alta mar. Aunque sería toda una aventura.

—Pero tampoco come bien. —Zofia levantó su mochila—. Sospeché que podría ser la causa, así que le traje col y papas. Necesita comer esto además de las raciones de pan que recibe.

La señorita Laska empezó a negar con la cabeza, rechazando la comida extra.

—Por favor, hágalo por mí. —Zofia empujó un pequeño saco hacia la mujer mayor hasta que finalmente lo aceptó. Eran productos del mercado negro, adquiridos a un precio muy elevado, pero el sacrificio valía la pena—. Quiero que esté sana.

La señorita Laska extendió una mano fría y seca y apretó los dedos de Zofia.

—Es demasiado.

Sin embargo, en realidad, Zofia sentía que no hacía lo suficiente.

De camino a casa de la sala de lectura, cambió su ruta para asegurarse de pasar junto al muro del gueto.

Aunque el gueto se había desplazado para excluir la casa de Janina en la calle Prózna, la frontera no se había movido mucho. Zofia pasó por delante de la antigua casa de su amiga; todavía podía recordar cada habitación del pequeño departamento e intentó imaginar cómo sería con cuatro familias viviendo dentro. A la mitad de la calle se había levantado un nuevo muro con la misma mezcla de ladrillos recuperados de edificios demolidos.

Era igual de alto que el anterior, y seguía siendo imposible ver por encima. Pero no necesitaba ver hacia el otro lado para sospechar los horrores que ocurrían dentro. Sus otros sentidos eran lo suficientemente perceptivos.

El hedor de la podredumbre rezumaba a través de la pared, y a todas horas se escuchaban estallidos de disparos. Por más que la gente se apresurara al pasar, fingiendo lo contrario, era imposible no oír los gritos que pedían comida, ayuda, o que lamentaban la pérdida de seres queridos.

Los olores y sonidos eran incluso peores en una zona más alejada del gueto, pasado el puente que habían construido el año anterior sobre la calle Chłodna, que conectaba las dos partes del gueto. Ahí, la pestilencia era tan fuerte que a Zofia le daban arcadas. No era solo podredumbre, sino también el inconfundible olor de la muerte.

Cada vez que Zofia pasaba bajo ese puente, alzaba la vista con la esperanza de ver a Janina entre la multitud que avanzaba velozmente sobre la estructura. Cualquiera que se detuviera al cruzar se ganaba una fuerte reprimenda y a veces incluso un disparo. Del mismo modo, en la calle Chłodna había guardias que retiraban a los polacos que permanecían demasiado tiempo detenidos. Zofia había tenido que soportar más de un empujón agresivo que la instaba a alejarse de aquel puente.

El cielo se había oscurecido mientras Zofia ayudaba a la señorita Laska. El viaje a casa duraría poco menos de media hora y el toque de queda se acercaba rápidamente. Aunque sería más rápido tomar los tranvías, el riesgo de una redada era demasiado grande. No era raro que detuvieran a los tranvías para que los soldados de la Wehrmacht entraran por alguno de los dos lados, y detenían a todas las personas que quedaban atrapadas en su interior.

No, era mejor caminar si se podía.

El aire de la noche de verano proveía un delicioso respiro del calor que había hecho ese día y dejó que sus pensamientos vagaran mientras sus pies seguían el camino de vuelta a casa.

Quizá por eso no se percató de la persona que esperaba en el patio de su edificio cuando llegó por la puerta trasera.

Una sombra se movió cerca del único árbol, junto con un susurro de hierba pisada. A Zofia se le erizaron los vellos de los brazos y retrocedió instintivamente.

Se quedó inmóvil, indecisa entre el impulso de subir corriendo las escaleras, arriesgándose a que la persiguieran, o preguntar quiénes eran. Antes de que pasara la fracción de segundo de vacilación, una figura salió de detrás del árbol.

—Zofia. —Aunque la suave voz no había sido más que un susurro, Zofia la habría reconocido en cualquier lugar del mundo entero.

El corazón le latió en la garganta y en respuesta pronunció solo un nombre con la voz entrecortada.

—¿Janina?

# Capítulo 21

Janina salió de las sombras a la luz de la luna menguante. El resplandor plateado cayó sobre su rostro, que Zofia conocía bien, aunque ahora era más delgado, con las mejillas demacradas y huecos bajo los ojos oscuros. A pesar de la vida tan dura que Zofia solo había percibido a través de las cartas, Janina seguía tan hermosa como siempre. Llevaba el pelo recogido en un chongo y su vestido y su suéter estaban en buen estado.

Zofia se quedó mirándola, incapaz de hacer nada más.

Había transcurrido un año y medio desde que las habían separado, luego de toda una vida de estar juntas.

Zofia había llorado esa pérdida como una muerte, y se había obligado a aceptar la ausencia de Janina para no sentirse abrumada por el dolor constante. En especial porque sabía que solo estaban a unas cuantas manzanas de distancia una de la otra. Tan cerca y, sin embargo, tan completamente inalcanzable.

Y ahora, como una aparición en la noche de principios de agosto, ahí estaba: Janina en carne y hueso.

Por mucho que Zofia quisiera gritar y abrazar a su amiga, la ciudad tenía ojos por todas partes.

En lugar de eso, se aclaró la emoción que le obstruía la garganta.

—Qué bueno que hayas venido de visita del campo, prima. Por favor, después de ti. —Señaló la puerta, con la voz demasiado cargada para decir algo más.

Janina bajó la cabeza y avanzó con pasos tan silenciosos que solo el rumor de la hierba anunciaba su movimiento. La llave de la puerta temblaba en la mano de Zofia, que tardó varios segundos en abrirla. Subieron las escaleras en silencio y Zofia se forzó a mantener un ritmo constante.

Mientras subían, la mente de Zofia era un torbellino de preguntas.

¿Cómo había salido Janina del gueto?

¿Dónde estaban sus padres?

¿Había ido al lado polaco para quedarse?

El último pensamiento era demasiado doloroso para considerarlo. No podría soportar que Janina volviera a marcharse después de que por fin se habían reunido.

Zofia abrió la puerta de su departamento y jaló rápidamente a Janina al interior.

Una vez que hubo cerrado la puerta, abrazó a su mejor amiga, aliviada por no tener que seguir ocultando sus emociones. Janina ya no era casi nada, solo sobresalían sus costillas y su columna vertebral mientras se abrazaban.

Un sollozo se ahogó en la garganta de Zofia.

—Pensé que no volvería a verte —dijo Janina, con la voz llena de lágrimas—. Y tu papá… Lo siento mucho, Zofia, yo…

La puerta de la habitación de la *matka* de Zofia se abrió de golpe.

—¿Qué está pasando? ¿Quién…? —Su mirada se posó en Janina y ahogó un grito.

Zofia llevó a su amiga a la sala mientras ambas se enjugaban las lágrimas. A la luz de la lámpara, la tez de Janina mostraba la palidez de la mala salud y sus ojos castaños se habían vuelto opacos. Su piel parecía pegada a los huesos, lo que la envejecía mucho más de sus veinte años.

—No debería estar aquí, pero con el toque de queda tan cerca... —La voz de Janina se entrecortó—. No sabía adónde ir. No pueden descubrirme. Ni siquiera sabía si todavía vivían aquí.

—¿Janina? —La *matka* de Zofia dijo su nombre con asombro—. ¿Es Janina Steinman?

Zofia giró hacia su madre y se detuvo en seco. Las lágrimas brillaban en los ojos de su *matka*.

—Janina, ¿eres tú? —volvió a preguntar—. ¿Cómo...?

Janina asintió solemnemente.

—Estoy trabajando con una organización clandestina llevando mensajes entre el gueto y el lado polaco. —Señaló con un gesto de impotencia su enorme abrigo y sus piernas flacas por debajo—. Sé que no me veo como antes. He adelgazado y... —Su voz se fue debilitando a medida que hablaba, desvaneciéndose en la nada.

La *matka* avanzó lentamente hacia delante, como en un estado de ensoñación, y sus ojos reflejaron horror por la impactante apariencia de Janina.

—Dios mío, Janina. —Se le quebró la voz—. Lo siento tanto, lo siento tanto, lo siento tanto. No sabía... —La *matka*, que no se hincaba ante nadie más que ante Dios, se arrodilló frente a Janina, con una humildad que Zofia nunca le había conocido.

La pobre de Janina retrocedió, sin saber qué hacer.

—*Matka*. —Zofia habló suavemente mientras tomaba la mano de su madre, ayudándola a ponerse de pie—. Tenemos que conseguirle a Janina algo de comer y beber.

—Y un baño —añadió Janina—. Si me lo permiten. Me encantaría bañarme, por favor.

—Sí. —La *matka* sacudió la cabeza como si volviera en sí—. Sí, claro. Voy a preparar algo.

Zofia estaba muy familiarizada con los piojos. A veces, los niños que entraban a la biblioteca tenían plagas caminándoles por el pelo. Por eso siempre tenían un bote de piretrina en el baño.

Zofia le ayudó a Janina a cepillarse con ella su cabello oscuro, deteniéndose de vez en cuando a aplastar una de las alimañas o a raspar las liendres. El olor a gasolina hacía que les ardiera la nariz, pero Zofia lo ignoraba tanto como las avergonzadas disculpas de Janina.

—No es culpa tuya. —Zofia esparció otra dosis de piretrina en el espeso cabello de Janina—. Es culpa de los nazis por haber metido demasiada gente en un espacio tan pequeño.

—Eso ni siquiera ha sido lo peor. —Janina miró fijamente a la distancia.

—¿Quieres contármelo? —preguntó Zofia.

—Sí. —Janina parpadeó para ahuyentar las lágrimas—. Y no. Ni siquiera sé por dónde empezar.

A Zofia se le tensó el pecho.

—Tus padres... ¿Siguen a salvo?

Janina asintió.

—Sí, pero no estoy segura de por cuánto tiempo.

Zofia exhaló aliviada y siguió peinándola sin preguntarle nada más. Tras años de amistad, sabía que no era necesario insistir. Janina le contaría todo cuando estuviera lista.

En la cocina se oía el entrechocar de unas ollas: su *matka* preparaba una comida a base de tortitas de papa y sus preciados huevos cocidos. Ella misma había insistido después de que ambas vieran cómo le temblaban las manos a Janina cuando se comió el pan que le habían dado.

—En el gueto casi no hay comida —dijo Janina con voz monótona—. Nuestras raciones no pueden mantener con vida a nadie, así que recurrimos al mercado negro, pero toda la comida se ha vuelto tan cara que pocos pueden pagarla. Todo el mundo está desesperado por comer algo. Todos. Hay gente que vende comida falsa en las calles para poder comprarse alimentos de verdad. Otros esperan afuera de las tiendas para robarles la comida a los clientes y se la meten a la boca mientras huyen. Otros conservan el cadáver de un ser querido en su casa durante semanas para no tener que entregar su cartilla de racionamiento.

Las manos de Zofia seguían moviéndose por el pelo de Janina mientras se estremecía por los hororres que describía su amiga.

A los polacos también les resultaba difícil conseguir comida, y las raciones tampoco alcanzaban para alimentar a nadie, pero al menos se podían conseguir alimentos en el mercado negro. Cada tren que llegaba a la ciudad llevaba campesinos con verduras, e incluso carnes, escondidas en maletas o entre su ropa. En una ocasión, Zofia le había comprado salchichas a un hombre que se las había enroscado en las pantorrillas, debajo de los pantalones.

—Todos los días mueren muchísimas personas. —Janina tragó saliva—. De tifus o de inanición, pero nadie tiene dinero para enterrar los cadáveres, así que los dejan en la calle, desnudos, para que se los lleve y los entierre el Judenrat, que gestiona los asuntos del gueto. Y Ratón...

Zofia dejó de peinar a Janina, con el estómago apretado.

—¿Qué le pasó?

Janina aspiró y, cuando contestó, le temblaba la voz.

—A los niños que llevan comida de contrabando para sus familias los castigan sin piedad. Los guardias les disparan, como cazadores a una bandada de pájaros. Yo estaba ahí cuando le dispararon a Ratón, cuando lo mataron.

—No. —Zofia giró la cabeza hacia un lado como si al hacerlo pudiera protegerse de la terrible noticia de la muerte del pobre Ratón. El niño estaba tan *vivo*, tan lleno de entusiasmo, con su porte encantador y sus incesantes halagos.

Janina respiró entrecortadamente.

—Perdón, yo... No debería contarte todo esto.

—No hay nada que no puedas contarme. —Zofia puso la mano sobre el hombro de Janina para reconfortarla—. A menos que no quieras. Yo sí quiero saberlo, para ver cómo puedo ayudar.

—¿Podrías encontrar la manera de sacar a mis papás de contrabando? —Janina se dio la vuelta y miró a Zofia con los ojos muy abiertos y llenos de esperanza—. Hay un grupo de resistencia en el gueto. Me uní con la esperanza de que me ayudaran a liberar a mis papás porque recientemente ha habido muchas redadas en las que suben a la gente a un tren que va a algún lugar. Todavía no sabemos adónde, pero no nos creemos las excusas fáciles de que los están reubicando en el este. Nos golpean, nos humillan y nos hacen trabajar hasta la muerte. Los nazis son demasiado crueles para ofrecer un poco de compasión. —Janina tomó con fuerza la mano de Zofia—. No puedo dejar que se lleven a mis papás.

Zofia no sabía de nadie que pudiera ayudarles, pero ahora que tenía la dirección de Janina, Darek podía encontrar la forma de ayudar. Pero y si no, ¿entonces qué? Zofia apretó los dientes. No podía defraudar a Janina. En especial con un tema tan importante.

Janina soltó la mano de Zofia y los ojos se le llenaron de lágrimas.

—Sé que es mucho pedir. Y ya nos has ayudado mucho con las vacunas contra el tifus. ¿Sabes que solo unos meses después costaban entre quinientos y mil złotys?

Zofia se llenó de determinación.

—Después de todo lo que has pasado, no hay nada no haría por ti. Encontraré la manera de sacar a tus papás.

Janina la miró, más preocupada que esperanzada.

—Encontraré la manera —repitió Zofia.

De alguna manera, lo haría.

Janina se volvió de nuevo al frente y su voz volvió a ser monótona y distante.

—Todos trabajamos en fábricas y somos buenos obreros. Creo que los dueños van a tratar de mantenernos libres de las redadas durante un tiempo, al menos si los rumores son ciertos. Mi papá hace escobas y mi mamá y yo cosemos en un lugar que se llama Toebbens. El dueño nos pega cuando cometemos cualquier error, pero al menos recibimos algo de comida. Lástima que el trabajo me impida dedicar más tiempo a la biblioteca infantil, tengo que pasar muchas horas en la fábrica.

Zofia sintió un vuelco en el corazón y le dio vértigo. Janina hablaba como si tuviera intención de volver al gueto.

—No tienes que volver —dijo Zofia—. Puedes quedarte aquí.

Pero Janina negó con la cabeza.

—Tengo que volver en la mañana para trabajar.

—Por favor, no —le suplicó Zofia. Por fin estaban juntas. Habían pasado demasiado tiempo separadas como para volver a estarlo. Sobre todo, sabiendo las terribles condiciones a las que volvería Janina.

—Tengo que volver. —Abrazó sus piernas contra su pecho—. Mi mamá y mi papá están ahí. No puedo dejarlos.

Zofia tomó una decisión y empezó a pasarle el cepillo a Janina por última.

—Encontraré la manera de sacarlos a todos.

El olor a piretrina desapareció del pelo de Janina después de varias lavadas. Luego comió con fruición y Zofia le ofreció su cama para dormir mientras ella se quedaba en el sofá. Janina solo intentó negarse una vez antes de que su mirada se posara en la suave manta y la almohada mullida. Sus protestas se extinguieron y Zofia solo pudo imaginar las condiciones en las que Janina se veía obligada a vivir.

Zofia pasó la noche inquieta, temiendo el momento en que Janina volvería a marcharse. Además, se devanó los sesos para encontrar una manera de ayudar a los Steinman. La mañana llegó demasiado ponto. Su *matka* insistió en que Janina se llevara uno de sus vestidos y le dio comida para que la pusiera en su bolsa.

Cuando por fin se fue y cerró la puerta tras de sí, el vacío resonó en el pequeño departamento. Mientras el sol se alzaba sobre su ciudad derrotada, la amiga más querida de Zofia se había alejado de su vida una vez más.

Su *matka* se mordisqueaba la uña del pulgar, un hábito por el que una vez había reprendido a Zofia.

—Janina no debería haber vuelto.

—No tiene otra opción. —Lo verdadero de la frase se le clavó en el pecho como una roca—. Voy a encontrar la manera de sacarlos a ella y a sus papás de ahí.

—Bien. —Su *matka* asintió—. Una vez que estén fuera de ahí, pueden vivir con nosotros. —Torció la boca—. Como debió haber sido hace año y medio.

Zofia alzó las cejas, segura de haber oído mal.

—¿Has visto los avisos que hay por la ciudad que advierten la pena de muerte a quienes sean sorprendidos dando refugio a judíos?

—Sí. —Su *matka* manoseo el pequeño crucifijo de oro que llevaba en el cuello y alzó la barbilla—. Y debí haberte escuchado antes. Cometí un error y ahora es momento de corregirlo. Zofia, haremos todo lo posible para sacar a Janina y a su familia.

Y eso era exactamente lo que Zofia pretendía hacer.

# Capítulo 22

Ese mismo día, cuando Zofia llegó a trabajar, había un cartel en la puerta que anunciaba el cierre temporal de la biblioteca del 11 de agosto al 10 de septiembre para evaluar el funcionamiento general y las colecciones disponibles. Los libros que estaban prestados debían devolverse antes del día 25.

El estómago se le revolvió. Esto no presagiaba nada bueno. *Herr* Nagiel en persona había interrogado a los empleados recientemente sobre todos los detalles de la biblioteca, desde los materiales entregados de la Biblioteca Krasiński hasta la forma como se realizaba el registro y el seguimiento de los libros. También los habían interrogado sobre varios libros que faltaban de las listas de los destinados a ser destruidos. Esta fue la pregunta que le heló la sangre a Zofia.

Luego del ataque a Varsovia en septiembre de 1939, el inventario había quedado demasiado disperso como para seguirle la pista adecuadamente, a pesar de sus mejores esfuerzos. Algunos libros se habían dañado y otros se perdieron, y muchos de los que se devolvieron se traspapelaron. Con suerte, cualquier confusión de ese periodo ayudaría a que el inventario del almacén oculto se pasara por alto.

La señora Mazur se reunió con Zofia junto al anuncio y resopló.

—Dicen que el cierre será temporal.

—¿No lo cree? —Zofia sintió escalofríos en los brazos. Apenas habían empezado a contratar empleados el año anterior. Entre ellos, personas como la señorita Laska, que no tenía a nadie más que la mantuviera.

—Apenas tenemos fondos para pagar los sueldos. Y todos sabemos que no son sustanciosos. Mira lo horrible que fue el invierno pasado.

El invierno había sido realmente miserable. Sin combustible, no había forma de calentar el gran edificio. Se habían visto obligados a llevar abrigos y bufandas, y el aliento se les congelaba. Sin electricidad, no había luz, por lo que el horario de funcionamiento tuvo que reducirse a las horas en que había sol.

El verano había sido mejor, al menos hasta ahora.

—¿Darek vendrá hoy? —preguntó Zofia.

—No que yo sepa. —La señora Mazur trató de ocultar su sonrisa—. Le alegrará saber que preguntaste por él, si quieres que se lo haga saber.

Las mejillas de Zofia se encendieron al comprender que el mensaje podía malinterpretarse.

—No, no es necesario.

Aunque Darek no había vuelto a decirle a Zofia que era hermosa, ni había dicho nada tan directo, ella era consciente de su interés.

Eso la intrigaba y la aterrorizaba al mismo tiempo.

Ya tenía que proteger a demasiadas personas de su vida, y había demasiadas personas a las que no había podido salvar. Su corazón todavía sufría esas pérdidas.

No podía abrirse a alguien más.

No, era mejor que ella y Darek siguieran como estaban,

sobre todo cuando era necesario que se concentraran en sacar del gueto a Janina y a su familia.

Con esa distracción golpeteando como un guijarro el cerebro de Zofia, ocupó su lugar en la sala de préstamos y sintió que los minutos pasaban como si fueran días en lo que volvía a ver a Darek en el club de lectura esa tarde y pudiera pedirle ayuda una vez más.

Cuando el sol de verano por fin se ocultó en el cielo, Zofia esperó a que el resto de los bandidos llegara al club de lectura. Una vela solitaria parpadeaba en el suelo del almacén, lo suficientemente lejos de los libros como para evitar un incendio accidental. La puerta del almacén se abrió y Zofia reconoció los pasos que daban las piernas largas de Darek sobre el duro suelo.

Se levantó de un salto cuando lo vio, impulsada por la energía contenida que tenía dentro.

—Vi a Janina —dijo precipitadamente—. La vi y se ve terrible y necesita ayuda.

Darek la tomó de las manos.

—Zofia, más despacio. ¿Cómo que viste a Janina? —Se enderezó y lanzó una mirada rápida a su alrededor—. ¿Está aquí?

Zofia negó con la cabeza y respiró lentamente para contener sus emociones.

—Tuvo que regresar al gueto, pero me pidió ayuda para sacarlos a ella y a sus papás. Creo que le preocupa que si los envían al este jamás volverán a Varsovia. Tú conoces a gente importante de los Rangos Grises. ¿Hay alguien que pueda hacer algo para ayudar a los judíos a salir del gueto?

El Estado Clandestino Polaco contaba con más de una docena de departamentos que supervisar. Gobierno, educación, cultura, periódicos, empleo y todo lo demás. También fue el

Estado Clandestino Polaco el que condenó a muerte a los colaboracionistas en tribunales secretos.

Sin duda tenía que crearse un departamento para ayudar a los judíos en su terrible situación.

Darek se frotó la nuca.

—Déjame consultarlo con algunas personas.

A Zofia le dolía el pecho. Tenía que haber algo que pudieran hacer para sacar del gueto a Janina y a su familia.

Danuta apareció con Kasia su lado.

—Alguien no terminó el libro a tiempo. —Danuta le dio un codazo a su amiga.

—Para ser justos, *Los miserables* es un libro muy largo. —Kasia se quejó con afectación y después soltó una carcajada burlándose de sí misma.

—Podría haber sido más largo. —Danuta se echó la trenza sobre el hombro y se acomodó en el suelo—. Quiero leer toda la literatura clásica que me caiga en las manos.

—Yo perdí el interés en la parte sobre Waterloo. —Kasia sacó una madeja de estambre morado de aspecto triste.

—¿Qué es eso? —le preguntó Darek.

—Antes era una bufanda. —Kasia rebuscó en su bolso y sacó dos agujas de tejer—. Mi mamá y yo hemos estado utilizando prendas viejas para tejer gorros para niños.

Danuta alzó una ceja.

—Estamos en agosto.

—Pronto será octubre —respondió Kasia alegremente. Las agujas chasquearon entre sí cuando Kasia comenzó la base de un pequeño gorro morado.

—Me pareció interesante cómo Victor Hugo habla de la Historia para destacar las injusticias del mundo y la importancia del libro hasta que ya no existan tiempos tan terribles —opinó Zofia—. Tristemente es muy apropiado hoy en día, aunque hayan pasado décadas desde que se escribió la novela.

—Las cosas han empeorado, en lugar de mejorar. —Darek jaló un pedazo de goma suelta del borde de su zapato. Antes, lo habría arrancado y tirado a un lado. En lugar de eso, lo apretó como si pudiera volver a fundirse con la suela. Las raciones limitaban todas las mercancías.

—No podemos dejarnos abatir por ese tipo de pensamiento —dijo Danuta con exaltación—. Mejor concentrémonos en el tema de *Los miserables*, la belleza de la redención. Fantine es un personaje exquisitamente ilustrado, a la que uno juzgaría a primera vista si no conociera su historia.

—Me encantaba Fantine —añadió Kasia con nostalgia, sin que sus agujas se detuvieran en ningún momento—. Hizo todo por su hija. Ese tipo de amor hace que desee desesperadamente ser madre algún día.

Era fácil ver a Kasia con un hijo, criándolo con afecto y compasión, como su propia madre.

—Amaba mucho a su hija —coincidió Zofia—. Es desgarrador lo que estaba pasando a sus espaldas.

Danuta sonrió con paciencia ante la interrupción y continuó.

—La historia se narra de una manera tan convincente que cuando Valjean le dice a Fantine que ha sido absuelta de culpa, se me llenaron los de lágrimas. También cuando Jean Valjean es perdonado de forma sorpresiva por el obispo. En lugar de enfocarse en su bajeza, o de juzgar a estos personajes, Hugo nos da la rara oportunidad de ver lo han hecho y por qué deben ser perdonados.

Danuta habló perfectamente y la forma como hilvanó su explicación dejó un profundo impacto en Zofia con respecto a su *matka*. Sin embargo, ¿podría Zofia perdonar a su madre por no haberles ofrecido refugio a los Steinman cuando los enviaron al gueto?

—Disfruté mucho viendo a Valjean convertirse en *monsieur* Madeleine y todo el bien que hizo —añadió Darek.

Zofia asintió. En el libro había muchos personajes conmovedores que se alejaban de la descripción del héroe clásico. Victor Hugo había escrito una verdadera obra maestra con *Los miserables*.

El debate siguió con el levantamiento francés, uno de los muchos que había habido en la historia de Francia. Era un tema que resonaba en ellos, por su propio pasado polaco lleno de revueltas. La conversación continuó hasta poco antes del toque de queda.

—Para el siguiente libro, me gustaría proponer algo ruso —dijo Darek.

—¿Ruso? —Danuta arqueó una ceja—. ¿Sabes algo que nosotros no sepamos?

Darek se encogió de hombros.

—Estuve en la librería Gebethner y platiqué con la mujer que trabaja ahí.

A Zofia le vino a la mente el recuerdo de aquella mujer de curvas y pintalabios rojo. Algo incómodo se agitó en su pecho.

Sin percibirlo, Darek continuó:

—Me dijo que los alemanes han estado comprando más libros últimamente, algo que suelen hacer antes de movilizarse. También los oyó hablar de los soviéticos. Creo que Hitler atacará a Stalin próximamente. Por eso *Guerra y paz* sería un libro oportuno.

—Tolstoi. —Danuta asintió con aprobación—. Y una historia en la que Rusia derrota a un tirano que se infiltró en sus tierras. Apoyo la sugerencia.

Kasia dejó caer su tejido y se tapó los oídos.

—No arruines la historia.

Danuta levantó las manos, exasperada.

—Es Napoleón. Todos sabemos lo que le pasó a Napoleón.

—Al menos no menciona Waterloo —se burló Darek—. Esa batalla fue después de que Rusia echara a Napoleón.

Kasia negó con la cabeza y su agradable sonrisa volvió a sus labios mientras retomaba su labor.

—Entonces también estoy de acuerdo en leerlo.

Al cabo de una semana, Darek le informó a Zofia que no existían departamentos que ofrecieran ayuda a los judíos en su peligrosa situación en el gueto. Una circunstancia que empeoraba día con día.

Zofia pasaba al lado del gueto casi todas las tardes; buscaba caminos a diferentes áreas de la zona amurallada para no llamar la atención. Aquel día en particular se encontraba en la calle Dzika, o Wildstrasse, como la habían rebautizado en alemán. Aunque ningún polaco patriota la llamaba así. Las casas pares de la calle eran visibles, pero los números impares habían sido engullidos por la muralla.

Ahí, el hedor del humo negro de un tren se elevaba hacia el cielo estival y los lamentos de niños y mujeres se escuchaban por encima del estruendo de los ruidos cotidianos. En el lado polaco la gente pasaba de largo, con la mirada fija en los adoquines. Pero Zofia lo absorbía todo. Los silbidos penetrantes en el aire, las órdenes en alemán de darse prisa, los gritos que ningún corazón empático podía ignorar.

Probablemente fueran las deportaciones de las que le había hablado Janina.

Desde luego que Zofia no creía que esos trenes fueran realmente al este. Tampoco creía que el cierre de la biblioteca fuera a ser temporal. Los usuarios ya se preguntaban temerosos adónde iban a ir y los niños que criaban a sus hermanos pensaban en encontrar un nuevo refugio para la injusta carga de sus familiares.

Zofia se quedó mirando el muro del gueto, deseando poder ver a través de la barrera. ¿Estaría Janina esperando el tren? ¿O sus padres?

Encontrar a alguien que la ayudara estaba tomándole demasiado tiempo. En su desesperación, Zofia había buscado a

Krystyna ese mismo día, pero ella tampoco tenía contactos que pudieran ayudarla.

—Tú no apartas la mirada.

Zofia miró a su lado y encontró a un niño no mucho mayor de lo que habría sido Ratón. El corazón le un vuelco violentamente.

—¿Cómo podría?

El niño la miró con ojos grandes y dulces como los de las palomas, llevaba el pelo castaño sudoroso recogido bajo una gorra, pero un pico del cabello se asomaba en su frente.

—Mucha gente no mira. Tiene sus propios problemas. No tiene salarios, ni comida. Los nazis tratan de arrestarnos cada vez que pueden.

Sacó algo de su bolsillo.

—Léelo y pásaselo a la gente que importa. A la gente que no aparta la mirada.

Zofia le echó un vistazo al periódico titulado *Protesta* y volvió a mirar a su lado, pero el niño había desaparecido tan rápido como había llegado. Vio discretamente el contenido del panfleto y descubrió que era una súplica a los polacos para que dejaran de ignorar las atrocidades que les estaban ocurriendo a los judíos.

Se le aceleró el pulso. Era una llamada a la acción. Por fin.

Sin embargo, era peligroso tenerlo en su poder, como la marca de un hierro caliente.

Miró rápidamente alrededor y vio a un agente de policía polaco con su habitual uniforme azul caminando hacia ella. Zofia dobló despreocupadamente el papel y se lo metió a la bolsa.

Una vez en su casa, leyó el periódico en su totalidad. Devoró la petición de ayuda, para que los cristianos reaccionaran en un mundo que había permanecido en silencio mientras los judíos morían. Zofia estaba de acuerdo en todo, excepto cuando el autor reflejaba su opinión de que los judíos eran enemigos de la estructura económica y política de Polonia. Aunque prevalecía la actitud nacionalista, al menos había alguien dispuesto a hacer algo para ayudar.

Y Zofia necesitaba toda la ayuda que pudiera encontrar.

Como el panfleto no estaba firmado, era difícil identificar al autor y, una vez más, las investigaciones de Zofia fueron infructuosas. El trabajo en la biblioteca tampoco iba muy bien.

La personalidad de costumbre bonachona de *Herr* Nagiel se había vuelto desagradable cuando se trataba de los números y las cifras que se le reportaban, y su rostro regordete a menudo adquiría un antinatural tono rojizo. Sin embargo, el trabajo con el inventario había sido útil para Zofia y la señora Mazur, pues descubrieron que podían marcar algunos libros como no devueltos por los clientes mientras que, en realidad, los sacaban para guardarlos en el almacén oculto.

Varios días después de leer *Protesta*, Zofia regresó a su casa luego de un agotador turno en la biblioteca y descubrió que su *matka* no estaba sola. Una mujer de pelo oscuro recogido en un chongo en nuca estaba sentada a la mesa, con una preciosa rebanada de pan enfrente. Su *matka* dejó una tetera sobre la mesa y se volvió para recibir a Zofia.

En el aire flotaba el aroma húmedo de las flores de tilo, sustituto del té, que reposaba en la tetera.

—Ah, aquí está —La *matka* sonrió, como cuando Zofia era pequeña, antes de que los años de ser una hija decepcionante hubieran hecho que los labios de su *matka* tiraran hacia abajo en vez de hacia arriba. Como si Zofia no estuviera sucia de mover cajas todo el día.

El polvo y la suciedad habían dejado huellas oscuras en su vestido verde botella y el sudor le había dejado el pelo ondulado más alborotado de lo habitual. De costumbre, su apariencia habría provocado algunas palabras despectivas de parte de su *matka*.

Zofia se detuvo en la entrada, preocupada por la reacción de su madre tanto como por la mujer que estaba en su casa.

Su *matka* le hizo el gesto de que se acercara.

—Zofia, ven a conocer a Veronica.

La mujer de pelo oscuro sonrió y asintió.

—Seguro que has leído el periódico llamado *Protesta* —le dijo su *matka*.

Las dos mujeres miraron fijamente a Zofia.

Ella no respondió, sospechosa de la extraña.

—Lo encontré en tu bolsa —continuó su *matka*.

Zofia sintió molestia.

—¿Hurgaste en mi bolsa?

—Solo para sacar tu cartilla de racionamiento. —La *matka* miró cohibida a Veronica mientras hablaba, con las mejillas sonrojadas de vergüenza—. Ya estabas dormida y no quise despertarte. Es que trabajas tanto...

—¿Qué te pareció el panfleto? —le preguntó Veronica. Sus ojos eran de un tono azul intenso y la piel que los rodeaba estaba tensa mientras miraba a Zofia.

La pregunta parecía demasiado personal para alguien a quien acababa de conocer. Sin embargo, Zofia tenía algunas ideas sobre el texto y no era de las que reprimían sus opiniones.

—Me alivia que por fin parezca que hay alguien dispuesto a ayudar a los judíos. —Zofia se enderezó y se acercó a la extraña—. La gente lleva demasiado tiempo apartando la mirada, fingiendo no ve lo que está sucediendo. Sin embargo, creo que gran parte de la convicción de la obra queda opacada por la actitud claramente nacionalista del autor hacia los judíos.

—Zofia. —Si antes las mejillas de su *matka* estaban sonrojadas de vergüenza, ahora estaban casi moradas.

Aunque Veronica no parecía ofendida.

—Es una observación interesante.

—Supongo que usted es la autora. —A Zofia le rugió la sangre en los oídos.

Veronica esbozó una sonrisa tensa.

—Tengo una amiga que está en el gueto con su familia —se apresuró a comentar Zofia—. ¿Conoce a alguien que pueda ayudar a sacarlos a escondidas?

—Tu madre ya me habló del asunto —respondió Veronica—Y sí conozco a alguien.

Zofia se tragó la sorpresa.

—¿Cuándo podemos esperar que los liberen?

—Esperamos que en uno o dos días —respondió Veronica fríamente—. Mientras no haya complicaciones.

«Uno o dos días» podía significar una redada o dos. Zofia reprimió un escalofrío al pensar en cuántas complicaciones podrían surgir.

—¿Y las otras personas atrapadas en el gueto? —preguntó Zofia—. Mi amiga y sus padres solo son una familia.

Veronica alzó las cejas.

—Eres ambiciosa.

—«No me callo» —Zofia citó el folleto y levantó un poco la barbilla, como hacía su *matka* cuando algo le parecía ofensivo.

—En ese caso… —Veronica golpeó silenciosamente la mesa junto a su plato de pan con el índice—. ¿Te gustaría ayudar?

A Zofia se le cortó la respiración. *Esto*. Esto era lo que había estado deseando desde el comienzo de la ocupación, hacer algo más que quedarse cruzada de brazos. Deseaba participar, trabajar activamente contra la persecución.

—Sí —respondió Zofia con determinación.

—Bien. —Veronica esbozó otra sonrisa tensa—. Estaré en contacto.

La *matka* sacó algo de su bolsillo y se acercó a Veronica. Unos aretes de rubíes y diamantes reflejaron la luz cuando se deslizaron de las delgadas manos de su *matka* a las palmas de Veronica—. Para cubrir los gastos.

Zofia no dijo nada hasta que Veronica se marchó. La mujer no se había comido el pan y Zofia se alegró por ello. El estómago le rugía de hambre después del largo turno en la biblioteca.

—Nunca había visto esos aretes —dijo Zofia con indiferencia.

Su *matka* le acercó el plato de pan en señal de invitación.

—Tu papá compró varias gemas antes del ataque porque sabía que serían más fáciles de esconder que el dinero. Nos han mantenido con vida.

Eso explicaba cómo *matka* siempre podía conseguir comida para las dos y pagar la renta y los servicios de su departamento, a pesar del limitado sueldo de Zofia. En otra vida, su *matka* habría lucido esas brillantes gemas, a veces incluso sustituyendo la pequeña cruz de oro de su cuello por un collar de perlas o diamantes resplandescientes. Ahora, ponía comida en sus estómagos, que volverían a estar hambrientos y vacíos al día siguiente.

Zofia se deslizó en la silla, todavía caliente, que había ocupado Veronica, y mordió el tosco pan.

—También le di varias piezas a Janina. —Su *matka* se movía en la cocina, limpiando, sin detenerse a mirar a Zofia mientras hablaba.

A Zofia se le relajó parte de la tensión del estómago. Con suerte, sería suficiente para evitar que Janina y su familia fueran deportados antes de que los liberaran.

De alguna manera, los aretes de rubíes y diamantes brillaban con un tono similar al de los candelabros de plata de *Los miserables*. Su papá había ayudado involuntariamente a su *matka* al adquirir esos aretes, del mismo modo que el obispo lo había hecho de forma consciente al regalar los candelabros de plata a Jean Valjean. Así le había dado la oportunidad de enmendar un terrible error, de cambiar su camino por uno que ayudara a los demás.

Y pronto, Janina y su familia estarían a salvo. Siempre y cuando no hubiera complicaciones.

# Capítulo 23

*Herr* Nagiel fue despedido. Fue todo un espectáculo ver cómo se escabullía de su oficina con una caja con sus efectos personales entre las manos regordetas. Sin embargo, la victoria duró poco. El doctor Witte, adjunto de la *Hauptverwaltung* de Varsovia a cargo de las bibliotecas polacas, ni siquiera esperó a que *Herr* Nagiel abandonara el edificio antes de presentar a las dos mujeres que ocuparían su lugar.

Ambas eran de mediana edad, vestían impecables trajes negros y llevaban el pelo corto y rubio arreglado en rizos perfectos. Ninguna llevaba maquillaje, sin duda para complacer a su Führer, y sus rasgos sencillos hacían difícil distinguirlas a una de la otra.

—Ellas son *Frau* Schmidt y *Frau* Beck —dijo el doctor Witte, y las dos mujeres dieron un paso al frente. Una al lado de la otra, se notaba que *Frau* Beck era ligeramente más alta, una característica poco útil si no estaban juntas.

El doctor Witte las saludó con la cabeza.

—A partir de ahora, ellas dirigirán la sala de lectura alemana y supervisarán las operaciones diarias. Espero que cumplan sus solicitudes.

Ninguna de las dos perdió el tiempo para hacer valer su poder una vez que el doctor Witte volvió a su oficina.

—Cada uno recibirá una bitácora para registrar el trabajo que hace a diario. —La voz de *Frau* Beck era aguda y condescendiente.

El grupo de las Juventudes Hitlerianas entró a la sala de lectura principal, y los muchachos sacaron de una caja varios cuadernos negros lisos, que distribuyeron a cada uno de los empleados.

—Si no hacen lo que se les pide, serán relevados de sus funciones. —*Frau* Schmidt tenía una voz más grave y ronca, y su polaco tenía un fuerte acento alemán.

—A continuación... —dijo *Frau* Beck mirando a *Frau* Schmidt, que terminó la frase por ella:

—Se destruirán los catálogos de libros polacos.

Perder los catálogos de libros polacos era un golpe inesperado. Zofia aceptó inexpresivamente el cuaderno de manos de un muchacho cuyo gesto era de desinterés y aburrimiento. La tapa era rígida y fría.

—Para confirmar, ¿se refiere al catálogo de libros polacos aprobados? —preguntó la señora Mazur.

*Frau* Beck miró con los ojos entornados a la supervisora del almacén, que había dedicado décadas de su carrera a la Biblioteca de Varsovia.

—Tomando en cuenta que todos los libros no aprobados ya deberían haber sido destruidos, supongo que la respuesta a su pregunta es bastante obvia.

*Frau* Schmidt sacudió la cabeza con evidente irritación.

—¿Alguien más?

Si había más preguntas, desde luego que nadie se sintió invitado a alzar la voz.

La señora Mazur llevó a Zofia aparte en cuanto estuvieron en la tranquilidad del almacén.

—Si algo llegara a pasarme, mi llave del almacén oculto está cerca del fondo del depósito, abajo de la tercera estantería a la derecha.

Zofia frunció el ceño.

—Si algo llegara a pasarle…

—*Herr* Nagiel estaba preguntando por los libros que faltaban de ciertas colecciones antes de que lo despidieran. —La señora Mazur respiró hondo—. Creo que esa puede ser la razón por la fue relevado de su cargo.

Lo que significaba que las *Frau*s pondrían toda la culpa sobre los hombros de la señora Mazur.

—Prométeme que encontrarás la manera en que esos libros vuelvan a las manos de los lectores cuando Polonia sea libre —dijo la señora Mazur—. Prométemelo.

Una punzada de inquietud le recorrió la piel a Zofia, pero asintió.

—Es solo por precaución —añadió la señora Mazur con una sonrisa que Zofia sabía que procuraba ser tranquilizadora.

Durante los días siguientes, Zofia se vio envuelta en un frenesí de retirar libros, cambiarlos de lugar, modificar inventarios y actualizar debidamente su cuaderno de registro para informar sobre sus esfuerzos y al mismo tiempo ocultar sus acciones más clandestinas. Era tarde cuando salió de la biblioteca al final de la semana, el cielo estaba oscureciéndose luego de los tonos rosas y anaranjados del atardecer de verano hacia un crepúsculo gris azulado.

—Disculpe. —Un hombre se le acercó rápidamente—. No podré llegar a la sala de lectura de la calle Traugutta para devolver este libro a tiempo. ¿Lo aceptarían aquí?

Zofia recibió el libro.

—Menos mal que no hizo el esfuerzo de ir, pues habría

perdido el tiempo. La sucursal de la calle Traugutta está cerrada para los usuarios. Ahora, todas las bibliotecas pequeñas lo están.

El hombre inclinó la cabeza, confuso.

—Pero no es así. Yo estuve ahí apenas ayer y saqué un libro. Incluso, la señorita Laska me regañó por haber sacado un libro más cuando no había devuelto otro que tenía atrasado. —Sus mejillas se enrojecieron bajo la barba oscura—. Afortunadamente, fue comprensiva, porque no quería quedarle mal.

Zofia miró a su alrededor para asegurarse de que nadie hubiera oído lo que el hombre le había dicho y respondió en voz baja.

—Entonces, puede devolverme el favor no contándole a nadie lo que acaba de decirme.

El rostro del hombre cambió con la seriedad del tono de Zofia y asintió solemnemente.

—Lo juro.

Zofia miró su reloj. Todavía tenía tiempo de llegar a la pequeña sala de lectura, sobre todo porque la señorita Laska solía tardar en cerrar la biblioteca. Se sintió culpable. Los últimos días no había podido ir a ayudar, pues había dado por sentado que la señorita Laska no estaría en la biblioteca.

Zofia llamó a la puerta y la señorita Laska se acercó arrastrando los pies para abrirle. Le dio tanta alegría verla que se olvidó de proteger su sonrisa, y le mostró el diente que le faltaba.

—Me preguntaba dónde habías estado. —La señorita Laska tomó a Zofia del brazo cuando entró a la biblioteca.

La mujer mayor parecía gozar de buena salud. Desde que Zofia le llevaba coles y papas un par de veces a la semana, su piel había dejado de tener el tono amarillento y lo había reemplazado por un rosado más saludable. Era extraño que la señorita Laska hubiera olvidado que la biblioteca tenía que estar cerrada. Normalmente era muy lúcida. Quizá el estrés había empezado a pasarle factura.

Zofia cerró y puso llave a la puerta tras de sí. Si alguien entraba, siempre podía alegar que estaba trabajando en el inventario, una excusa inocua para justificar su presencia.

—Señorita Laska, se suponía que la biblioteca iba a estar cerrada esta última semana.

—Ah, eso. —La señorita Laska hizo un gesto con la mano—. ¿Por qué deberíamos cerrar la biblioteca cuando la gente necesita libros? He visto a más jóvenes de Varsovia aquí después de la ocupación que antes. Los libros son buenos para ellos. No solo para sus mentes, que Hitler intenta incapacitar, también lo son para sus almas. No podemos quitarles ese consuelo.

Era verdad. Todos los días eran testigos de cómo los usuarios se alejaban de la biblioteca decepcionados por encontrar las puertas cerradas.

—¿Por qué no podemos dejar abierto un poco más? —preguntó la señorita Laska, con los ojos muy grandes y suplicantes detrás de los gruesos cristales de sus anteojos—. Aquí no viene nunca ningún empleado de la biblioteca principal, excepto tú. Probablemente pasarían meses antes de que alguien se diera cuenta.

—No conoce a las nuevas mujeres que ocuparon el lugar de *Herr* Nagiel. Son mujeres astutas y exigentes que no dejan un solo cabo suelto. No tardarían en darse cuenta de que una sala de lectura sigue abierta, y no verían con buenos ojos que se desobedecieran sus órdenes.

—Soy una anciana con mala memoria —dijo la señorita Laska con voz temblorosa y un matiz débil, y parpadeó rápidamente, como alguien que de repente hubiera olvidado en dónde estaba.

Zofia aplaudió suavemente.

—Excelente actuación. Por desgracia, no hallará empatía en

esas dos mujeres. Ya ni siquiera nos permiten tener un catálogo de libros polacos.

La señorita Laska dijo algo en voz baja, parecía totalmente lúcida de nuevo; se dedicó a sus habituales labores de guardar las cosas. Zofia regó la plantita, que ya tenía un aspecto lamentable luego de una semana sin agua.

—¿Quiere que la mueva para que la pueda regar más fácilmente? —preguntó Zofia.

La señorita Laska se encogió de hombros.

—Prefiero que no estorbe. —Se puso rígida de repente.

Zofia prácticamente dejó caer la regadera mientras corría hacia la anciana.

—¿Qué pasa? ¿Está bien?

—Estoy más que bien. —Los ojos azules de la señorita Laska brillaban como canicas—. Acabo de tener una epifanía. ¿Y si tuviéramos una biblioteca para los lectores de la que el doctor Witte no supiera? Tendríamos nuestro propio catálogo de libros, llevaríamos un registro de salida codificado y privado. Este sería el lugar ideal ya que está tan fuera del radar, que todo el mundo parece olvidarse de él. Y por fin podría volver a poner estas cosas en circulación. —Le hizo un gesto a Zofia para que la siguiera y le mostró una pila de cajas etiquetadas con suministros. Había lápices, tintas y cojines para sellos. Una cantidad extraordinaria de cojines para sellos.

Curiosa, Zofia abrió una caja y vio *Guerra y paz* encima, junto con una novela de Marta Krakowska y *Lo que el viento se llevó*. Ahogó un grito. Se trataba de un tesoro de libros que deberían haber sido destruidos.

La señorita Laska se rio, con un sonido parecido a un graznido.

—Es posible que parezca una dulce anciana, pero me niego a seguir reglas que no me convienen. —Cruzó sus delgados brazos sobre su pecho—. Fui bastante rebelde en mis tiempos, siempre les causaba problemas a los rusos. No pienso ser más obediente con el Gobierno General.

—Es una gran idea —respondió Zofia—. Sin embargo, deberíamos guardarlos en un lugar más seguro, y yo conozco el sitio adecuado.

Una vez más, Zofia eludía el toque de queda mientras se apresuraba a llegar a casa. La idea de gestionar una biblioteca secreta en la pequeña sala de lectura era perfecta. Solo le ofrecerían el catálogo a sus más leales usuarios, quienes fueran dignos de confianza, y podrían seleccionar libros de un catálogo escrito a mano, que contendría todas sus existencias. No solo los textos aprobados por Hitler.

Después de todo, no estaba sancionado por el Gobierno General.

Una sombra se movió detrás del árbol del patio y a Zofia le dio un vuelco el corazón.

—¿Janina?

Janina rodeó el árbol, protegida por la oscuridad que proyectaba la tímida luna. Zofia le hizo un gesto y la condujo rápidamente al hueco de la escalera y a su departamento.

Janina echó una mirada de añoranza a la ordenada y cómoda sala.

—No me puedo quedar hoy. Hay varias redadas programadas para mañana. ¿Recibiste los nuevos documentos de identidad de mis papás? —La desesperación de su mirada le estrujó el corazón a Zofia.

—Sí. —Zofia recordó lo que Veronica le había escrito en una nota que había que memorizar y quemar inmediatamente después—. Tienes que ir a la Iglesia de Todos los Santos…

—Todos los pastores tuvieron que abandonar el gueto. —El pánico era perceptible en la voz de Janina.

Zofia le agarró las dos manos. Estaban heladas a pesar del calor de la noche.

—No tienes que encontrarte con un pastor, sino con una mujer que cuida el jardín. Ella tiene los documentos que necesitan para salir del gueto, incluyendo el soborno. Si pueden salir mañana, los estaré esperando.

Le habían advertido de la gente que merodeaba alrededor del gueto, esperando a los judíos que les ofrecían un soborno suficientemente alto a los guardias para salir. Estos polacos extorsionadores, a los que se llamaba «grasa de cerdo», se escondían en las sombras mientras acechaban como buitres, preparados para caer sobre cualquier persona que tuviera la expresión atormentada o el rostro demacrado. Los chantajeaban y robaban sin piedad, amenazaban a los judíos con delatarlos, y a menudo hallaban la forma de localizarlos después para continuar con sus crueles exigencias. Una vez que los judíos ya no tenían medios para pagar, los extorsionadores notificaban a los nazis de su presencia.

Eso no les ocurriría a Janina y a sus padres.

—Sí, mañana —dijo Janina con determinación—. Hay una casa en la calle Franciszkańska 14 que podemos usar para salir. El sótano está conectado con el gueto y dejan salir a la gente por un precio. Trabajan con la resistencia, por eso he podido entrar y salir del gueto.

—Los esperaré todo el día de ser necesario —prometió Zofia.

Por fin Janina y sus padres serían libres.

# Capítulo 24

Por suerte, Zofia ya había agendado tener libre el día siguiente, cuando Janina y sus padres escaparían del gueto. Empacó una pequeña mochila con algo de comida, un montón de złotys por si hacía falta algún soborno más y un libro que todavía no había sido prohibido. La novela era una historia breve sobre la llave perdida de una caja fuerte. Al final del primer capítulo, ya había adivinado quién se había llevado la llave y se limitaba a leer para confirmar su suposición.

En esencia, era un disfraz para que pareciera que solo estaba disfrutando el clima veraniego sin levantar sospechas si tenía que permanecer en el mismo lugar durante un tiempo.

Fue a una pequeña panadería que estaba cerca de la calle Franciszkańska y gastó demasiado dinero en un rollo de pan blanco y blando. En cuanto tuvo el pan en la mano, sus nervios liberaron su apetito. Durante mucho tiempo, ella y su madre habían vivido a base de pan duro con mermelada de betabel o sopa de col y papa.

Ya casi nunca tenían carne ni productos endulzados con azúcar de verdad. Y un pan como el que humeaba en su palma no era más que un grato recuerdo del pasado. Se sentó a la sombra de un álamo e inhaló el tentador aroma a levadura antes de saborear cada bocado del rollo.

Pasó una hora.

Luego otra.

Y otra más.

—¿Esta banca está ocupada? —Un hombre más o menos de la edad de Zofia se sentó a su lado sin esperar respuesta—. ¿Buen libro?

Ella no se molestó en contestar.

El hombre abrió un ejemplar del *Courier*. La portada mostraba una casa con la puerta abierta para indicar que estaba vacía. La noticia estaba escrita con una letra lo suficientemente grande como para leerla de un rápido vistazo. Habían encontrado a un judío escondido en la casa de alguien en la calle Krucza, a pocos edificios de distancia del departamente de Zofia. Dar refugio a un judío tenía consecuencias fatales. Todo el mundo lo sabía. Había advertencias por toda Varsovia.

Por el rabillo del ojo, Zofia leyó parte del artículo. La familia criminal había sido asesinada ahí mismo, en la calle, y el resto de los habitantes del edificio habían sido arrestados o ejecutados como cómplices.

A Zofia se le revolvió de nuevo el estómago de los nervios, pero mantuvo la mirada en su libro.

Al cabo de algunos minutos, el hombre bajó el periódico y miró a Zofia.

—¿Estás esperando a alguien?

Ella le echó una mirada lenta y sufrida, como se merece cualquier persona que intenta interrumpir intencionalmente a un lector.

—En realidad, estoy tratando de leer.

El hombre levantó las manos en señal de rendición y se retiró de la banca.

Pasó otro capítulo.

El culpable que Zofia había anticipado en el capítulo uno resultó serlo en el capítulo cuarenta y tres. Con un suspiro, cerró el libro, deseando tener consigo *Guerra y paz*. Por fin había terminado las escenas del salón de baile y apenas había empezado la batalla.

Un movimiento del otro lado de la calle llamó su atención.

Janina apareció con su madre detrás. El gueto había cambiado mucho a la hermosa mamá de Janina. Incluso a la distancia, Zofia podía ver las líneas demacradas que marcaban su hermoso rostro y los mechones de plata que brillaban en su pelo oscuro. Zofia vaciló, esperando a que el señor Steinman se reuniera con ellas, pero no apareció.

Janina se acercó con confianza y saludó a Zofia con la mano, como si fuera normal que estuviera ahí, con su elegante vestido azul y sus sandalias rojas. La señora Steinman, sin embargo, echaba miradas furtivas de un lado a otro de la calle, con su bolso agarrada contra su pecho como si fuera una madre con un bebé recién nacido. Caminaba con pasos rápidos y silenciosos, y la espalda ligeramente encorvada, como si pudiera hacerse pequeña y desaparecer.

Sin embargo, en lugar de hacerse invisible, su comportamiento llamaba la atención de los demás transeúntes.

Zofia sintió pánico. En su intento por no ser vista, la señora Steinman se estaba mostrando como un objetivo fácil. Zofia se levantó de la banca, manteniendo sus gestos suaves y casuales.

—Señora Zieliński. —Usó el nuevo nombre de la señora Steinman mientras se acercaba a ellas—. Tiene que sonreír y actuar como si todo estuviera bien —susurró Zofia.

—Sí, por supuesto. —La señora Steinman esbozó una sonrisa, pero sus labios se veían horribles con el pintalabios aplicado sin espejo.

Zofia se volvió hacia Janina y la abrazó.

—Mi querida amiga. ¿Cómo está el señor Zieliński?

La compostura de Janina se quebró solo durante una fugaz fracción de segundo. Sus fosas nasales temblaron ligeramente, de forma imperceptible para cualquiera excepto para Zofia. Se lamió los labios.

—Me temo no podrá reunirse con nosotras. Está de viaje de negocios con el Gobierno General. —Aunque mantuvo una actitud despreocupada al decirlo, sus ojos oscuros brillaron de dolor. Se concentró en el suelo y se aclaró la garganta—. Creo que llegaremos tarde si no nos vamos ya.

La señora Steinman se veía compungida; la pena de su pérdida era demasiado pesada para enmascararla.

Zofia se le acercó y le arregló el cuello de la blusa.

—Lo siento, pero debe seguir sonriendo.

La señora Steinman esbozó una sonrisa que parecía más una mueca.

Era injusto que tuviera que tragarse su dolor y fingir felicidad cuando era obvio que su marido había sido capturado en las redadas. Zofia odiaba ser quien le pidiera que actuara de esa manera. Mostrar su dolor en público, donde la gente buscaba a quienes se veían angustiados y asustados, era peligroso.

Zofia apartó su propio dolor por el señor Steinman, reservando la noticia a un lugar de su interior al que podría acudir más tarde para llorarla. Con la cabeza en alto y el rostro radiante, las condujo calle abajo, mirando discretamente a su alrededor para asegurarse de que no las observaban. En cuanto sus pasos tocaron los adoquines, alguien se le acercó.

—¿Terminaste tu libro?

Levantó la vista para encontrarse con el hombre que se había sentado a su lado en la banca y frunció el ceño.

—Veo que encontraste unas amigas. —El hombre miró a la señora Steinman y a Janina. A Zofia se le detuvo momentáneamente el corazón, presa del miedo.

—El libro estuvo interesante —dijo rápidamente—. Adiviné quién se había llevado la llave desde el principio. Si quiere…

—Tus amigas son judías. —La afirmación del hombre hizo que una bola de hielo se formara en el pecho de Zofia.

Se rio, y el sonido salió con un tono estrangulado, tan extraño como si hubiera salido de la boca de una extraña.

—No sea ridículo.

El rostro de la señora Steinman se contorsionó y lágrimas silenciosas corrieron por su cara.

—No diré nada al respecto. —Sonrió magnánimamente el hombre, mostrando unos dientes amarillentos—. Por una tarifa.

De repente, el peso de la mochila que llevaba Zofia aumentó por el recuerdo de los złotys que le habían dado en caso de que ocurriera algo así.

—¿Cuánto?

—Dos mil złotys.

Aunque Zofia tenía esa suma, se resistía. Era diez veces su sueldo mensual en la biblioteca. Ese delincuente pretendía ganar esa cantidad en un día, solo por reconocer y luego explotar a personas indefensas y perseguidas.

No era de extrañar que los llamaran «grasa de cerdo». Esos hombres grasientos eran lo más bajo que la humanidad podía ofrecer.

—Vamos al callejón. —Zofia señaló con la cabeza un hueco entre dos edificios.

Su mente se revolvía mientras se dirigían al callejón. Por el momento, el hombre se callaría, pero ¿por cuánto tiempo? ¿Y si reconocía a Zofia en la calle e intentaba conseguir más dinero? ¿Y si ella tenía que volver para ayudar a otra persona y él hacía lo mismo porque reconocía su cara?

El frío del miedo le recorrió las venas mientras conducía al extorsionador hacia las sombras, seguida por Janina y la señora Steinman.

¿Y si las veía en otra ocasión y las entregaba?

La calma que Zofia había logrado mantener hasta entonces empezó a resquebrajarse.

El corazón le latía con demasiada fuerza. El aire que llegaba hasta sus pulmones no era suficiente y le dejaba los labios hormigueando por necesidad de oxígeno.

El estrecho callejón estaba lleno de escombros, no solo de basura, sino también de algunos ladrillos que parecían haberse desprendido del edificio. Pasaron encima de ellos y se adentraron al fondo hasta que el pasaje les impidió ver la calle.

El extorsionado volvió sus ojos codiciosos hacia Zofia y le extendió la mano.

—El dinero.

Una idea tomó por asalto a Zofia, y el estómago se le llenó de ácido.

—Ella lo tiene. —Zofia señaló a Janina con la cabeza.

El hombre se volvió hacia Janina.

—Oh. —Janina se recuperó rápidamente—. Sí, aquí está. Un momento... —Rebuscó en la pequeña bolsa que llevaba. Mientras él estaba distraído, Zofia se movió sin pensar.

Porque si se permitía pensar, no sería capaz de hacer lo que era necesario.

Se arrodilló y apretó los dedos alrededor de un ladrillo macizo, con tanta fuerza que los bordes le cortaron la piel. Con todas sus fuerzas, lo estampó contra la nuca del hombre.

Con el impacto, algo crujió, reverberando a través de su brazo. Horrorizada, dejó caer el ladrillo y retrocedió mientras el hombre caía al suelo.

La señora Steinman abrió la boca, pero Janina se la tapó con una mano antes de que pudiera gritar.

—Vamos —dijo Zofia entre dientes.

Las tres se precipitaron hacia la calle.

—Tienes que sonreír, mamá —le susurró Janina con fiereza—.

¿Te acuerdas cuando era niña y era pésima para contar chistes, pero tú siempre te reías a pesar de todo? Siempre me lo cuentas. Necesito que hagas eso por mí.

La señora Steinman asintió y soltó una risita cuando salían a la calle.

—¿Recuerdas la celebración de mi santo cuando fuimos a Gdynia? —le preguntó Janina a su madre, iniciando claramente una conversación destinada a ser escuchada. En especial, una conversación sobre una tradición cristiana que un judío normalmente no celebraría.

Mientras hablaban, la mente de Zofia volvió al fatídico momento en el callejón.

¿Lo habría matado?

Cualquiera respuesta la aterrorizaba.

Si seguía vivo, podría encontrarla o reportarla. Zofia podía ser arrestada y poner en peligro a la señora Steinman y a Janina. Si las obligaban a hablar, Veronica podría verse implicada, así como cualquiera que trabajara con ella, incluyendo a su *matka*. Todo podía desmoronarse por la precipitada decisión de Zofia.

Y si estaba muerto...

La recorrió un escalofrío.

Jamás había matado a un hombre. Como hija de un médico de renombre de Varsovia, en un momento había albergado la idea de dedicarse a la medicina. Qué lejos estaba de tales aspiraciones.

Y, sin embargo, por horrible que fuera la idea de que le había quitado la vida a un hombre, realmente esperaba que el extorsionador estuviera muerto.

Nadie más se fijó en ellas mientras Zofia, Janina y la señora Steinman atravesaban la ciudad en dirección al departamento de Zofia. Janina conversaba detrás de Zofia, recordando con su madre todos los santos que habían celebrado, a lo que ella respondía con un entusiasmo desmesurado. Aunque conseguían mantener un ritmo normal, el corazón de Zofia latía como si estuviera corriendo.

Finalmente, doblaron la esquina de la calle Krucza y se deslizaron escalera arriba lo más silenciosamente posible. La *matka* de Zofia las esperaba cuando entraron por la puerta, sentada en borde del sofá como un pájaro a punto de levantar el vuelo.

—Gracias a Dios que están a salvo. —Se persignó y se acercó rápidamente. Primero le dio la mano a Zofia, con una mirada de alivio en los ojos, y luego les dio la bienvenida a todas al departamento. Las cortinas estaban parcialmente corridas y la luz que se filtraba a través del encaje era tenue, oscureciendo la habitación.

—Pasen, por favor. —La *matka* hizo el gesto de quien organiza una cena y cerró rápidamente la puerta—. Tenemos algo de comida para ustedes y ropa, lo que necesiten. —La *matka* retrocedió y las miró a las tres—. Pensé que el señor Steinman...

Janina respiró temblorosamente.

—Le dije a mi papá que no fuera a trabajar hoy, que iba a haber redadas. Pero le preocupaba que, si no iba y no podíamos escapar, lo despedirían y no tendríamos qué comer. En cuanto me fui a buscar los documentos que necesitábamos... —Se le quebró la voz—. Se fue a trabajar.

—Y hubo una redada. —La señora Steinman hablaba entrecortadamente, sin aliento—. Era demasiado tarde para salvarlo. El tren ya había partido.

Si hubieran salido un día antes, el señor Steinman estaría ahí con ellas en ese momento. Un día.

—Es culpa mía. —Janina tragó saliva y apartó la mirada—. Debí haber encontrado la forma de venir antes. Tenía que haber algo que yo pudiera...

—Debería haberles ofrecido que vivieran con nosotras desde el principio —dijo la *matka* llena de pena—. Jamás debieron haber estado en el gueto.

La señora Steinman se llevó la mano al pecho, recuperándose.

—No. De ninguna manera habríamos aceptado. Tomamos la decisión desde el principio de poner nuestros nombres en la lista de judíos, incluso sabiendo que probablemente tendríamos que irnos al gueto. Si en ese entonces hubieran intentado salvarnos... —La señora Steinman se acercó a la *matka* para consolarla, incluso cuando su propio mundo se estaba desmoronando—. Probablemente las habrían descubierto y ahora estaríamos todas arrestadas.

A la *matka* se le llenaron los ojos de lágrimas.

—Ahora están a salvo —dijo con determinación—. Nos aseguraremos de que sigan a salvo.

Parte de la tensión del rostro de la señora Steinman se relajó con una sonrisa de agradecimiento. Ya no había seguridad real para nadie. Y aunque ella seguramente era consciente de eso, sin duda era bueno saber que había quienes todavía se preocupaban por ellas, quienes realmente deseaban ayudar.

Esa noche, mientras su *matka* revisaba los guardarropas con la señora Steinman para asegurarse de que la otra mujer tuviera ropa suficiente, Zofia encontró a Janina mirando por la ventana. El departamento estaba casi a oscuras, iluminado por una sola vela. Janina tenía la cara vuelta al lado opuesto, cubierta de sombras.

Zofia se sentó en la silla de enfrente y puso una mano sobre la de ella a modo de consuelo. Después de todo, no era el momento para preguntarle a Janina si estaba bien. Habían deportado a su padre y probablemente no volverían a verlo.

Zofia comprendía lo mal que se sentía Janina, sobre todo después de haber perdido a su propio padre.

—Los trenes no van hacia el este. —Janina habló en voz baja, apenas por encima de un susurro, con la mirada fija en la calle.

A lo lejos, el pulso de la música se mezclaba con risas mientras los oficiales de la Wehrmacht y la Gestapo celebraban en el bar Podlaski, con el burdel en el segundo piso.

Zofia frunció el ceño.

—¿A dónde van?

—A unos campos construidos para matar. —La mano de Janina se tensó bajo la de Zofia y la apartó para apoyarla en su regazo—. Por ahora solo lo sabe la gente de la organización con la que trabajo. —Janina frunció el ceño—. Llevan a los judíos en tren a un andén donde los reciben con música en vivo para calmar sus miedos. Luego fingen que todos tendrán la oportunidad de darse un baño. Así los asesinan, con un gas venenoso que sueltan en una habitación cerrada, y matan a cientos a la vez.

Zofia miró horrorizada a su amiga.

—Mi mamá no lo sabe. —Los ojos de Janina brillaban por las lágrimas cuando se encontraron con los de Zofia—. No quiero que ella... —Se interrumpió y tragó saliva con dificultad—. Se llevaron primero a los niños y a los ancianos, así que teníamos nuestras sospechas. A mediados de agosto, ya no teníamos que mantener la biblioteca porque... —jadeó entrecortadamente— ya no había niños.

—La gente tiene que enterarse —dijo Zofia con vehemencia—. Los aliados. Seguro que vendrían a ayudar.

Janina se encogió de hombros.

—Se les está informando. Ya el tiempo lo dirá. —La inexpresividad de su tono lo decía todo: en ese momento esperaban tanta ayuda de los Aliados como cuando Polonia fue atacada por primera vez en septiembre de 1939.

—Voy a regresar al gueto mañana —dijo Janina.

—No. —Zofia se enderezó en su silla, con el cuerpo tenso—. Janina, podrían arrestarte en una redada, podrías ser...

No pudo terminar ese terrible pensamiento. Era demasiado horrible para considerarlo siquiera.

—Vamos a luchar, Zofia —dijo Janina en voz baja y con los dientes apretados—. Vamos a hacer que paguen por lo que nos hicieron.

No podrían ganarles a los nazis. Si todos los judíos del gueto estaban tan sobrecargados de trabajo y tan mal alimentados como Janina y la señora Steinman, no tenían ninguna posibilidad de victoria.

—Es demasiado peligroso —protestó Zofia.

—Sí lo es. Pero prefiero morir luchando. Quiero vengar a mi papá. —Se le llenó la voz de lágrimas—. A Ratón. A todos los niños que nunca tuvieron la oportunidad de vivir de verdad. En el gueto asistí al recital de un poema titulado *El pequeño contrabandista*, que escribió Henryka Łazowertówna en homenaje. Cuando terminó su poema, no había ni una sola persona que no estuviera llorando. Todos pensábamos en los niños que conocíamos y que habían muerto para mantener a sus familias. —Janina miró hacia fuera, con los ojos fijos en el bar solo para alemanes donde se divertían los nazis—. Haré que todos paguen.

—Entonces iré contigo.

Janina desvió la mirada hacia Zofia y negó con la cabeza.

—Mantén a mi mamá a salvo. Ayuda a otros judíos como nos has ayudado a nosotras. Y ve qué puedes hacer para conseguir armas y apoyo del Ejército Nacional, de los Rangos Grises.

Zofia se retorció de culpa.

—¿Cómo sabess que pertenezco a los Rangos Grises?

Janina alzó una ceja.

—Porque te conozco mejor que a mí misma, y es imposible que no hubieras encontrado la manera de unirte a una organización determinada a defendernos. Como lo estoy haciendo ahora.

Zofia asintió, comprendiendo perfectamente que Janina no se apartaría de su camino como ella misma no se apartaría del suyo.

—Veré qué puedo hacer —prometió.

Sin embargo, mientras trataba de dormir en el sofá esa noche, la conversación daba vueltas en sus pensamientos. Porque por mucha ayuda o armas que Zofia pudiera conseguir, no podía librarse del temor de que Janina y los que luchaban con ella no sobrevivieran a la batalla.

Al día siguiente, Janina se escabulló del departamento en cuanto se levantó el toque de queda, con un grueso sobre lleno de documentos nuevos para judíos que seguían atrapados en el gueto, escondidos en el forro falso de su bolsa. Las actas de nacimiento, los papeles de bautismo, los certificados de matrimonio y las identificaciones que le había dado Veronica eran auténticos, y habían pertenecido a polacos cuyas muertes no se notificaron para poder transferir sus identidades. Vidas salvadas por los muertos.

Zofia se marchó poco después para recoger en una panadería cercana una entrega de identificaciones en blanco para Veronica. Entregó la caja detrás de un arbusto de lilas en un patio de la calle Hoża, exactamente como le habían indicado.

Terminada su tarea para Veronica, Zofia consiguió un ejemplar del *Courier* con un vendedor de periódicos y se apresuró para llegar a la biblioteca. La mayoría de los polacos leían el periódico controlado por los nazis, pero no por las noticias sesgadas. La sección de obituarios era siempre la de mayor interés, para averiguar si alguien conocido había sido asesinado. De camino a la calle Koszykowa, Zofia buscó en esa página alguna mención de un hombre encontrado muerto en un callejón.

No había ninguna.

Se le hizo un nudo en el estómago.

Guardó el periódico en su bolsa y entró a la biblioteca.

Una de las *Fraus* estaba junto al guardia de la puerta principal con el ceño fruncido, mirando el reloj.

—Llegas tarde. —El fuerte acento alemán junto con la arrogancia indicaba que era *Frau* Schmidt.

Zofia miró su reloj.

—Entro a las nueve.

Una sonrisa victoriosa se dibujó en los finos labios de *Frau* Schmidt.

—Ya pasaron dos minutos. Tienes que ser puntual. —Subrayó la última palabra con una fuerte palmada.

Zofia murmuró una disculpa que se le atascó en la garganta y se dirigió hacia el almacén para ver cuál sería su misión principal ese día. Al acercarse a la señora Mazur, la rigidez en la espalda de la mujer le indicó que sabía que la estaban observando.

—Tienes que sacar los libros de estas estanterías para inventoriarlos —dijo secamente—. Asegúrate de que todas tus acciones queden debidamente registradas en tu bitácora.

—Aquí la tengo. —Zofia sacó el cuaderno negro de su bolsa. La tapa crujió al abrirla. La mayoría de las páginas, lisas y cuadriculadas, estaban en blanco. Listas para lo que quisiera escribir.

Con lo raros que eran los cuadernos nuevos en esos días, era una pena utilizar ese tesoro para registrar el tiempo que trabajaba para las *Frau*s.

La lista que la señora Mazur le dio a Zofia era de libros previamente retirados para su destrucción. ¿Sería una trampa?

A Zofia se le aceleraron los latidos del corazón.

Un golpe rítmico retumbó en el depósito, el sonido de una docena de botas marchando al unísono.

—¿Señora Mazur? —chilló *Frau* Beck—. Venga de inmediato.

La señora Mazur cerró los ojos, respiró hondo y exhaló lentamente. Cuando volvió a abrir los ojos, su expresión era tranquila, como si dijera sin palabras «Me lo esperaba».

Zofia avanzó también, pero la señora Mazur negó con la cabeza y la retuvo de la mano en una petición muda de que se quedara detrás, oculta por las hileras de estanterías. Luego, con la espalda erguida y la cabeza en alto, la señora Mazur avanzó como una reina hacia su desafortunado destino. El espacio encima de los libros le permitió a Zofia seguir la marcha de la señora Mazur hasta la parte de enfrente del almacén, donde *Frau* Beck la esperaba con un ejército de agentes de la Gestapo.

Semejante exhibición de fuerza para arrestar a una mujer polaca de mediana estatura y de mediana edad era ridícula e innecesaria.

—Se le acusa de robar bienes del Gobierno General. —*Frau* Beck miró a la señora Mazur con los ojos entornados—. Han desaparecido libros ilegales bajo su supervisión.

Zofia respiró con dificultad. Ella había sido la causante de la desaparición de la mayor parte de esos libros. El almacén oculto había sido idea suya. Había sido ella quien siempre había impulsado la idea de llevarse «solo uno más» para resguardarlo.

¿Y qué sería de Darek si la señora Mazur fuera arrestada?

—No he hecho nada que vaya en contra de mi conciencia —respondió la señora Mazur.

—Entonces su conciencia ha sellado su destino. —*Frau* Beck agitó la mano y los hombres se abalanzaron sobre ella. Uno le dio un puñetazo en la cara, haciéndola caer de espaldas.

Zofia se tapó la boca con una mano para ahogar un grito.

Otro hombre golpeó a la señora Mazur con una porra de goma y le dio con tanta fuerza que el golpe resonó en la sala. Dos agentes de la Gestapo la levantaron del suelo y la arrastraron hasta la puerta.

—No me arrepiento de nada de lo que he hecho —gritó la señora Mazur, con voz fuerte y desafiante.

Y Zofia sabía que esas palabras no iban dirigidas únicamente a *Frau* Beck y a los hombres que habían golpeado a una mujer desarmada antes de llevarla a Pawiak.

Esas palabras iban dirigidas a Zofia.

# Capítulo 25

Aunque la señora Mazur fue la única detenida ese día, no fue la única empleada de la biblioteca que fue relevada de sus funciones. La señorita Laska estaba incluida en la lista de empleados que iban a ser despedidos. Pero desde luego que no se iba a ir sin luchar.

La Asociación de Pequeños Empresarios reunía donativos todos los meses y recaudaba una suma considerable para las bibliotecas de Varsovia. Esos fondos se distribuían entre los trabajadores que habían sido despedidos, así como entre los empleados actuales para garantizar que su mísero salario fuera al menos suficiente para proporcionarles alimentación y alojamiento adecuados. Lo que quedaba después de atender esos gastos se aplicaba a la conservación del edificio principal de la biblioteca. Zofia solicitó al grupo que la señorita Laska recibiera la parte que le correspondía de los ingresos.

De este modo, la anciana por lo menos podría mantener su departamento y tendría los fondos suficientes para completar su cartilla de racionamiento.

Solo habían transcurrido tres días y la pérdida de la señora Mazur se sentía con fuerza en el almacén. Su enorme presencia parecía crecer aún más con su ausencia, no solo por el trabajo extra que recaía sobre los hombros de Zofia, sino también por lo mucho que extrañaba su orientación y apoyo.

Cuando por fin pudo hacerlo, Zofia sacó de debajo de la estantería la llave de la que le había hablado la señora Mazur. Al examinarla, descubrió una dirección pegada a ella, que podía visitar al día siguiente, cuando saliera de la biblioteca.

En su casa, Zofia encontró a su *matka* y a la señora Steinman con una baraja de cartas francesas jugando una animada partida de Pan.

—Gané otra vez —dijo su *matka* entusiasmada.

—Solo porque yo te dejo. —La señora Steinman le guiñó un ojo a Zofia mientras hablaba—. Porque soy una invitada cortés.

Las mejillas de su *matka* tenían un rubor que hacía años que Zofia no le veía. Todo gracias a la compañía de la señora Steinman.

En la semana que la madre de Janina llevaba viviendo con ellas, también ella había recuperado un cutis saludable y sus ojos habían perdido la opacidad. Zofia oía sus llantos por la noche, cuando la señora Steinman lloraba por su marido y de preocupación por Janina, pero durante el día, la mujer se ponía una máscara para disimular su dolor y cedía a las distracciones intencionales de su *matka*.

Al parecer, la tarea de ese día había consistido en hornear una tarta solo de papas, que se estaba enfriando en una rejilla junto al horno. Fue un éxito en la medida en que se mantuvo con forma de tarta. El sabor aún estaba por descubrirse.

Llamaron insistentemente a la puerta. Zofia se quedó inmóvil, al igual que su *matka* y la señora Steinman.

—¿Sí? —preguntó Zofia con cautela.

—Soy la señora Borkowska, su vecina. —La agradable voz de la mujer atravesó la puerta.

Zofia miró fijamente a la señora Steinman y señaló su habitación con la cabeza. La señora Steinman se movió sigilosamente con los pies enfundados en las medias mientras la *matka* guardaba el juego.

—¿Qué necesita? —le gritó Zofia a través de la puerta.

Su *matka* inclinó la cabeza mirando a Zofia, incrédula ante semejante grosería.

Zofia puso los ojos en blanco e hizo todo un espectáculo antes de caminar pesadamente hacia la puerta y abrirla solo lo suficiente para que cupiera su cuerpo.

—Estaba lavando los platos —se disculpó.

La señora Borkowska esbozó una sonrisa impaciente.

—Me gustaría pasar.

Zofia sintió una opresión en el estómago.

—Quizá en otra ocasión. Nuestra casa no está para recibir visitas hoy.

Aunque su *matka* estaba detrás de ella, Zofia podía sentir que la mirada de su madre le quemaba la espalda. Su *matka* siempre se había sentido muy orgullosa del aspecto de su casa.

—Soy una anciana que vive sola con una nieta de seis años —se rio la señora Borkowska—. No has visto una casa desordenada hasta que no hayas visto la mía. Me apena, pero debo insistir en pasar. —Luego de esto último, esquivó a Zofia con sorprendente rapidez y entró a la casa.

—Jadzia. —La mujer mayor saludó a la *matka* de Zofia y observó la inmaculada habitación alzando una ceja mientras Zofia cerraba la puerta—. Necesito hablar francamente con las dos. —El tono urgente del susurro de la señora Borkowska hizo que Zofia se pusiera alerta—. Sé que están escondiendo a un judío aquí.

—¿Disculpe? —preguntó Zofia, parpadeando con fingida inocencia.

—No se hagan las inocentes conmigo —se burló la señora Borkowska—. He vivido lo suficiente como para no me tomen por una tonta. Jadzia, ¿cómo es posible? ¿No has visto las noticias de que matan a los residentes de todo un edificio cuando algún vecino esconde a un judío?

La *matka* no bajó la mirada.

—No sé de qué me estás hablando.

Pero claro que lo sabía. Todos lo sabían. Esas historias eran comunes en el *Courier*.

La señora Borkowska apretó los labios.

—Les voy a decir esto una sola vez. Ustedes están albergando a un judío. Lo sé. No puede quedarse aquí. Mi nieta es lo único que me queda en este mundo, ¿entienden? Lo único que me queda.

La *matka* se acercó.

—Nosotras no...

—No me mientas, Jadzia —la interrumpió la señora Borkowska—. No puedo permitir que pongan en peligro la vida de mi nieta. O la mía, porque ¿qué sería de ella sin mí? —Dejó escapar un suspiro de derrota—. Les daré toda la comida que tengo para la mujer que esconden y también algo de dinero. Pero ella no puede quedarse aquí.

A Zofia se le aceleró el pulso cuando su mirada se encontró con la de su *matka* desde el otro lado de la sala.

—No quiero hacer esto. —La señora Borkowska suspiró de dolor y dejó escapar un silbido entre los dientes—. Pero deben entender que tengo que proteger a mi nieta.

Una vez más, Zofia y su *matka* no dijeron nada.

—Si no encuentran otro lugar donde ella pueda quedarse... —La mujer mayor cerró los ojos como si esperara un golpe—. Tendré que denunciarlas.

—¿Cómo dice? —Zofia parpadeó, incapaz de creer que la amable señora Borkowska hubiera proferido semejante amenaza.

—¿Harías eso después de que Zofia salvó a tu nieta? —Los ojos de la *matka* brillaron.

La señora Borkowska bajó la cabeza.

—No quiero hacerlo, pero ya viste lo que pasó en el edificio de la calle Krucza la semana pasada. No puedo permitir que eso ocurra aquí. Por favor, encuentren otro lugar para su amiga.

Y se marchó del departamento. Unos minutos más tarde, llamaron a la puerta y encontraron un pequeño paquete que contenía varias papas cocidas, un tarro de mermelada de betabel y una barra de pan, junto con quinientos złotys en billetes viejos y arrugados. Probablemente era más de lo que la señora Borkowska podía permitirse.

Al parecer, la culpa costaba caro.

Sin embargo, Zofia no rechazó el ofrecimiento. Lo necesitarían para encontrarle alojamiento a la señora Steinman.

Al día siguiente, la *matka* de Zofia fue a ver a Veronica para buscar otro lugar donde la señora Steinman pudiera vivir, mientras que Zofia sacó la dirección manuscrita que la señora Mazur había dejado junto con la llave y que ahora estaba escondida bajo las tablas del suelo con la colección de libros de su papá.

La dirección correspondía a una casa en una vecindad localizada a una cuadra de la biblioteca. Zofia subió la escalera con curiosidad por lo que pudiera revelar la dirección. ¿Sería un nuevo contacto para la biblioteca? ¿O tal vez una colección de libros que la señora Mazur había estado guardando?

Zofia llamó suavemente a la puerta.

O tal vez fuera...

Darek abrió la puerta y alzó las cejas, sorprendido.

—¿Zofia?

Tenía el rostro demacrado y serio, su dolor se reflejaba en su mirada.

—Tu tía... —empezó Zofia.

Él dio un paso atrás y abrió más la puerta, invitándola a pasar. Zofia no lo dudó y entró al departamento.

En el aire flotaba un aroma a pintura y había varios lienzos apoyados contra la pared. Las escenas que había en ellos eran una mezcla de la vida antes de la ocupación y el caos provocado por el ataque inicial de los nazis. Calles tranquilas convertidas en escombros, vegetación y árboles frondosos a un lado del cuadro y terrenos baldíos al otro. Ningún detalle faltaba, ni en las explosiones de fuego que arrojaban ceniza y humo negro hacia el cielo, ni en la carnicería que quedaba a su paso. Las escenas eran tan reales que hicieron que Zofia retrocediera a ese momento, sumergiéndola en una pesadilla.

—Es un proyecto que me encargó la organización clandestina —dijo Darek tímidamente.

Zofia apartó la mirada y encontró que Darek la observaba con su sensible mirada café, con dolor silencioso, pero evidente.

—Tu tía... —A Zofia se le cortó la voz—. ¿Has tenido noticias?

—No espero ninguna.

Zofia asintió con seriedad, recordando cuando detuvieron a su propio padre.

—¿Cómo sabías dónde vivimos? —le preguntó Darek—. Bueno, donde vivo yo —corrigió en un susurro apenado.

—No sabía que vivías con la señora Ma..., con tu tía. —Zofia miró a su alrededor, viendo ahora más allá de los lienzos. Las cortinas tenían un delicado encaje y había retratos en las paredes. Probablemente todos pintados por el mismo Darek.

Como confirmación, se fijó en la prominente D en la esquina derecha de los cuadros, seguida por la floritura de una firma.

Junto a la ventana de la cocina había una mesa con dos sillas y un ejemplar del *Courier* extendido bajo el sol. El periódico estaba abierto en la sección de necrológicas.

—Hace tiempo que estábamos los dos solos. —Darek miró un retrato que Zofia reconoció como el de una señora Mazur más joven—. Mis padres y mi hermano se ahogaron cuando yo era niño. Mi tía era la única hermana de mi madre y ella y mi tío me acogieron. —Darek señaló con la cabeza otro cuadro de un hombre de mandíbula dura y nariz ligeramente torcida. Había cierta fiereza en sus ojos grises—. Mi tío combatió con el mismísimo Piłsudski en su Grupo de Asalto en el Milagro en el Vístula. —En la voz de Darek se percibía un tono de orgullo que Zofia no le había oído antes. Ni siquiera cuando había alabado la obra de arte que dibujó para ella—. Un problema cardiaco lo alejó de nosotros varios años antes del ataque alemán. Después de eso, solo quedamos mi tía y yo.

Lo que significaba que ya no le quedaba ningún familiar.

—Lo siento mucho —dijo Zofia en voz baja.

Él asintió, como se hace cuando el nudo en la garganta se aprieta tanto que no salen las palabras.

Lo tomó de las manos. Sus elegantes dedos estaban salpicados de manchas rojas y negras, pruebas del arte que estaba creando.

—Hazme saber si te puedo ayudar en algo, Darek. Por favor.

Eran unas condolencias superficiales, pero ¿no lo eran todas? No había nada que pudiera decirse para aliviar el dolor de una pérdida tan terrible.

Zofia le soltó las manos, abrió los brazos y se acercó a él, abrazándolo como lo habría hecho Janina. Darek se apoyó contra Zofia con el aliento entrecortado y se aferró a ella en su dolor.

Lo abrazó durante largo rato, apoyándolo como él la había apoyado a ella antes. Su cuerpo estaba caliente y el olor de la pintura se mezclaba con algo agradablemente especiado.

—Perdón. —Darek dio un paso atrás y se secó los ojos—. Seguro que tienes más cosas que hacer hoy que ver cómo estoy. —Volvió a mirar los lienzos—. Además, tengo trabajo que hacer.

Zofia nunca había sido buena para leer entre líneas. Ella era una persona franca y directa, así que tomaba lo que le decían como la verdad segura. Sin embargo, ahora dudaba, sin saber del todo si él en realidad quería su compañía o privacidad para guardar luto.

—Gracias por venir. —Aunque la tomó del brazo con sus manos suaves, su tono era de despedida.

Zofia se acercó lentamente a la puerta, observando el rostro de Darek por si quería que se quedara. Porque, si él la necesitaba, se quedaría.

Sin embargo, sus ojos estaban tan inexpresivos y apáticos como su rostro.

¿Cuándo había aprendido a hacer eso, a enmascarar la emoción en su mirada cuando antes sus sentimientos brillaban tan intensamente en sus ojos?

—Puedo quedarme... —intentó Zofia.

Darek negó con la cabeza y abrió la puerta.

—¿Cómo dices que conseguiste esta dirección?

—Con la llave del depósito que tu tía tenía guardada por si pasaba algo.

Darek sonrió a medias.

—Por supuesto.

La señorita Laska estaba rodeada de libros cuando Zofia se reunió con ella en la sala de lectura ese mismo día. La anciana levantó la cabeza tras la llegada de Zofia y sus grandes ojos brillaron de emoción.

—Ya vinieron varias docenas de personas y todos solicitaron ciertos libros.

Sacó una lista manuscrita y se la mostró a Zofia. Varias docenas serían muchos libros que transportar. Afortunadamente, el almacén oculto estaba solo a una calle de la sala de lectura, lo suficientemente lejos como para evitar sospechas de los nazis. Así, el traslado sería menos arriesgado.

Llamaron a la puerta trasera, tres golpes rápidos y uno lento.

La señorita Laska consultó su reloj.

—Debe ser Ewa. Toma.

Le entregó a Zofia un ejemplar de *El misterioso caso de Styles*, de Agatha Christie.

—¿Puedes dárselo, por favor? Para cuando llegue yo, puede que ya se haya ido. Ya conoces la impaciencia de la juventud. —Zofia aceptó el libro y se dirigió a la puerta trasera.

Del otro lado de la puerta estaba Ewa, la niña a la que Zofia le había enseñado a leer durante meses. Estaba apoyada en la pared, su ensoñado rostro miraba el cielo de finales de verano con una sonrisa misteriosa; estaba tan ensimismada que no había oído la puerta abrirse.

—¿Ewa? —dijo suavemente Zofia.

La niña se sobresaltó y un rubor tiñó sus mejillas. Estaba más delgada que la última vez que Zofia la había visto, cuando cerraron la biblioteca, hacía más de un mes.

—Pasa. —Zofia le hizo una seña para que entrara mientras Ewa sacaba de su mochila un ejemplar de *Las aventuras de Alicia en el país de las maravillas*.

—¿Has leído este libro? —Ewa le entregó el libro.

Zofia le echó un vistazo a la portada, en la que aparecían flores alrededor de una taza de té.

—No, todavía no.

—Oh, deberías leerlo. Es una historia increíble sobre una niña que descubre un mundo nuevo al meterse en la madriguera de un conejo. Hay una fiesta del té con un sombrerero loco y una reina que juega al croquet con unos flamencos. —Sus ojos brillaban con el resplandor de haber leído un buen libro—. A mis hermanas les encantó.

—Me parece que no solo les encantó a ellas. —Zofia levantó la novela de Agatha Christie—. ¿Este también es para ellas?

Ewa se sonrojó.

—Ese es para mí. Esta semana ellas van a la escuela, así que quiero algo para leer mientras hago la cola del racionamiento. Solo podemos sacar un libro a la vez, así que tomo un libro solo para mí una vez a la semana.

Esa regla había sido establecida por Zofia y la señorita Laska. Lo que significaba que era una regla que se podía romper.

—¿Ya leíste *Peter Pan y Wendy*? —le preguntó Zofia.

Ewa negó con la cabeza.

—Señorita Laska —llamó Zofia—, ¿podría traer un ejemplar de *Peter Pan y Wendy*?

El ruido de unos pasos arrastrados sonó en respuesta a la solicitud de Zofia, mientras ella misma sacaba un libro de registro con la inscripción «1932» en la cubierta de tela. Había sido idea de la señorita Laska datar el registro como de una década antes para que fuera anterior a la invasión y, de ese modo, fuera de poco interés para las *Fraus*.

Zofia encontró el nombre de Ewa en la primera línea del libro de registro solo como Ewa B. Después de marcar el libro anterior como entregado, anotó el préstamo de *El misterioso caso de Styles*, y también el de *Peter Pan y Wendy*.

Justo a tiempo, la señorita Laska entró a la habitación con un maltrecho ejemplar de *Peter Pan y Wendy*, con las letras doradas del centro parcialmente borradas.

—Este era uno de mis favoritos cuando les leía a los niños en voz alta antes de que tuviéramos la sala de lectura infantil y juvenil. —La señorita Laska le entregó el libro a Ewa.

—¿Dos libros? —Ewa abrió los ojos de par en par y aceptó el ejemplar como si fuera un regalo, abrazándolo contra su pecho junto al libro había sacado para ella.

—No se lo digas a nadie —dijo la señorita Laska llevándose un dedo a los labios.

Ewa apretó más fuerte los libros contra su pecho y negó con la cabeza.

—Para nada... Esto significa mucho para mí. —Frunció el ceño—. No podemos comprar libros, pero son una forma maravillosa de distraernos de... bueno, de todo. Cuando la biblioteca cerró, fue como si se oscureciera nuestro mundo. Y ustedes encontraron la forma de iluminarlo de nuevo.

Dejó los libros a un lado y le dio a Zofia un abrazo muy fuerte y luego uno más suave a la señorita Laska. Con una gran sonrisa, guardó los libros en su mochila y se marchó.

La señorita Laska la vio marcharse con un brillo en los ojos.

—Es por ella que hacemos esto, Zofia. Por ella y por todos a los que esos desgraciados les han robado su infancia.

Zofia regresó a su casa y se encontró a su *matka* y a la señora Steinman sentadas frente a la mesa junto a la ventana de la cocina, con el rostro descompuesto de preocupación.

—¿Veronica pudo encontrar algo? —preguntó Zofia.

Las mujeres intercambiaron una mirada.

—Sí —respondió su *matka* vacilante—. Pero hasta mañana por la tarde.

Al día siguiente por la tarde era demasiado tiempo. La señora Borkowska era una mujer de palabra. Y aunque no lo fuera, el riesgo era demasiado grande para dejarlo al azar. La alegría de trabajar en la biblioteca secreta se fue enfriando a medida que la ansiedad y el miedo se colaban en los pensamientos de Zofia.

Tenía que haber algún lugar donde la señora Steinman pudiera quedarse, algún lugar que no atrajera la atención de las autoridades, algún lugar apartado.

¿Pero dónde?

## Capítulo 26

La ropa de cama fue fácil de enmascarar en una bolsa de lavandería junto con varios otros artículos que Zofia insistió en llevar. La señora Steinman se mostró forzadamente agradable mientras caminaban hacia el almacén oculto, discutiendo una vez más el tema de los santos. Zofia la condujo hacia un edificio para evitar sospechas, pero en el último momento, giró por un callejón que llevaba al patio de la biblioteca demolida.

Los pasos de la señora Steinman vacilaron.

—Confíe en mí —le dijo Zofia en voz baja.

Fue el único estímulo que la señora Steinman necesitó para seguir a Zofia al interior del edificio calcinado con pasos cuidadosos sobre el suelo lleno de escombros. Zofia la condujo al almacén del sótano y sacó la llave.

Tras dar un fuerte empujón a la puerta para despegarla, entraron. Las estanterías estaban completamente llenas, y había varias cajas apiladas junto a la pared del fondo.

La señora Steinman ahogó un grito de asombro.

—¿Qué es este lugar?

—En la biblioteca nos dieron listas de libros que debimos retirar de nuestras estanterías para destruirlos. —Zofia dejó la bolsa de ropa de cama y suministros en el suelo, en un rincón—. Solo les dimos los libros de los que tenemos duplicados. El resto los almacenamos aquí.

—Zofia —dijo la señora Steinman admirada—. Esto es increíble.

—Ha sido un esfuerzo combinado por parte de varios empleados de la biblioteca. —Zofia sintió que la atravesaba una punzada de tristeza por la señora Mazur.

Hizo a un lado el dolor y dirigió a la señora Steinman hacia las sábanas del suelo.

—Traje más mantas porque puede hacer frío y el suelo está duro. Sé que no es lo ideal.

—Será perfecto. —La mirada de la señora Steinman se dirigió a los libros—. ¿Puedo elegir uno para leerlo?

—Por supuesto —respondió Zofia—. Pero no puede encender luz aquí abajo o alguien podría verla a través de las ventanas.

La señora Steinman asintió mientras se acercaba a observar una fila de libros.

—Comprendo.

—Volveré mañana en la tarde con la nueva dirección.

Esa noche, Zofia apenas pudo dormir. Nadie había pasado nunca la noche en el almacén y no estaba segura de a qué podía enfrentarse la señora Steinman. ¿Haría frío? ¿Se refugiarían vagabundos en las habitaciones más completas del piso de arriba de la biblioteca? ¿Llevarían los nazis a sus perros?

Una cosa era esconder libros, pero esconder a una persona, en especial a alguien tan querido para ella, era algo totalmente distinto.

A la mañana siguiente, Zofia encontró una excusa para pasar por el almacén, y llevó pan y un poco de lo que en esos tiempos se consideraba café. El líquido café aguado todavía estaba caliente cuando Zofia entró al depósito. Se sintió aliviada cuando encontró a la señora Steinman perfectamente a salvo, con la nariz enterrada en un ejemplar de *Lo que el viento se llevó*.

—¿Durmió bien? —le preguntó Zofia.

—Sí, la calle estuvo tranquila. —La señora Steinman levantó el libro que estaba leyendo—. ¿Has leído este libro? Era muy popular en el gueto. Sé que Janina incluso tenía un ejemplar que prestaba, pero yo nunca tuve tiempo de leerlo. —Se llevó la mano al pecho—. Qué historia tan increíble.

Sus palabras fueron un bálsamo para la inquietud de Zofia. Esos libros, que debían haber sido destruidos, volvían a proporcionar placer a un lector. Después de los horrores que la señora Steinman había sufrido en el gueto, había encontrado en la literatura un respiro para su dolor, y eso era algo realmente hermoso a lo que había que aferrarse.

—Puede llevárselo con usted esta tarde si quiere.

La señora Steinman esbozó una suave sonrisa.

—Me gustaría mucho, gracias.

Zofia dejó a la mamá de Janina acurrucada en el montón de mantas, con el libro entre las manos.

Cuando Zofia llegó a su casa, Veronica estaba sentada frente a la mesa de la cocina, esta vez con una taza de café humeante enfrente.

Veronica asintió a modo de saludo.

—Vine con la dirección para esta tarde. Pero también con algunas noticias. —Se movió en su asiento, dirigiendo su cuerpo a Zofia para darle toda su atención—. Mi organización ahora se dedica de lleno a salvar al mayor número de judíos posible. Tu ayuda entregando documentos ha sido benéfica, pero ¿estarías dispuesta también a escoltar a la gente del gueto a casas de seguridad?

De inmediato, a Zofia se le vino a la cabeza el tipo al que había atacado, la forma en que su cuerpo había caído deforme en el callejón, aquel chasquido repugnante que había reverberado en su brazo. Los obituarios nunca habían dicho que se hubiera encontrado un cadáver en un callejón. ¿Y si seguía merodeando el muro del gueto? ¿Y si se acordaba de ella?

—Espero que digas que sí. —Cuando Veronica volvió a hablar, Zofia se dio cuenta de cuánto tiempo había permanecido callada—. Por el momento, no hay voluntarios que asuman ese papel. —Veronica miró sus manos sobre su regazo—. Sabemos que es peligroso.

—¿Peligroso? —repitió la *matka* de Zofia—. ¿Qué tan peligroso?

Sin embargo, no era el peligro para sí misma lo que preocupaba a Zofia, sino para los hombres y las mujeres que acompañaría fuera del gueto. Y, sin embargo, sería peor para ellos tener todo listo para escapar, pero no tener a nadie que les ayudara a ponerse a salvo.

—Lo haré —dijo Zofia—. Pero necesito una hora exacta para reunirme con ellos, para no llamar la atención esperando demasiado. Y necesitaré modos de disfrazarme para evitar la posibilidad de que me reconozcan.

Veronica entreabrió los labios en señal de que comprendía las ventajas de estas importantes peticiones.

—Podemos hacerlo. Haré que te envíen algunos artículos.

La señora Steinman fue trasladada a su nueva ubicación con una pareja de ancianos que la recibieron con amables sonrisas y promesas de seguridad. Eso fue suficiente para derretir parte de la tensión que atenazaba los músculos de la nuca de Zofia.

Un par de días después, le llegó a Zofia una caja con varias pelucas, unos lentes que le tapaban casi toda la cara, algunas mascadas y un sombrero que no solo le taparía el sol, sino también los rasgos faciales.

En un trozo de papel entre las mascadas se indicaba la hora a la que debía presentarse a la mañana siguiente en la entrada del gueto de la calle Twarda y la dirección a la que debía dirigirse después. «Magda llevará calcetas azules», estaba escrito en pulcra caligrafía en la parte inferior.

Cuando llegó el momento de reunirse con Magda, Zofia se puso los lentes enormes y se envolvió el cabello con una mascada gris oscura. También tomó prestado uno de los vestidos más desaliñados de su *matka*. El efecto fue que parecía mayor y para nada ella misma.

Durante el trayecto hasta la calle Twarda, el corazón de Zofia latió con tanta fuerza que tuvo que obligarse constantemente a aminorar la marcha para no perder el aliento. En especial cuando vio una figura familiar que caminaba hacia ella.

Los ojos de Kasia se cruzaron con los de Zofia cuando se acercaron, primero con una mirada de reconocimiento seguida inmediatamente de confusión, y luego una expresión de indiferencia borró el surco del ceño de Kasia. Siguió adelante como si realmente fueran desconocidas.

Zofia respiró aliviada cuando llegó a la calle Twarda y se detuvo a rebuscar en la mochila que llevaba, como si se le hubiera perdido algo. Eran casi las ocho de la mañana, lo que significaba que todavía podía llegar a tiempo al trabajo después de terminar su misión.

Aunque sabía lo importante que era parecer impasible, no podía reprimir la constante preocupación que la acosaba. Miró la zona por décima vez en cuestión de segundos, buscándolo a él, al hombre al que había golpeado con el ladrillo.

Se le secó la boca al pensar en volver a verlo. ¿Y si la confrontaba? ¿Qué podía decirle para excusarse de lo ocurrido?

Un movimiento en la puerta del gueto le llamó la atención, y una mujer se acercó a uno de los guardias y le puso algo en la mano. El guardia apartó la mirada y se paró más cerca de la calle, dándole la espalda a la vez que bloqueaba la vista de cualquier transeúnte.

La mujer salió apresuradamente de la verja con un par de calcetas azules subidas hasta las espinillas. Llevaba a una niña de unos diez años de la mano; las delgadas piernas de la niña se apresuraban para seguirle el paso.

La niña que la acompañaba desconcertó a Zofia. No le habían hablado de una niña, solo de la mujer. Además, solo había un juego de documentos, y un lugar donde alojarse.

Zofia no tenía nada para la niñita.

Se acercó a las dos, sin saber del todo de si debía susurrar o hablar alto.

—¿Magda? —preguntó, optando por un volumen familiar y amistoso.

La mujer se volvió hacia ella, con terror perceptible en su bello rostro. Asintió con los músculos del cuello tensos como cuerdas de arco.

—Es un placer verte, amiga mía. —Zofia rodeó el brazo de la otra mujer.

Era lo que Janina habría hecho en una situación así con alguien necesitado de bondad y cariño. A Zofia le dolió pensar en su amiga.

—Qué suerte encontrarnos tan pronto después de que nos vimos la semana pasada. —Zofia se tragó los nervios por lo bien que le había salido la mentira.

La mujer esbozó una sonrisa vacilante y la niña le devolvió la mirada con ojos grandes y solemnes.

—Voy al parque, ¿quieren acompañarme? —Zofia les

dedicó una amplia sonrisa y asintió para que entendieran su intención, aunque solo hablaran yiddish.

—Sí. —La mirada de Magda se desvió furtivamente. Llevaba el miedo como una capa a la vista de todos. Ese miedo llegó al interior de Zofia y se apoderó de ella.

Volvió a mirar a su alrededor, segura de que el extorsionador —el mismo o uno nuevo— se acercaría en cualquier momento. Por algún milagro, no fue así. Ninguna de las personas que merodeaban por las puertas del gueto pareció reparar en ellas mientras caminaban a paso ligero hacia la dirección que le habían dado a Zofia.

A su llegada, una mujer polaca con un bebé lleno de babas en la cadera abrió la puerta del departamento y las invitó a pasar. La casa estaba desordenada, llena de ropa y otras cosas, y un fuerte olor a pañales sucios llenaba el espacio reducido. La mujer miró a Magda y a la niña.

A Zofia le hormiguearon las manos.

—No me dijeron que serían dos. —El bebé empezó a inquietarse y la mujer lo meció sobre su cadera—. No tenemos espacio ni comida para dos personas.

Zofia tampoco mencionó que no tenía papeles para la niña. Sin duda, eso solo pondría el trato en mayor riesgo. No tenía sentido discutir.

—Comprendo. —Zofia no dijo nada más, y condujo a Magda y a la niña fuera del departamento—. Tengo otro lugar donde llevarlas mientras resolvemos esto.

El almacén oculto tendría que servir por el momento. No era un sitio que Zofia quisiera utilizar con regularidad, ya que corría el riesgo de exponer su ubicación si alguien era capturado. Y era demasiado valioso. Sin embargo, también lo eran las dos vidas que tenía en sus manos.

En un apuro, el almacén era una necesidad.

Las guio hasta el edificio quemado. Ninguna de las dos

dudó en seguir a Zofia, que se apresuró a entrar a la biblioteca demolida sin comentario alguno. La preocupación se reflejó en el rostro de Magda durante un breve instante y acercó a la niña a su cuerpo, pero no protestó cuando Zofia abrió la puerta del almacén.

La luz de un día extraordinariamente soleado entraba a raudales por las mugrientas ventanas, llenando la habitación con un etéreo resplandor dorado e iluminando filas y filas de libros.

La niña ahogó un grito y abrió los ojos de par en par mientras avanzaba lentamente, con reverencia, y luego se detuvo como si temiera tocar algo. Magda la observó con una sonrisa tierna y afectuosa.

—Si quieren, pueden elegir un libro para leer —les ofreció Zofia.

La niña se quedó donde estaba, con la mirada insegura. Magda le hablaba en yiddish, que Zofia reconocía por los días que había pasado en la cocina de Bubbe con Janina, días que parecían haber ocurrido hacía varios siglos. Zofia alejó esos pensamientos para evitar que el dolor le impidiera realizar su tarea.

—Tenemos una sección de libros en yiddish y hebreo. —Zofia indicó la fila de estanterías y le hizo un gesto a la niña para que se acercara.

La niña se acercó lentamente a los libros y los miró de arriba abajo, con las manos apretadas sobre su corazón. Inclinando la cabeza a un lado, empezó a leer una hilera de títulos, y su boca articulaba las palabras en silencio mientras leía.

—Sé que no debería estar aquí conmigo. —El polaco de Magda tenía acento yiddish, lo que explicaba por qué se había mostrado tan reacia a hablar afuera—. No podía dejar a mi hija. Me esforcé demasiado para mantenerla a salvo, primero escondida en el ático y luego en un hueco de la pared. La vida ha sido miserable para ella. No ha tenido infancia.

—Oí que ya no quedaban niños en el gueto —dijo Zofia con seriedad—. Me alegra que no sea así. Y me alegro todavía más de que las dos estén fuera ahora.

La niña sacó un libro de la estantería, se sentó en el suelo e inmediatamente empezó a leer a la luz de un rayo de sol dorado. Magda sonrió con lágrimas en los ojos.

—Le encantan los libros.

—Las dos pueden leerlos —dijo Zofia. Volveré pronto con provisiones y me encargaré de conseguir papeles para tu hija, así como alojamiento para las dos. Me aseguraré de que siga a salvo.

Zofia consiguió entregarle ropa de cama y algo de comida a Magda y a su hija y, aun así, llegó a la biblioteca exactamente un minuto antes de su turno, lo que le valió un gesto de aprobación de la *Frau* que esperaba en la puerta con el portapapeles.

Sin la señora Mazur, Zofia se convirtió en la encargada del almacén. Se pasaba horas llevando y trayendo libros de un departamento a otro sin dejar de revisar el inventario.

El día de la supuesta reapertura de la biblioteca ya había pasado, pero las puertas seguían cerradas sin que nadie supiera cuándo se volvería a fijar una fecha.

Una vez finalizada la auditoría del inventario, Zofia no estaba segura de qué iba a pasar con los empleados que no hablaban alemán. A ella y al resto del personal que sí lo hablaba, incluyendo a Kasia y a Danuta, les encargaron que reescribieran todas las fichas de los catálogos polacos en alemán, y que las reordenaran según un sistema absurdo que se utilizaba en Berlín. Era un trabajo extenuante que probablemente llevaría años. Además, era inútil, ya que el sistema de catalogación anterior era mucho más eficaz.

Kasia entró en el almacén con un carrito vacío.

—Buenos días, Zofia. —Aunque esbozó una de sus brillantes sonrisas, tenía un aire receloso y miró a su alrededor—. ¿Tú estabas...? —Se mordió el labio—. Me pareció verte esta mañana, pero no parecías tú.

Zofia alzó las cejas con inocencia.

—No sé a qué te refieres.

Kasia asintió, como si Zofia le hubiera confirmado algo que ya sabía.

—Por favor, ten cuidado por esa zona. Hace poco mataron a alguien por ahí.

—¿Mataron a alguien? —A Zofia se le aceleró el corazón.

—Ha habido mucha violencia cerca del muro. No solo con los guardias que le disparan a la gente; además, hace una semana descubrieron el cadáver de un hombre en el callejón que está cerca de mi departamento. Una anciana lo encontró e inmediatamente subió corriendo, demasiado asustada para avisar a las autoridades. Dijo que lo habían golpeado en la cabeza con algo pesado. Debió haber sido la Wehrmacht o la Gestapo, porque había un ladrillo tirado junto a él, sin que nadie intentara ocultarlo. Luego llegó la policía azul y el cuerpo del hombre desapareció.

A Zofia le dio vueltas la cabeza: ella sabía exactamente quién era aquel hombre.

—¿Estaba muerto?

Kasia asintió.

—La señora de mi edificio dijo que estaba gris y que, cuando lo tocó, su piel estaba fría y rígida. Definitivamente estaba muerto.

Zofia soltó el aliento que había estado conteniendo.

Estaba muerto.

Ella lo había matado. Cuando pensó en lo que eso significaba se le retorció el estómago. Sin embargo, también la invadió inmensa sensación de alivio. Sí, había matado a un hombre, pero ahora ese mismo hombre no podría reconocer a Janina y a su madre. Al menos ellas estaban a salvo.

Veronica consiguió los documentos para la hija de Magda y les encontró una casa a las afueras de Varsovia. Esa noche, las dos ya estaban instaladas en su nuevo refugio, con libros que les harían compañía hasta que Zofia volviera a verlas.

La confirmación de la muerte del extorsionador hizo que su siguiente misión como acompañante de un joven del gueto fuera mucho más fácil, sin la paranoia de que la reconocieran. Lo mismo ocurrió con los siguientes casos, sobre todo porque usaba nuevos disfraces y utilizaba rutas y puertas diferentes para evitar sospechas. Dos semanas más tarde, recibió una caja llena hasta el tope de złotys, el pago que pedían algunas de las casas de seguridad.

Dos de cada diez de las casas de seguridad no exigían pago alguno, pues aceptaban albergar a los judíos gratuitamente. Otras, sin embargo, pedían un precio alto por su «generosidad». Entregar sumas tan elevadas no era una tarea fácil, y a menudo Zofia tenía que volver a su casa varias veces por montones de złotys.

Cuando llegó a la casa donde se alojaba la señora Steinman, encontró a la pareja de ancianos mucho menos amables que en la presentación inicial. Le hicieron señas para que entrara, con la cara roja de irritación.

—No es suficiente. —La mujer miró con desprecio los mil złotys que Zofia le dio.

Considerando que la mayoría de los varsovianos vivía con cien o doscientos złotys por un mes de trabajo, la suma que Zofia les ofrecía por el simple hecho de dejar a alguien vivir con ellos era prácticamente una fortuna.

—¿No es suficiente? —preguntó Zofia.

—Necesitamos más —se quejó el hombre—. Esa judía come tanto que pronto nos quedaremos sin casa.

A Zofia le latió el pulso en las sienes.

—Quisiera ver a la señora Zieliński, por favor —dijo, utilizando el nuevo nombre de la señora Steinman.

La mujer cruzó los brazos sobre pecho.

—Está ocupada.

La angustia que sentía Zofia se agudizó, y su instinto se encendió de inmediato.

—No aceptaré un no por respuesta.

La mujer entornó los pequeños ojos, que casi desaparecieron en la carnosidad de su rostro.

Zofia sintió que el miedo le recorría la espalda. ¿Le habrían hecho algo a la señora Steinman? ¿La habrían entregado a las autoridades?

Zofia dio un paso amenazador hacia la mujer.

—No recibirán nada de dinero si no viene de inmediato.

La mujer mayor dirigió una mirada malvada hacia su marido y asintió.

Varios minutos después, sacaron a la señora Steinman de una habitación trasera. Aunque llevaba casi un mes en el lado polaco, no había engordado nada. Los huesos afilados de sus hombros sobresalían a través del vestido desgastado que le colgaba como una cortina. Tenía el pelo lacio y sucio y era evidente que había pasado tiempo desde la última vez que se había bañado.

Agachó la cabeza, sin mirar a Zofia.

—¿Qué le hicieron? —le preguntó Zofia a la pareja.

La mujer no dijo nada y mantuvo los brazos cruzados beligerantemente sobre su pecho.

—No se quedará con ustedes ni un momento más. —Zofia tomó el dinero. Sus ojos no se apartaban de la pareja—. Señora

Zieliński, por favor, recoja sus pertenencias. No tiene que quedarse con estas personas.

El hombre dirigió la mirada al montón de złotys que Zofia tenía en la mano.

—Aun así, la tuvimos todo este mes.

—Y recibirán su dinero —dijo Zofia en voz baja—. Pero no tendrán ni un groszy más. —Luchó contra el impulso de arrojarles el dinero a la cara y dejar que se esparciera por el sucio departamento como hojas caídas. En lugar de eso, se lo puso en las manos, sin molestarse en disimular su disgusto.

La mujer le arrebató el fajo y un tenso silencio llenó la habitación, asentándose entre ellos hasta que la señora Steinman volvió a salir varios minutos después.

Zofia se marchó con la madre de Janina y se dirigió al almacén oculto que estaba a dos calles. Una vez más, era una solución temporal para una preocupación acuciante.

Necesitarían otra casa de seguridad.

# Capítulo 27

Después de la terrible experiencia de la señora Steinman, Zofia se dedicó a comprobar el bienestar de los refugiados judíos con cada entrega de dinero. En tiempos de guerra y conflicto, es común que aflore lo peor de la gente. Afortunadamente, también había algunas buenas personas, que ofrecían sus casas sin costo alguno.

La señora Steinman fue realojada con una mujer que vivía sola en una calle tranquila. El departamento parecía soleado y limpio y, hasta el momento, la mujer parecía tratar bien a la madre de Janina. Zofia dormía tranquila sabiendo que la señora Steinman estaba a salvo.

Los días pasaban deprisa entre los esfuerzos de Zofia por ayudar a Veronica, su trabajo en la biblioteca y los pequeños sabotajes que seguía realizando con los Rangos Grises. En los últimos meses no había mucho espacio en su apretada agenda para estas actividades. Sin embargo, no dejaba de intentar ayudar a los Rangos Grises en lo que podía, vigilaba a la Gestapo o la Wehrmacht mientras algunos de los miembros más atrevidos destruían banderas nazis o dibujaban el nuevo símbolo del Estado Clandestino Polaco y del Ejército Nacional en todos los muros que podían. Conocido como *kotwica*, o ancla, el símbolo era una *P* con una *W* en la base, en memoria de los asesinados en Wawer en 1939. Era un símbolo de venganza: un símbolo que prometía que un día volverían a luchar.

Con el paso de los meses, bajó mucho el flujo de hombres y mujeres que huían del gueto debido a las continuas redadas. El proceso para ayudar a los pocos que quedaban por huir se hizo más difícil, más peligroso, y los sobornos aumentaron de precio.

Zofia no había visto a Janina desde el día que ayudó a escapar a la señora Steinman, y se esforzaba por pasar por el muro del gueto siempre que podía. Cuando antes había ruido, ahora reinaba un silencio espeluznante.

—Es una lástima, ¿verdad? —preguntó un hombre que se había detenido junto a ella para mirar la pared. Luego bajó la cabeza y siguió su camino.

Varios otros lanzaban miradas compasivas a la pared a su paso; su preocupación por ayudar llegaba demasiado tarde.

Janucá estaba a punto de llegar. La esperanza de Zofia era reunir a Janina con su madre para esa ocasión, pero en esos tiempos era imposible. Sobre todo, sin tener noticias de Janina ni saber dónde estaba en el gueto.

O incluso si estaba ahí.

Una tarde en que El club del libro bandido buscaba la manera de conseguir otro ejemplar de *Guerra y paz*, porque Kasia llevaba meses leyendo el único ejemplar que tenían, Darek les preguntó a todas si querían asistir a una presentación secreta de piano. Zofia fue la única que estaba libre y aunque entonces le había hecho ilusión, cuando llegó el momento se arrepintió de haber hecho esos planes. Estaba demasiado ocupada con todo en lo que estaba involucrada, y esas actividades eran mucho más importantes que escuchar a alguien tocar el piano.

Aun así, ya había aceptado, así que intentó vestirse lo mejor posible para el evento. Ocasiones como esa no eran lo mismo que antes de la guerra, cuando la gente usaba joyas de diamantes y lucía preciosos vestidos de terciopelo y seda. De todos modos, ella nunca había disfrutado ese tipo de frivolidades.

Los asistentes al concierto tenían que dar la impresión de que era un día como cualquier otro. Sin embargo, Zofia se arregló un poco, se peinó los rizos con uno de los antiguos pasadores de su madre, y se puso uno de sus vestidos más bonitos, de lana azul con cuello blanco. Su *matka* le ató una cinta negra a la cintura, pues había adelgazado demasiado para el vestido, lo que le daba un toque de elegancia. Ver a Zofia tan preocupada por su aspecto había sido suficiente para que su *matka* sonriera.

Ahora, Zofia estaba sentada en un sótano con una docena de hombres y mujeres; sus sillas estaban colocadas alrededor de un piano. La habitación estaba iluminada con velas y el público se dejó puesto el abrigo para combatir el frío. Aunque el pianista todavía no había llegado, la gente hablaba en voz baja.

—¿Te gusta el piano? —le preguntó Darek en un susurro.

—A mi papá le gustaba. —Zofia recordaba cómo su papá cerraba los ojos mientras escuchaba, con un dedo marcando el ritmo en su rodilla mientras se perdía en la música.

Sin embargo, Zofia nunca había sentido esa conexión. Había acompañado a su familia a conciertos, pero siempre deseaba marcharse de ahí y volver a su casa a ponerse ropa cómoda y leer un buen libro.

Había aceptado asistir a este por la misma razón por la había terminado la preparatoria y leído los libros que Hitler había prohibido. Deseaba hacer todo lo restringido como medio de protesta.

De modo que si estaba prohibido escuchar un concierto secreto en un frío sótano, entonces ella quería estar ahí.

El pianista entró a la sala y el público prorrumpió en aplausos, ovacionándolo de pie incluso antes de que empezara. Zbigniew Drzewiecki era famoso por su talento con el piano, especialmente en la interpretación de piezas de Chopin.

Los nazis habían creado un museo para reclamar las raíces alemanas de Chopin, después de haber volado su estatua en el parque Łazienki poco después de la ocupación. Era mentira, por supuesto. Chopin era un polaco orgulloso que, cuando sospechó su muerte inminente mientras estaba en Francia, insistió en que su corazón fuera enterrado en Polonia. Ahora, casi cien años después, Varsovia seguía albergando el corazón de compositor.

Chopin era innegablemente polaco y ese concierto era una forma de celebrar lo que Polonia representaba: arte, creatividad, aprendizaje y, sobre todo, libertad.

El señor Drzewiecki hizo una reverencia al público y se sentó en el banco frente al piano, cuya superficie negra pulida tenía un brillo tan intenso que reflejaba las docenas de velas parpadeantes. La sala enmudeció por completo. Sin preámbulos, los dedos del pianista revolotearon sobre las teclas, los movimientos rápidos y ligeros, y cada nota resonaba en el vientre del instrumento.

El sonido era delicado, suavizado por la destreza de los hábiles dedos de Drzewiecki. Zofia no sabía lo que Chopin tenía en mente cuando compuso la pieza, pero la música la transportó a los veranos que había pasado a orillas del Vístula con Janina, mucho antes de que la guerra fuera tema de discusión.

Era el susurro de un recuerdo, un recuerdo al que se aferró con fuerza para que no se alejara, como la cuerda de un globo en un día de viento. Cerró los ojos y bloqueó su mente, dejándose transportar a aquellos tiempos inocentes y despreocupados.

Las notas ondulaban en ella como el movimiento de las olas del río. Las motas de sol bailaban en el Vístula y el agua rozaba sus dedos desnudos. Janina se rio de algo, sus ojos cafés se arrugaron por las comisuras mientras pataleaba, unas gotas brillaron en el aire antes de volver a caer en cascada al río. Pequeños chorlitos correteaban a su alrededor, deteniéndose de vez en cuando para hurgar en la arena con el pico.

El pecho de Zofia se llenó de calor, burbujeante y efervescente como el champán.

Felicidad.

Estaba feliz.

La canción se apagó, pero ella se aferró a la sensación que tenía para que perdurara hasta que la siguiente pieza desplegara una nueva visión.

Su papá estaba sentado frente a la mesa cuadrada de la cocina con una taza de café y un periódico abierto. La matka de Zofia le llevó un plato de pan tostado untado con generosas cantidades de mantequilla cremosa y rica mermelada roja. Se veía preciosa, como antes de la guerra, con la cara redonda y encantadora. Era obvio que su papá también lo pensaba por la forma en que sonreía mientras aceptaba el plato. Antek se dejó caer en la silla de al lado, con el mechón de pelo parado en la frente, el que lo atormentaba desde niño. Cuando sonrió, fue hacia Zofia. «¿Quieres que te enseñe a hacer un nudo que no se suelta?».

Quería quedarse en esos recuerdos para siempre, en esos momentos cotidianos que había dado por sentados. Habían sido aburridos entonces, sus pensamientos se fijaban en los defectos más que en el amor. Y sin embargo, todo había sido tan sencillo. Tan perfecto.

Había sido precioso.

Se dejó llevar por la música sobre las alas de sus recuerdos. Días en la escuela con Janina a su lado, cenas familiares con platos llenos y comida de calidad, reuniones de guías, risas, juegos de aro en el parque entre el aroma de los lirios del valle y las lilas.

La música llegó a su fin demasiado pronto y Zofia se encontró de nuevo en un sótano frío y semioscuro, sentada en una silla de madera dura. La gente aplaudía a su alrededor y ella hizo lo mismo, un movimiento automático mientras su cerebro se readaptaba al viaje al que la había llevado la música. Y a que su ausencia la había dejado repentinamente a la deriva.

No hubo intermedio, como en las representaciones de antes de la guerra. El concierto había terminado y el silencio del piano dejó un vacío en ella. *La pequeña cerillera* había sido uno de los cuentos favoritos de su infancia y ahora le vino a la mente de la misma forma como los libros a menudo llenaban sus pensamientos.

Durante la última hora, cada canción había sido como un cerillo encendido, que había dejado que Zofia se regodeara en el resplandor de un recuerdo dorado. Cuando terminó el concierto, todas esas pequeñas llamas se habían apagado, devolviéndola a este mundo frío y duro donde todo había cambiado.

Entonces comprendió que su papá pudiera escuchar música durante tanto tiempo con los ojos cerrados, mientras golpeaba suavemente con los dedos. Había estado absorbiendo la música, dejándose llevar por ella lejos de las pesadillas de la Gran Guerra y de sus problemas en el hospital a tiempos más alegres.

En aquel entonces, no había experimentado la vida lo suficiente como para apreciar la música del modo como lo hacía su papá. Sin embargo, eso había sido antes de saber lo profundo que podía ser el abismo de la pérdida.

Recordó el consejo de Marta Krakowska: para escribir emociones auténticas, hay que morir mil veces. Tal vez se refería a eso, a que al soportar la crudeza de la vida, uno finalmente podía valorar lo que tan a menudo se pasaba por alto.

Esa noche, Zofia había disfrutado aquellos momentos como perlas gracias a la música.

Cuando terminó el concierto, Darek la condujo en la gélida velada de diciembre. Las estrellas parpadeaban en la sedosa negrura de la noche, y su brillo resplandecía en la oscuridad de la calle. Ni ella ni Darek dijeron nada durante un rato mientras caminaban, sus pasos reverberaban sobre el pavimento mientras asimilaban la exquisita presentación.

Esa era una de las cosas que Zofia apreciaba de la amistad que había desarrollado con Darek. Podían perderse juntos en sus pensamientos en un agradable silencio.

—La Consejería de Educación y Cultura quiere organizar una exposición de mi arte. —La suave voz de Darek rozó el silencio como una cortina.

—¿Una exposición de tus cuadros? —A menudo recordaba el poder de sus intrincados lienzos, la marcada diferencia del antes y el después, y el impacto que causaban.

—Mis pinturas y también algunos de mis trabajos a lápiz. —Miró a las estrellas mientras hablaba.

En realidad, su trabajo a lápiz era el favorito de Zofia, el detalle era tan preciso como una imagen capturada con una cámara.

—Darek, qué increíble.

—¿Crees que querrías ir? —Darek la miró.

—Por supuesto que sí.

Él asintió y, aunque estaba oscuro, Zofia se imaginó que podía distinguir un tímido rubor en sus mejillas.

—Te avisaré cuando suceda.

Se detuvieron frente a la casa de Zofia y los ruidos de la algarabía nazi y las risas de las mujeres del bar Podlaski resultaban escandalosos en la noche maravillosamente tranquila.

—Me hará mucha ilusión —Zofia le sonrió.

Como era alta para ser mujer no siempre miraba a los hombres hacia arriba, pero sí podía hacerlo con Darek y eso le gustaba de él. De hecho, últimamente parecía haber un buen número de características que le gustaban de él.

Quizá demasiadas.

Dio un paso atrás, poniendo distancia entre ellos. La vida era demasiado complicada para ceder a eso que hacía que su corazón latiera más fuerte cuando él se acercaba.

—Buenas noches. —Caminó hacia atrás, hacia la puerta de su edificio.

—Buenas noches, Zofia. —Darek permaneció donde estaba, y una sonrisa alzaba la comisura de sus labios. Hasta que ella no estuvo a salvo dentro, él no se dio la vuelta para dirigirse en la dirección contraria.

Si se hubieran conocido antes de que sus vidas se alteraran tan drásticamente, las cosas podrían haber sido diferentes entre ellos. Quizá habría habido lugar para algo más, algo como el amor.

En enero, la biblioteca secreta de la calle Traugutta estaba en pleno funcionamiento. Zofia solicitó la ayuda de Danuta y Kasia para encontrar los libros solicitados por los usuarios secretos y formas alternativas de sacarlos y devolverlos a la biblioteca principal sin ser detectados.

Los lectores pasaban varias veces al día, pero el tráfico de la calle y el callejón oscuro disimulaban su presencia. Con la disponibilidad de libros ilegales, el hombre que alguna vez había pedido *El hombre invisible* ahora podía llevarlo a casa para leérselo a su hijo.

Zofia acababa de cerrar la puerta trasera, donde la gente iba a recoger sus libros, cuando sonó un golpe en la puerta principal del pequeño edificio.

—¿Cómo es que no sabíamos de esta? —preguntó una voz aguda y familiar. Zofia recogió rápidamente los libros que había llevado del almacén oculto.

—Es *Frau* Beck —le susurró a la señorita Laska mientras escondía apresuradamente los libros en el armario trasero.

Un tintineo de llaves sonó en la puerta principal. *Frau* Beck abrió la puerta y *Frau* Schmidt apareció a su lado, ambas de saco oscuro, falda y mal gesto. Se pararon en seco al ver a la señorita Laska y a Zofia.

—¿Qué hacen ustedes aquí? —preguntó *Frau* Schmidt, torciendo la boca—. Se supone que este edificio está vacío.

—¿En serio? —preguntó la señorita Laska, parpadeando detrás de sus enormes gafas.

Así era y las dos lo sabían. La orden había llegado después de la revisión de inventarios. Sin embargo, la señorita Laska tampoco había entregado su hoja de inventario.

Afortunadamente, se habían preparado para un acontecimiento como este y, hasta el momento, la señorita Laska interpretaba su papel a la perfección.

—Sí —espetó *Frau* Beck. Recorrió con mirada desaprobadora la sala de lectura, cuyos estantes estaban casi vacíos, salvo por los libros aprobados por el Gobierno General y una planta relativamente sana.

*Frau* Schmidt le hizo a Zofia un gesto con la cabeza.

—¿Y tú qué haces aquí? Es tu día libre, ¿no?

Hojeó los documentos de su portapapeles.

—Yo siempre he venido a ayudar a la señorita Laska —respondió Zofia con la inocencia de quien no ha hecho nada malo—. Incluso en mis días libres.

La señorita Laska le sonrió a Zofia.

—Siempre se agradece la ayuda.

—Señorita Laska —repitió *Frau* Schmidt, todavía hojeando sus papeles—. No recuerdo que estuviera empleada aquí. No está en mi lista.

—¿No? —La señorita Laska parpadeó de nuevo.

—¿Le pagan siquiera? —preguntó *Frau* Beck.

—No, pero supuse que era un descuido que se corregiría.

Las *Frau*s intercambiaron una mirada atribulada.

—Usted no debería estar aquí —dijo bruscamente *Frau* Beck—. Debe irse o haremos que la arresten.

—Eso no es verdad —dijo Zofia. Ambas mujeres la miraron y ella cambió al alemán—. Solicité su ayuda para verificar el inventario de este edificio. Ella sabe más que nadie sobre esta sucursal. Usted pareció estar de acuerdo en esa ocasión.

Dirigió la última parte a *Frau* Beck, quien a veces resultaba más fácil de persuadir.

La mujer frunció los labios mientras *Frau* Schmidt se dirigía al escritorio para revisarlo.

—Casi no hay nada aquí, salvo algunos viejos registros, y ella claramente está senil. ¿Con qué podría ayudarnos?

Zofia tomó el registro de 1933, en el que habían estado anotando las salidas en curso después del año nuevo, haciendo como si lo hubiera elegido de la mesa al azar.

—Puede recordar detalles históricos con precisión. Pregúntele cualquier cosa de este registro de salidas.

*Frau* Schmidt puso los ojos en blanco y abrió el libro.

—¿Quién sacó *Quo Vadis* el 5 de enero, para devolverlo el 25 de enero? —preguntó con un grueso acento polaco.

—La señora Halinka D. —respondió la señorita Laska sin vacilar.

*Frau* Schmidt alzó las cejas mientras pasaba varias páginas al azar.

—¿Y *Lo que el viento se llevó* el 3 de enero y cuándo se devolvería?

—El señor Jan G., con fecha de regreso el 23 de enero.

*Frau* Schmidt parecía impresionada. Quizá demasiado impresionada. Tomó otro libro de registro, este de 1929, y a Zofia se le encogió el estómago.

La señorita Laska solo se había aprendido de memoria los préstamos actuales. Con cualquier pregunta del pasado la señorita Laska fallaría y serían descubiertas.

# Capítulo 28

Zofia se tensó, esperando a que *Frau* Schmidt abriera el registro de libros, cuya fecha se remontaba más de una década atrás.

—Ya basta —dijo irritada *Frau* Beck.

*Frau* Schmidt suspiró y dejó el cuaderno de 1929.

—Muy bien, puede quedarse mientras necesites su ayuda.

Los *Fraus* salieron del edificio y Zofia relajó los hombros. Por el momento, la señorita Laska estaba a salvo.

La mujer mayor empezó a reírse de repente.

—Menos mal que no son lectoras de verdad. —Sus ojos brillaron de maliciosa diversión—. O habrían sabido que *Lo que el viento se llevó* no se publicó hasta 1936.

Llamaron a la puerta trasera. Zofia la abrió, medio esperando que las *Fraus* les hubieran puesto una trampa presentándose en la entrada trasera con un usuario. Sin embargo, la saludó un rostro amistoso de brillantes ojos azules y un pañuelo a juego sobre el cabello rojo.

Marta Krakowska sonrió y entró a la biblioteca.

—Ah, la futura escritora.

Zofia se quedó boquiabierta.

—¿Se acuerda de mí?

—La forma como trataste los libros que salvamos de la Biblioteca Krasiński te hizo inolvidable. De hecho, lo utilicé en una escena que escribí hace poco en mi novela más reciente, *El águila de Polonia*.

—Suena increíble.

Marta se rio.

—Solo has oído el título.

A veces, un buen título y un nombre conocido eran lo único necesario para que Zofia supiera que un libro le encantaría.

La señorita Laska se acercó con un objeto en la mano.

—Aquí tiene. —Le tendió un ejemplar de *El puente de San Luis Rey*, de Thornton Wilder.

La señorita Krakowska aceptó el libro y lo metió en una gran bolsa tejida que tenía a su lado.

—Es una excelente historia para una aspirante a escritora. La mejor manera de escribir sobre un personaje es saber quién es en lo más profundo. Thornton Wilder hace un trabajo maravilloso al respecto en su exploración de lo que realmente significa la conexión para la humanidad. Tendrás que leerlo. —Inclinó la cabeza—. Después de mí.

—Añadiré mi nombre a la fila. —Zofia escribió la fecha de devolución de la señorita Krakowska en el registro—. El 4 de febrero.

La señorita Krakowska les dio las gracias y se marchó apresuradamente por la puerta trasera; el intercambio fue tan normal como el de cualquier otro usuario de la biblioteca.

—¿Quieres ser escritora? —La señorita Laska volvió a meter el registro de libros en el cajón.

—Lo consideré alguna vez. —Zofia se encogió de hombros, sintiéndose de pronto ridícula por haber soñado alguna vez con esa posibilidad. ¿Quién podía pensar en aspiraciones futuras cuando la supervivencia era el objetivo de cada día?

No solo la suya propia, sino la de sus seres queridos y la de aquellos a los que había que ayudar.

—No tienes que preocuparte por eso ahora. —La señorita Laska palmeó el antebrazo de Zofia—. Es mejor que te tomes tu tiempo y hagas lo que quieres en vez de un trabajo que sea una obligación.

—¿Usted quería ser bibliotecaria? —Zofia deslizó los otros registros de salida en el escritorio, colocándolos en orden, con el de 1933 hasta arriba.

—Sí, pero… —La señorita Laska miró a lo lejos, como si viera otra vida, otra época—. Pero cuando era más joven, era una radical.

—¿Una radical?

La señorita Laska sacudió la cabeza para despejarse y volvió a centrarse en una pila de libros que estaba sobre el escritorio.

—Lo único que siempre había querido era una Polonia libre. Me opuse a la opresión rusa en cada oportunidad que tuve. Cuando fuimos libres después de la Gran Guerra, pensé que nunca más tendríamos que vivir una ocupación. Tienes suerte de ser joven, de haber nacido en la libertad y de poder luchar.

—Todavía puede unirse a nosotros. —Zofia llenó la pequeña regadera para la solitaria planta de la sala de lectura.

La señorita Laska se rio, tan atrapada por el humor que se olvidó de cubrir el diente que le faltaba.

—Con trabajo puedo levantar una caja pesada o regar una planta. No, creo que hace mucho que dejé atrás esos días. —Sin embargo, mientras lo decía, le brillaban los ojos—. No hay nada que desee más en este mundo que una Polonia libre. —Se detuvo un momento, dejó que su mirada recorriera las estanterías que tenía delante y suspiró satisfecha—. Pero he tenido, y tengo, la suerte de trabajar con mi otra pasión: los libros.

El trabajo de Veronica para ayudar a los judíos fue absorbido por el Estado Clandestino Polaco en una organización llamada Żegota, que utilizó su ayuda para planificar eficazmente sus esfuerzos. No mucho después de que se anunció su liderazgo, la mujer que refugiaba a la señora Steinman le informó a Zofia que un vecino había descubierto a su huésped y había amenazado con acudir a la policía.

La Żegota inmediatamente le pidió a Zofia que trasladara a la señora Steinman a una casa en las afueras de la ciudad para que residiera con una viuda cuyo marido había muerto durante la Gran Guerra. La señora Steinman llevaba ahí casi un mes y Zofia había estado preocupada por ella desde entonces.

Cuando por fin pudo dedicar un día a visitar a la señora Steinman, tuvo que hacerlo en tren. No era el medio más seguro. Los agentes de la Gestapo controlaban constantemente a los viajeros en busca de alimentos o dinero de contrabando, y siempre existía el riesgo de un ataque de la resistencia que hiciera estallar el tren. Sin embargo, Zofia no tenía elección: era imposible recorrer en bicicleta las carreteras heladas.

Aunque la viuda le había dicho que no necesitaba dinero, Zofia llevaba varios cientos de złotys en el forro de su bolsa. Por si acaso.

Tenía que hacer una larga caminata hasta la cabaña, y el esfuerzo se hizo aún más penoso por una tormenta de nieve que casi cegó a Zofia. Cuando llegó, estaba casi congelada.

La viuda, a la que Zofia solo conocía como Ella, abrió la puerta y la condujo rápidamente al interior, donde olía a fuego y a algún tipo de carne asada. A Zofia se le hizo la boca agua.

La viuda llevaba el pelo canoso y pelirrojo recogido en una trenza y sus ojos verdes mostraban preocupación. Llevó a Zofia a una silla junto a la chimenea, donde el fuego ardía sin cesar. El calor recorrió su piel fría como si fuera agujas, doloroso antes de volverse agradable. Con la escasez de combustible de la ciudad, Zofia tenía la sensación de no haber entrado en calor en meses.

—¿Qué haces afuera con este tiempo? —Ella se apretó un poco más el chal verde y gritó por encima de su hombro—: Hania, es Zofia.

La señora Steinman salió corriendo en un instante de un cuarto trasero.

—Zofia, ¿en qué estabas pensando, viniendo aquí en pleno invierno?

Zofia se quedó mirando a la señora Steinman, incapaz de apartar la vista. La madre de Janina había cambiado por completo.

Su esquelética figura se había llenado, no solo se habían redondeado sus caderas, sino también su rostro. En sus mejillas brillaba un saludable tono rosado y su pelo estaba lustroso.

—Habría ido a buscarte de haberlo sabido —dijo Ella—. Hania, ¿puedes traerle unas mantas extra mientras caliento leche?

Finalmente, Zofia apartó la mirada de la señora Steinman, segura de haber oído mal. En esos días nadie tenía leche.

Sin embargo, Ella sacó una botella del alféizar y vertió un poco de leche en una cacerola. Zofia se cubrió con las mantas y en pocos minutos tenía la leche caliente y humeante en las manos.

Se la bebió rápidamente a pesar de que le quemaba la lengua, saboreando el manjar cremoso y la satisfacción de que se le asentara en el estómago.

—Parece que ya entraste en calor. —Ella le sonrió a Zofia—. Las dejo para que conversen un rato. —Y salió de la habitación para dar un poco de intimidad a la señora Steinman y a Zofia.

—¿Está bien Janina? —preguntó la señora Steinman, con el ceño fruncido de preocupación.

—No he sabido nada de ella.

La señora Steinman asintió, aún con gesto de preocupación.

—Como te arriesgaste a venir con semejante clima, pensé…

Zofia negó con la cabeza.

—No, solo quería ver cómo estaba, asegurarme de que la cuidaban bien. Ha hecho tanto frío este año, y después de esa horrible pareja… No podía soportar que le pasara algo.

La señora Steinman extendió la mano y acarició el pelo de Zofia como lo hacía siempre con Janina.

—Arriesgas demasiado por los demás.

Zofia no dijo nada. Le habría gustado arriesgar aún más, pero no era posible cuando los nazis la vigilaban a cada paso.

Una vez que se aseguró de que la señora Steinman estaba en un lugar seguro y que la estaban cuidando bien, Zofia tuvo que regresar a Varsovia. Esta vez, Ella insistió en llevarla a la estación de tren en un pequeño carro tirado por caballos.

Zofia esperó hasta que estuvieron dando tumbos por el campo helado, bien envueltas en sus abrigos y bufandas.

—Traje dinero para usted.

Ella apoyó el pie en la viga de madera de la parte delantera del carro.

—No lo necesito.

¿Quién rechazaba dinero en tiempos como esos? Zofia volvió a intentarlo.

—Seguro que puede servirle para conseguir comida o provisiones.

Aun así, Ella se quedó mirando al frente, callada durante el tiempo suficiente para que Zofia empezara a ponerse nerviosa.

—Hay algo que puedes hacer por mí —dijo Ella finalmente—. Aunque es una petición enorme.

Todo el mundo tenía un precio y ella estaba a punto de descubrir el de Ella.

—Hania me prestó *Lo que el viento se llevó* cuando terminó de leerlo —continuó Ella—. También me dijo que trabajas en la biblioteca.

El alivio liberó la tensión de los hombros de Zofia.

—¿Quiere que le traiga libros la próxima vez que venga?

—No a mí. —Ella dirigió el carro hacia la izquierda, hacia la estación de tren a la distancia—. La biblioteca de aquí no tiene más que libros sobre agricultura. Me imagino que los jóvenes están tan desesperados por una lectura entretenida como yo. Aunque también me gustaría pedir algo de Proust si tienen.

Zofia observó el perfil de Ella, la mujer mayor que compartía cada parte de su vida con la señora Steinman, desde los alimentos que producía su pequeña granja y que los nazis no se llevaban, hasta la ropa de su propio armario. Y ahora, incluso el favor que le pedía era para compartirlo con los demás.

—En primavera, cuando las carreteras estén más despejadas, traeré algunos —le respondió Zofia—. Así podré venir en bicicleta. Mientras tanto, ¿por qué no hace una lista de los títulos que podría querer?

La sonrisa que se extendió en el rostro de Ella indicaba que no tendría ningún problema con esa tarea.

Justo después de mediados de enero, ruidos de guerra volvieron a estallar en Varsovia, esta vez concentrados en el corazón del gueto. La conmoción continuó durante todo el día y Zofia estuvo fuera de sí de terror por Janina.

Ya era raro que los judíos escaparan del gueto. Por lo que le habían contado a Zofia, los que quedaban estaban atrapados detrás de un segundo conjunto de muros, que los encerraba en la fábrica donde trabajaban sin apenas comer ni dormir.

Esa noche, en la exposición de arte de Darek, no se hablaba de otra cosa más que de la repentina sublevación.

—Escuché que tuvieron éxito. —Kasia estaba al lado de Danuta, como de costumbre.

Aunque esta vez no se habían reunido para hablar de libros, era agradable volver a tener juntos en un mismo lugar a los miembros de El club del libro bandido.

—Ya era hora de que alguien contraatacara —dijo Danuta mientras estudiaba uno de los cuadros de Darek.

Era una vista de la Biblioteca Krasiński antes de la guerra, con el hermoso jardín en abanico alrededor de la gran estructura. La imagen se difuminaba en el centro para mostrar el tejado derrumbado de la sala de lectura y el museo, con libros esparcidos y ardiendo sobre el pasto.

Darek captó la escena con tal realismo, que Zofia prácticamente podía sentir el hollín del humo y el polvo contra las yemas de los dedos de los libros que habían salvado.

—¿El levantamiento continúa? —preguntó.

—No —respondió Kasia en voz baja—. Pero pudieron contener a los nazis durante un tiempo.

Darek, que había estado hablando con otro grupo, se volvió para reunirse con ellas.

—La revuelta fue suficiente para atraer la atención del Ejército Nacional —dijo en voz baja—. He oído que van a intentar reunir más armas para enviarlas al gueto.

Lo que significaba que habría más batallas contra los alemanes. Zofia volvió a pensar en Janina y rezó en silencio para que su amiga estuviera a salvo.

—Darek, eres un artista increíble. —Kasia miró el cuadro de la Biblioteca Krasiński—. Estoy muy impresionada por tu habilidad.

Danuta se acercó al cuadro y lo examinó con más detalle.

—Realmente bello. Ni siquiera mi padre habría podido encontrar defectos en tu trabajo.

Aunque Zofia ya había visto esas obras antes, la maravillaron de nuevo. Darek tenía un talento natural, su estilo le recordaba al del famoso artista polaco del siglo XIX Jan Matejko. El juego de luces y sombras en la escena, los tonos rojos y rubíes vivos—. Si estuviéramos en otra época tu obra estaría en el Museo Nacional —dijo Zofia con sinceridad.

Las mejillas de Darek se sonrojaron y Zofia odió haberse dado cuenta de lo guapo que se veía aquella noche. La pomada que usaba para peinarse le recordó las cartas de Janina, y se veía tan atractivo como un actor de cine, con su mandíbula cuadrada y sus expresivos ojos cafés.

—Ese fue mi sueño alguna vez, exponer mi obra en el Museo Nacional. —Se miró las puntas de los zapatos al admitirlo.

—¿Ya no es tu sueño? —preguntó Zofia.

Darek se encogió de hombros.

—¿Quién desperdiciaría un sueño en algo tan egoísta? Si pudiera pedir cualquier cosa, sería que esta ocupación nunca hubiera ocurrido, y la igualdad entre judíos y polacos, exactamente como debería ser.

Sus palabras resonaron en Zofia, cuyos propios sueños difícilmente iban a un futuro más allá de haber terminado la preparatoria. Eso podría venir más tarde. Ahora su objetivo era Polonia.

Danuta pasó al siguiente cuadro, uno de la calle Świętokrzyska, donde antes había estado la sala de lectura sobre el almacén oculto. Era el punto central de la pintura de Darek, estoica y orgullosa por un lado, y en llamas y desmoronándose por el otro. Kasia siguió a Danuta para mirar los detalles, pero Darek no se acercó con ellas. Permaneció frente a Zofia.

—¿Has tenido noticias de Janina?

Zofia negó con la cabeza.

Darek apretó los labios.

—Te avisaré si me entero de algo.

—Ojalá todo esto hubiera ocurrido antes —se lamentó Zofia, dando voz a las palabras que dolían en su interior desde hacía demasiado tiempo—. Tal vez habría evitado el muro. Los judíos no hubieran sido perseguidos. No habrían sido capturados hombres y mujeres inocentes.

—Y tu padre y mis padres estarían vivos. —Danuta miró a Zofia por encima del hombro, obviamente escuchando la conversación—. En vez de haber sido arrastrados a Palmiry como ellos.

Zofia frunció el ceño con la mención del pueblo a las afueras de Varsovia.

—Mi papá estaba en la prisión de Pawiak.

Danuta se dio la vuelta del todo y miró a Zofia, con los ojos llenos de una mezcla de dolor y rabia.

—Eso decían también de mis padres.

Una sensación de frío invadió a Zofia.

—¿Qué quieres decir? —Zofia intentó tragar saliva, pero se le secó la garganta.

La expresión de compasión de Danuta hizo que a Zofia se le acelerara el pulso.

—Hitler recibió listas de hombres y mujeres con estudios superiores, que podían ser una amenaza para la ocupación —explicó Danuta—. Dentistas, abogados, profesores, como mis padres. Y médicos.

Médicos.

A Zofia le dio vueltas la cabeza.

—No es necesario contárselo, Danuta. —Había una nota de advertencia en el tono de Darek.

—Sí lo es —respondió Zofia con los labios entumecidos—. Necesita saberlo.

Danuta le lanzó una mirada desafiante a Darek antes de continuar.

—Los arrestaron y los llevaron primero a Pawiak, sí, durante un día o dos. Luego los llevaron al bosque de Kampinos, cerca de Palmiry, donde los alinearon frente a unas profundas fosas en la tierra.

—¿Y? —A Zofia se le atoró la respiración en el pecho.

—Y les dispararon. —Danuta apartó la mirada.

Zofia dirigió su atención a Darek, que asintió solemnemente. Algo agrio se le agitó en la boca del estómago. Unos puntos le empañaron la visión.

Ella había creído que su papá estaba en Pawiak, y que había recibido los paquetes que ella le había hecho, que antes de morir ahí un año después había sabido que lo querían y que deseaban protegerlo. Pero esto...

Sacudió la cabeza para despejarse, pero la acción solo hizo que sus pensamientos se enredaran más. De repente, la habitación era demasiado pequeña, el aire demasiado quieto, demasiado denso para respirar.

Si ese era el precio que se exigía por la mera posibilidad de un levantamiento, ¿qué le harían los nazis a los que realmente se habían rebelado contra ellos?

# Capítulo 29

El zumbido de la guerra era una melodía demasiado familiar en el aire. Lo que había cobrado vida en el gueto en enero siguió latente durante varios meses, afinando detalles hasta la víspera de la Pascua judía en abril, cuando estalló el estruendo de los disparos.

Zofia y su *matka* saltaron al mismo tiempo, y sus miradas se cruzaron sobre la escasa comida de papas cocidas y el cuarto de una hogaza de pan duro mientras intentaban ubicar la dirección de la conmoción.

Desde que Hitler había sido derrotado por la Unión Soviética en Stalingrado dos meses antes, el Gobierno General se había vuelto más agresivo y cruel. Hubo más redadas y detenciones, así como ejecuciones públicas en las que los cadáveres permanecieron colgados de faroles por toda Varsovia durante días.

La élite de los Rangos Grises, como Darek, continuó con sus propias ejecuciones de personas declaradas culpables por los tribunales clandestinos y voló vías de ferrocarriles, mientras que otros, incluyendo a Zofia, siguieron realizando sabotajes menores.

El ruido del combate parecía lo suficientemente alejado como para no tratarse de una redada policial en su edificio. Sin embargo, la paz que Zofia pudo encontrar fue sustituida por la certeza de la procedencia de la batalla.

—Me parece que... —Respiró lentamente—. *Matka*, creo que ha comenzado el levantamiento en el gueto.

Su *matka* cruzó la mesa y tomó la mano de Zofia con sus dedos cálidos y finos.

—Janina.

En otro momento, Zofia se habría apartado del contacto de su madre, repelida por sus propias dudas sobre el afecto de su *matka*. Ahora, encontraba consuelo en el contacto de sus manos; eran dos mujeres unidas contra el mundo.

Como deben serlo madre e hija.

—Veré si puedo averiguar alguna información sobre ella. —Zofia fue poco entusiasta. Preguntaría, pero sabía que probablemente sería imposible. Hacía mucho tiempo que Zofia no sabía nada de su amiga.

Su *matka* acarició su crucecita de oro.

—Voy a rezar. —Para ella, buscar el consejo divino era la máxima ayuda que alguien podía ofrecer.

Y, a decir verdad, Zofia preferiría que su *matka* se inclinara sobre una veladora encendida en la iglesia a que anduviera por ahí con secretos escondidos en la bolsa.

Los combates empeoraron a medida que avanzaba el día. Cada ráfaga de disparos, cada explosión estruendosa le crispaba los nervios a Zofia. Incluso las *Frau*s parecían nerviosas en la biblioteca, y le ordenaron a todo el mundo que permaneciera adentro durante su turno.

Aunque nadie quería salir a la calle en esos días. Incluso antes del levantamiento del gueto, era demasiado peligroso con tantas redadas y tanta agresión nazi.

Cuando Zofia se fue de la biblioteca aquel día, Darek la estaba esperando, oculto entre las sombras.

—Sé que estás preocupada por Janina —dijo a modo de saludo—. Le pedí a algunas personas que preguntaran por ella.

Zofia dejó que la condujera a la sala de lectura, donde la señorita Laska estaba sola.

—¿Va bien el levantamiento?

Darek asintió, solemne y estoico como solía ser últimamente.

—Apenas empezó. El Ejército Nacional está enviando algunos hombres para colaborar con ellos. Me ofrecí como voluntario para ir, pero no me dejaron. —Una amarga decepción tiñó su tono cuando pronunció la última frase.

Que no lo dejaran ir no sorprendió a Zofia. La tarea de Darek como verdugo del Estado Clandestino Polaco lo hacía demasiado valioso. Cambiaron ligeramente de ruta para pasar junto al muro del gueto.

En los últimos meses habían muerto más nazis y colaboradores, y el cambio en Darek había sido innegable; tenía una nueva dureza que hacía que Zofia sintiera pena por el joven amable que había sido antes. Aunque la guerra volvía necesarios este tipo de cambios, eran difíciles de presenciar.

—Los judíos se han estado preparando. —Darek miró detrás de ellos mientras hablaba, confirmando que nadie los seguía lo suficientemente cerca como para oírlos—. Durante la noche, han estado construyendo búnkeres y fabricando granadas e incluso lanzallamas.

Darek se paró en seco y miró por encima del muro del gueto al final de la calle. Zofia siguió su mirada y casi lloró al ver lo que miraba.

Ahí, entre columnas de humo negro, dos banderas se elevaban por encima de la batalla. La *flaga Polski* y, al lado, un complemento perfecto también con dos bandas de color, blanca en la parte superior y azul en la inferior.

Habían pasado cuatro años desde la última vez que había visto ondear al viento la brillante bandera polaca blanca y roja, liberada de dondequiera que hubiera estado almacenada para desplegarse y extenderse hacia la libertad.

La oleada de patriotismo que la invadió en ese momento fue palpable. Llevaba toda la vida dando por hecho la imagen de esa bandera.

Igual que había dado por hecho su libertad.

—¿Cuál es la otra bandera? —preguntó.

—La ŻZW —dijo Darek con reverencia—. La Unión Militar Judía. Al lado de Polonia como siempre debió haber sido.

Janina estaba ahí, luchando bajo esas banderas junto a sus hermanos. Y Zofia habría dado cualquier cosa por estar con ella.

Ni Zofia ni Darek volvieron a hablar mientras caminaban, ambos perdidos en un agradable silencio de reflexión personal. Cuando llegaron al cruce que daba a la calle Traugutta, se separaron sin cruzar palabra, pues ambos sabían que era necesaria la discreción cuando se trataba de la biblioteca secreta.

La señorita Laska le abrió la puerta a Zofia con más rapidez de lo habitual.

—¿Lo oyes? —preguntó con los ojos muy abiertos y parpadeando de emoción.

Zofia asintió y cerró la puerta tras de sí.

—El levantamiento comenzó.

—Están contraatacando. —La señorita Laska miró por la ventana hacia el gueto—. Deberíamos unirnos a ellos, unir nuestras filas y nuestras armas. —Alzó el puño al aire con entusiasmo mientras hablaba.

Sin embargo, la señorita Laska lo veía desde la perspectiva de muchos polacos, que creían que los judíos iban a tener por fin la oportunidad de liberarse. Zofia entendía la situación desde la experiencia de Janina y desde la perspectiva de los muchos hombres y mujeres a los que Zofia había ayudado a salir del gueto a casas de seguridad.

Era una lucha que los judíos sabían que no podían ganar. Era la venganza por todos los que habían sido asesinados. Era una reparación por el mal que les habían hecho. Era todas esas cosas, sí, pero también era una oportunidad de morir con un arma en las manos, luchando contra su enemigo y, con suerte, derribando a unos cuantos nazis con ellos.

—Rezo por ellos todas las noches —dijo la señorita Laska—. Ahora lo haré con más vigor, para darles valor, fuerza y protección.

Zofia levantó la mano para regar la plantita y vio un paquete al lado, demasiado alto para ser detectado desde abajo.

—¿Qué es eso?

La señorita Laska se apartó de la ventana.

—Un regalo para ti.

—¿Para mí? —Zofia bajó el paquete. El único que le daba regalos era Darek, y seguramente lo habría hecho cuando se encontró con ella.

El peso del objeto sugería que era precisamente lo que parecía: un libro.

Tal vez un libro nuevo para la biblioteca oculta. La emoción alegró la oscuridad que la presionaba con el brillo de algo que le hacía ilusión.

Desenvolvió el papel y su entusiasmo cayó como una piedra, arrastrado por la decepción.

*Cien platillos con papas.*

La señorita Laska dio una palnada y sus ojos luminosos brillaron.

En beneficio de la mujer mayor, Zofia esbozó una sonrisa mientras sostenía el libro.

—Me encantan las papas.

—Qué va. —La señorita Laska agitó la mano—. Ahora todos odiamos las papas. ¿Qué hay debajo?

La pregunta sorprendió a Zofia hasta que se dio cuenta de que la anciana se refería a la sobrecubierta. Zofia quitó el papel de la cubierta y descubrió debajo un libro gris liso, con el título impreso en negro. *El águila de Polonia*, de Marta Krakowska.

Zofia abrió la boca, pero no pronunció una palabra.

La señorita Laska se rio de alegría.

—Es la novela más reciente de Marta Krakowska. —Zofia se quedó boquiabierta con el regalo en las manos—. ¿Cómo...? —No podía aceptar que tal objeto existiera—. ¿Cómo se imprimió?

—Lo hizo la prensa clandestina. —La señorita Laska abrió la portada y señaló «KOPR» en la información de la publicación—. ¿Ves? Así se sabe que lo publicó el Ejército Nacional. Probablemente aquí o en Cracovia. Y aquí... —Señaló la fecha de impresión que indicaba que era una publicación de 1938—. Es para asegurar que parezca que el libro fue creado antes de la guerra.

Zofia se volvió asombrada hacia la señorita Laska.

—¿Cómo sabe todo eso?

—No estoy tan ocupada como tú. —La señorita Laska esbozó una sonrisa malévola—. Y me encantan las lecturas clandestinas.

—Que no se enteren las *Frau*s —la regañó Zofia.

La jovialidad de su tono quedó ahogada por un lejano sonido de disparos, seguido de una explosión que hizo vibrar las ventanas en sus marcos.

La señorita Laska miró en dirección al gueto.

—¿Sabes algo de Janina?

Zofia negó con la cabeza y deseó desesperadamente que

Darek encontrara a alguien que le proporcionara alguna información.

—Todo va a estar bien. —La tranquilidad de la señorita Laska no era nada convincente—. Estoy segura de que acabará rápido, como la primera. Otra victoria que saborear mientras los nazis se lamen las heridas.

Sin embargo, el levantamiento no terminó tan pronto. En los días siguientes, la gente a la que la Żegota pagaba por esconder a los judíos empezó inquietarse. En especial cuando el Gobierno General aumentó sus esfuerzos para encontrar a los polacos que albergaban judíos. Y en hacerles pagar.

Familias enteras desaparecieron en la noche, abandonando a los judíos que dependían de ellos, mientras que otros se acobardaron y cancelaron los acuerdos. Las tarifas de las casas de seguridad aumentaron a sumas absurdas e incluso los buenos samaritanos empezaron a retirar su generosidad.

Era exactamente lo que el Reich quería. Zofia tuvo que trabajar el doble para encontrar nuevos lugares donde esconder a todos, una labor que parecía no tener fin.

Por suerte, tenía el libro más reciente de Marta Krakowska para leer en las horas en que el toque de queda la relegaba a su casa. Era un consuelo en medio de la preocupación constante. La historia le ayudó a superar aquellos oscuros días de miedo por Janina y por todos los que luchaban en el gueto. Era un respiro de las perspicaces *Frau*s y sus reglas siempre cambiantes en la biblioteca.

Habría sido fácil leerlo en una sola noche. Desde luego, habría merecido la pena de la neblina del cansancio, la trama habría dado vueltas en su cabeza como un fantasma, llenando la falta de sueño con los recuerdos de un libro bien escrito.

Pero no. Zofia quería saborear la prosa lírica de la talentosa pluma de Krakowska y apreciar los matices de cada personaje. Quería disfrutar cada hermosa palabra.

Y así lo hizo.

A medida que pasaban los días y continuaba el levantamiento en el gueto, Zofia se sumergió en la historia, que estaba ambientada en la Polonia de la ocupación. Un muchacho se enlistaba en el Ejército Nacional para mantener a salvo a su familia. En su periplo, conseguía salvar a una hermosa joven judía que amaba los libros y que había rescatado muchos de una biblioteca bombardeada. En ese punto fue cuando Zofia reconoció en la heroína de la historia una mezcla de ella misma y de Janina. Juntos derrotaban a Hans Frank, jefe del Gobierno General de Cracovia. Se establecían como héroes en una casa a las afueras de Varsovia con la esperanza de un nuevo comienzo, un bebé en camino y, por supuesto, un pequeño gato moteado.

Krakowska siempre terminaba así sus novelas, con un gato moteado. No era ninguna sorpresa, pero esa familiaridad provocaba un suspiro de satisfacción. Al menos en Zofia.

Cuando el libro llegó a su satisfactorio final, se recostó en la cama después de haber estado despierta hasta muy tarde y se quitó las lágrimas de los ojos con alegría por el amor que había reparado tanto daño. Y con pena por despedirse de los personajes que habían echado raíces en su corazón a largo de unos pocos días.

Llevó el libro a la sala de lectura para compartirlo con la señorita Laska, quien tomó el regalo con entusiasmo y lo abrazó contra su corazón.

—Tardaste bastante.

Zofia se rio de la insolencia de la mujer mayor; se moría por que leyera la historia. Los buenos libros son como las puestas de sol o los paisajes: se disfrutan mejor en compañía. No hay mejor experiencia en el mundo que compartir el amor por un libro, discutir los detalles y revivir la historia una y otra vez.

Por eso habían creado El club del libro bandido, aunque hacía tiempo que no podían reunirse. Las *Frau*s eran demasiado severas, y no habían encontrado un ejemplar adicional de *Guerra y paz*, que Kasia había tardado cinco meses en leer antes de pasárselo a Darek. La pobre Danuta lo había leído primero y ya ansiaba comentarlo.

El sonido de gritos y disparos sonaba a espaldas de Zofia esa noche, cuando salió de la biblioteca secreta para dirigirse a su casa lo más rápidamente posible. La violencia nazi había escalado en los últimos días, cuando la esperanza de una victoria fácil contra los judíos se desvaneció en el humo de las granadas y los lanzallamas caseros.

Desquitaban sus frustraciones con los polacos, sobre todo con los que caminaban solos por la noche. Ese día le parecía que una advertencia flotaba en el aire, un hilo frío y siniestro que la envolvía como una serpiente. Zofia se estremeció y se ciñó el chal negro sobre los hombros con más fuerza como si pudiera protegerse con él, confundirse con las sombras y desaparecer. Su hogar nunca le había parecido tan lejano de la pequeña sala de lectura.

Cuando dio vuelta en la calle Krucza, todo parecía como de costumbre, tranquilo y silencioso salvo por el bar Podlaski, donde varios nazis encontraban motivos para quedarse hasta tarde, de fiesta. Subió a su departamento, donde su *matka* tenía ya sobre la mesa un plato de papas cocidas y un poco de pan.

—¿Pasó algo? —le preguntó su *matka*.

Zofia negó con la cabeza, aunque su sensación de inquietud no había disminuido.

—Entonces, ¿por qué te ves tan asustada? —Su *matka* dejó a un lado el plato de contenido indiscernible que tenía en las manos.

—Tengo un mal presentimiento. —Zofia se sintió ridícula de decir esas palabras en voz alta. Sin embargo, no podía deshacerse de la extraña sensación que recorría de arriba abajo su columna vertebral, como unas uñas que rasguñaran cada una de sus vértebras.

Un motor se detuvo afuera y a Zofia se le subió el corazón a la garganta. Su *matka* abrió mucho los ojos.

Antes de que pudieran reaccionar, unas pisadas de botas retumbaron en la entrada del edificio y resonaron en la cavernosa escalera.

Estaban atrapadas en su departamento, sin forma de escapar y sin ningún lugar donde esconderse.

—Zofia. —Su *matka* le hizo señas para que se acercara.

Corrió hacia su madre y la tomó de la mano. Su *matka* estaba tan delgada en esos días, que sus finos dedos parecían ramitas que sujetaban a Zofia con fuerza.

Si las atrapaban, sería culpa de Zofia. Luchó contra la ocupación en cada aspecto de su vida, hasta el punto de llevar el peligro a su puerta. Sin embargo, por los libros que había rescatado, por las vidas que había salvado, volvería a hacerlo de nuevo. Un instinto protector invadió a Zofia y abrazó más fuerte a su madre, deseando que el riesgo no incluyera a su *matka*.

*Bum, bum, bum...*

Las pisadas eran cada vez más ruidosas.

La mirada de su *matka* se clavó en la de Zofia mientras sus grandes ojos grises se llenaban de lágrimas.

—Perdón por haber sido tan estricta...

Zofia negó con la cabeza para que su madre supiera que esas últimas palabras no eran necesarias.

Las pisadas estaban solo un piso debajo de su casa. Todavía no habían abierto ninguna puerta, lo que significaba que no habían llegado a su destino.

—Mis padres —continuó su *matka* rápidamente—. Nunca se preocuparon por mí, estaban demasiado ocupados yendo a fiestas... —Miró desesperada a Zofia—. Pensé que te estaba ayudando dándote consejos y orientación. Cosas que yo nunca tuve.

Zofia acercó a su madre con más fuerza y la abrazó como si pudiera protegerla del terror.

Le había pedido a su madre que no dijera esas cosas, sin embargo, ahora que habían salido, la confesión recubrió el corazón de Zofia como un bálsamo para su alma irritada.

Su pobre madre, primero abandonada en la infancia y luego en medio de una guerra. Debió de herirla profundamente que sus padres se marcharan a Suiza sin preocuparse siquiera por ella.

El ruido de botas sobre las escaleras resonó frente a su puerta.

*Bum, bum, bum...*

Su *matka* se estremeció.

Las botas siguieron subiendo un piso más.

Zofia respiró.

—No vinieron por nosotras.

Encima de su casa se oyó el ruido sordo de una puerta que se abría y órdenes ladradas en alemán. El hombre y la mujer que vivían en el piso de arriba gritaron sorprendidos.

Zofia sabía de qué vecinos se trataba: una amable pareja que ayudaba de vez en cuando a la señora Borkowska. El marido le hacía pequeñas reparaciones en su departamento y la mujer cuidaba generosamente a la nieta de la señora después de que su *matka* cortara lazos con ella. Ambos visitaban a menudo la biblioteca clandestina y contaban chistes tan malos que eran graciosos y provocaban risas.

Violentos golpes y bofetadas sonaron en el piso de arriba en medio de un grito de dolor. Su *matka* respiró entrecortadamente. Las botas volvieron a resonar en el hueco de la escalera, esta vez acompañadas por un gemido grave y adolorido.

Aunque la pareja había tratado de ayudar a los demás en esos tiempos tan difíciles, nadie salió a ayudarlos en ese momento. Habría sido demasiado peligroso.

No es que a Zofia no se le hubiera pasado por la cabeza, pero tratar de ayudarles no solo pondría en peligro su propia vida, sino también la de su *matka*.

No había una forma correcta de actuar: sacrificar a un ser querido y sí misma, a quien otros acudían en busca de ayuda, o intervenir en favor de quienes salvaban a otros y ser detenida en el proceso.

El sacrificio sería en vano.

Sin embargo, el hecho de que fuera una situación imposible no impedía que Zofia se odiara a sí misma por su silencio, ni que se sintiera menos cobarde.

Por las noches, se calmaba la lucha en el gueto. Según Darek, los judíos combatientes se refugiaban en sus búnkeres, recogían las provisiones que podían y trabajaban para reponer sus existencias de armas caseras.

Sin embargo, mientras se preparaban para otro día de batalla, un inquietante manto de silencio descendió sobre Varsovia. Zofia no pudo conciliar el sueño durante algún tiempo, imaginando a los hombres y las mujeres que, agotados por la batalla, seguían esforzándose durante la noche para asegurarse de poder volver a combatir al día siguiente.

Y todo el tiempo, Zofia se atormentó pensando en Janina hasta que cayó en un sueño intranquilo durante el cual las cobijas le daban demasiado calor y sin ellas tenía demasiado frío. Al final, un sueño superficial se apoderó de ella, lo bastante ligero como para mantenerse consciente de cada crujido y gemido del edificio. Tal vez por eso oyó que llamaban a la puerta.

Fue un único llamado, suave y cuidadoso. Aunque no se repitió, sabía que lo había oído. Se despertó de golpe y corrió a la puerta. Quienquiera que estuviera ahí pedía discreción y estaba tan desesperado como para arriesgarse a estar afuera después del toque de queda. Era importante y urgente.

Zofia abrió la puerta lo más silenciosamente posible, girando la cerradura con dolorosa lentitud para que no resonara en el pasillo. Cuando abrió la puerta, encontró a un hombre hincado en el pasillo, ocultándose de la luz de la luna que entraba por la ventana de la escalera hasta convertirse en poco más que una sombra.

Los olores que la asaltaron le eran familiares, le recordaron al ataque a Varsovia al comienzo de la guerra: humo y sangre.

—Ayuda. —La voz ronca del hombre era apenas un susurro.

Zofia se le acercó, suponiendo que estaba en el suelo por una herida, pero él se levantó, con alguien en brazos. Zofia dio un paso atrás y abrió más la puerta para que el hombre entrara, antes de cerrarla rápidamente detrás de él.

Las cortinas estaban cerradas, y la tela era lo suficientemente gruesa como para impedir que cualquier luz se viera desde afuera, lo que dio a Zofia la confianza suficiente para encender una vela.

—Necesito su ayuda —dijo el hombre de nuevo—. Si no, ella morirá.

Al oír sus palabras, Zofia se volvió, protegiendo la vela parpadeante en el hueco de su mano. Proyectó la escasa luz sobre la mujer que yacía inerte en los brazos del hombre.

Era demasiado delgada, con el cuello laxo y el pelo oscuro suelto hacia el suelo, despejándole la cara.

Zofia ahogó un grito y estuvo a punto de dejar caer la vela al reconocerla.

Era Janina.

# Capítulo 30

Zofia no podía apartar la mirada de la cara de Janina, de sus hermosas facciones relajadas como si estuviera dormida.

O muerta.

—En el sofá —indicó Zofia con voz temblorosa, mientras dejaba la vela sobre la mesita cercana, sin confiar en poder sostenerla. El hombre recostó a Janina sin que ninguno de los dos hiciera ruido.

La puerta de la *matka* se abrió.

—Su mirada se posó primero en el hombre, y abrió los ojos de par en par con horror antes de volverse hacia Janina. Se llevó las manos a la boca, ahogando un grito.

—Necesita ayuda. —Zofia se arrodilló junto a Janina.

Los pensamientos de Zofia se revolvieron mientras trataba de recordar las lecciones de primeros auxilios que había recibido con las guías antes de la guerra. Dios, había sido hacía tanto tiempo. Demasiado tiempo.

Y ella era Janina.

El más mínimo movimiento en falso y Zofia podía matarla.

El precio era demasiado alto.

—Tiene varias heridas de bala —dijo el hombre—. Una en

el hombro, otra en el costado y quizá otra. Estaba demasiado oscuro. Había demasiado humo. Ni siquiera podía...

—Yo me ocuparé de ella. —La voz de la *matka* era tranquila pero decidida—. Hay comida y agua en la cocina. Por favor, tome lo que quiera, pero guarde el mayor silencio posible. Veremos qué podemos hacer.

El hombre vaciló y miró a Janina, pero su rostro estaba oculto en las sombras, lo que hacía imposible leer su expresión.

—Nosotras la cuidaremos —lo tranquilizó Zofia—. Seguro que usted necesita comer y descansar. —El hombre estaba cubierto de hollín y vetas de sangre roja brillante adornaban su camisa blanca y sucia. La sangre de Janina.

—Y agradecería algo de privacidad para preservar su modestia —dijo la *matka* con delicadeza.

Esto acabó por convencer al hombre de trasladarse a la cocina silenciosamente.

La *matka* farfulló en voz baja mientras sacaba la blusa de Janina de la cintura del pantalón para revelar una herida en el costado, exactamente como había dicho el hombre.

—¿Qué puedo hacer? —preguntó Zofia, desesperada por hacer algo, lo que fuera.

—Necesitaré varias cosas. —La *matka* apartó el cuello de la blusa de Janina y mostró un furioso agujero en su hombro, una evidente herida de bala—. Agua caliente, el equipo quirúrgico de tu padre y el libro de medicina que tienes escondido debajo el suelo.

Zofia no le preguntó a su madre cómo sabía lo de los libros ocultos, solo acató sus órdenes lo más rápidamente posible. Cuando regresó, su *matka* había desabrochado la blusa de Janina y observaba las dos heridas de bala y una tercera que era visible justo encima del brasier. El hombre que había llevado a Janina ya había comido y bebido, y desapareció en el cuarto de Zofia, donde le habían indicado que podía dormir.

La *matka* tomó el maletín médico del papá de Zofia con sumo cuidado y lo abrió con reverencia; el viejo cuero crujió. Tras evaluar las herramientas que contenía, miró a Janina una vez más, inspeccionando las heridas.

—Ha pasado cierto tiempo desde que Janina sufrió estas heridas —le explicó su *matka*—. Lo que significa que serán más difíciles de sanar y probablemente también serán dolorosas para ella. —Sus ojos brillaron de compasión—. Tal vez puedas contarle una historia. Alguna agradable de tu infancia, como la vez que intentaste hacer las famosas galletas de Bubbe, pero te equivocaste de bote y usaste sal en vez de azúcar.

Si la situación no hubiera sido tan grave, Zofia podría haber sonreído al recordar cómo se les había descompuesto la cara a todos cuando mordieron esas galletas inesperadamente sabrosas. Zofia desvió la mirada hacia el agujero de bala del hombro de Janina.

—Puede que esa historia sea demasiado corta.

—Cuéntale un libro, entonces —la animó su *matka*—. Uno del que puedas hablar durante una hora, si no es que más.

Zofia se relajó con esa petición; sabía exactamente qué libro le encantaría a Janina.

*El águila de Polonia.*

La *matka* sacó del maletín la vacuna contra el tétanos y se la administró a Janina con pericia mientras Zofia le contaba que se había encontrado a la autora en la biblioteca clandestina. Luego, mientras su *matka* desenterraba las balas de su cuerpo, Zofia se puso a contarle el último libro de Marta Krakowska, recordándolo tan vívidamente en su memoria que la historia bien podría haber sido real, como a menudo le parecía con libros tan perfectamente escritos.

En menos de una hora, su *matka* había retirado las tres balas y vendado las heridas.

—Hice todo lo que pude. —Se enderezó y se llevó las manos

a la espalda—. Ahora debemos esperar y confiar en que no le dé fiebre.

Miró preocupada a Janina, que permaneció inmóvil, exactamente igual que como estaba mientras la *matka* trabajaba. Zofia puso una mano sobre la frente de Janina. Tenía la piel fría y húmeda.

Hasta ese momento, Zofia solo había visto que su madre se ocupara de asuntos domésticos. Sin embargo, mientras trataba las heridas de Janina había sido tan profesional y estoica como su papá. El libro de medicina permaneció en el suelo, junto al sofá, sin abrir.

—¿Cómo supiste qué hacer? —preguntó Zofia con asombro.

Su *matka* sonrió, como si pudiera leerle los pensamientos.

—Tu padre y yo empezamos nuestra vida juntos sin nada después de que mis padres me repudiaran por casarme con él. Para abrir su consultorio, necesitaba una enfermera, y no podíamos permitirnos contratar una. Entonces, él me enseñó lo que tenía que hacer.

Se quedaron en silencio, sentadas al lado de Janina hasta que la luz gris del amanecer delineó las pesadas cortinas corridas sobre las delicadas de encaje. La puerta de la habitación de Zofia se abrió y salió el hombre.

—¿Cómo está? —Su voz sonaba ronca, como cuando alguien ha respirado humo durante demasiado tiempo.

—Hicimos todo lo que pudimos —dijo la *matka*—. Veré si hoy puedo encontrar algún tipo carne o huesos para hacerle un caldo fortificante.

El hombre asintió.

—Tengo que volver.

—No es necesario. —Zofia se levantó del suelo y se sentó junto al sofá donde yacía Janina—. Yo trabajo con la Żegota para encontrar hogares para los que escapan del gueto. Puedo buscarle un lugar…

El hombre tragó saliva y, por un momento, Zofia esperó que aceptara. Sin embargo, apretó la mandíbula.

—Tengo que volver.

—Báñese primero, o lo detendrán de inmediato. —La *matka* indicó su aspecto.

Se había lavado la cara y las manos, pero tenía suciedad en el nacimiento del pelo y en el cuello. No había podido hacer nada con su ropa, que seguía sucia y manchada, con la mancha de sangre de Janina color óxido.

Mientras el hombre se bañaba, la *matka* salió a comprar toda la comida que pudo encontrar. No fue mucho: una barra de pan, betabel y unos cuantos trozos de salchicha, pero los ojos del hombre se abrieron de par en par al ver la comida. Lo empacó todo para llevárselo, negándose a comer hasta que pudiera compartirlo con los demás.

La ropa del papá de Zofia le quedaba holgada, pero no tanto como para llamar la atención. A todo el mundo le quedaba grande la ropa en esos tiempos. Era más joven de lo que les había parecido con la mugre en la cara, quizá unos años mayor que Zofia. Antes de irse, se detuvo frente a Janina, con una expresión enternecida.

Zofia se preguntó cómo se habían conocido, y de pronto se dio cuenta de lo extraño que era no saber nada de la vida de Janina. Siempre lo habían compartido todo.

Sin embargo, en esos meses de silencio, Janina había hecho amigos que Zofia nunca había conocido y se había dedicado a tareas cotidianas que le eran ajenas a Zofia.

—Gracias —le dijo Zofia—. Gracias por salvarla.

—Le prometí a su padre que lo haría. —Una expresión de dolor le frunció el ceño—. Era un buen hombre.

—Así es. —A Zofia se le cerró la garganta con el recuerdo del señor Steinman, que podía silbar cualquier melodía del mundo, que tenía una sonrisa tan brillante como el sol cada vez que veía a su hija, y que trataba a todos con la misma simpatía.

El mundo era un lugar más oscuro sin su luz.

El salvador de Janina se marchó del departamento y Zofia se acercó a la ventana y se asomó por detrás de la cortina para observarlo hasta que dobló por la calle Krucza.

La *matka* cuidaba a Janina mientras Zofia trabajaba a lo largo del día. Milagrosamente, conseguía huesos y carne para hacerle un caldo espeso y nutritivo que le daba en la boca. Zofia revisaba constantemente si su amiga tenía fiebre y suspiraba de alivio cada vez que comprobaba que su frente permanecía fresca.

Por fin, después de tres días prácticamente inconsciente, Janina se despertó. Zofia estaba a su lado y se puso de pie de un salto.

—Janina.

—¿Zofia? —Janina frunció el ceño y miró a Zofia y la habitación entornando los ojos.

Parpadeó para protegerse de la luz que entraba por la ventana.

—¿Dónde estoy?

—Estás en mi casa. Estás a salvo.

Durante su convalecencia, Zofia no se había permitido pensar en lo que podía ocurrirle a su amiga, en lo precario que era el hilo del que pendía la vida de Janina, tan delgado como una telaraña.

Hasta ese momento se dejó reconocer el riesgo en que había estado, que Janina podría haber muerto ahí en el sofá, que su vida podía haberse apagado. Desaparecido para siempre. No más sonrisas alegres ni secretos compartidos, no más sueños ni planes para el futuro.

—¿Cómo te sientes? —le preguntó Zofia con un nudo en la garganta.

—Tuve un sueño de lo más extraño. —La voz de Janina estaba ronca por el desuso, se le cerraban los ojos—. Soñé que estaba en una novela de Marta Krakowska.

—¿Tenías un gato al final? —preguntó Zofia, sonriendo entre lágrimas.

Janina también sonrió.

—Un gatito tricolor.

Zofia se apresuró a llegar a la sala de lectura tras un arduo día en la biblioteca. Lo había pasado copiando datos de libros del polaco al alemán en una lista interminable de catálogos. La señorita Laska le abrió la puerta con expresión preocupada.

—Llevabas tres días sin venir. ¿Qué pasó?

Zofia entró rápidamente, sin hablar hasta que cerró la puerta.

—Janina está en mi casa.

La señorita Laska se llevó la mano a la boca para ahogar un grito y luego la apoyó sobre su corazón.

—Gracias a Dios que está a salvo.

—La hirieron en el levantamiento.

La señorita Laska gritó y se llevó la mano a la boca de nuevo.

—Mi *matka* la atendió con el equipo médico de mi papá. Ni siquiera sabía fuera capaz de hacer algo así. —Zofia volvió a maravillarse por haber conocido una faceta de su *matka* que jamás había supuesto—. No pude venir: la cuidaba yo para que mi *matka* pudiera descansar. Pero Janina se despertó hoy y tenía que hacerle saber que está a salvo.

Antes de que la señorita Laska pudiera responder llamaron a la puerta trasera. La señorita Laska la abrió y entró la señorita

Krakowska, con su característico chal azul brillante sobre su cabello rojo.

—*El águila de Polonia* es una historia increíble —le dijo Zofia—. Gracias por ese regalo tan precioso.

—Fue espléndido —añadió la señorita Laska—. Lo leí después de Zofia y lo terminé en un día.

—¿En un día? —La señorita Krakowska alzó las cejas—. Yo me tardé tres años en escribirlo.

—No podía dejar de leer. —La señorita Laska sonrió—. Y sabes que esa es la marca de una buena historia.

—Tengo mucha curiosidad: ¿por qué un gatito tricolor? —preguntó Zofia—. Siempre tiene a la pareja que termina unida y feliz en el campo y siempre tienen un gatito tricolor.

La señorita Krakowska torció la boca.

—¿Te diste cuenta?

—Cualquiera que ame sus libros se ha dado cuenta. —Zofia inclinó la cabeza para animar a la mujer a responder la pregunta.

La señorita Krakowska, que siempre destilaba seguridad, vaciló con los labios fruncidos. Al principio, Zofia pensó que no respondería y le preocupó que hubiera sido invasiva.

Sin embargo, al cabo de unos momentos, la señorita Krakowska empezó a hablar por fin.

—De niña crecí en un hogar lleno de amor; vivía en el campo junto a un arroyo con un jardín lleno de hierbas y flores preciosas. Teníamos una gatita tricolor que se llamaba Nela que dormía en el alféizar de la ventana. Su pelaje era muy suave y siempre estaba calentito porque recibía los rayos del sol. Durante la Gran Guerra, la destrucción se extendió hasta nuestra casa y lo perdimos todo. Supongo que para mí un gato tricolor es un símbolo del hogar, de la paz. Desde entonces, no sé si he encontrado la paz suficiente para establecerme y tener mi propio gato. Así que me aseguro de que mis personajes lo tengan.

Zofia había esperado una respuesta sencilla, algo así como que era su animal favorito. Sin embargo, la explicación había sido tan inesperadamente íntima que Zofia recordó que la autora le había hablado de que escribía sobre su propio dolor en su obra.

—Espero que algún día pueda volver a tener un gato tricolor —dijo Zofia en voz baja.

Los ojos de la señorita Krakowska se arrugaron en una sonrisa genuina y apoyó la mano en el antebrazo de Zofia.

—Espero que lo tengamos todos.

Al día siguiente de que llevaran a Janina a casa de Zofia, el gueto había enmudecido, así que Janina no era consciente de lo desconcertante que era ahora el silencio.

En la ausencia de ruidos de guerra, siguió curándose con el paso de los días, pero también empezó a inquietarse.

Se paseaba por la habitación silenciosamente, con calcetines para amortiguar sus pisadas.

—Tengo que volver. Jakub me necesita.

—¿Es el hombre que te trajo? —le preguntó Zofia.

Janina asintió.

—Era el segundo al mando del grupo con el que luchaba. Mi papá trabajaba con él en la fábrica de cepillos. Decía que mi papá le había salvado la vida y que él, a cambio, se había comprometido a que mi mamá y yo siempre estuviéramos a salvo. —Se abrazó a sí misma—. De verdad tengo que volver.

Zofia observó a su amiga con preocupación. Janina ya no sonreía; el sufrimiento que había soportado estaba grabado en duras líneas en su rostro.

—No puedes —dijo Zofia con suavidad.

—Seré cuidadose —suplicó Janina—. Todavía puedo usar el brazo derecho y mi puntería con las granadas es buena. Puedo...

Sus ojos se posaron en Zofia, que no había podido ocultar la dolorosa verdad.

Zofia tragó saliva.

—Se acabó.

Janina respiró con dificultad, con la boca torcida por el dolor. No preguntó quién había ganado. Nunca hubo dudas al respecto de quién ganaría.

Se abrazó a sí misma y se dobló por la mitad, soportando un dolor que Zofia no podía ver, pero que sentía tan claramente como si fuera suyo.

—Debería haber estado con ellos —jadeó Janina—. Debería haber caído a su lado con la última bala.

Darek le había contado a Zofia que el Ejército Nacional había intentado ayudar. No todo el mundo en la organización había apoyado el esfuerzo, ya que los nacionalistas acérrimos seguían aferrados a sus viejos prejuicios.

Las unidades de quienes deseaban ayudar fueron enviadas al gueto e hicieron lo que pudieron, atacando externamente a las unidades alemanas. Mientras luchaban, se lanzaron dos misiones para abrir una brecha entre los muros del gueto y suministrar alimentos y armas al interior. Ambos intentos acabaron en fracaso.

Al final, nada había sido suficiente.

Janina se fue sumiendo en una depresión en los días siguientes, con la mirada vacía fija en el gueto, del cual se elevaban gruesas columnas de humo gris.

Darek le había contado a Zofia que los nazis cazaban a los judíos con perros y máquinas capaces de detectar sonidos. Cuando esos métodos no funcionaban, quemaban edificios enteros para sacar a los habitantes ocultos y fusilarlos.

Zofia no compartió esa información con Janina, que ya portaba su supervivencia como un manto de vergüenza cargado de culpa.

Lo que Janina necesitaba era una razón para vivir.
Lo que necesitaba era a su madre.

# Capítulo 31

Zofia prefería ir en bicicleta cuando visitaba a la señora Steinman para poder llevar libros a la biblioteca del pueblo. Sin embargo, como Janina no estaba en condiciones de montar en bicicleta, el tren era su única opción. Aunque todos sus papeles estaban en regla, a Zofia le preocupaba que las lesiones de Janina pudieran suscitar preguntas.

Sin embargo, durante su estancia en el gueto, Janina había aprendido a adaptarse a su entorno. En la estación de tren, se abrió paso entre la multitud como si nunca hubiera estado gravemente herida y durante el viaje adoptó la misma expresión pasiva y aburrida que los demás viajeros.

La joven que nunca había sabido mentir se había convertido en una actriz consumada.

Fue un paseo de una hora en el agradable clima de mayo, un momento para respirar aire fresco y disfrutar del sol.

Janina no dijo mucho, mantuvo los labios apretados y los brazos alrededor de su esbelto cuerpo. Cuando llegaron, Zofia llamó a la puerta dos veces en rápida sucesión seguida de tres golpes lentos. Era el código que usaban desde que Zofia llegó sin avisar el invierno anterior.

La puerta se abrió y apareció la cara sonriente de Ella.

—Zofia, llegas pronto. Espero que eso signifique que trajiste libros... —Su mirada se clavó en Janina y las palabras se le murieron en la garganta. Rápidamente, les hizo señas para que entraran. —Pasen, pasen. Hania. Dios mío, Hania, ven aquí.

La señora Steinman salió de la habitación trasera y ahogó un grito.

—¿Janina?

Janina se puso rígida al lado de Zofia.

—Mi niña. —La señora Steinman corrió hacia Janina, con la cara desencajada—. Mi niña.

—Mamá. —A Janina se le quebró la voz.

La señora Steinman tomó a Janina entre sus brazos y la joven soltó un sollozo ahogado.

—Mamá.

Durante todo el tiempo de su recuperación, Janina no había llorado ni una sola vez. No había derramado ni una sola lágrima. A Zofia le preocupaba verla tan vacía. Janina, que siempre había sido de sol y felicidad, jamás debió sufrir que la tragedia la convirtiera en piedra.

Ella y Zofia se apartaron de la madre y la hija, para permitir que se reencontraran en privado.

—Quiero ayudarte con tu trabajo —dijo Janina en el camino de vuelta en el tren, con los ojos brillantes por una pasión recién despierta—. Así como encuentras hogares y te aseguras de que la gente reciba los cuidados necesarios, como hiciste con mi mamá, yo también quiero hacer eso.

—Entonces tenemos que hacer una parada en el camino a casa. —Zofia le sonrió a su amiga, incapaz de reprimir la inmensa alegría que le producía que volviera a sentir gusto por la vida, por pequeño que fuera.

Cuando regresaron a Varsovia, se detuvieron en el distrito de Żoliborz y se reunieron con el contacto de Zofia en la Żegota. Él accedió encantado a que Janina ayudara siempre y cuando Zofia la entrenara y la mantuviera a salvo. Algo que Zofia estaba más que dispuesta a hacer.

De camino a casa, estaban atravesando la plaza Wilson, cuando una canción surgió de los altavoces. Las primeras notas del Himno Nacional de Polonia, *La Mazurca de Dąbrowski,* sonaron en los altavoces que normalmente emitían órdenes y advertencias.

Varios soldados de la Wehrmacht fruncieron el ceño al oír la música patriótica.

—Basta —gritó uno—. Quiten eso de una vez.

Pero los transeúntes que se habían detenido a escuchar no controlaban los altavoces. Quienquiera que estuviera detrás de esa acción había encontrado la manera de infiltrarse en el sistema de los nazis.

Cuando el himno empezó a sonar, el hombre que estaba junto a Zofia alzó la voz y se puso a cantar. Uno de los soldados de la Wehrmacht se lanzó hacia él, con la cara roja de furia. Antes de que el soldado pudiera atacarlo, otros hombres se pusieron delante de él, con los hombros en alto, alzando la voz para cantar con él.

Casi siglo y medio después de que se escribiera la canción, el mensaje seguía estando vigente. *Nunca* dejarían de luchar.

Zofia tomó a Janina de la mano y juntas cantaron lo más alto que pudieron.

Los soldados miraron a su alrededor, sin duda dándose cuenta de lo enormemente superados en número que estaban. Solo había media docena de soldados de la Wehrmacht que se enfrentaba a una multitud que se había congregado a los pocos segundos de empezar la música.

Zofia cerró los ojos y dejó que las palabras que antes mascullaba en la escuela estallaran con todo el amor y la reverencia que sentía por su país.

Cuando la canción terminó y abrió los ojos, vio que los soldados estaban retrocediendo, que su control había empequeñecido bajo el poder del orgullo polaco.

Cuando *Rota* sonó por los altavoces a continuación, todo el mundo vitoreó con un júbilo que no se había visto en Varsovia desde el verano de 1939.

Antes de la guerra, antes de que dejaran de apreciar los momentos normales y cotidianos que no sabían que pronto perderían.

Finalmente, los altavoces callaron y la multitud se dispersó, pero la escena permaneció en la mente de Zofia, brillando en su pecho como una llama de esperanza.

Hacía más de tres años que la música polaca no se escuchaba en las calles y llenaba el alma de los varsovianos.

Mientras reanudaban el viaje de vuelta a casa, Zofia pensó en las palabras del Himno Nacional Polaco y no pudo apartarlas de sus pensamientos.

Mientras los polacos vivieran, no dejarían de luchar para recuperar lo que los ocupantes extranjeros les habían arrebatado.

Y Zofia estaría ahí en cada etapa.

Durante varios días se pudo ver cómo el gueto ardía a medida que se incendiaban sistemáticamente edificios, uno tras otro, hasta que no quedó nada.

Janina observaba el resplandor distante con la mandíbula tensa. Las casas estaban siendo destruidas. Se perdieron vidas. Era una cultura al borde de la extinción.

Esto hizo que los esfuerzos de Zofia y Janina con la Żegota fueran aún más importantes. Estuvieron muy ocupadas en las semanas siguientes y recibieron tanto dinero de la organización para pagar a los hogares que albergaban a judíos que tuvieron que pegarse montones de złotys al cuerpo y enterrar los gruesos bultos bajo su ropa suelta.

Caminar así hasta donde tenían que llegar era aterrador. Sin embargo, también era estimulante saber que estaban haciendo algo para ayudar a los demás, para ofrecer un mínimo de bien en un mundo que se sentía irremediablemente mal.

Gracias a sus esfuerzos con la Żegota, de vez en cuando encontraban caras conocidas, entre ellas la de la señora Berman. Ella y su marido habían conseguido escapar del gueto y trabajaban con la misma diligencia que Janina y Zofia para ayudar a mantener ocultos al mayor número de judíos posible. A Zofia le reconfortó saber que estaba a salvo.

Janina se quedó en el departamento con Zofia y su *matka*. Si la señora Borkowska la vio ahí, lo ignoró y no volvió a amenazar a Zofia. Tal vez por el sentimiento de culpa por sus acciones anteriores, exacerbado por la destrucción del gueto y el funesto destino de los habitantes que quedaban.

Por las noches, Zofia y Janina encontraban consuelo en los libros. Releían sus viejos favoritos y exploraban nuevas historias. A diferencia de la mayor parte de la gente de Varsovia, contaban con la suerte de tener el almacén oculto a su disposición. Y una vez que Janina pudo terminar *Guerra y paz*, insistió en volver a asistir a El club del libro bandido.

Darek ya estaba esperando en la sala de lectura de la calle Traugutta, un lugar mucho más seguro para reunirse que la biblioteca principal, donde podían reconocer a Janina. Al fin y al cabo, solo Zofia y la señorita Laska estaban a menudo en la biblioteca secreta, en especial después de horas laborales.

—Me alegro de verlas reunidas. —Darek les sonrió a Zofia y a Janina.

Antes de que pudiera decir algo más, Danuta y Kasia entraron por la puerta trasera.

—Janina. —Kasia corrió hacia ella, y la abrazó con tanta fuerza que Zofia se quejó, preocupada por las heridas de Janina, que aún no estaban del todo curadas.

Sin embargo, a Janina no pareció importarle, y su cara brillaba de alegría cuando empezaron a ponerse al corriente. Kasia trató de compartir dos años en dos minutos, intercalando abrazos entusiastas.

—¿Vas a hablar con Janina toda la noche? —Danuta se cruzó de brazos, aunque incluso ella tenía una sonrisa en los labios.

Kasia se volvió hacia Danuta, con exasperación y súplica en el rostro.

—Pronto llegaremos a *Guerra y paz*. Dame un momento más, por favor. Hace años que no vemos a Janina.

—Lo sé —respondió Danuta secamente—. Por eso también deseo tener la oportunidad de saludarla.

El rubor tiñó las mejillas de Kasia y abrió los ojos de par en par.

—Lo siento mucho, estaba demasiado emocionada, es que…

Rápidamente retrocedió para hacerle espacio a Danuta, que también abrazó a Janina.

—El club del libro bandido no ha sido lo mismo sin ti.

Janina se encogió de hombros tímidamente.

—En realidad no contribuía mucho.

—Claro que sí —respondió Danuta con sinceridad—. Más de lo que crees. Bienvenida de nuevo—. Se volvió hacia Kasia—. Ahora vamos a hablar de *Guerra y paz* porque he estado esperando casi un año para hablar por fin de ese libro.

—Probablemente era el libro más popular del gueto —dijo Janina—. Yo solo tenía un ejemplar y cuando me fui, las páginas estaban hechas trizas de tanto leerse.

—Todavía me asombra que hayas creado una biblioteca con una maleta. —Kasia sacudió la cabeza con incredulidad—. Debía de pesar muchísimo.

Era algo difícil de imaginar con lo delgados que eran los brazos de Janina. Había engordado unos kilos desde que salió del gueto, pero desde la perspectiva de los amigos que no la habían visto en más de dos años, probablemente estaba esquelética.

Janina seguía siendo hermosa, y siempre lo sería. Pero ahora tenía arrugas prematuras en la frente, de tanta preocupación, y su cuerpo se había consumido por el hambre. Sus ojos, antaño grandes e inocentes, ahora veían el mundo en tonos más crudos, ya no como una oportunidad, sino como un desafío.

—Cargar la maleta valía la pena tan solo por poder presenciar el placer que esos libros les proporcionaban a todos. —Janina sonrió con tristeza—. El gueto era un lugar donde escaseaba la alegría.

—¿Por qué crees que *Guerra y paz* fue un libro tan popular? —le preguntó Darek—. Yo tengo mis propias teorías, pero tengo curiosidad por oír tus observaciones.

Janina hizo una pausa, como si paladeara sus palabras antes de ponérselas en la boca.

—Creo que uno de los aspectos más importantes de *Guerra y paz* es que, por mucho éxito que tenga un líder, sigue siendo solo un hombre. Sus ejércitos están sometidos a las mismas circunstancias que cualquiera de nosotros. Y si Napoleón pudo ser derrotado, Hitler también lo será.

—Lo será —juró Darek.

—Por supuesto que lo será —convino Danuta—. Ningún hombre está por encima del destino y del giro natural de los acontecimientos, por mucho que intente manipular cosas que nadie puede controlar.

Antes de que pudiera continuar y dominar la conversación, Kasia intervino.

—Los personajes soportaron tanto, destruyeron sus hogares, a sus familias... —Tragó saliva y sacudió la cabeza como si tratara de consolar su propio dolor—. Hubo muchas pérdidas y sufrimiento, pero su país siguió vivo y sobrevivieron, como Natasha. Como Pierre. Es inspirador saber que habrá un final para lo que estamos tolerando.

—Y es una razón más para luchar. —Algo fuerte y decidido brilló en los ojos de Darek—. Hitler es solo un hombre. Los nazis pueden ser derrotados. Polonia puede volver a ser libre.

Quizá fue el debate más enérgico que habían tenido en el club de lectura, inspirado por un libro que, a pesar de haber sido escrito hacía décadas, se asemejaba a sus propias vidas. El dolor de la pérdida, el sufrimiento de la guerra, el anhelo de paz. Era al mismo tiempo hermoso y desgarrador, y cada uno de los bandidos habló con la pasión de su alma.

—En esta misma vena, sugiero que ahora leamos *Los caballeros teutones*, de Henryk Sienkiewicz —dijo Danuta cuando la conversación llegaba a su fin.

—Es otro libro largo, ¿verdad? —Kasia suspiró y puso los ojos en blanco.

—Se trata de cómo los polacos derrotaron a los caballeros teutones en el siglo XV —respondió Danuta—. Es relevante hoy en día en lo que respecta a la germanización forzada de Polonia. Incluso podría ser útil en nuestra propia lucha.

Zofia sacó una botella de vodka, la última de su reserva, con un poco menos de la mitad del líquido en su interior.

Habían perdido a demasiadas personas desde su último encuentro. Si iban a brindar por Maria, también tendrían que hacerlo por todos los demás. Pero, ¿cuál sería la mejor manera de expresar con delicadeza ese dolor, y honrar su valentía y su sacrificio?

Darek la miró, como si leyera sus pensamientos. Dirigió la mano a la botella y cubrió la de Zofia con su cálida palma.

—Por Polonia.

Zofia asintió y levantaron la botella juntos.

—Por Polonia.

Cuando Janina se curó, pudo acompañar a Zofia al campo en bicicleta, con maletas cargadas de libros para la biblioteca de una sola habitación en el pequeño pueblo de Ella. Estaba decorada de forma sencilla, con paredes blancas sin adornos, tres estanterías lisas, una sola mesa en una esquina y varias sillas de madera de respaldo duro para los que quisieran leer ahí un momento. Los libros eran su única decoración, le gustaba decir a la bibliotecaria.

Dicho esto, la «decoración» inicial del edificio era tan triste como Ella le había contado. Los libros eran principalmente sobre agricultura y ofrecían consejos sobre el trabajo de los campos y las épocas de cosechas. En esos viajes, Zofia y Janina aportaron un arco iris de temas que dieron vida a la adormecida biblioteca.

La bibliotecaria era una dulce mujer mayor con un gatito de ojos azules que la seguía como una sombra. Siempre recibía a Zofia y a Janina con una amplia sonrisa y una lista de libros que sus clientes esperaban recibir en la próxima entrega.

—¿Cuándo crees que atacará el Ejército Nacional? —le preguntó Janina mientras volvían en bicicleta a Varsovia un caluroso día de julio. El sudor brillaba en su frente y se lo limpió con la palma de la mano. Un saludable brillo rosado cubría sus mejillas gracias a los soleados paseos en bicicleta y al peso que había ganado.

—No estoy segura. —Zofia mantuvo la mirada fija en una parte difícil del sinuoso camino rural. Los neumáticos eran bienes preciosos y una roca afilada o un hueco profundo podía entorpecer su trabajo durante semanas.

—Yo quiero estar ahí cuando empiece la batalla —dijo Janina.

Zofia miró a su amiga.

—Estaremos ahí juntas. Luchando por Polonia.

Janina entornó los ojos, mirando hacia delante, como si pudiera ver el futuro.

—Y por la venganza.

# TERCERA PARTE

# Capítulo 32

*Un año después*
*Julio de 1944*

Los soldados de la Wehrmacht entraron en tropel en el almacén de la Biblioteca de Varsovia y arrastraron cajas de libros a los camiones que los esperaban afuera. Los textos que contenían procedían de la sala de lectura alemana, artículos requisados para uso exclusivo de los alemanes y que ahora estaban sacando del país. Robados.

Pertenecían a las codiciadas colecciones de física, química y medicina: todas las ciencias y décadas de conocimiento polaco.

Al ver cómo todo desaparecía, las náuseas se instalaron en el vientre de Zofia, incapaz de detenerlos mientras se llevaban una caja tras otra. Ahora más que nunca, se alegraba de haber dejado entrar a la biblioteca a los estudiantes de las escuelas secretas a espaldas de *Herr* Nagiel en aquellos primeros años. El acceso a la riqueza del aprendizaje era su derecho de nacimiento, un derecho que ahora se le estaba arrebatando a las generaciones futuras. Lo único que lamentaba era no haber podido encontrar la forma de seguir ayudando a los estudiantes una vez que las *Fraus* se hicieron cargo del recinto.

Pero al menos los nazis estaban huyendo. Las noticias corrían como la pólvora por la ciudad, todos hablaban del avance de la Unión Soviética, empeñada en la derrota alemana. Su objetivo: Varsovia.

Por fin, Polonia iba a recibir ayuda después de casi cinco largos años y los nazis salían corriendo de la ciudad como si el fuego de la artillería ya estuviera calentando el aire.

—Zofia. —La voz aguda de *Frau* Beck cortó el aire del almacén—. Ven aquí de inmediato.

El agrio comportamiento de las *Frau*s solo se había agriado más con el colapso del Gobierno General. Sin embargo, los alemanes se negaban a marcharse sin cometer una última injusticia; saquearon el arte de los museos y las colecciones raras y los artefactos de las bibliotecas, todo con escaso cuidado por los preciados tesoros. Los grandes camiones tapados que antaño se utilizaban para transportar hombres y mujeres a las ejecuciones públicas albergaban ahora piezas de incalculable valor de la historia y la cultura polacas.

Zofia se acercó a la entrada del almacén principal de la biblioteca, sin molestarse en enmascarar el desprecio que sentía por las dos mujeres que atormentaban al personal recortando salarios, despidiendo a empleados valiosos y haciendo que detuvieran a otros sin motivos legítimos.

Debían haberse marchado a principios de la semana, cuando la mayor parte del Gobierno General se había ido con el rabo entre las patas. *Frau* Schmidt llevaba pegado al brazo el omnipresente portapapeles, lo que indicaba su intención de seguir supervisando la retirada de la última colección de la sala de lectura alemana. Junto con cualquier otra cosa que se pudieran robar.

—Un libro con el sello de la biblioteca fue encontrado casa de un criminal polaco. —*Frau* Schmidt prácticamente escupió la acusación—. El hombre confesó que procedía de la sala de lectura de la calle Traugutta.

Un «criminal».

Los únicos criminales en Polonia eran los nazis. Sus redadas se habían intensificado en el último año, los hombres y las mujeres inocentes que arrestaban eran retenidos como rehenes en la prisión de Pawiak hasta que el Ejército Nacional cometía un «acto de terrorismo», y cualquier venganza contra los nazis se consideraba un «acto de terrorismo», y entonces eran ejecutados en represalia.

Esas ejecuciones eran públicas, aunque estaba prohibido presenciarlas. Se vaciaban las calles y se disparaba a las ventanas abiertas si la gente intentaba mirar. Al principio, las víctimas cantaban canciones polacas antes de morir o clamaban por la victoria de Polonia, pero más tarde se les tapaba la boca con trapos o se les drogaba fuertemente para que apenas pudieran caminar. Al día siguiente, los nombres de las víctimas se imprimían en páginas rosas que se pegaban por toda la ciudad. Sin embargo, por mucho que el Gobierno General intentara encubrir sus crímenes, Varsovia conservaba pruebas de esos asesinatos. Las balas agujeraban los muros de ladrillo y se construían santuarios donde ocurrían las ejecuciones públicas. Los nazis eliminaron esos monumentos, pero quedaron pruebas en forma de pétalos de flores esparcidos y la cera de las velas se derretía entre los adoquines, como lágrimas congeladas en el tiempo.

—Si alguien tenía un libro ilegal con el sello de la biblioteca, lo más probable es que estuviera en su poder antes de la guerra. —Zofia mantuvo la serenidad al responder a pesar de que el corazón estaba a punto de salírsele del pecho. Los libros del almacén oculto nunca llevaban la nueva marca nazi y todavía conservaban el antiguo sello de la sirena.

—No somos estúpidas —se burló *Frau* Beck—. Puede que su ciudad reciba pronto la ayuda de los soviéticos, pero nosotros seguimos al mando. Has estado robando al Reich, un delito que se castiga con la muerte.

Por mucho que Zofia odiara admitirlo, tenían razón. Los soviéticos todavía no estaban en la ciudad y ella seguía a merced de los nazis. Solo porque las ejecuciones públicas en masa terminaron con la ejecución de Franz Kutzchera, jefe de las SS y de la policía del Gobierno General, a manos del Ejército Nacional, no significaba que los polacos no siguieran siendo masacrados con regularidad.

Contrabandeaba libros que deberían haber sido destruidos, los prestaba a los lectores cuando la biblioteca estaba cerrada y no solo los distribuía en Varsovia, sino también en las afueras, en pequeñas bibliotecas rurales de una sola habitación: todas eran infracciones punibles.

*Frau* Schmidt tendió una mano hacia la otra mujer en un esfuerzo por calmarla antes de volverse hacia Zofia.

—Confiesa tus crímenes o tendremos que confrontar a la señorita Laska con nuestros hallazgos.

Probablemente, la interrogarían de todos modos. Sin embargo, una sensación de malestar se agolpó en el estómago de Zofia. La señorita Laska jamás les contaría nada a las *Frau*s, hiciera lo que le hiciera la Gestapo en su cuartel general. Pero tampoco sobreviviría a un interrogatorio. Su frágil cuerpo no podría soportar lo mismo que su espíritu.

—Ella no tiene nada que ver —dijo Zofia con vehemencia.

*Frau* Beck levantó la cabeza con una sonrisa arrogante.

—Así que confiesas. —Zofia recordó la semana que ella y Janina habían pasado en el bosque de Kampinos con la excusa de unas vacaciones de campamento. Ahí, entre los fantasmas de los que fueron brutalmente asesinados, se entrenaron con otros miembros de los Rangos Grises. Algunos tenían catorce o quince años, los mayores tenían veintidós, como ella y Janina.

No había munición suficiente para disparar con desenfreno, así que cada uno tenía tres balas para practicar su puntería. Fue suficiente para que Zofia descubriera que tenía una puntería excelente.

En ese mismo momento, deseaba tener el peso de la Parabellum en la mano. El arma alemana de 9 mm. se ajustaba a la palma de su mano como si hubiera sido hecha para ella, y la extrañó en cuanto la soltó. Esa pérdida ahora era profunda. Esa pistola y solo dos balas en el cargador serían lo único que necesitaba.

—No confieso nada. —Zofia levantó las manos, fingiendo inocencia—. Pueden comprobarlo todo aquí. No encontrarán nada.

Eso no era del todo cierto. La invitación era intencional, pues sabía que las *Frau*s no podrían resistirse a verlo por sí mismas. Aunque no necesitaban pruebas reales para arrestarla si realmente era lo que querían.

—Probablemente no encontremos nada —dijo *Frau* Beck entrecerrando los ojos—. Pero revisaremos de todos modos.

Se dirigieron al escritorio de Zofia y abrieron los cajones. En el fondo del cajón superior estaba guardado un pequeño regalo de Darek, cubierto por varias hojas de papeleo inocente, un secreto escondido intencionadamente en espera de ser descubierto.

*Frau* Schmidt revolvió el cajón superior, con movimientos bruscos.

Zofia dio un paso atrás y trató de no inmutarse, sin saber cuánta presión era necesaria para detonar los explosivos. O hasta dónde llegaría la explosión.

Los ojos de *Frau* Schmidt se iluminaron.

—¿Qué es esto?

*Frau* Beck fue a su lado mientras *Frau* Schmidt sacaba una caja de chocolates E. Wedel, los famosos dulces de «leche de pájaro», con una crema blanca dentro de una delicada cobertura de chocolate con leche.

Los dos intercambiaron una mirada y Zofia se puso tensa. Si abrían la caja ahí, la explosión las mataría a todas.

*Frau* Schmidt enroscó sus largos dedos sobre el borde del paquete y el corazón de Zofia se estremeció hasta detenerse.

—¿Es chocolate? —*Frau* Beck dejó de revolver los papeles para echarle un vistazo a la caja.

—Vamos a necesitar esto. —*Frau* Schmidt guardó los chocolates junto con su portapapeles y los latidos del corazón de Zofia volvieron a acelerarse.

—En el escritorio no hay nada —confirmó *Frau* Beck—. Aunque estoy segura de que encontraremos algo en ese miserable lugar de la Strasse der 8 Armee.

Strasse der 8 Armee era el ridículo nombre que los alemanes le habían dado a la calle Traugutta.

—La señorita Laska es inocente —volvió a protestar Zofia.

*Frau* Schmidt alzó la nariz.

—Ya veremos.

Las *Fraus* salieron del almacén, *Frau* Beck ladró pidiendo un coche. En unos minutos estarían en la calle Traugutta. ¿Había tiempo para correr y advertir a la señorita Laska?

Zofia miró a su alrededor y se escabulló rápidamente por la puerta trasera. No había dado más de cinco pasos cuando una explosión hizo retumbar la tierra bajo sus pies. Una espiral de humo ascendió a los cielos desde algún lugar frente a la biblioteca.

Con la respiración entrecortada, Zofia bordeó sigilosamente el edificio hasta la calle Koszykowa. Ahí, estacionado justo delante de la entrada de la biblioteca, había un coche humeante, con llamas que salían de las ventanas reventadas y dos figuras gemelas estaban desplomadas una contra la otra en el interior.

Lo más probable, sobre una caja de chocolates E. Wedel.

El plan de Darek había funcionado.

Poco después se difundió la noticia de que el doctor Witte, responsable de las bibliotecas de Varsovia, había huido de la ciudad. Le habían avisado para que advirtiera a los empleados de la sucursal principal que también buscaran refugio, pero no lo hizo en su desesperación por protegerse a sí mismo.

Cobarde hasta el final.

El doctor Bykowski estaba ahora al frente de la biblioteca, ya no era un director títere, sino que actuaba realmente por derecho propio y con autoridad. El orgullo le hinchaba el pecho cuando se dirigía al personal de la biblioteca que se había reunido ante él en la sala de lectura.

No solo la señorita Laska estaba ahí, sino también Janina, que podría estar en la biblioteca una vez más sin miedo a ser reconocida ahora que los alemanes estaban demasiado asustados para reafirmar sus prejuicios. Era bueno que Janina estuviera nuevamente en la Biblioteca de Varsovia. Y a juzgar por la forma en que su mirada recorría el edificio, ella también se alegraba de estar de vuelta.

—Varsovia se prepara para contraatacar —dijo el doctor Bykowski a la sala. El grupo prorrumpió en vítores y gritos de júbilo.

Zofia y Janina intercambiaron sonrisas. Hacía poco que les habían expedido identificaciones del Ejército Nacional. Las tarjetas rosas llevaban impreso en la parte superior «*Armia Krajowa*» con sus nombres en clave y otros datos escritos a mano con tinta, y estaban selladas con un lacre azul que mostraba la orgullosa águila polaca.

Oficialmente, formaban parte de los soldados que obligarían a los alemanes a abandonar la ciudad para siempre.

—Tenemos que preparar la biblioteca —continuó el doctor Bykowski una vez que la sala se calmó—. No solo tenemos que asegurarnos de que se traslade el mayor número posible de libros a la seguridad del almacén, sino también acoger a cualquier persona que busque refugio. Para nuestros soldados, sepan que aquí tendremos suministros médicos y alimentos.

El chasquido de la artillería se oía al otro lado del río Vístula, en el distrito de Praga, desde el día anterior. Los soviéticos se acercaban y con ellos llegaría la liberación de las garras de Hitler.

Más valía malo conocido.

En casa, Zofia trasladó cuidadosamente su pequeña biblioteca de libros de debajo del suelo de su habitación al almacén oculto. En el trabajo, colaboraba con el personal de la biblioteca trasladando sus existencias a lugares más seguros y discerniendo qué colecciones debían trasladarse primero. El frenesí de actividad le recordaba conmovedoramente a septiembre de 1939.

Solo que esta vez, estaban seguros de que saldrían victoriosos.

Se ordenó que el ataque del Ejército Nacional contra el Gobierno General comenzara a las 5 de la tarde del 1 de agosto, «la Hora W», y dejó el aire cargado de electricidad.

Esa mañana, Janina fue al departamento de la señorita Laska para ayudarle a mudarse a la biblioteca, mientras que Zofia ayudaba a su *matka* a hacer las maletas con el mismo propósito. No era tan seguro como estar en el campo con Ella, pero la biblioteca había sido fortificada en previsión de la batalla que se avecinaba.

La única maleta de su *matka* estaba junto a la puerta, llena de ropa para unos días, toda la comida que tenían, las joyas que le quedaban y fotos. Más fotografías de las que Zofia pensaba que tenían.

Zofia y Antek de niños, con sus caras sonrientes en blanco y negro y grises granulados. Su *matka* y su papá el día de su boda, felices y jóvenes. La familia reunida de vacaciones en la costa de Gdynia. Toda una vida de recuerdos fotografiados para recordar a los que perdieron para siempre.

Junto a la maleta estaba el maletín médico de su papá, listo para que su *matka* lo usara en la biblioteca con quien necesitara primeros auxilios. Sin embargo, cuando llegó la hora de marcharse, su *matka* permaneció junto a la ventana de la cocina, mirando a través de la cortina de encaje hacia la calle.

—No lo hagas, Zofia. —Su *matka* se dio la vuelta, con la cara compungida.

—¿Qué no contraataquemos? —Zofia negó con la cabeza, incrédula—. Después de todo lo que hemos sufrido. ¿Después de que mataran a mi papá y de todo lo que le han hecho a Janina y a su familia y a toda la población judía?

La *matka* se tensó como si la hubiera abofeteado.

—Piensa en Antek. —Zofia suavizó el tono.

—Pienso en ti. —Su *matka* se acercó—. Y en que eres todo lo me queda. —Sus dedos encontraron la cruz dorada que colgaba en su garganta—. No puedo perderte a ti también, Zofia. Sin ti no tendré nada en este mundo.

—Pero yo no puedo tolerar más esta opresión —replicó Zofia, resuelta—. Esta es nuestra libertad. *Matka*, me voy, pero antes quiero asegurarme de que estés a salvo.

Su *matka* no respondió, tenía los ojos encendidos por un fuego interno. Sin embargo, siempre había odiado perder el control.

—No hay nada que puedas decir para hacerme cambiar de opinión. —Zofia negó con la cabeza.

Incluso su *matka* sabía cuando estaba derrotada. No hablaron más durante el camino a la biblioteca, donde la *matka* de Zofia permanecería mientras ella luchaba con el Ejército Nacional Polaco. Disparos errantes estallaban por la ciudad, acompañados por el estruendo de los camiones tapados. Esos ruidos, el recordatorio de que los ocupantes seguían en la ciudad, apresuraron a Zofia y a su madre a seguir adelante.

La biblioteca se llenó de expectación ante la batalla que pronto se libraría. Las provisiones que se utilizaron en el bombardeo inicial a Varsovia se volvieron a colocar en su lugar, convirtiendo la biblioteca en un refugio. Las cocinas se llenaron de comida, y los almacenes se convirtieron en dormitorios para los bibliotecarios y sus familias. Esta vez se puso más cuidado en crear salidas adicionales.

No quedaban gran cosa de las colecciones raras, pero lo que aún tenían estaba protegido con ladrillos tras muros recién construidos.

La biblioteca estaba lista para la guerra.

La señorita Laska ya estaba ahí con Janina. Darek estaba a su lado, junto con Danuta y Kasia. Todos llevaban un equipo militar disparejo, lo que habían podido rescatar de los escasos suministros. Janina llevaba un overol azul, mientras que Danuta y Kasia llevaban las camisas de botones de las guías, pañuelos anudados en el cuello y unos pantalones en buen estado, igual que Zofia. Darek era el que se parecía más a un insurgente, con un saco verde del ejército, un casco metálico con una banda blanca y roja alrededor y una pistola en una funda en la cadera.

En cada uno de sus brazos derechos estaba la marca del Ejército Nacional, dos cintas cosidas juntas: una banda blanca en la parte superior y una roja en la inferior. Zofia se tocó el brazo y se hinchó de orgullo.

—Ojalá pudiera ir con ustedes. —La señorita Laska tensaba la boca con determinación.

—Lucharemos por usted —le aseguró Darek—. Pero tenemos que apresurarnos o nos perderemos la Hora W.

Zofia se volvió hacia su *matka*, temiendo la muestra de irritación de su madre delante de todos. Sin embargo, cuando su *matka* la miró, no había rabia en sus ojos. Solo angustia.

—Zofia. —A su *matka* le temblaba la voz—. Te quiero.

Zofia no se había dado cuenta de cuánto anhelaba esas palabras de su madre hasta ese momento, cuando expresó con ternura el dulce reconocimiento de su amor.

Su *matka* tomó las manos de Zofia y la atrajo hacia sí para abrazarla.

—Siempre te he querido y nada lo cambiará —susurró con fiereza.

—Yo también te quiero, mamá —le respondió Zofia en voz baja, refiriéndose a su madre con ese cariñoso apelativo quizá por primera vez en su vida.

Y sí la quería. Su *matka* había arriesgado su vida para mantener a Zofia alimentada, había encontrado un lugar para que vivieran cuando poco de Varsovia era habitable, y había reconocido sus propios errores y se había esforzado para corregirlos.

Zofia apretó a su madre con fuerza antes de soltarla por fin.

—Yo la cuidaré, señora Nowak —le juró Darek—. La protegeré con mi vida.

Zofia sintió sobre su conciencia el peso de una promesa como tal.

—No será necesario.

Su mirada se encontró con la de él y algo en su pecho se tensó.

—De cualquier manera, en tres días todo habrá acabado. —Kasia esbozó su alegre y más victoriosa sonrisa—. Eso es lo que dice todo el mundo.

—Cuídate, mi Zofia. —Su *matka* envolvió su pequeña cruz con todo el puño—. Te veré pronto. —Tenía una mirada suplicante mientras veía fijamente a Zofia en espera de confirmación.

Zofia asintió.

—Nos veremos pronto.

La preocupación no desapareció de los ojos de su *matka*, pero dio un paso atrás, junto a la señorita Laska, en señal silenciosa de que le daba permiso para marcharse.

Darek miró el reloj de su muñeca derecha, una reliquia de la Gran Guerra que Zofia sabía que había pertenecido a su tío: un talismán de buena suerte.

—Ya es hora.

La expectación calentaba las venas de Zofia como un trago de vodka en un día helado.

Por fin, recuperarían Varsovia y harían pagar a los nazis.

# Capítulo 33

Zofia se reunió en la calle Gibalskiego con Darek, Janina, Danuta, Kasia y los demás miembros de su compañía del Batallón Parasol. Su grupo estaba formado principalmente por miembros de los Rangos Grises, hombres y mujeres jóvenes que habían realizado actos de sabotaje juntos durante la ocupación y luego se habían entrenado para el combate en el bosque.

La energía vibraba en el aire mientras los miembros de unidades menos regimentadas se movían de un lado a otro, rompiendo sus filas militares para saludar a amigos y familiares. Aunque algunos insurgentes iban vestidos con ropa militar, muchos parecían más preparados para celebrar la victoria que para luchar.

Había hombres con trajes de negocios y zapatos de vestir lustrados para la ocasión, mientras que algunas mujeres se habían puesto sus mejores vestidos, unas con sandalias y otras, incluso, con tacones altos.

Los soldados veteranos entre la multitud observaban con mirada sagaz, hombres mayores que habían defendido Polonia antes y se habían escondido después de la ocupación, y otros que también habían luchado en la Gran Guerra. Esos hombres permanecían a un lado, sin el júbilo de la multitud más joven, con rostro inexpresivo.

Lo que más sorprendió a Zofia fue lo jóvenes que parecían muchos de los hombres y mujeres. Cuando Antek partió para defender Varsovia, tenía dieciocho años. En aquel momento, a Zofia le había parecido un hombre hecho y derecho, recién salido de la preparatoria, preparándose para el primer año en la universidad para estudiar medicina, como su padre.

Qué diferencia habían hecho cinco años.

Ahora los muchachos de dieciocho años parecían niños, con rostros todavía tiernos de juventud y los ojos brillantes de inocencia. En septiembre de 1939, durante el ataque a Varsovia, eran niños aún y muchos habían sido protegidos por sus padres y hermanos mayores.

Por primera vez, Zofia vio a Antek como lo había visto su madre. No como un hombre que va a la batalla para proteger a su familia y a su país, sino como un niño que se lanza de cabeza al peligro.

Quizá dentro de cinco años, Zofia recordaría este momento a través de los ojos de su *matka* y también se vería a sí misma demasiado joven para la guerra.

Darek ocupó su lugar frente al grupo de Zofia; era su ilustre líder gracias a sus esfuerzos en los asesinatos de tantos colaboradores y oficiales nazis.

Junto a ellos se encontraba otro grupo, también con el Batallón Parasol. Ellos estaban bajo el mando de Krystyna, que cargaba con facilidad el peso de las vidas que dependían de ella.

Un escalofrío de emoción recorrió a Zofia.

Con líderes como los suyos, este levantamiento sería un éxito.

Tenía que serlo.

—Durante años hemos tolerado el abuso, el odio y los prejuicios. —Darek los miró mientras hablaba—. No nos acobardaremos más. Ahora estamos armados y listos para luchar. Y una vez más, Polonia será libre.

Zofia sintió que el corazón le latía más rápido en el pecho y se le aceleró la respiración. Un vistazo al reloj que sobresalía de la pared frente a una farmacia cercana marcaba las 4:59.

Un silencio reverencial se apoderó de las masas cuando el minutero marcó la Hora W. Estalló una ovación ensordecedora. Se desplegaron banderas polacas en las ventanas y sobre los edificios; las arrugas de cinco años de almacenamiento se extendieron al viento.

Hombres, mujeres y niños que no tenían intención de luchar les extendían cigarros, comida, vodka y otras ofrendas a los intrépidos soldados del Ejército Nacional Polaco mientras pasaban a toda prisa.

—Acepten la comida —les instruyó Darek en voz baja—. Puede que la necesitemos más tarde.

Zofia aceptó varios terrones de azúcar, perfectos para darle energía, y llenó su mochila de papas cocidas. Janina abultó los bolsillos a ambos lados de sus muslos con todo lo que pudo recibir. Se miraron a los ojos y estallaron en carcajadas, embriagadas por la emoción que les corría por las venas.

A lo lejos se oyó el *pop, pop, pop* de los disparos. Los civiles se esparcieron, y Darek hizo un gesto con la mano para guiarlos silenciosamente hacia el casco antiguo, donde los esperaban. Krystyna condujo a su gente en otra dirección, hacia el distrito de Wola.

Salía música de un gramófono, llenando el aire de canciones patrióticas que hasta ese momento habría sido fatal escuchar.

Entraron apresuradamente a una de las casas vecinas y se resguardaron. Una vez a salvo en el interior, Darek los observó con una mirada intensa.

—Nuestras órdenes son proteger la Catedral de San Juan

una vez que los alemanes se acerquen. Por ahora, tenemos que encontrar zonas para establecer posiciones de francotirador.

Afuera, seguía oyéndose el ruido de disparos, seguido de gritos de otras unidades del Batallón Parasol.

Darek emparejó a sus soldados por el limitado número de armas, una persona llevaba el fusil y la otra estaba armada con granadas artesanales.

Era mejor que algunas unidades donde solo había un arma para tres personas. Habían recuperado las armas de las que disponían de cualquier lugar posible, lo que significaba que las reliquias de la Gran Guerra habían vuelto a utilizarse.

Zofia subió las escaleras hasta el tercer piso con Janina, que había sido designada como su pareja, y encontró una ventana en una esquina. Desde ahí tenían una vista abierta de la calle y, al mismo tiempo, estaban protegidas por un grueso muro de piedra.

—Me alegro de que estemos juntas. —Janina tomó el fusil primero y se agachó bajo la ventana—. Pero no quiero que te arriesgues más por mí.

Zofia frunció el ceño.

—Estamos haciendo esto juntas y vamos a salir de esto juntas.

—Tú no sabes lo que se siente. —La mirada de Janina siguió clavada en calle vacía, con el fusil Sten lista en sus manos—. Yo creía que lo sabía antes del levantamiento del gueto. Supuse que sería como el ataque a Varsovia. Pero la guerra es otra cosa. Que te disparen, que te persigan, saber que vayas a donde vayas no habrá seguridad, es un terror que no puedes asimilar hasta después si no quieres perder la cordura.

—Una razón más para no separarme nunca de tu lado —declaró Zofia—. Lamenté cada día que estuviste en el gueto y no pude luchar contigo.

Janina miró a Zofia y asintió con determinación.

—Juntas.

Simultáneamente, volvieron a enfocarse en la calle. Las aceras estaban destrozadas por los esfuerzos de ese mismo día del Ejército Nacional. Se utilizaron trozos de piedra para crear una barricada junto con trozos de carros, sillas y mesas.

Varsovia era un espectáculo lamentable comparado con la hermosa ciudad que había sido antaño.

El sol se hundía en el cielo y proyectaba largas sombras sobre la Ciudad Vieja. Un movimiento repentino apareció en las calles.

Zofia se puso rígida. Varias figuras se deslizaban por la banqueta rota, con sus uniformes verdes inmaculados y perfectos.

Nazis.

Janina apuntó su arma, entornando los ojos para concentrarse. La explosión de los disparos atronó en los oídos de Zofia, dejándoles un zumbido, mientras el cuerpo de Janina se sacudía por el culatazo del arma. A lo lejos, uno de los soldados alemanes cayó al suelo.

La ordenada fila se volvió caótica, los hombres se movían como hormigas, y sus gritos llenaban el aire mientras intentaban discernir de dónde había llegado el disparo. Un hombre señaló hacia ellas.

Zofia y Janina se tiraron al suelo mientras una cortina de balas atravesaba la ventana, bañándolas de astillas de cristal.

El asalto duró lo que parecieron minutos, aunque probablemente fueron solo unos segundos. Cuando los disparos cesaron, Zofia hizo un gesto con la cabeza hacia la salida y se arrastraron por el suelo; sus gruesas ropas militares las protegían de los cristales.

Darek apareció en la puerta y les ofreció una mano a cada una para sacarlas de la habitación y llevarlas a la relativa seguridad del pasillo.

—Gracias a Dios que están a salvo.

Se escucharon disparos que procedían del piso inferior,

seguidos por una salva de disparos procedentes del exterior. Todos se agacharon al suelo y Darek extendió los brazos, protegiendo con su cuerpo a Janina y a Zofia.

Les hizo un gesto para que lo siguieran en silencio al piso de abajo. Las ventanas de la habitación inferior a donde Zofia y Janina habían estado estaban rotas. La chica que había estado apoyada en esa ventana ahora yacía en un charco de sangre. El chico que la acompañaba seguía luchando; el arma ahora totalmente suya.

Darek cerró los ojos, frunciendo el ceño de dolor. Cuando volvió a abrirlos, su expresión era feroz.

—Al primer piso. Permanezcan en cubierto.

Los disparos resonaban por toda la calle mientras el Ejército Nacional lanzaba la ofensiva desde un lado y los nazis contraatacaban desde el otro. Finalmente, las tropas alemanas se replegaron, cediendo el edificio y la calle circundante al Ejército Nacional, una pequeña victoria que les dio la oportunidad de descansar esa noche antes de que los combates se reanudaran por la mañana.

Mientras algunos a su alrededor celebraban la victoria, afirmando que sería una de muchas en el horizonte, Darek le ordenó a su grupo que cavara una tumba para la chica que había sido asesinada. Era demasiado joven para haber estado ahí, la hermana del chico que ahora tenía la plena propiedad del arma que habían compartido. La enterraron con su vestido rosa y unas sandalias que no estaban hechas para el combate, y pusieron una cruz de madera sobre su tumba junto con una corona de flores que Kasia había tejido.

Era un recordatorio para aquellos dispuestos a prestar atención de que, en la guerra, incluso los vencedores perdían, que todos eran mortales por muy invencibles que se sintieran.

La cena se sirvió de una gran olla común en platos sencillos. Zofia y Janina avanzaron en la fila durante una eternidad, mientras se les hacía agua la boca. Una vez que el pico de adrenalina del tiroteo se hubo disipado, ocupó su lugar un hambre voraz.

La comida era la misma sopa de papa desabrida que todos habían estado comiendo durante meses, con un poco de pan duro, pero nunca había sabido tan bien. Espesa y ligeramente salada, con trozos de papas, el líquido opaco ablandaba perfectamente el pan para facilitar su ingesta, seguida de tragos de agua fresca y limpia. A juzgar por el silencio de los que la rodeaban, no era la única en disfrutar la comida completamente.

Cuando terminó de comer, se dio cuenta de que Darek no se había reunido con ellos. Tomo un plato para él y lo encontró de pie junto a la tumba; el montículo de tierra proyectaba una larga sombra a la luz del fuego.

—Tienes que comer. —Levantó la comida.

Tenía los brazos cruzados y la mirada clavada en la tumba fresca como un centinela.

—Lo sé.

—Entonces, toma el plato.

Con un suspiro, Darek aceptó la comida.

—Yo no quería este puesto —confesó—. No quiero estas muertes sobre mi conciencia.

—Ella estaba aquí por voluntad propia —dijo Zofia con dulzura.

—Estoy a cargo de que toda mi gente viva. —Se llevó la sopa a la boca. Mientras la mayoría de los demás habían comido con fruición, él lo hacía con resentimiento y solo por la necesidad de sustento—. Le fallé a ella. Y les fallaré a otros con el tiempo.

Zofia no se molestó en recordarle que la batalla debía terminar en tres días. Los soviéticos seguían del otro lado del río, en Praga, y los sonidos de su propia batalla resonaban sobre el Vístula.

¿Era ingenuo esperar que los soviéticos acudieran en su ayuda?

Una semilla de duda se plantó en la mente de Zofia. Al fin y al cabo, Varsovia ya había albergado esperanzas de ayuda y se había decepcionado.

¿Por qué creer que ahora sería diferente?

Como Zofia temía, pasaron tres días sin que los soviéticos los asistieran. La Ciudad Vieja se había transformado en una verdadera zona de guerra donde no se podía cruzar las calles sin agacharse detrás de las barricadas y se pasaban las noches aferrándose al límite del sueño sin dejar de estar alertas al entorno.

Janina y Zofia volvieron a estar emparejadas junto a una ventana. Esta vez el fusil estaba en posesión de Zofia, y su peso era considerable en sus manos, mantenía el índice derecho en el gatillo y la mano izquierda en el largo cargador.

Apuntó con el cañón a un hombre que cruzaba lentamente la calle, con los hombros encorvados hacia delante, y contuvo la respiración. Habían pasado casi cuarenta y ocho horas desde la última vez que habían dormido y el agotamiento le había dejado la mente confusa.

Aun así, consiguió mantener la mira en su objetivo y apretó el gatillo. Sus antebrazos absorbieron el culatazo del arma, pero antes de que pudiera comprobar si había acertado, captó su atención el fogonazo de un arma al otro lado de la calle y se tiró a la seguridad del suelo junto a Janina.

Los nazis siguieron disparándoles, sus balas agujereaban la pared opuesta, arrojando sobre ellas trozos de madera y polvo. Janina tenía razón: estar en combate era diferente de lo que habían tenido que soportar cuando bombardearon la ciudad.

Un olor cobrizo asaltó a Zofia, un aroma que le resultaba demasiado familiar. Sintió un cosquilleo caliente bajo la palma de la mano. Con un grito ahogado, alzó la mano y la encontró cubierta de sangre. Sin embargo, no sentía dolor en el cuerpo. La sangre no provenía de ella. Miró a Janina, que la miraba con los ojos muy abiertos.

A Zofia se le cortó la respiración.

—Janina.

¿Cuándo habían herido a Janina? ¿Por qué no había gritado? Zofia recorrió rápidamente el cuerpo de su amiga, pero no pudo descubrir el origen de la sangre.

El ruido de las balas se detuvo bruscamente.

—Mantén la calma —susurró Janina.

—¿Dónde te dieron? —le preguntó Zofia.

—No fue a mí. —Janina se acercó, con la mirada llena de terror—. Fue a ti.

Zofia echó la cabeza hacia atrás para ver mejor la sangre en la penumbra.

Fue entonces cuando descubrió la mancha de su manga, que brillaba a la luz de la luna.

De repente, un dolor ardiente le atravesó el hombro.

—Ni siquiera lo había sentido. —Los labios de Zofia se entumieron mientras hablaba, su mente vacilaba.

—Vamos abajo. —Janina puso el casco sobre su arma y la acercó a la ventana. Cuando no respondieron más disparos, ayudó con agilidad a Zofia a ponerse de pie y salieron corriendo de la habitación a la pequeña sala que utilizaban como punto de seguridad.

Darek se incorporó bruscamente al verlas.

—¿Qué pasó? —Antes de que pudieran responder, llamó a Kasia.

Kasia se acercó corriendo, con el pequeño botiquín dando tumbos a su lado, y estudió la herida de Zofia en la penumbra.

No podían encender una luz con el enemigo tan cerca. La Wehrmacht era adepta a detectar cualquier tipo de iluminación y disparar sus lanzacohetes en esa dirección. Lo habían visto suceder antes y aprendieron enseguida de los errores de los demás.

—Parece que la bala la atravesó profundamente —dijo Kasia en voz baja—. Va a necesitar puntos, pero no tengo más hilo.

La última porción se había utilizado en un chico del distrito de Żoliborz que siempre llevaba una broma en los labios, independientemente de la gravedad de la situación. Su herida había sido suturada apenas el tiempo suficiente para que otra bala le asestara un golpe mortal. Había sido una pérdida dura, igual que todas las anteriores.

—Llévala al hospital de la calle Długa —ordenó Darek—. Y llévate a Danuta y a Janina.

—Es solo un rasguño —dijo Zofia son irritación—. Basta con atarme el brazo con un trapo. No hace falta que vayamos todas.

Kasia consideró la herida y negó con la cabeza.

—Está demasiado alta. Atarla es imposible.

—¿Por qué nos envías a todas? —preguntó Janina, con evidente frustración.

Zofia miró a su amiga, que tenía llamas en los ojos, como si la ardiente necesidad de venganza se hubiera manifestado en algo totalmente visible.

—Porque es una orden. —La voz de Darek cimbró de autoridad, y después la suavizó—. No te preocupes. No vamos a matar a todos los cuervos antes de que vuelvas.

Cuervos. Así se refería a los nazis el chico de Żoliborz. Como Alemania y Polonia estaban representadas por águilas, pero solo Polonia era digna del ave poderosa y regia, se había referido al emblema alemán como si fuera un cuervo y a todos los soldados como cuervos. La referencia le sobrevivió, un homenaje constante a su memoria.

—Ve a buscar tu equipo. —Darek dirigió la cabeza hacia Danuta—. Janina, toma también el de Zofia.

Las tres mujeres se dieron la vuelta, y dejaron a Darek y a Zofia a solas brevemente.

—¿Por qué tomaste esta decisión? —le preguntó Zofia.

—Le prometí a tu madre que te mantendría a salvo. —La miró fijamente, el color de sus ojos se ensombrecía en la limitada visibilidad, pero Zofia conseguía a entrever un destello de miedo, de pena y de alguna otra emoción que no alcanzaba a identificar—. Y también me lo prometí a mí mismo —confesó—. Debería haberte...

Un escudo cubrió sus ojos mientras se quedaba callado.

—¿Deberías haberme qué? —insistió ella.

Darek se pasó una mano por el pelo oscuro. La suciedad de varios días le dejó los mechones parados en todas direcciones.

—¿Deberías haberme invitado a cenar? —respondió ella por él—. Es decir, una segunda vez, después de que te dije que no.

Un músculo se tensó en la mandíbula de Darek.

—No quería que dijeras que sí por obligación después de que te ayudé a comunicarte con Janina.

A Zofia le dolió el pecho.

—Habría dicho que sí —se apresuró a responder—. Era demasiado seria al principio de la ocupación, estaba demasiado angustiada para permitirme vivir mi vida. Desperdicié todos esos años cuando podía haberlos... —Se le cortó la voz—. Cuando podía haberlos pasado contigo.

Darek no dijo nada, solo acortó la distancia que los separaba y le tomó la cara entre sus manos. Olía a pólvora y aceite, pero debajo de ese olor estaba el ligero aroma especiado que era su olor, el aroma que la envolvió cuando lloró contra su cuerpo después de que sellaran el gueto, el que emanaba de su abrigo de lana cuando fueron juntos al concierto.

Zofia lo inhaló, saboreándolo, odiando la herida que tenía en el hombro y que los separaba ahora que por fin se decían aquello que habían tardado demasiado tiempo en confesarse.

Darek apretó sus labios contra los de ella, un contacto breve pero suave.

—Todavía tenemos tiempo, Zofia. —Le besó la frente con suavidad—. Te voy a invitar a cenar y vamos a bailar bajo las estrellas.

Kasia y Danuta aparecieron en la puerta con Janina detrás, con el equipo colgado al hombro. Darek no se separó de Zofia. Más bien, le pasó la mano por la mejilla con ternura.

—Hasta pronto.

Zofia le echó una última mirada mientras seguía a las demás a la calle y deseó con todo su corazón que tuviera razón.

# Capítulo 34

El hospital de la calle Długa estaba lleno de hombres y mujeres en mucho peor estado que Zofia. Les faltaban extremidades, tenían traumatismos craneales y heridas que no podían tratarse.

Zofia intentó protestar, diciendo que sus heridas no merecían atención, cuando la habitación empezó a oscurecerse y sintió que se deslizaba al suelo. No se despertó hasta el día siguiente, acostada sobre sábanas limpias y con un vendaje prístino en el hombro.

Se quedó mirando las sábanas con asombro, el blanco tan brillante que casi le hacía daño los ojos. ¿De verdad hacía solo unos días que no veía algo tan limpio?

—Despertaste. —Janina se inclinó sobre ella enseguida, y claramente se alivió la tensión de sus facciones. Su cabello oscuro seguía recogido en el chongo que se había hecho cuando empezó el levantamiento, aunque ahora estaba ligeramente empolvado y sucio.

—Fue solo un roce de bala. —Zofia se sintió llena de culpa mientras miraba a los que estaban en las camas de alrededor—. Deberíamos volver.

Janina negó con la cabeza.

—La batalla está demasiado intensa ahora mismo en la Ciudad Vieja. Nos advirtieron que nos mantuviéramos lejos hasta que esté bajo control. —Un destello de decepción apareció en sus ojos antes de regresar la mirada al suelo—. Kasia y Danuta se ofrecieron como voluntarias para trabajar aquí. Hay demasiada gente que las necesita como para que vuelvan con nosotras cuando podamos irnos.

La pérdida de Kasia y Danuta en combate era agridulce, pero tenía sentido. Kasia había recibido formación médica de su madre y era evidente que ahí necesitaban sus habilidades.

—Es lo mejor —dijo Zofia—. Aquí estarán más seguras.

Todas estaban más seguras en el hospital, lo cual era claramente la intención de Darek. Después de todo, le había prometido a la *matka* de Zofia que la protegería, así que permanecieron fuera de peligro inmediato mientras ayudaban a las enfermeras del hospital lo mejor que podían durante los dos días siguientes.

Kasia, como un pez en el agua, siguió los pasos de su madre, atendiendo a los que podían ser tratados y consolando a los que no sobrevivirían. Danuta incluso encontró su vocación leyendo en voz alta con su tono firme y suave a los insurgentes mientras se recuperaban. Las historias cautivaban tanto a los soldados heridos que, incluso cuando las bombas silbaban hacia ellos, los que podían alejarse permanecían a su lado, y ella seguía leyendo.

Zofia ayudaba en todo lo que su herida le permitía e incluso consiguió enviar una carta para su madre desde el nuevo buzón del hospital.

El Correo Scout había estado activo desde el principio del levantamiento transportando mensajes desde varios distritos tomados por los insurgentes a otros. Los muchachos más jóvenes de los Rangos Grises se encargaban de estas labores y se tomaban su trabajo muy en serio, asegurándose de que el correo se entregara puntualmente e incluso llegando a crear «timbres postales» con sellos de papas talladas para cada distrito.

Zofia se recostó contra la pared y leyó una carta de su *matka*, que le habían entregado esa misma mañana. Miró la pulcra caligrafía de su madre con dolorosa familiaridad, y leyó su preocupación por su bienestar en cada palabra. Por suerte, hasta el momento no había habido problemas en la biblioteca de la calle Koszykowa. Por ahora, Zofia no tenía que preocuparse por eso.

Lamentablemente, la intensidad de los combates impedía que se enviaran correos a la Ciudad Vieja, por lo que Zofia no sabía nada del estado de Darek y su unidad.

Una ovación estalló afuera.

—Tenemos el Palacio Krasiński —gritó una enfermera.

Janina y Zofia corrieron hacia el sol en medio del bullicio de la multitud. Ahí, frente al Palacio Krasiński, un paraguas colgaba sobre la entrada.

Ahora era oficialmente propiedad del Batallón Parasol.

Zofia se trasladó al Palacio junto con Janina para ayudar a los soldados que llegaban ahí en busca de refugio y camas libres en el hospital.

Los hombres y las mujeres que llegaban tambaleándose del combate tenían ojos que no enfocaban nada; sus rostros estaban tan cubiertos de mugre que no se distinguían unos de otros.

La línea del frente en la Ciudad Vieja seguía siendo demasiado pesada para entrar y, mientras todos esperaban, los rumores se extendían como la pólvora. Según estos, Wola había sido diezmada. No solo habían muerto las fuerzas que defendían ese distrito, sino también los civiles, habían asesinado a decenas de miles sin piedad en solo cuestión de días.

Recibieron esta noticia con la sombría constatación de que no volverían a ver a Krystyna.

Janina y Zofia se marcharon esa noche, desobedeciendo órdenes para reunirse con Darek y el resto de su unidad. No era raro, ya habían visto que muchos se arriesgaban al fuego del frente para volver a sus unidades.

Apenas llegaron a las afueras de la Ciudad Vieja cuando fueron detenidas por un grupo de diez insurgentes refugiados en una de las maltrechas casas de la vecindad. Era imposible determinar su edad bajo el polvo y la suciedad, especialmente con limitada visibilidad.

En el costado de sus cascos lucían el emblema de Batallón Parasol, el ancla del Ejército Nacional con un paraguas abierto encima. Por lo menos, eran del mismo batallón.

—¿Son nuestros refuerzos? —preguntó el primer hombre. Tenía los ojos inyectados en sangre y el rostro cubierto de hollín—. ¿Solo pueden enviarnos a dos?

—No, estamos tratando de reunirnos con nuestra unidad —le respondió Janina.

—Entonces, no nos han enviado a nadie. —El hombre se pasó el antebrazo por los ojos, parpadeando rápidamente—. No hay nadie.

—Llevamos cuatro días sin dormir —afirmó una mujer—. Ayer alguien nos trajo pan y unas pastillas para mantenernos despiertos. No hemos comido nada desde entonces y las pastillas se están acabando.

Como para ilustrar sus palabras, el hombre se tambaleó, y los ojos se le pusieron en blanco antes de que los abriera de golpe.

—Nos quedaremos con ustedes —dijo Zofia—. Vigilaremos mientras duermen.

Los soldados apenas respondieron afirmativamente antes de caer en un pesado sopor. Las horas de guardia eran difíciles; el silencio se alargaba más y más mientras los pensamientos habitualmente acallados por la acción revoloteaban libremente en el cerebro de Zofia. Había demasiada gente a la que quería en riesgo, en demasiados lugares como para estar al tanto del bienestar de todos.

Su *matka*, la señorita Laska, y todos los demás en la biblioteca principal; Darek y el resto de su unidad; incluso los libros escondidos en el almacén oculto. Y los bombardeos habían comenzado de nuevo, el zumbido de los aviones y el silbido de su iracunda carga al soltarse resonaban en los oídos de todos a todas horas, los objetivos impredecibles.

Zofia solo llevaba dos horas de guardia cuando el sonido de unas botas crujió sobre el pavimento justo fuera del bosquecillo donde se escondían. La luz de la luna iluminaba la forma redondeada de un grupo de cascos. Había por lo menos una docena de ellos, con subfusiles apenas visibles bajo sus pesados abrigos. Alemanes.

Zofia y Janina intercambiaron miradas en las sombras, su conversación muda gritaba en la cabeza de Zofia.

Si despertaban a los que dormían, habría una batalla que no ganarían. Sobre todo, tomando en cuenta el grado de privación de sueño de los que ahora descansaban. Sin embargo, si los alemanes pasaban sin advertirlos, al menos tendrían la oportunidad de sobrevivir a la noche.

Uno de los chicos de la unidad se hizo un ovillo e hizo crujir la hierba bajo su cuerpo.

La fila de soldados se quedó inmóvil y también el corazón de Zofia.

—¿Qué fue eso? —preguntó alguien en alemán.

Nadie respondió mientras el silencio llenaba un segundo, luego otro. Finalmente, continuaron avanzando, siguiendo su camino sin molestarse en inspeccionar el ruido. Zofia exhaló un silencioso suspiro de alivio.

Lo lograron.

Cuando el grupo despertó casi doce horas después, Zofia y Janina les dieron pan y agua, y luego avanzaron juntos hacia la Ciudad Vieja. Al fin y al cabo, la unión hace la fuerza.

Al día siguiente, se alzaron vítores en una calle más allá, un grito victorioso y colectivo seguido por el estridente canto del Himno Nacional polaco. Zofia, Janina y la unidad que las acompañaba corrieron hacia el sonido y se encontraron con una multitud de personas que rodeaban un tanque capturado en medio de la calle, ¡un tanque alemán de verdad!

La gente subía niños a la torreta mientras hombres y mujeres se montaban a bordo con ellos, con banderas blancas y rojas que ondeaban en sus manos mientras la multitud se apretujaba alrededor para ver el tanque.

—¿Cómo lo conseguimos? —le preguntó Janina a una mujer que aplaudía al ritmo de la música.

La mujer se puso de puntitas para ver mejor.

—Al parecer, el conductor huyó bajo el ataque y pudimos capturarlo esta mañana.

Janina se agarró del brazo de Zofia.

—Deberíamos irnos.

Zofia vaciló. Entre tanta muerte y pérdida, deseaba desesperadamente saborear esta victoria.

—¿De verdad crees que los nazis dejarían que un tanque cayera en nuestras manos? —le preguntó Janina con amargura.

Zofia no cuestionó su escepticismo, en especial después del infierno que Janina había tenido que vivir. Así que permitió que su amiga la apartara de la celebración. Les hicieron señas a los hombres y las mujeres con quienes habían llegado, indicándoles que se alejaran. La mayoría lo hizo, pero el más joven se quedó, deleitándose en los escasos y fugaces momentos que le quedaban de su infancia fragmentada.

Avanzaban por la calle de enfrente cuando un inmenso estruendo sacudió el mundo e hizo temblar el suelo bajo sus pies. Janina cerró los ojos mientras una de las mujeres de la unidad corría de vuelta a donde habían estado. Regresó lentamente, y se detuvo a vomitar a mitad del camino.

Sacudía la cabeza cuando por fin se reunió con ellos.

—Era una bomba —dijo en voz baja, con los ojos brillantes de lágrimas—. Era una bomba.

La lucha retomó poco después; la unidad ardía de furia, ansiosa de venganza. Zofia y Janina permanecieron con ellos, preguntando constantemente por la unidad de Darek a cualquier otro grupo que se encontraran en el camino.

Nadie los había visto.

La preocupación empezó a anudarse en las entrañas de Zofia con cada soldado que negaba con la cabeza. Los días y las noches se confundieron entre sí mientras se metían en casas destartaladas, disparaban a través de agujeros en la mampostería y colgaban redes en las ventanas para evitar que arrojaran granadas en sus campamentos provisionales. Se turnaban para dormir en guardias de dos horas.

Al igual que había ocurrido con el grupo de Darek, la gente de la unidad fue cayendo uno por uno hasta que solo quedaron tres miembros junto con Zofia y Janina. En ese lapso de tiempo, Zofia se acostumbró a cosas que jamás habría imaginado posibles: funcionar sin dormir, apartar de su mente cualquier pensamiento cuando necesitaba concentración para el combate y aprender la indiferencia que necesitaba para matar.

Una noche se detuvieron en una casa en la cual la sala seguía intacta en su mayor parte; la luz de la luna brillaba sobre una estantería de libros y había un gran sillón acolchado a un lado. La biblioteca personal de alguien.

Zofia recorrió los lomos con los dedos, disfrutando la sensación y lamentando la oscuridad que le impedía leer. Hizo que añorara la vida que llevaba antes, en la que podía perderse en la lectura y escapar del mundo destrozado que la rodeaba.

Una luz tenue se reflejó en el lomo dorado de un libro.

*El puente de San Luis Rey*, de Thornton Wilder. El mismo libro que Marta Krakowska le había recomendado en una ocasión. Sin poder evitarlo, Zofia deslizó el libro fuera de la estantería, dejando un hueco en la fila, por lo demás inmaculada, y lo metió a su mochila.

Esa noche fue particularmente brutal: volvieron a ser atacados y apenas escaparon de un lanzacohetes que derribó el edificio contiguo al suyo. Varios días después, se les acercó un corredor, un niño de no más de doce años con un casco tan grande que le bailaba sobre la cabeza.

—Se les ordena volver al Palacio Krasiński para recuperarse.

Fue una de las frases más hermosas que Zofia había oído en su vida.

—Podríamos seguir avanzando. —Janina miró hacia el corazón de la Ciudad Vieja, donde estaba lo peor de la batalla. Movía el pie con evidente agitación—. Todavía podríamos encontrar a Darek.

Era una mala idea y ambas lo sabían.

—¿Cuántas balas te quedan? —le preguntó Zofia. Ahora las dos tenían fusiles Sten.

Janina desenganchó el cartucho y frunció el ceño.

—Cinco. ¿Cómo está tu hombro?

Zofia giró el hombro y sintió un dolor sordo.

—Tieso, pero ya no me duele tanto. A mí solo me quedan siete balas.

No hubo necesidad de discutir nada más y dieron la vuelta hacia el Palacio Krasiński junto con la unidad, avanzando detrás de barricadas de muros caídos y montones de escombros.

Había otra razón que les impidió seguir buscando a Darek y a los demás. Una que ninguna de las dos quería expresar, pero que ambas temían en secreto: la posibilidad real de que Darek y el resto de su unidad estuvieran muertos.

No sabían cuántos días habían pasado desde que salieron del Palacio Krasiński, pero se habían marchado con esperanza y determinación. Ahora volvían, tambaleándose, con el estómago vacío y la voluntad agotada.

Zofia apenas recordaba haber atravesado la entrada y ser conducida a la ruidosa oscuridad que apestaba a sudor y sangre. Cuando despertó varias horas después, le habían cambiado el vendaje, y Janina yacía en una cama a su lado, con la cara limpia mientras dormía profundamente.

A Zofia le parecía que tendría mugre permanentemente incrustada en los ojos y las sienes le punzaban. Quería dormir unos minutos más. O quizá unos días.

Sin embargo, en el fondo de su mente la alertaba el conocimiento de que estaban en guerra. Y de que dormir era peligroso.

—Gracias a Dios que estás a salvo.

Zofia abrió los ojos de golpe y se encontró con Kasia junto a su cama con la dulce sonrisa de siempre.

—Estuve muy preocupada desde que se fueron. La Ciudad Vieja se está volviendo demasiado peligrosa. Hay más heridos de los que podemos atender y entre las tropas ha empezado a brotar la escarlatina.

—Darek. —La voz de Zofia salió como un graznido. Su ropa estaba llena de polvo y suciedad. Sentía lo mismo en la boca. Intentó tragar saliva y se le atascó en la garganta.

Kasia le tendió una cantimplora. Zofia la aceptó y bebió a grandes tragos. El agua estaba fría, deliciosa. No podía tragarla lo suficientemente rápido. El dolor de cabeza se calmó de inmediato.

—Más despacio —le dijo Kasia—. Por el momento, estamos racionando nuestro uso del agua. Todos tienen solo una cierta cantidad. —Levantó un cuadrado de papel rosa con un «1» escrito a mano—. Solo te queda una ración más hoy y eso es todo.

—¿Ahora racionamos el agua?

Kasia se limitó a encogerse de hombros con humor, pero las líneas de tensión que cruzaban su frente contaban otra historia. La de una batalla que no iba bien. Si no tenían agua, ¿cómo iban a aguantar más?

¿Y dónde estaban los soviéticos que se suponía que iban a ayudar a liberar Polonia? Todavía sentados del otro lado del río Vístula, viendo arder Varsovia. Al igual que el resto del mundo en septiembre de 1939.

Una vez más, Polonia tenía que defenderse sola.

—¿Sabes algo de Darek? —volvió a preguntar Zofia.

Kasia negó con la cabeza y regresó al hospital. La respuesta fue la misma al día siguiente y al siguiente.

En las tranquilas horas de recuperación en el Palacio Krasiński, Zofia abrió el libro que se había llevado de la casa de la Ciudad Vieja y se perdió en sus páginas. En lugar del miedo que la acosaba a cada segundo y de los horrores de la muerte y la violencia que presenciaba, dejó que su mente vagara por las intrincadas vidas de los residentes de San Luis Rey y la manera como cada uno de ellos estaba conectado con los demás. Era un refugio temporal, ese mundo que rondaba entre la fantasía y la realidad, pero en las páginas de ese libro empezó a vivir de nuevo.

—Zofia. Preguntabas por Darek —le dijo Kasia una noche.

Zofia alzó la vista del libro y sus ojos tardaron un segundo en adaptarse de la tenue luz que reflejaban las páginas a la figura de Kasia de pie junto a la cama.

—Sí. ¿Tienes noticias?

—Bueno... —Kasia sonrió.

De repente, apareció un plato delante de Zofia. Miró la mano sucia que lo sostenía, luego el fuerte antebrazo hasta llegar al rostro familiar y los cálidos ojos cafés en los que había pensado muchas más veces de las que deseaba admitir.

—¿Estás libre para acompañarme a cenar? —le preguntó Darek.

Zofia gritó de alegría, y Janina se despertó sobresaltada donde dormitaba sobre su mochila. Kasia le quitó rápidamente el plato a Darek, y lo acunó como si fuera algo precioso, que realmente era, y Zofia se lanzó a los brazos de Darek.

—Estás vivo. —Lo estrechó en un abrazo. Era real. Estaba ahí.

Comieron juntos sus platos de sopa, despacio para alargar la comida y el tiempo compartido. Solo seguían vivos dos miembros de la unidad de Darek. No entró en detalles cuando mencionó la pérdida de los otros, pero su expresión atormentada le comunicó a Zofia el peso que llevaba por cada una de sus muertes.

—¿Sabes algo de tu madre? —le preguntó Darek.

—Supe de ella hace un par de semanas. La biblioteca seguía a salvo. Le escribiré otra vez mañana antes de que los scouts vengan por el correo. —Zofia removió la mezcla de cebada y agua y sacó del plato unas cuantas cáscaras.

La comida escaseaba tanto que tuvieron que recurrir a la cebada de la fábrica de cerveza Haberbusch i Schiele, pero no estaba descascarillada y el proceso de sacarse las cáscaras no comestibles de la boca le dio al guisado el popular nombre de «sopa de escupitajos».

Sacó otra cáscara y se limpió la mano en la pernera del pantalón.

—¿Sabes algo de alguien de la biblioteca de la universidad?

Darek dejó la cuchara en el plato y se aclaró la garganta.

—No les está yendo bien. —Se le contrajo un músculo de la mandíbula—. No he tenido noticias directas, pero el otro día encontré una copia del *Boletín de Información*. Decía que los nazis se habían apoderado de la biblioteca de la universidad y utilizaban al personal para buscar comida y... —Apretó los labios—. También han estado utilizando a los empleados de la biblioteca para que caminen delante de los tanques.

Zofia cerró los ojos de horror. Ella misma lo había visto: civiles obligados a caminar delante de los tanques alemanes que avanzaban hacia los insurgentes. Era una decisión imposible para el Ejército Nacional: matar a civiles inocentes en su intento por derribar el tanque o morir ellos mismos y perder su posición en combate.

—Ya no hay que hablar de eso —dijo Darek—. Quiero enseñarte algo. —Su cálida mano se deslizó en la de ella, tirando con insistencia, pero suavemente.

Zofia se levantó de la silla y lo siguió a los jardines detrás del palacio. El cielo estaba negro como la tinta y el aire olía a ceniza y tierra húmeda. A lo lejos se veían varios rosales aún en flor, maltratados, pero con la cabeza alzada en orgulloso desafío. Los parterres de flores que antes se cuidaban con esmero ahora estaban cubiertos de maleza o muertos. Entre ellos había montículos de tierra marcados con cruces de madera con nombres garabateados apresuradamente.

—No en el jardín. —Darek le acarició la parte inferior de la barbilla, animándola a mirar hacia arriba—. En el cielo.

Zofia alzó la mirada hacia las estrellas que parpadeaban en lo alto.

—Me recuerda a cuando volvimos a mi casa después del concierto —dijo en voz baja—. Las estrellas brillaban tanto esa noche. Y la música nunca en mi vida me había emocionado tanto.

—Estuve a punto de besarte esa noche. —Darek agachó la cabeza.

Lo recordaba con mucha claridad. Cómo él la había mirado con sinceridad, cómo los latidos de su corazón se habían triplicado en respuesta. Y cómo ella había retrocedido, poniendo espacio entre los dos, manteniéndolo a un brazo de distancia una vez más.

Ahora, Zofia se inclinó hacia adelante y lo besó, un leve roce de sus labios contra los de él, pero suficiente para encender un fuego tranquilo en su interior.

—Baila conmigo —dijo Darek en voz baja—. Bajo las estrellas.

—Suena elegante. —Zofia sonrió, tonta y feliz en el mismo momento vertiginoso.

Él la jaló hacia sí, acomodando la mano derecha de Zofia sobre su ancho hombro y la izquierda sobre su bíceps mientras él desplazaba las palmas hacia su cintura.

Pisó el pasto con cuidado, guiándola en un baile con una canción imaginaria.

—No es el Adria, pero tampoco está mal.

Zofia sonrió. El salón de baile era famoso en Varsovia por su escenario giratorio y sus bebidas al estilo estadounidense.

—Probablemente me habría caído en la pista de baile de todos modos —bromeó.

—Está hecho de goma para evitar que la gente se resbale. No te pasaría nada. —Aun así, apretó más a Zofia, y a ella no le molestó lo más mínimo.

Alzó una ceja.

—¿Ibas ahí a menudo?

Dejó escapar una risa suave y melodiosa, y fue el sonido más maravilloso que Zofia hubiera oído en mucho tiempo.

—He oído hablar tanto de ahí que casi podría haber ido. —Un rubor se extendió por su rostro, recordándole a Zofia el aspecto que tenía cuando se conocieron—. En realidad, no es mi tipo de lugar.

Ella inclinó la cabeza, curiosa por saber más de este hombre al que ya conocía tan bien.

—¿Cuál es tu tipo de lugar?

—El Museo Nacional. —Darek la hizo girar lentamente bajo las estrellas, deteniéndola cuando estuvieron frente a frente—. Y la biblioteca. Hay una mujer muy hermosa que trabaja en el almacén...

—Sí que sabes cómo hablarle a una chica, ¿verdad? —Zofia no era muy coqueta, pero en ese preciso momento, la audacia la hacía sentir efervescente.

Darek negó con la cabeza.

—Sé cómo hablarte a ti. —La dejó caer hacia atrás, con el fuerte brazo en la parte baja de su espalda para mantenerla en vilo—. Eso es lo único que siempre me ha importado.

Esa noche, en el Palacio Krasiński, Zofia no se separó de él hasta que la luz del sol empezó a colarse por las ventanas. En un mundo de incertidumbre, terror y dolor, no iba a desperdiciar ni un minuto de alegría, menos cuando había desperdiciado tanto manteniendo las distancias. Además, al día siguiente, todos podrían estar muertos.

## Capítulo 35

A la mañana siguiente, volvieron a la realidad de la guerra con la orden de regresar al frente.

Zofia se reunió con Janina, que llevaba su equipo colgando del hombro. Kasia le había dado a Zofia una venda extra y un poco de pomada para la herida del hombro y, con un abrazo suyo y de Danuta, Zofia y Janina se reunieron por fin con su unidad.

Darek le sonrió a Zofia y despeinó a Janina.

—Me alegro de tenerlas de nuevo con nosotros. —Su actitud volvió a ser seria—. Tenemos una enorme tarea por delante, contener a los cuervos. Los nazis están a una fila de casas de tomar la Ciudad Vieja.

Eso significaba que los alemanes habían avanzado rápidamente en los pocos días que Zofia y Janina habían pasado recuperándose.

Después de recibir cada uno una cantimplora llena de agua y una hogaza de pan, su pequeña unidad emprendió el camino de vuelta al frente.

Fueron recibidos de inmediato por el fuego enemigo, y perdieron a uno de los pocos miembros de su tropa el primer día.

Era un hombre que recibió un balazo en el muslo, una herida aparentemente inocua que lo mató en cuestión de minutos. Zofia se había arrodillado a su lado, en posición de médico de campo, pues Kasia ya no iba con ellos.

—Abajo. —Antes de que Zofia registrara la orden, el cuerpo de Darek cubrió el suyo, y dispararon una ráfaga de balas sobre su espalda, exactamente donde había estado su cabeza.

Lo miró horrorizada.

—Podrían haberte matado.

—A ti también —respondió él.

Darek apoyó la frente en la de ella. Era un dulce alivio poder entregarse a la relación que habían aplazado durante años. Sin embargo, en esa existencia desgraciada ninguna alegría era gratuita, y la forma como se querían el uno por el otro probablemente tendría un precio alto.

Su unidad se refugió durante la noche, pero con tanto ajetreo y movimiento en la línea alemana, dormir era casi imposible. Al día siguiente, el enemigo redobló sus esfuerzos y la potencia del fuego se multiplicó por diez.

El gruñido de un tanque sonó por encima de los estruendos de la guerra.

—Goliath. —Darek tuvo que gritar para que lo escucharan—. ¡Retrocedan!

El Goliath parecía un juguete mientras rodaba delante de un enorme tanque. Sin embargo, la versión en miniatura, de aspecto inocente, estaba repleta de explosivos y se controlaba a distancia, con el operador protegido en el tanque grande que iba unas decenas de metros detrás.

El Goliath chocó con la iglesia que la unidad de Zofia había sido enviada a proteger, una enorme estructura llena de civiles que buscaban refugio, y de hombres y mujeres heridos. Zofia jaló a Janina detrás de uno de los edificios y luego fue empujada por Darek, que las siguió rápidamente. Una ola de calor les pasó por delante, atrayendo su pelo y ropa y dejando ardor en el aire a su paso.

Al mirar atrás vio al enemigo saliendo por la abertura, entre rayos de luz solar que se filtraban a través de las nubes de polvo. Su potencia de fuego era demasiado grande y llegaba en oleadas que no cesaban, astillando ladrillos con los disparos fallidos y provocando gemidos de los que daban en su objetivo. Una explosión estalló cerca, tan cerca que otra ola de calor bañó a Zofia.

Janina retrocedió tambaleándose, gritando de dolor.

—Me dieron. —Miraba conmocionada su antebrazo ensangrentado.

Darek maldijo y tiró de Zofia y Janina guiándolas atrás del edificio.

—Cuando dé la orden, corran a la calle Krasińskiego.

—Estoy bien —dijo Janina apretando los dientes—. Todavía puedo luchar.

Darek negó con la cabeza.

—Es tu mano derecha, Janina.

Una explosión hizo añicos varios ladrillos junto a ellos y todos retrocedieron por reflejo.

A pesar de las protestas de Janina, sus pupilas apenas formaban un punto en sus ojos oscuros y el sudor le brillaba en la frente. Era algo que todos habían visto antes, y no era una buena señal.

—Hay gente escapando por la alcantarilla de la calle de al lado. —La voz de Darek era certera mientras le hablaba a Zofia, como si el enemigo que se acercaba a ellos no lo inquietara en lo más mínimo—. Tienes que ir ahí y llevar a Janina por las alcantarillas a un lugar seguro.

—¿Y tú?

—Es una orden, Zofia.

Zofia ignoró la autoridad de su tono y lo miró boquiabierta, no como su subordinada sino como la mujer que lo amaba.

—¿No vienes? —La idea de dejarlo atrás hizo que el pulso le latiera desenfrenada y erráticamente.

Él siguió hablando como si no la hubiera oído.

—Cuando lleguen al otro lado, quítense las insignias, busquen ropa de civil y vayan con tu madre. Como puedan, salgan de la ciudad. Vayan a buscar a la señora Steinman y a Ella, y no vuelvan hasta que los soviéticos hayan echado a los cuervos de Varsovia. —Esbozó una sonrisa tranquila—. Yo te veré ahí.

Por la forma como lo dijo, Zofia casi le creyó.

—Te amo, Zofia. —Se acercó a ella, la tomó de la nuca, y sus grandes y expresivos ojos cafés la miraron con una pena que le rasgó el alma—. Ahora, corran. —Ni siquiera esperó su respuesta, se separó de ella y se echó a correr hacia la esquina.

—Darek —gritó Zofia—. Te amo.

Pero no iba a volver. Ella sabía que no debía esperarlo. El brazo herido de Janina había empezado a temblar. No había tiempo. Tenían que irse ya.

Tomó la mano ilesa de Janina y la obligó a correr, dando la espalda al enemigo, eligiendo la vulnerabilidad a cambio de la velocidad. Doblaron la esquina sin recibir ningún disparo y se detuvieron. La alcantarilla de la calle estaba abierta, y un insurgente bajaba hacia el negro vacío.

Un hombre con saco azul les hizo señas para que se acercaran.

—Apúrense y entren. La cerraremos después de ustedes.

Zofia bajó primero para asegurarse de que el líquido que se deslizaba por debajo no fuera demasiado profundo para Janina.

Lo primero que sintió fue el olor de las aguas residuales y de la podredumbre, tan fuerte que le lloraron los ojos. Aunque la superficie del agua apenas le llegaba a los tobillos, el fondo de la alcantarilla se inclinaba hacia abajo, como la punta una gota de lluvia, lo que dificultaba el paso por resbaladiza suciedad. El techo no era lo suficientemente alto para avanzar de pie, y Zofia se encorvó hacia adelante para no golpearse la cabeza.

Las botas de Janina llegaron a la alcantarilla y Zofia se acercó para ayudar a su amiga.

La luz se filtraba desde arriba, resaltando la expresión desconcertada de Janina.

—Janina —gritó Zofia para que su amiga se concentrara, aunque fuera solo por un minuto—. Necesito que pongas tu mano sana sobre mí. Necesito saber que vienes detrás de mí.

Janina asintió.

—Me aseguraré de que el camino esté despejado para que puedas avanzar —dijo Zofia.

Janina volvió a asentir.

—Pase lo que pase, no te sueltes —dijo Zofia con fiereza.

Zofia no vio si Janina volvió a asentir. La tapa cerró el agujero, dejándolas en la oscuridad.

—Ojalá tuviera una linterna —refunfuñó alguien.

—Nada de linternas —respondió alguien más adelante.

—Los nazis buscan las luces —explicó otra voz—. El más mínimo parpadeo o sonido y lanzarán una granada aquí abajo y todos estaremos muertos. Así que dejen de hablar.

No hubo más discusiones después.

Les tomó un tiempo acostumbrarse a caminar a ciegas. Había que confiar en que sus pies siguieran un camino sin obstáculos y en que nada les golpeara la cara. Al final, el grupo encontró un ritmo, lento y constante, con la espalda encorvada para acomodarse al bajo techo. La negrura que los rodeaba hacía que una presión tremenda se acumulara en los ojos de Zofia, que intentaba ver en la nada.

Al cabo de un rato, cerró los ojos, renunciando voluntariamente a la vista para concentrarse en sus otros sentidos. El chapoteo del agua a su alrededor, el frío ascenso del líquido a medida que avanzaban, primero por sus espinillas y luego por sus rodillas. Y, lo más importante, el ligero peso de la mano de Janina en su espalda.

El olor empezó a desaparecer, probablemente porque se habían acostumbrado, y el dolor sordo que sentía en la parte baja de la espalda por caminar encorvada se convirtió en un ardor insistente.

Se tambalearon en la oscuridad durante lo que a Zofia le parecieron días, en los que el agua le llegó al cuello en un punto. Intentó no pensar en las heridas de Janina ni en el efecto que podría tener en ellas el agua fétida. Más que nada, intentó ignorar los objetos blandos que chocaban contra ella mientras se movía por el agua, aunque su imaginación sabía bien qué horrores habían arrastrado los desagües durante la violencia de agosto.

En un momento dado, el agua bajó hasta convertirse en un hilillo y las ratas se abalanzaron sobre ellos, les pasaban por encima de los pies e incluso mordieron a algunas personas del grupo. Más tarde, el túnel se estrechó considerablemente, obligándolos a gatear.

A pesar de todo, por algún milagro, Janina seguía aferrándose a Zofia.

Cuando por fin llegaron a su destino, la ceguera por la oscuridad fue sustituida por la ceguera por la deslumbrante luz del sol. A Zofia le temblaban los brazos por el esfuerzo y apenas pudo salir del agujero, mucho menos ayudar a Janina a salir. Unos brazos fuertes la agarraron con cuidado y la sacaron antes de asistir a Janina.

Zofia se tambaleó, trastabillando mientras se esforzaba por adaptarse a la brillante luz del día para orientarse. Un letrero indicaba que era la calle Warecka. Estaban en el distrito de Śródmieście.

Habían salido del infierno y llegado a un lugar de Varsovia aparentemente intacto por la revuelta. Los civiles pasaban de un lado a otro, abriendo mucho los ojos ante el estado de los insurgentes que salían de las cloacas. Los edificios estaban enteros y los árboles tenían una saludable cantidad de hojas verdes que se extendían hacia el cielo. Incluso los escaparates de las tiendas estaban intactos.

—Calle Warecka —murmuró Janina al reconocer la calle.

Que estuvieran en el distrito de Śródmieście significaba que tampoco estaban demasiado lejos de la sede principal de la biblioteca.

—Zofia. —Janina estaba pálida, con los labios apretados de dolor. Sus párpados temblaban y Zofia tuvo que sostenerla con fuerza para mantenerla erguida.

—Por favor —le dijo Zofia a una mujer de vestido lavanda y delicados tacones negros—. ¿Dónde puedo encontrar un hospital? Necesito un médico.

La mujer las miró boquiabierta y señaló un edificio al otro lado de la calle sin decir nada.

Zofia ajustó el peso de Janina sobre su hombro para caminar juntas.

—Solo unos pasos más. Ya casi llegamos.

Una enfermera corrió de inmediato hacia Zofia y se llevó a Janina. Zofia la siguió, tratando desesperadamente de no separarse de su amiga.

El médico entró sin siquiera mirar a Zofia, que esperaba fuera de la zona acortinada, a la vista de todos lo que la miraban con desconcierto. No le importaba. La preocupación por sus seres queridos anulaba cualquier pensamiento hacia sí misma.

Quería asegurarse de que Janina sobreviviera a la herida de la mano y el brazo, que el tiempo en las nocivas alcantarillas no hubiera sellado su destino. Y quería que Darek cruzara la puerta y la estrechara entre sus brazos.

Desechó el último pensamiento tan pronto como entró en su mente. No podía pensar en ello en ese momento. La verdad era como un martillo que hubiera lanzado hacia un cristal muy fino, a punto de romper la ilusión que Zofia necesitaba mantener para ser fuerte para Janina.

La enfermera salió de detrás de la cortina.

—Su amiga tiene que entrar en el quirófano. Las regaderas ya no funcionan ahora que la red de agua está cortada, pero le traeré una cubeta de agua, una esponja y ropa limpia. Puede lavarse, comer algo y descansar mientras el médico atiende a su amiga.

Zofia se mordió el labio, no quería aceptar que la apartaran de Janina, pero tampoco tenía otra opción.

La enfermera esbozó una sonrisa amable.

—Es uno de los mejores. Se formó durante varios años con el doctor Nowak.

El nombre hizo que Zofia ahogara un grito.

Su papá había entrenado al hombre que salvaría la vida de Janina. A falta de su padre, no había nadie mejor que su estudiante.

Zofia asintió y dejó que la enfermera la condujera a una zona cerrada con cortinas para lavarse. Sin embargo, a medida que el agua corría sobre su cuero cabelludo y se restregaba la suciedad y las aguas residuales, el límite que contenía sus pensamientos también iba desapareciendo.

Todo volvió a su mente con poderosa claridad. La forma en que Darek le había dado instrucciones tan cuidadosas, cómo había mentido de manera tan obvia cuando prometió que se encontraría con ellas en el futuro, cómo le había declarado su amor, como si no hubiera sido la primera vez que lo decía, y también fuera a ser la última.

Tenía la intención de quedarse atrás, de morir con los demás, protegiendo el camino para que ella y Janina corrieran hacia la cloaca. Para cumplir la promesa a su *matka* de mantener a Zofia a salvo.

Zofia había pensado que tenían todo el tiempo del mundo. Ya no lo tenían. Se les había escapado de las manos como la arena en un reloj. Lo había despilfarrado por orgullo y desaprovechado por cobardía.

Ahí, en la zona acortinada, Zofia se encontró sola por primera vez en casi un mes, salvo por los fantasmas y los remordimientos que la acompañaban constantemente. Se rodeó la espalda con los brazos, como si así pudiera mantener la compostura, y apretó los dientes para evitar que se le escaparan las lágrimas.

Janina superó la cirugía sin inconvenientes. Tenía la mano envuelta en un enorme bulto de algodón, completamente inmovilizada. Luego de un día de reposo y comida, incluso recuperó el color de las mejillas.

Zofia llevaba un vestido azul marino de cuello liso y unas sandalias un poco ajustadas. Le había conseguido a Janina otro vestido, del mismo tono morado que una lila en flor, y unas sandalias que esperaba que le quedaran bien.

Cuando el médico y la enfermera no podían escucharlas, Zofia se inclinó hacia Janina.

—Tenemos que irnos.

La mirada oscura de Janina brilló de determinación.

—Voy a volver a la Ciudad Vieja.

Zofia sintió un dolor de garganta que no pudo tragarse.

—La Ciudad Vieja ya no existe.

Janina no dijo nada durante un rato, solo abrió y cerró el puño izquierdo, con los ojos brillantes de lágrimas.

—Quiero hacerles pagar.

—Tenemos que salvar a mi *matka* y salir de Varsovia. Fue por eso que Darek… —Zofia se interrumpió, incapaz de terminar la oración—. Ahora tenemos que concentrarnos en los que amamos, no en los que odiamos.

El fuego en la mirada de Janina se atenuó.

—Nuestras madres nos necesitan, Janina. —Zofia respiró con dolor—. Somos lo único que les queda.

Finalmente, Janina asintió.

—Vamos a la biblioteca.

El viaje hasta la calle Koszykowa no fue sencillo. Por toda la ciudad, la belleza de Varsovia había quedado reducida a escombros; las casas eran poco más que cascarones con los marcos de las ventanas y las puertas abiertos como cuencas vacías. Había un enorme agujero en la fachada de la biblioteca, pero aparte de eso, la sede principal parecía estar intacta.

La puerta principal estaría cerrada a cal y canto, así que Zofia condujo a Janina a una de las entradas más nuevas que habían construido. La barricada se abrió antes de que llegaran y la señorita Laska les hizo señas de que entraran, con los ojos azules más grandes y redondos que Zofia le había visto jamás.

—Están vivas. —La señorita Laska se apresuró a dejarlas entrar y cerró la puerta detrás de ellas, con torpeza pues no podía apartar la mirada de Zofia y Janina—. Dios mío, están vivas. Nos dijeron que la Ciudad Vieja… —La señorita Laska hizo un gesto con la mano, como para apartar un mal pensamiento—. No importa. Vengan por aquí.

Metió la llave en el bolsillo de su suéter rosa y las condujo al almacén, donde habían instalado camas improvisadas entre las numerosas estanterías y pilas de libros.

—Zofia.

Se volvió al oír su nombre y se quedó completamente inmóvil. Su *matka* estaba a pocos metros de distancia, con el pelo rubio perfectamente peinado, elegante y hermosa como siempre había sido. El tiempo quedó suspendido en el aire entre ellas, el poder de su reencuentro quedó encapsulado en ese instante, como suspendido en ámbar.

Su *matka* abrió los brazos y Zofia deseó correr hacia ellos, pero de repente sus piernas no funcionaban. La energía que la había estado impulsando hacia adelante, que la había hecho sobrevivir un día más, se desvaneció en la nada.

—Mamá —gimió con la voz de una niña más que la de una mujer adulta que había visto la guerra, que había matado hombres, que había luchado por la libertad de Polonia y ahora se sentía irremediablemente derrotada.

En un segundo, la rodearon los brazos de su *matka*, acercándola hacia sí, en un abrazo maternal que se le había hecho familiar en ese último año, un abrazo de consuelo y amor, incondicional y que lo consumía todo.

Por fin brotaron las lágrimas. Las lágrimas que Zofia no se había permitido derramar después de que Darek se sacrificara para que ellas huyeran, las lágrimas por su papá y el médico que había entrenado y que le salvó la vida a Janina, las lágrimas de su miedo porque Kasia y Danuta hubieran corrido una suerte parecida a la de todos los del Batallón Parasol en la Ciudad Vieja. Una vez que las lágrimas empezaron a caer, no pudieron parar. Se dejó caer contra su madre, sollozando.

Y su *matka* simplemente la abrazó.

Entre los muros de la biblioteca había más refugiados que los cincuenta iniciales, incluyendo muchos civiles que habían llegado buscando seguridad. A la biblioteca le había ido bien a lo largo de los combates, aunque el doctor Bykowski discrepaba. Había sido erróneamente acusado de fraternizar con el enemigo y estuvo detenido durante varios días. En ese tiempo, un francotirador alemán le había disparado mientras realizaba trabajos forzados para el Ejército Nacional. Su amargura era evidente.

Se habían producido varios cambios desde que Zofia y Janina se habían marchado. Se habían cavado pozos en el primer patio para suministrar agua cuando la red dejara de funcionar. La puerta principal se había fortificado y en el segundo patio se estableció un cementerio.

Habían asesinado a varios empleados, uno de ellos un conserje que siempre había sido amable. Zofia se enteró de que había arreglado valientemente la barricada que habían levantado para impedir que las balas penetraran en la biblioteca después de que la explosión derrumbara la fachada y cayó víctima del fuego enemigo.

Aunque la intención de Zofia era llevar a su *matka*, a Janina y a la señorita Laska a casa de Ella en el campo, seguían cayendo demasiadas bombas como para que tal esfuerzo fuera seguro. Poco a poco, los alemanes empezaron a recuperar los distritos que el Ejército Nacional había luchado tanto por reclamar, y Zofia se encontró con que estaban atrapadas en la biblioteca.

El *Boletín de Información* seguía imprimiendo su diario y Radio Relámpago se había trasladado a la sede principal de la biblioteca, desde donde ahora emitía información actualizada sobre el mundo exterior. Sin embargo, ni siquiera esa información sesgada podía ocultar lo que todo el mundo sabía.

El Ejército Nacional estaba perdiendo.

A través del *Boletín de Información*, Zofia no solo recibió confirmación escrita de que la batalla por la Ciudad Vieja había sido una terrible derrota con cientos de muertos o detenidos, sino también de que habían perdido el Palacio Krasiński y el hospital de la calle Długa.

Kasia jamás habría abandonado a los pacientes. Y Danuta de ninguna manera habría abandonado a Kasia. Así como Janina y Zofia nunca se separaron durante el levantamiento.

El refugio que había sido la biblioteca de repente se sintió vacío, atormentado por todo lo que habían perdido.

Zofia se dedicó a mantener la seguridad del edificio, así como de las personas y los materiales que había en su interior. Dondequiera que iba, recordaba a los que ya no estaban, a la señora Mazur y su perpetuo estado de ocupación, a Danuta y su forma demasiado compleja de hablar, a Kasia y sus sonrisas solares, capaces de iluminar una habitación.

Y a Darek.

El dolor era más grande de lo que podía soportar, le robaba el aliento y sustituía el oxígeno por otra cosa que ardía como fuego en su pecho.

Ahora comprendía mejor por lo que había pasado Janina después de la derrota del levantamiento del gueto. En aquel momento, Zofia creía que lo entendía, pero ninguna suposición puede rozar el verdadero abismo de una pérdida así hasta que se experimenta en carne propia.

Nostálgica y desesperada por conectar con los que ya no estaban, fue a la parte trasera del almacén, donde una vez celebraron una reunión de El club del libro bandido, y apoyó la cabeza contra la estantería.

Entonces, lo vio.

La familiar cubierta roja de un libro que una vez había tenido entre sus manos. Se levantó y sacó *Sin novedad en el frente* de donde estaba escondido, junto a dos libros más grandes en el estante inferior. El desprecio que había sentido hacia el autor alemán y que había amargado su lectura se aplacaba al recordar que había sido Darek quien había sugerido el libro. Abrió la portada y recorrió la página con el dedo.

Le susurraba en el silencio, una promesa que solo un libro puede hacer a un lector, ofrecerle un viaje único, a la medida del camino por el que la vida lo había llevado.

Zofia se acomodó en el suelo y empezó el primer capítulo.

Cuando leyó el libro por primera vez, era inocente y estaba cegada por el odio. Al leerlo de nuevo con la experiencia de un soldado, se identificó de inmediato con el protagonista. El libro removió sus recuerdos de la guerra. No solo el horror, el miedo, la incertidumbre y la valentía, sino también la confusión de dónde se trazaban las líneas y cómo la humanidad misma tenía que mantenerse a un brazo de distancia.

Antes, ese libro ni siquiera había rozado su interés, y ahora... ahora se le clavaba en el corazón como la bala de un francotirador.

Sin embargo, eso no fue lo único que comprendió al releer aquellas páginas. La sorprendió de nuevo la tremenda importancia de El club del libro bandido. Y entendió por qué Hitler temía tanto los libros que había prohibido.

La literatura tenía poder. Inmenso e innegable.

Los libros inspiraban el libre pensamiento y la compasión, una comprensión general del mundo y la aceptación de toda la humanidad. Zofia se había encontrado a sí misma en las páginas de los libros quemados y prohibidos, desgarrados para hacer papel. Eran las partes de ella que eran humanas, fuertes y cariñosas, partes que comprendían vidas que ella nunca había experimentado.

Y así fue como se abrió ante ella su más nuevo camino, revelado en las páginas de una historia escrita por alguien que podría haber sido su enemigo. Tenía que asegurarse de que los libros que había guardado llegaran a todas las manos posibles, tenía que animar a la juventud polaca a luchar de la forma más eficaz. Con el corazón y con la mente.

Esa determinación fue lo que la ayudó a sobrevivir ese septiembre brutalmente duro de bombardeos y ataques, mientras la mano de Janina se curaba y su propia alma se reconfortaba. Finalmente, el 1 de octubre, se decretó un alto al fuego de varias horas para que los civiles pudieran huir. Ella, su *matka*, Janina y la señorita Laska dejaron la ciudad atrás y se dirigieron a la casa de Ella, mientras Varsovia caía una vez más en manos de los nazis.

El 2 de octubre, a las 8:00 p.m., se firmó el acuerdo de capitulación en un esfuerzo por ofrecer protección a los insurgentes en virtud de la Convención de Ginebra.

Después de sesenta y tres días de lucha, valor y sacrificio, los polacos perdieron Varsovia.

# Capítulo 36

*Cuatro meses después...*
*Febrero de 1945*

La casa de Zofia en la calle Krucza ya no existía, era solo una pila más de vigas y ladrillos en medio de un mar de casas igualmente derrumbadas. Su ciudad, que antaño había sido heraldo de edificios de arte y belleza, que databan de cientos de años atrás, estaba ahora casi completamente arrasada.

Los soviéticos siguieron avanzando una vez que los polacos fueron derrotados. Los nazis sabían que habían perdido la ciudad y en su huida dejaron un camino de destrucción como represalia. Hicieron agujeros en las joyas arquitectónicas de Varsovia que quedaban en pie y los rellenaron con explosivos que redujeron el último esplendor de la ciudad a polvo y escombros.

Museos, monumentos, el palacio de la ciudad en toda su opulencia y las bibliotecas: todos fueron objeto de demolición.

Zofia tomó la mano sana de Janina mientras exploraban la ciudad, heridas por lo que no podía salvarse.

La señora Steinman y su *matka* se habían quedado en casa de Ella junto con la señorita Laska. Aunque las cuatro mujeres también querían ir a la ciudad, Zofia se negó hasta que ella y Janina se hubieran cerciorado de que era seguro.

Zofia se acordó de que una vez había hecho un castillo de arena en las playas de Gdynia, pero cuando las olas llegaron a la orilla, el agua destruyó la mayor parte de la estructura. Lo que quedó se hundió sobre sus propias ruinas. La ciudad tenía ese mismo aspecto, como si toda hubiera sido de arena y hubiera sido devastada por una marea despiadada.

La Biblioteca de Varsovia, que había sobrevivido al implacable ataque de septiembre de 1939, no se había librado de la reciente atrocidad. Por más esfuerzos que el personal de la biblioteca hizo para proteger los libros de daños, nada había podido detener a los nazis, empeñados en destruirlos en esos últimos días.

El edificio principal de Koszykowa sufrió graves daños. Los despojos del almacén se elevaban hacia el cielo como huesos de tierra estéril. En la parte trasera, los marcos sin ventanas estaban abiertos y ennegrecidos por las llamas, y las tumbas de los insurgentes seguían llenando el patio.

Zofia y Janina habían ayudado a cavar la mayor parte de esas tumbas.

—¿Zofia? —llamó una voz—. ¿Janina?

Zofia forzó la mirada hacia una ventana abierta desde donde alguien les hacía señas frenéticamente. Wanda Dabrowska, que dirigía la sala de lectura de arte, les pidió que esperaran un momento antes de desaparecer y abrir una puerta trasera un minuto después.

—Vengan, vengan —las llamó.

Zofia y Janina fueron corriendo.

—¿Cómo es que está aquí? —le preguntó Janina con auténtica sorpresa—. Creí que todo el mundo se había ido de Varsovia.

—Solo nos fuimos un tiempo. —La falda azul pálido de la señora Dabrowska estaba manchada de hollín y también tenía una mancha en la frente, justo encima de la ceja izquierda—.

Hasta que entraron los soviéticos y volvimos enseguida para encontrarnos todo así.

Las guio a través de la biblioteca. El acre aroma del humo invadía todo el edificio.

—Los nazis le prendieron fuego a la planta baja antes marcharse. —La señora Dabrowska se volvió para mirarlas mientras caminaba—. Cuando los pisos superiores ardieron, se derrumbaron y los libros cayeron directamente a las llamas. —Hizo una pausa y suspiró, la respiración de alguien que sufre.

La opresión que Zofia sentía en el pecho de repente tenía poco que ver con el denso olor a humo.

—¿Destruyeron todos los libros?

Ella y Janina la siguieron hasta la puerta de la sala de lectura principal.

—Eso era lo que querían. —La señora Dabrowska se detuvo frente a la puerta—. Por eso volvimos. Éramos pocos, pero apagamos las llamas y salvamos lo que pudimos.

Janina ahogó un grito.

—Quiere decir que...

—Sí. —La señora Dabrowska sonrió y abrió la puerta de un empujón. La luz que entraba por el techo de cristal estaba ligeramente fracturada por los daños que el edificio había sufrido en agosto, pero todavía entraba luz suficiente para que pudieran ver las pilas y pilas de libros—. No se quemó todo. También hay más en el ático —anunció con orgullo.

La emoción se agolpó en el fondo de la garganta de Zofia y, por un momento, no pudo hablar.

—No es mucho, lo sé. —La señora Dabrowska miró la colección de libros rescatados, la mayoría sucios por los escombros y el humo—. Los incendios eran tan grandes y teníamos tan poco para...

—Salvaron muchos —dijo Janina mientras examinaba los libros.

—Es increíble —dijo Zofia con un nudo en la garganta—. ¿Entonces están reconstruyendo la biblioteca?

La señora Dabrowska asintió.

—Por supuesto. No todas las habitaciones resultaron completamente dañadas. Esperamos reabrir pronto.

Por primera vez en meses, Zofia sintió un destello de esperanza.

—Entonces tengo algo que podría ayudar... bueno, si todavía está ahí.

No había ido al almacén oculto de la calle Świętokrzyska desde antes del levantamiento. Era posible que hubiera volado en pedazos por una bomba. O tal vez los soldados la habían encontrado por casualidad, abrieron la endeble puerta de una patada en busca de un lugar donde esconderse y habían utilizado los libros como combustible.

Zofia sacó la llave de la cadena que llevaba en el cuello, donde la guardaba desde que consiguió escapar de la ciudad.

—Si no la han destruido.

De repente, sintió que la llave le pesaba en la palma de la mano. Tantas personas se habían esforzado para salvar esos libros, para llevarlos a un lugar seguro y protegerlos. Y ahora ella era la única que quedaba con vida.

Ella era su única guardiana.

Las condujo a la calle Świętokrzyska, a través de calles que ahora solo albergaban escombros y cascarones de edificios, fantasmas de lo que habían sido. A lo lejos, el edificio Prudential, al que se tenía en tan alta estima, seguía en pie, pero el exterior estaba agujereado y su armazón sobresalía de la piedra como unas costillas.

Se le aceleraron los latidos del corazón.

¿Cómo habría podido sobrevivir a esto el almacén oculto?

Era difícil incluso discernir exactamente qué edificio era cuál; sin embargo, Zofia encontró por fin el que buscaba. El armazón se había debilitado por los bombardeos y varios de los pisos superiores se habían desplomado sobre los demás.

Llave en mano, Zofia se dirigió hacia la estructura.

Janina la agarró del brazo.

—Zofia, no es seguro.

Pero Zofia no apartó la mirada del edificio.

—Tengo que saber. Quédate aquí con la señora Dabrowska.

Janina no le hizo caso. La parte de ella que siempre obedecía a los demás y seguía todas las normas se había quebrado hacía tiempo por el sufrimiento. Sin embargo, a lo largo de los meses que habían pasado en la casa de Ella, llenos de amor y luz, la sonrisa de Janina había empezado a volver lentamente, y el brillo llenaba de nuevo sus preciosos ojos cafés.

Entraron juntas a la antigua biblioteca y se abrieron paso con cuidado entre los restos que cubrían el suelo. Pasaron por encima de las vigas y sortearon pedazos de piedra hasta llegar a la escalera, que encontraron cubierta de escombros.

Zofia no se dejó disuadir tan fácilmente y empezó a cavar. Fueron quitando un ladrillo a la vez, algún trozo de viga que alzaban entre ella y Janina, y así continuaron hasta que revelaron la puerta, más desfigurada que nunca.

Conteniendo la respiración, Zofia introdujo la llave y la cerradura cedió con un chasquido. La puerta permaneció atorada. Zofia empujó el picaporte con todas sus fuerzas y la puerta finalmente cedió, abatiéndose hacia dentro.

# Capítulo 37

El aroma de los libros antiguos recibió a Zofia, el olor más preciado que jamás haya existido, preludio de la visión más hermosa que jamás haya existido.

Filas y filas de libros en estanterías, rescatados bajo las narices de los nazis y conservados en el corazón de una biblioteca en ruinas a la que todavía le quedaba un bello regalo que hacer a los lectores de Varsovia.

Los libros estaban a salvo.

Aunque el almacén oculto había sobrevivido al levantamiento y a la destrucción posterior a manos de los nazis, la sala de lectura de la calle Traugutta, no. Tampoco la casa de Zofia y tantos otros edificios de la ciudad; quedaba de ellos apenas un montón de escombros carbonizados.

Caja por caja, devolvieron la colección de libros ocultos a la biblioteca, reuniéndolos de nuevo con el fondo principal, y comenzaron la ardua tarea de ordenarlos.

Después de una semana en la ciudad, y de mucha insistencia de la señorita Laska, Zofia y Janina la llevaron a ella y a sus madres de vuelta a Varsovia. Tanto la antigua casa de Janina, en la calle Mazowiecka, como la de Zofia, en la calle Szucha, habían sobrevivido, pero ambas locaciones tenían residentes encerrados en su interior que se negaron a abrir la puerta a los propietarios originales. Sin otro lugar donde quedarse, se instalaron de nuevo en la biblioteca, durmiendo en catres en los almacenes que no habían sufrido demasiados daños, mientras todos trabajaban para reconstruir lo que podían.

Estaban en la deteriorada sala de lectura principal revisando una nueva pila de libros con un catálogo recién creado lleno de títulos a medias cuando la señorita Laska cruzó los brazos.

—Tenemos que hacer un llamamiento para que la gente done sus libros.

No había casi nadie en la ciudad. Sí, los supervivientes de la guerra llegaban a cuentagotas, pero esos pocos desgraciados solo tenían lo que traían puesto, y la mayoría regresaba a hogares que ya no existían. Ya nadie tenía nada más que dar.

Zofia apretó los labios para no hablar. Ya se habían enfrentado a suficientes decepciones sin añadir su pesimismo.

—Así fue como empezamos la biblioteca en 1907. —La señorita Laska pasó una mano cariñosa sobre una pila de libros manchados de humo—. La gente nos donó libros de sus casas. Walenty Dutkiewicz donó colecciones sobre derecho, Ignacy Bernstein ofreció sus inventarios a las colecciones judaicas, e incluso Bołeslaw Prus nos dio sus manuscritos originales. Así fue como acabamos teniendo las vastas colecciones que teníamos. Gracias a la gente. —Alzó la barbilla—. Podemos volver a hacerlo.

—Me parece una excelente idea —asintió Janina, con los ojos brillando de entusiasmo como antes.

Tal vez fue el entusiasmo de Janina lo que despertó la emoción de Zofia.

—La comunidad puede ayudar a reconstruir lo que la misma comunidad empezó.

—Precisamente. —La señorita Laska sonrió—. Voy a hacer un volante para solicitar que la gente empiece a reunir sus libros para entregárnoslos.

—Descubrí que ofrecer detalles precisos es una forma ideal de garantizar la participación. —La *matka* de Zofia se levantó de una de las sillas sobrevivientes donde estaba sentada.

La señora Steinman asintió desde la ventana donde se había acomodado ella. Aunque había mantenido una apariencia saludable desde que vivía con Ella, había una tristeza que nunca abandonaba del todo su mirada. Zofia no creía que fuera a desaparecer nunca más; era comprensible, con todo lo que le había costado la guerra.

Su *matka* dirigió una mirada tentativa a Zofia mientras se acercaba, pidiendo permiso en silencio para darles más información.

Desde que se habían reunido en medio de la revuelta, su *matka* había sido mucho más blanda con sus consejos y siempre consideraba con cuidado cómo podían ser recibidas sus palabras.

—Tal vez podamos avisar a la gente que dentro de un mes estaremos recibiendo los libros enfrente de la biblioteca —dijo la *matka* de Zofia—. Luego anunciamos un horario concreto.

La señora Steinman se reunió con ellas.

—Podemos poner una mesa para recibir los donativos.

—Sí —aceptó la *matka*—. Lo haremos juntas.

Un mes más tarde, exactamente a las nueve de la mañana, todas esperaban afuera de la biblioteca, detrás de una mesa adornada con un mantel rojo y blanco que ondeaba con la gélida brisa de marzo. La señorita Laska estaba sentada en la cabecera con un portapapeles, lista para anotar los nombres y las direcciones de la gente que fuera, para enviarles notas de agradecimiento posteriormente. Janina y Zofia estaban listas para cargar las cajas que esperaban que pronto estuvieran llenas de libros, y su *matka* y la señora Steinman estaban preparadas para dirigir a los usuarios. Incluso Ella había dejado su trabajo en la granja por ese día para acompañarlas, y llevaba unos listones rojos y blancos atados en el extremo de su trenza.

Y nadie llegó.

Zofia se fue decepcionando a medida que pasaban los minutos y las calles permanecían vacías. Los árboles desnudos no les ofrecían protección alguna contra el viento helado y todas se abrigaron con sus propios brazos para mantener el calor.

—Démosles una hora más. —A pesar del tono alegre de la señorita Laska, agachó la cabeza visiblemente afligida.

La *matka* de Zofia suspiró al cuarto para las diez.

—Quizá deberíamos llevar la mesa adentro, donde al menos podríamos estar más calientes.

Nunca había podido subir de peso, ni siquiera con la leche y los huevos de la pequeña granja de Ella. Por eso, la *matka* siempre tenía frío, incluso cuando se ponía directamente junto a la chimenea.

Ahora tenía la cara pálida y Zofia sabía que debía estar helada hasta los huesos.

De repente, la señorita Laska se incorporó.

—Miren.

Todas se volvieron en la dirección que miraba y vieron a varias personas que caminaban por la calle.

Zofia se esforzó para sostener la mirada, intentando aferrarse a una brizna de esperanza.

Una mujer llegó primero, abrazando tres libros contra su pecho.

—No es gran cosa. —Se ruborizó—. Pero no podía quedármelos para mí sabiendo que el resto de Varsovia podía beneficiarse con ellos.

La señorita Laska los aceptó.

—Nos aseguraremos de que sean amados y cuidados. Gracias.

—Gracias a usted. —La mujer extendió la mano y tomó la mano enguantada de la señorita Laska—. Usted era la que prestaba libros en la calle Traugutta cuando la biblioteca cerró. Jamás habría podido pasar tantos días de frío y soledad sin esos libros para hacerme compañía. En especial cuando mi marido murió y mis hijos… —Se le cortó la voz. Hizo una pausa para recuperarse—. Gracias.

Al darse cuenta de que había alguien detrás de ella, siguió su camino luego de un último gesto de agradecimiento.

Ahora se acercaba más gente desde ambos lados de la calle. Un hombre se adelantó con un solo libro.

—Qué bueno que no llegué demasiado temprano. —El hombre les dio un ejemplar de *Sanatorio bajo el signo del reloj de arena*, de Bruno Schulz.

—¿Demasiado temprano? —le preguntó Janina.

—Sí. —El hombre sacó uno de los volantes que habían imprimido con la vieja y polvorienta copiadora e indicó la hora—. Se suponía que empezaba a las diez.

Todas las miradas se volvieron hacia la señorita Laska, que abría y cerraba la boca y parpadeaba detrás de los anteojos redondos. Se había equivocado de hora.

—Bueno —dijo, apenada—. Supongo que, después de todo, no soy perfecta.

Todas se rieron, en parte por lo gracioso de la situación, pero también con inmenso alivio.

La fila de usuarios siguió creciendo durante la siguiente hora, serpenteando entre las ruinas de la calle Koszykowa. La mayoría solo tenía unos pocos libros que donar, colecciones personales que habían conseguido conservar durante los oscuros días de la ocupación. Muchos habían continuado siendo usuarios de la biblioteca clandestina de la calle Traugutta, y expresaron su agradecimiento por los libros que les habían prestado en secreto, y por la fuga de la realidad de terror, pérdida y dolor que les habían ofrecido.

Entre ellos estaba una cara conocida, la del caballero que tan ansioso había recibido *El hombre invisible*, de H. G. Wells. Puso sobre la mesa un saco lleno de libros que cayó con un fuerte golpe.

—En algún lugar, alguien podría quedar impactado por uno de estos libros y querer compartir la historia con su hijo. —Le sonrió a Zofia—. Como me pasó a mí con *El hombre invisible*. Por cierto, a mi hijo le encantó. —Se levantó el sombrero hacia ella y se marchó, dejando atrás el montón de libros.

Lenta, pero segura, su colección fue creciendo a medida que se iban llenando las cajas. Cuando Zofia regresó por otra caja, vio a otra persona conocida en la cola. Ewa, la niña a la que había enseñado a leer. Ahora era más alta, tenía el pelo más largo y lo llevaba recogido en una sencilla trenza que a Zofia le recordó a Danuta. Ewa esperaba pacientemente con sus cuatro hermanas y tres libros en los brazos.

Zofia llegó cuando Ewa se acercaba a la mesa.

—Estos son los dos libros de la biblioteca que saqué de la sala de lectura antes de que comenzara el levantamiento. —Colocó los ejemplares sobre la mesa con sumo cuidado y luego extendió lentamente hacia delante el otro libro, un maltratado ejemplar de *Los viajes de Gulliver*. La portada estaba desgastada por toda una vida de uso—. Sé que está viejo —dijo en voz baja—. Es que era el libro de nuestra mamá.

Había una triste reverencia en su forma de pronunciar las palabras, una pena que muchos de ellos compartían al llorar por quienes no habían sobrevivido a la guerra.

Zofia negó con la cabeza.

—No podemos aceptarlo. Es demasiado valioso.

La niña empujó el libro hacia Zofia.

—Antes de que empezáramos a venir la biblioteca, este libro era el único que teníamos. Y antes de que me enseñaras a leer, no podía entender la historia. Queremos compartir este libro con la ciudad, como tú compartiste tanto conmigo. —Rodeó a sus hermanas con los brazos, acercándolas a ella—. Con nosotras. Además, siempre podemos venir a visitarlo cuando queramos, después de que hayan abierto de nuevo.

Zofia aceptó el precioso regalo y lo abrazó contra su pecho con el mismo cariño con el que Ewa lo había hecho momentos antes; la portada seguía sintiéndose cálida al tacto.

—Gracias.

Tardaron varios meses en clasificar todos los libros donados y los que habían sobrevivido al incendio. Se organizaron en sus categorías originales mientras se hacían nuevos catálogos, escritos con la pulcra letra de la señorita Laska.

Durante ese tiempo, finalmente salió a la luz el destino de sus amigos del levantamiento, a medida que más gente regresaba a Varsovia.

Krystyna murió con su unidad, luchando para defender a los civiles de Wola. Los insurgentes sobrevivientes del hospital de la calle Długa confirmaron que, efectivamente, Kasia se había quedado con los heridos que no podían escapar, sacrificándose para darles consuelo en su momento de mayor necesidad. Danuta estaba a su lado con un fusil Sten en una mano y un libro en la otra.

Aún no había noticias de Darek, aunque lo más posible era que quienes hubieran estado con él ya no estuvieran vivos para contar su historia. Lo único que a Zofia le quedaba era su último recuerdo de él confesándole su amor antes de volver corriendo a la refriega, defendiéndolas para que pudieran huir a un lugar seguro.

Zofia tenía los recuerdos de sus amigos perdidos en primer plano mientras esperaba frente a las puertas de la biblioteca el sábado 26 de mayo. El día de la inauguración. La biblioteca solo tenía una sala de lectura que ofrecer a la ciudad, pero era un comienzo.

En esa sala de lectura estaban los libros que El club del libro bandido había leído y discutido, así como las colecciones del papá de Zofia y Antek que se habían conservado debajo de las tablas del cuarto de Zofia y tantos otros libros que significaban algo para los varsovianos, y que fueron donados a la biblioteca para que otros los disfrutaran.

Esta sala de lectura no solo representaba el comienzo de la reconstrucción de Varsovia; también contenía libros, recuerdos y amor, todo en un regalo perfecto.

Los agujeros de bala seguían marcados en la entrada de la biblioteca; los dejaron ahí intencionalmente para recordarles a todos que Polonia se había defendido. El ministro de Educación, el señor Skrzeszewski, estaba junto a los bibliotecarios, presente para ofrecer un discurso de homenaje a los esfuerzos que los empleados hicieron para revivir la biblioteca, y destacar la importancia de lo que esos libros significaban para Varsovia.

Zofia miró detrás de ella. Todas las personas ahí reunidas conocían la importancia de esos libros. Las historias los habían consolado en tiempos difíciles, les habían ofrecido luz y esperanza cuando todo parecía oscuro y perdido. Estaban ahí para celebrar la lectura y una comunidad unida por el amor a esos libros.

Su lucha por Polonia libre no había tenido éxito del todo, ya que ahora los soviéticos controlaban el país. Una vez más, el águila polaca estaba enjaulada.

Sin embargo, sus esfuerzos no habían sido en vano. Mirando a su alrededor, a los hombres, las mujeres y los niños de la multitud, sabía que, incluso de este modo, habían ganado.

—Zofia. —Una voz masculina la llamó por su nombre; una voz familiar que jamás pensó volver a oír.

Se volvió hacia el sonido y un sollozo se le atoró en la garganta.

Una figura alta se abría paso entre la multitud.

—Antek —susurró su *matka*. Janina giró en su dirección.

Nadie se movió, temerosos de confiar en lo que veían sus ojos. Si no era Antek, si era solo una aparición suya más alta y delgada, sus corazones no podrían soportar la devastación de semejante decepción.

—Mamá. —Antek abrió sus delgados brazos y su *matka* corrió hacia él, seguida por Zofia y Janina. Todos se abrazaron riendo y llorando, manteniéndose en pie unos a otros.

Cuando por fin lo soltaron y dieron un paso atrás, Zofia observó a su hermano. Las líneas de expresión de su rostro lo hacían parecer varias décadas mayor de sus veintitrés años. Cicatrices blancas salpicaban sus brazos y manos y hablaban de una vida dura.

Él también las miraba a todas, examinando primero una cara, luego otra, luego la siguiente, y volvía a empezar, como si no pudiera saciarse. Le temblaba la barbilla, pero no apartó la mirada.

—Pensé que no volvería a ver a ninguna de ustedes.

—Nosotras pensábamos lo mismo. —Su *matka* lo tomó de la mano, aferrándose a ella como a un salvavidas—. ¿Dónde estuviste?

—En un campo de trabajo en Alemania. —Antek se enjugó los ojos con las mangas y resopló, con la punta de nariz roja—. No muchos sobrevivimos. Ni siquiera sé cómo lo hice yo, pero creo que fue gracias a mis recuerdos de todos ustedes. Gracias al amor. —Le lanzó una tímida mirada a Janina y ella se sonrojó.

—En cuanto me liberaron, volví a la casa. Pero cuando llegué, la semana pasada, había unos extraños viviendo en nuestro departamento, y no tenía ni idea de cómo encontrarlas. —Señaló la entrada de la biblioteca con la cabeza—. Entonces fue cuando vi en el periódico el anuncio de la reapertura de la biblioteca, y supe que, si Zofia seguía en Varsovia, seguramente tendría algo que ver con la inauguración. —Esbozó una amplia sonrisa, mostrando que le faltaban varios molares—. Tenía razón.

—Más de lo que crees. —Los ojos de su *matka* brillaron de orgullo cuando miró a Zofia.

Las mejillas de Zofia se encendieron por el elogio. Era algo que no se había dado cuenta de que había anhelado desesperadamente toda su vida.

—Esa es una historia para más tarde.

—Hay muchas historias para más tarde. —Antek les ofreció un brazo a su *matka* y otro a Janina—. Por el momento, haznos la visita a la biblioteca. Estoy ansioso por ver su colección de H. G. Wells. Hace mucho tiempo que no leo *La máquina del tiempo*.

—Puede que incluso reconozcas el ejemplar. —Zofia guio el camino, con la certeza de que el viejo libro de Antek estaba en la estantería, esperando a estar de nuevo entre sus manos. A volver a él de misma forma como tan milagrosamente él había vuelto con ellas.

Entraron juntos a la biblioteca, seguidos por decenas de lectores dispuestos a celebrar cómo su amor por los libros les había ayudado a superar los terribles días de la ocupación. Desde luego que era un acontecimiento digno de festejo que una biblioteca cuya existencia se había originado gracias a las donaciones, hacía casi cuarenta años, resurgiera de las cenizas de la guerra y la opresión, una vez más gracias a la generosidad de sus usuarios.

Así sería como reconstruirían la belleza de Varsovia, gracias a la comunidad, libro por libro, en una ciudad de lectores de corazón abierto y mente sabia.

# Epílogo

*Noviembre de 1989*
*Varsovia, Polonia*

Polonia por fin es libre.

Lloro mientras escribo algo que temía no poder decir nuevamente. Sin embargo, incluso después de casi cuarenta y cinco años, las palabras no se sienten extrañas. Se sienten bien.

Es la primera vez que piso suelo polaco desde finales de 1945, cuando los soviéticos empezaron a perseguir a los insurgentes sobrevivientes del levantamiento. Janina y yo nos fuimos con nuestras familias, primero a Londres, que estaba inmersa en sus propios esfuerzos de reconstrucción de posguerra.

De ahí, nos trasladamos a París y honramos la memoria de Maria viviendo la vida que había soñado durante tanto tiempo. Con el tiempo, todos nos establecimos en la campiña francesa, donde el sol brillaba más días de los que no y las mariposas revoloteaban perezosamente en el cálido aire veraniego.

Creo que fue oportuno esperar a que Polonia volviera a ser libre para regresar. A finales de octubre, Joanna Szczepkowska anunció en Dziennik Televisión que el 4 de junio, cuando Polonia votó a favor de Solidaridad, el sindicato anticomunista, el comunismo finalmente había llegado a su fin. Entonces supimos que teníamos que volver a casa.

Encontramos Varsovia reconstruida, grandes trozos de escombros llenos de agujeros de bala y ennegrecidos por el humo fueron utilizados como marcos para nuevas construcciones, hasta que toda la ciudad se convirtió en una mezcla de lo nuevo y lo viejo. Familiar y extraña a la vez.

Janina y Antek celebraron recientemente su cuadragésimo tercer aniversario, luego de que se casaron el primer año después de reencontrarse. El mes pasado, su quinto nieto celebró su *bar mitzvah*, un momento orgullo para todos nosotros. Como es un niño al que le encanta aprender, es probable que siga los pasos de su abuela y se convierta también en profesor.

Mi marido, Pierre Dupont, falleció hace dos inviernos. Lo enterramos cerca del manzano que le gustaba, el que siempre está bañado por el sol y da los frutos más dulces. Nuestra hija, Cosette, se casó justo antes de que un infarto nos lo arrebatara.

Es una mujer joven y hermosa que se desenvuelve con la gracia y la elegancia que mi *matka* portó hasta el fin de sus días. Mientras que Cosette tiene el pelo oscuro de Pierre, sus cálidos ojos color avellana me recuerdan a los de mi papá. Siempre le digo que tiene los ojos de su abuelo. Ella dice que lo sabe, con la misma ligereza con que yo hacía caso omiso de los comentarios de mi padre.

Pero ella no lo sabe. No lo sabe como yo. No lo sabe como mi papá. No lo sabe como cualquiera que haya experimentado una pérdida y ve la belleza de sus seres queridos revivir una vez más en cada sonrisa, en cada mirada de sus descendientes.

Solo había compartido treinta años con mi Pierre antes de perderlo, pero tardé mucho tiempo en volver a encontrar el amor después de Darek. Incluso después de todos estos años, los recuerdos de mi primer amor siguen viviendo en mi corazón, igual de vívidos y apasionados como lo fueron en mi juventud.

Una de las primeras cosas que hice cuando volví a Polonia fue ir al Museo Nacional, a la exposición de arte de los tiempos de la sublevación. Fui con la esperanza de encontrar alguna obra de Darek.

Estuve ahí una hora, con la pequeña cruz de oro de mi *matka* entre las yemas de los dedos mientras buscaba. Con enorme cuidado, examiné cada pieza, buscando la elaborada *D* distintiva con el resto del nombre garabateado después. Era una firma que conocía tan bien como la mía.

En el centro de la galería, en un lugar de honor, había un boceto con esa firma. Los bordes estaban arrugados y quemados, pero, en todo lo demás, la obra estaba intacta. Cuando enfoqué la imagen y me ajusté los lentes, los ojos se me llenaron de lágrimas.

Era un retrato mío, con el saco militar de las primeras semanas del levantamiento, el casco echado hacia atrás para que se me viera toda la cara y una sonrisa en los labios. En ese dibujo, me vi a mí misma como él me había visto. Simétrica y perfecta.

Hermosa.

Pero lo más importante es que su sueño se había hecho realidad.

El arte de Darek estaba expuesto en el Museo Nacional. El sueño que siempre había tenido, el sueño que le parecía demasiado tonto para desearlo, se había hecho realidad.

Marta Krakowska me dijo una vez que cuando una historia estuviera lista para ser contada, brotaría sola, que a mi pluma le costaría seguirme el ritmo. Después de ese día en el Museo Nacional, volví directamente a mi hotel, y eso fue precisamente lo que ocurrió. Llené un bloc de notas con mis palabras, luego llamé a la recepción para solicitar más papel.

Llené una página tras otra con mi escritura hasta que la historia se derramó de mi mente en su totalidad.

Sin embargo, Marta Krakowska no tenía toda la razón en lo que me dijo sobre la escritura.

Me dijo que tenía que morir mil veces para apreciar de verdad la profundidad de la emoción y plasmarla en la página. Pero eso no fue lo que me ocurrió a mí.

Morí mil veces. En el asedio, en la ocupación, en el levantamiento, incluso con aquellos a los que el tiempo me robó después. ¿Cómo puede una vivir semejante pérdida e incluso así no tocar el fondo del dolor?

Y, sin embargo, no podía escribir.

En lugar de eso, vivía.

Ir a París por Maria despertó en mí la idea de que debía vivir experiencias que honraran a quienes había perdido.

Cuando me instalé en la campiña francesa y dejé que mis raíces se hundieran en su rico suelo, llevé a casa una gatita tricolor con una mancha negra en un ojo y manchas naranjas en las orejas. Exactamente del tipo que Marta Krakowska habría descrito en uno de sus libros. Por supuesto, la llamé Nela.

Por Danuta, leí todos los clásicos que caían en mis manos. En polaco y en francés, y más tarde en inglés. Cuanto más gruesos, mejor, como a ella le habría gustado. Y cuando leía esos textos, buscaba en ellos el significado más profundo, el mensaje oculto destinado a expandir el alma igual que las palabras nuevas expanden la mente.

El regalo de Kasia fue el mejor de todos. Por ella tuve a mi hija, mi dulce Cosette. Respiré la lechosa frescura de la infancia y perdí incontables horas contemplando sus grandes ojos color avellana. Por Kasia, saboreé la sensación de la maternidad un poco más intensamente, disfrutando cada momento exquisito por las dos.

Una vez que dominé el francés, asumí el papel de capitana guía de las niñas de nuestra pequeña población. Pensaba en Krystyna en cada reunión e impregnaba a esas jóvenes impresionables de conocimientos que las harían lo suficientemente fuertes como para saber cuándo luchar para proteger sus derechos y los de los demás. Me emocioné hasta las lágrimas cuando una de ellas se sintió tan inspirada que se volvió arquitecta, exactamente lo que Krystyna habría deseado ser.

También cumplí mi promesa a la señora Mazur de garantizar que los libros que con tanto cariño escondimos de la destrucción nazi volvieran a llegar a manos de los lectores. No solo aquel día de la inauguración de la biblioteca en mayo de 1945, sino también ahora que Polonia es libre, exactamente como era nuestra intención.

Fui a la biblioteca para ver si el libro de Ewa seguía ahí, así como la colección de libros de las bibliotecas personales de mi papá y Antek. No solo encontré en las estanterías el maltrecho ejemplar de *Los viajes de Gulliver*, encuadernado de nuevo, sino que también estaba la misma Ewa, trabajando como bibliotecaria en la sala de lectura juvenil, en donde ayudaba a los niños a aprender a leer. Exactamente como yo le había enseñado hacía tantos años.

Hablando de una Polonia libre, ese último sueño de la señorita Laska no se cumplió hasta este año. Pero ahora aquí estoy, una voz que se escucha por primera vez en décadas. Una vez más, tenemos libertad con la democracia en horizonte. Por fin, volvemos a ser la República Polaca.

Las palabras para mi historia no vinieron a mí hasta que pisé mi tierra como polaca libre, hasta que vi la obra de arte de Darek adornando la colección del Museo Nacional. Creo que tenía que completar la misión que me propuse en su totalidad. Realizar los sueños que no pudieron cumplirse antes.

Ahora que terminé, sé que debo compartir estas historias para que nunca se olviden. No podemos permitir que las atrocidades de la guerra y la persecución de los judíos caigan entre las grietas de la historia. No podemos dejar que se ahogue la educación, que se borren culturas o que se prohíban libros. Tampoco podemos permitir que la memoria de aquellos hombres y mujeres valientes que lucharon por la libertad y la justicia desaparezca en las páginas del tiempo.

El mundo también necesita recordar que nunca hay que dar por sentado lo que el sacrificio de otros nos ha regalado: el derecho a la educación y al aprendizaje, el poder y el lujo de la libertad, y la belleza de apreciar la rutina de una vida sencilla y cotidiana.

He muerto mil veces, pero eso no me define. Al contrario, también viví mil vidas y por eso ahora puedo escribir nuestra historia para que las generaciones futuras siempre la recuerden.

# Nota de la autora

Cuando Hitler tomó Polonia por primera vez, su intención era reubicar o asesinar al ochenta y cinco por ciento de los polacos, y dejar alrededor del quince por ciento para utilizarlos como mano de obra esclava, además de erradicar por completo a la población judía. Esto formaba parte de sus planes *Generalplan Ost* y *Lebensraum* de genocidio y asentamiento alemán en Europa del Este, que resultaron en el asesinato de casi tres millones de judíos polacos y casi dos millones de civiles polacos no judíos.

Casi inmediatamente después de la ocupación de Polonia, los nazis implementaron la *Intelligenzaktion*: el asesinato de los polacos intelectuales o influyentes de la población en un intento por sofocar cualquier levantamiento potencial antes de que pudiera comenzar. Cien mil médicos, abogados, profesores, científicos, políticos y otras élites sociales fueron ejecutados. Cerca de Varsovia, los arrestaron y los llevaron al bosque de Kampinos, a las afueras de Palmiry, donde los fusilaron sobre fosas comunes abiertas. A las personas que trabajaban en el bosque se les dijo que no acudieran a sus labores ese día, pero varias almas valientes sospecharon que se trataba de un juego sucio y espiaron a los nazis. Horrorizados por lo sucedido, marcaron los árboles con balas incrustadas para que las fosas comunes pudieran localizarse y pudieran exhumar los cuerpos una vez finalizada la ocupación nazi. Actualmente, hay ahí un conmovedor y poderoso Museo memorial, construido para honrar a los hombres y las mujeres que fueron asesinados en ese sitio.

Además de matar a los líderes polacos, los nazis aplastaron la cultura polaca y judía. Cerraron museos y escuelas, saquearon galerías de arte, prohibieron la música y despojaron la literatura polaca y judía de las estanterías. Robaron o maltrataron los libros valiosos, y los libros que sacaron de bibliotecas, librerías y colecciones personales fueron enviados a fábricas de pasta de papel donde el Gobierno General recibía solo diecinueve reichsmarks por tonelada de libros preciosos. Al principio, los camioneros robaron los libros enviados a las fábricas de pasta para venderlos en el mercado negro. Sin embargo, cuando los nazis se dieron cuenta, ordenaron a las Juventudes Hitlerianas de Varsovia que se aseguraran de que todos los libros se partieran a la mitad antes de que los enviaran a las fábricas para no tuvieran valor alguno en la calle.

Pero el poder de los libros perduró.

En mi investigación, me encontré por casualidad con los esfuerzos de hombres y mujeres del lado polaco y dentro del gueto de Varsovia que se las arreglaban para llevar libros a la gente para distraerla en esos tiempos tan horribles. Seguí esa vena y realmente me sorprendió todo lo que pude descubrir sobre lo mucho que lucharon hombres y mujeres por la literatura.

En el gueto, se utilizaban maletas para prestar libros de bibliotecas privadas. Un hombre especialmente extraordinario llamado Leyb Shur acumuló tantos libros en yiddish que tenía que dormir en el pasillo de su departamento de tres habitaciones y se ahorcó cuando lo obligaron a mudarse sin poder llevar sus libros. Otra persona asombrosa fue Basia Berman, la bibliotecaria mencionada en *La guardiana de libros*. Trabajaba para la Biblioteca Pública de Varsovia. Después de ser obligada a vivir en el gueto, creó y dirigió una biblioteca infantil secreta, a la que llamó CENTOS, un centro para ayudar a cuidar a niños huérfanos. Antes de que se volvieran a permitir las bibliotecas en el gueto, modeló la biblioteca clandestina para que pareciera una zona de juegos en la que las casas de muñecas se podían girar para revelar los libros ocultos en estanterías en su interior. Aunque solo tenía libros en polaco y en yiddish, animaba a los niños que no sabían yiddish a aprender. Más tarde consiguió escapar al lado polaco, donde ayudó a otros judíos en fuga a permanecer ocultos y a salvo hasta el final de la ocupación nazi.

En el lado polaco, encontré archivos increíbles sobre las actividades secretas de la Biblioteca Pública de Varsovia durante la ocupación. Como fueron escritos durante aquellos peligrosos años, gran parte de los registros tenían que ser discretos con los detalles por si eran descubiertos. Antes del sitio de Varsovia, había más de cincuenta y siete oficinas, salas de lectura y bibliotecas de préstamo conectadas a la sucursal principal de la Biblioteca de Varsovia. Durante parte de la ocupación, la sucursal principal fue la única biblioteca de toda Varsovia que se mantuvo abierta, y cuando cerró, la biblioteca de préstamo de la calle Traugutta se convirtió en una biblioteca secreta. Ahí, los varsovianos podían solicitar y sacar libros a través de un registro oculto que llevaban los bibliotecarios. Lamentablemente, el edificio fue destruido tras la sublevación y se tienen muy pocos datos de su funcionamiento. También había un almacén clandestino donde se guardaron libros destinados a la destrucción, pero la dirección se omitió en los documentos por motivos de seguridad, así que tuve que inventar una ubicación.

Además de la biblioteca secreta, la Biblioteca Pública de Varsovia también proporcionaba libros a los pueblos de las afueras de la ciudad; algunas personas llevaban libros en sus mochilas, como hicieron Zofia y Janina con Ella. Esto continuó incluso después de la guerra, y con el tiempo, en los años 60, a las zonas rurales llegaba regularmente un camión biblioteca. Aunque el camión biblioteca llegó demasiado tarde en la historia para incluirlo en mi novela, me recordó con tanto cariño al Cincy Book Bus que tengo que mencionarlo aquí en mi nota de autora. El Cincy Book Bus (Instagram @cincybookbus) vende libros a los lectores de Ohio, y todos los beneficios se destinan a la compra de libros infantiles para escuelas y organizaciones de bajos recursos.

Durante la ocupación nazi en Varsovia, las bibliotecas de préstamo y las salas de lectura se abrían y cerraban a menudo. Los empleados eran contratados, despedidos y luego vueltos a contratar para ser despedidos de nuevo. También existía una jerarquía más compleja de bibliotecarios alemanes que supervisaban las distintas bibliotecas de Polonia y Varsovia. En mi libro, simplifiqué mucho las operaciones de la biblioteca para facilitar la lectura. Y creo que, debido a la semejanza de sus nombres, vale la pena mencionarlo aquí: el doctor Bykowski y el doctor Bachulski eran dos personas distintas y ambos fueron directores de la biblioteca en momentos distintos; no se trata de una errata. El doctor Bachulski fue director de la biblioteca durante la ocupación y luchó desesperadamente por mantener el Museo Social en la biblioteca, pero fue arrestado por sus esfuerzos. Cabe decir que los objetos del Museo Social nunca volvieron a verse después de que se retiró de biblioteca. El doctor Bykowski era uno de los bibliotecarios que también enseñaba bibliotecología y escribía para el periódico de la biblioteca. Hacia finales de la ocupación, él también llegó a ser director de la biblioteca, aunque el hecho de que lo detuvieran erróneamente durante la sublevación (y le dispararan accidentalmente) lo dejó amargado y ya no estuvo en la biblioteca cuando reabrió sus puertas en mayo de 1945.

El Estado Clandestino Polaco fue el grupo de resistencia mejor organizado de Europa durante la ocupación nazi. Tenían varios departamentos para supervisarlo todo, desde la educación hasta la propaganda, pasando por tribunales clandestinos que juzgaban a nazis y colaboradores especialmente brutales. A través del Estado Clandestino Polaco funcionaban escuelas clandestinas e incluso se imprimían libros en imprentas secretas que antedataban las publicaciones en caso de que las descubrieran. En 1942 se creó la Żegota, una rama que ayudaba a los judíos a escapar del gueto y trabajaba para mantenerlos a salvo, escondidos en el lado polaco.

En este libro, la señora Steinman tuvo que cambiar varias veces de domicilio. Lamentablemente, no era una situación nada inusual. Por lo general, una casa de seguridad duraba solo uno o dos meses antes de tener que trasladar a los refugiados. Podía deberse a que los vecinos amenazaban con denunciar a la persona que se encargaba de las casas, a que los extorsionadores descubrían la residencia o incluso a un aumento de los costos que solicitaban (o a que la persona escondida se quedaba sin dinero), por lo que resultaba inasequible. Los esfuerzos por encontrar nuevas ubicaciones y el aumento de los pagos eran interminables. Con el tiempo, los costos de estas casas de seguridad se hicieron tan altos que los miembros que trabajaban con la Żegota tenían que atarse montones de billetes por todo el cuerpo para llevar dinero suficiente para pagar.

El Estado Clandestino Polaco y el Ejército Nacional (la rama militar del Estado Clandestino Polaco) fueron los que coordinaron el levantamiento oficial de Varsovia (o la sublevación, como se denomina en Polonia). A finales de julio de 1944, la Unión Soviética prometió ayudar al Ejército Nacional a derrotar a sus opresores nazis. Cuando el Ejército Rojo se hizo visible al otro lado del río Vístula, en el distrito de Praga, el Ejército Nacional asumió que su apoyo estaba totalmente garantizado y decidió atacar el 1 de agosto a las 5:00 p.m. (día y hora que todavía hoy se celebran en Varsovia). Muchos creían que sería una batalla rápida que duraría entre uno y tres días. Sin embargo, mientras el Ejército Nacional Polaco y los nazis se enfrentaban, los soviéticos permanecieron en donde estaban, sin ofrecer ayuda, abandonando a los polacos para que pudieran derrotar fácilmente al asediado vencedor y absorber Polonia para la Unión Soviética. Cuando estuve en Varsovia, me sorprendió ver que el río Vístula tenía menos de un kilómetro de ancho. No puedo ni imaginar lo terrible que debe ser saber que la ayuda está tan cerca y, sin embargo, jamás llegaría.

Al final, el levantamiento polaco de Varsovia, que debía durar entre uno y tres días, se prolongó durante más de dos meses. Durante ese tiempo, las tropas alemanas mataron a ciento cincuenta mil civiles (entre cuarenta y cincuenta mil de ellos en pocos días en el distrito de Wola) y a unos veinte mil soldados. Entre los soldados que luchaban con el Ejército Nacional, también se encontraban los Rangos Grises, los jóvenes hombres y mujeres que pertenecían a las guías y a los scouts de Polonia, lo que significa que muchos de estos soldados tenían entre once y dieciocho años.

Cuando los nazis huyeron de Varsovia, taladraron las paredes y pusieron explosivos en ellos para volar los edificios valiosos y las bibliotecas que quedaban en Varsovia. Durante el ataque a Polonia y a lo largo de la ocupación nazi, se calcula que fueron destruidos o robados quince millones de libros en todo el país. Una vez finalizada la ocupación, se recogieron grandes pedazos de edificios de los escombros y Varsovia se reconstruyó para parecerse a la ciudad que alguna vez fue, un gigantesco rompecabezas urbano en el que lo viejo, manchado y agujereado, se combinó con lo nuevo e inmaculado para restaurar la belleza de la urbe.

Muchos de los personajes de ficción que creé en mi libro se inspiran en personas sobre las que leí en mis investigaciones.

Traté de incluir a algunas personas reales para destacar los numerosos valientes esfuerzos que realizaron en tiempos tan peligrosos. Algunas personas notables mencionadas aquí que son reales fueron: el alcalde Starzyński, Basia Berman, el doctor Bachulski, el doctor Bykowski, el doctor Weigl, Veronica (Zofia Kossak-Szczucka, nombre en clave Veronica) y Wanda Dabrowska.

La investigación para este libro no siempre fue fácil. En primer lugar, como la influencia soviética en Polonia continuó hasta 1989, tuve que tener cuidado con las publicaciones que seleccionaba para asegurarme de que procedían de fuera de Polonia, ya que la censura de la Unión Soviética podría haberme ofrecido datos sesgados. En varios casos, los libros de no ficción ofrecían fechas, horas y nombres contradictorios (especialmente para nombres de personas y calles). En esos casos, opté por lo que parecía más coherente según mis materiales de investigación. En cuanto a la ortografía de los nombres, no incorporé apodos polacos a mis personajes para evitar confusiones. Por ejemplo, Zofia se apodaría Zosia, y Janina podría ser Nina o Janka. En otros casos, utilicé apodos y nunca me referí a los nombres formales (como Kasia en lugar de Katarzyna y Darek en lugar de Dariusz). Además, usé los títulos de cortesía señor, señora y señorita en lugar de los polacos *Pan* y *Pani*.

Tuve la gran suerte de viajar a Polonia para investigar sobre este libro, y me alojé en la Ciudad Vieja, que fue destruida durante el levantamiento. A diferencia de Zofia, siempre he tenido una excelente relación con mi madre, y ella me acompañó en mi viaje de dos semanas. Lee todos mis libros, así que fue especialmente maravilloso que me acompañara, porque sé que revivirá nuestro viaje cuando lea este libro. Nuestra guía, Ewa Bratosiewicz, organizó una serie de visitas informativas y realmente increíbles a todos los lugares que necesitaba ver para mi investigación y respondió pacientemente mis interminables preguntas. Cuando regresé a Estados Unidos me di cuenta de que quería escribir sobre la Biblioteca Pública de Varsovia. El edificio sigue en pie y su personal me ayudó enormemente en mi investigación. Quiero darle las gracias especialmente a Filip S'witaj, que fue de gran ayuda. Además, todos los detalles sobre la vida en Varsovia que me dio mi amiga Gosia Kuc Ferris, que creció ahí, fueron también de gran utilidad. Todos sus consejos, junto con los innumerables libros de no ficción que leí sobre Polonia durante la Segunda Guerra Mundial, me permitieron dar vida a *La guardiana de libros*. Por favor, tengan en consideración que cualquier error es involuntario y completamente mío.

La resistencia se presenta de muchas formas, ya sea en un civil que fabrica granadas y lanzallamas caseros en un sótano, en un insurgente que lucha contra un enemigo al que sabe que no puede derrotar, o incluso en intrépidos bibliotecarios que conservan libros de contrabando y luchan contra las prohibiciones para ofrecer a la gente algo de esperanza en tiempos desoladores.

Espero que *La guardiana de libros* ilustre sobre la desesperación de los habitantes de Varsovia durante el régimen nazi y muestre la valentía de los hombres y las mujeres que se atrevieron a contraatacar.

# Agradecimientos

La llegada de un libro nuevo al mundo requiere un equipo de personas detrás de cada autor, no solo para la logística, sino también para el apoyo y el ánimo. Estoy muy agradecida por tener a tanta gente a mi lado. Gracias a mis editores Peter Joseph y Grace Towery por hacer preguntas y captar detalles que fortalecen mi libro y lo dejan reluciente, y a Eden Railsback por todo su apoyo y ayuda constantes. Gracias a mi increíble agente, Kevan Lyon, por su inmenso y constante apoyo. Que ella me represente es un sueño hecho realidad. Gracias a Kathleen Carter por todo su esfuerzo para que *La guardiana de libros* llegue a las manos de los lectores.

Tengo mucha suerte de contar también con una increíble red de apoyo de amigos y familiares. Eliza Knight, Lori Ann Bailey y Brenna Ash, el Princess Crew, son mis constantes porristas y las mejores amigas del mundo. Gracias a Tracy Emro por acompañarme en todo momento en la creación y escritura de este libro, ofreciéndome una visión y un entusiasmo increíbles. Y a través de Tracy Emro, tuve la suerte de conocer a Gosia Kuc Ferris, que me proporcionó información inestimable sobre la vida en Polonia y me presentó a Basia Le Nart, que fue de gran ayuda en mi visita a Varsovia; ambas fueron muy generosas con sus conocimientos y su tiempo. Durante mi estancia en Varsovia, tuve una guía increíble, Ewa Bratosiewicz, que organizó visitas de varios días que me proporcionaron información muy valiosa. No solo eso, sino que siempre fue muy paciente con mis preguntas, ¡y eran interminables!

Y siempre un enorme agradecimiento a mi maravillosa madre, Janet Kazmirski, no solo por venir a Polonia conmigo y pasar horas y horas (y horas...) en los museos, sino también por leer siempre mis libros antes de publicarlos para ayudarme a mejorarlos.

Nada de esto sería posible sin mi otra mitad, John Somar, mi increíble marido que siempre estuvo dispuesto a ayudarme con lo que hiciera falta, para que yo pudiera escribir *La guardiana de libros* y viajar a Polonia para investigar. Y gracias a mis hijas, que siempre están orgullosas de mí y apoyan mi escritura. ¡Significan mucho para mí!

Y un enorme y sincero agradecimiento a todos los lectores de mis libros. Sus correos electrónicos y sus reseñas me ayudan a seguir adelante cuando tengo días difíciles, y sus preciosas y creativas fotos del libro en las redes sociales siempre me hacen sonreír y me alegran el día. Estoy muy agradecida por el amor y el apoyo de todos los que han contribuido a hacer este libro posible.